# LE CŒUR EN FLANDRE

DANS LA MÊME COLLECTION

Jean Anglade, *Un parrain de cendre*
—, *Le Jardin de Mercure*
—, *Y a pas d' bon Dieu*
—, *La Soupe à la fourchette*
—, *Un lit d'aubépine*
Jean-Jacques Antier, *Autant en apporte la mer*
Marie-Paul Armand, *La Poussière des corons*
—, *Le Vent de la haine*
—, *Le Pain rouge*
—, *La Courée*
tome I *La Courée*
tome II *Louise*
tome III *Benoît*
—, *La Maîtresse d'école*
Édouard Axelrad, *Au fil du fleuve*
Erwan Bergot, *Les Marches vers la gloire*
—, *Sud lointain*
tome I *Le Courrier de Saïgon*
tome II *La Rivière des parfums*
tome III *Le Maître de Bao-Tan*
—, *Rendez-vous à Vera-Cruz*
—, *Mourir au Laos*
Alice Collignon, *Les Jonchères*
Didier Cornailles, *Les Labours d'hiver*
Georges Coulonges, *Les Terres gelées*
—, *La Fête des écoles*
—, *La Madelon de l'an 40*
Anne Courtillé, *Les Dames de Clermont*
—, *Florine*
—, *Dieu le veult*
Alain Gandy, *L'Escadron*
—, *Adieu capitaine*
—, *Quand la Légion écrivait sa légende*
Michel Hérubel, *La Maison Gelder*
Denis Humbert, *La Malvialle*
—, *Un si joli village*
—, *La Rouvraie*
Michel Jeury, *Au cabaret des oiseaux*
Henry Noullet, *Sur la piste de Samrang*
Michel Peyramaure, *Les Tambours sauvages*
—, *Pacifique Sud*
Claude Riffaud, *Mékong Palace*
—, *La Crique de l'or*
Annie Sanerot-Degroote, *La Kermesse du diable*
Jean-Michel Thibaux, *La Bastide blanche*
tome II, *Le Secret de Magali*
Violaine Vanoyeke, *Les Schuller*
—, *Le Serment des 4 rivières*
Claude Veillot et Jean-Michel Thibaux, *L'Enfant qui venait du froid*

Annie Sanerot-Degroote

# LE CŒUR EN FLANDRE

*Roman*

*Production Jeannine Balland*

PRESSES DE LA CITÉ

DU MÊME AUTEUR
CHEZ LE MÊME ÉDITEUR

*La Kermesse du diable* (Prix Gabrielle d'Estrées, 1994 — Prix Bernanos, 1994 — Prix de la Renaissance française, spécial « roman historique », 1994.)


ISBN 2-258-03903-7

« Quand je parlerais le langage des anges, s'il me manque l'amour, je ne suis rien. »

*(Épître aux Corinthiens, saint Paul)*

*A mes deux Georges*

*A nos ancêtres, qui avaient le cœur dans les étoiles, et les pieds dans la clyte*[1]*...*

*Une tendre pensée à Jacqueline et à Carine pour leur bienveillant regard,*

*et*

*un salut amical et intemporel à Pierre-Ignace Chavatte*[2], *ouvrier sayetteur à Lille, qui vécut au* XVIIᵉ *siècle, et qui tint son journal.*

1. La boue, en flamand.
2. Voir l'ouvrage d'Alain Lottin : *Chavatte, ouvrier lillois, un contemporain de Louis XIV.*

## Le XVII$^e$ siècle en France, les années 80...

Jusqu'en 1689, la puissance française est au zénith.

Le Roi-Soleil, Louis XIV, a vaincu ses ennemis. Il gouverne seul, avec la certitude que son pouvoir lui a été conféré par Dieu. C'est le règne de l'absolutisme. Il se fait obéir de tous : nobles ou roturiers. Il dirige l'économie, les lettres, les arts et aussi l'Eglise de France.

Il s'installe en 1682 avec sa cour et ses ministres à Versailles. La noblesse se fait courtisane.

En 1683, la reine Marie-Thérèse, première dame du royaume de France et fille du roi d'Espagne, meurt. La même année, Louis épouse secrètement Madame de Maintenon et devient, à ses côtés, plus « religieux ». Les courtisans doivent suivre.

Il continue néanmoins sa politique d'expansion et attaque à nouveau les Flandres espagnoles.

En cette presque fin de siècle, les hérétiques existent toujours, mais ils ne sont plus les mêmes.

En 1683, on ne brûle plus de sorcières, on s'attaque aux protestants.

En effet, les brimades envers les réformés s'accentuent. On les convertit en masse, du moins ose-t-on le croire. Et tous les moyens sont bons, comme les trop célèbres « dragonnades ».

En 1685, Louis XIV juge que les obstinés ont disparu, et que l'édit de Nantes institué par son grand-père, Henri IV, n'a plus lieu d'être. Pressé surtout d'apaiser le Saint-Siège qui lui reproche son pouvoir et ses maîtresses, et afin d'obliger celui-ci à lui adresser publiquement des louanges pour ses conversions, Louis révoque l'édit de Nantes en octobre. Les pasteurs protestants ne sont plus autorisés à prêcher, leurs temples et leurs écoles sont fermés.

La décision royale reçoit une approbation quasi unanime. Mais les conséquences sont très graves. Ceux qui n'ont pas abjuré subissent d'affreuses peines.

Deux cent mille protestants partent en exil, malgré l'interdiction royale. Cette émigration va durer pendant un demi-siècle.

Tandis que de nombreux souverains européens ont évolué, comme Louis XIV, vers l'absolutisme, des régimes d'assemblées s'imposent en Hollande et en Grande-Bretagne.

En 1689, la suprématie française disparaît. Des coalitions catholiques et protestantes se forment contre l'ennemi : le roi de France.

Situé entre l'époque de la Renaissance et celle des Lumières, le XVIIe siècle donne lieu à un mouvement intellectuel éblouissant. Le classicisme rayonne.

En revanche, cette fin de siècle voit s'accentuer la mortalité, due aux guerres, aux dévastations, aux grandes famines et aux épidémies. L'exil des protestants accentue la stagnation économique.

On assiste à une recrudescence des antagonismes sociaux, à une rupture entre la minorité des privilégiés et la masse des humbles.

Les grandes villes européennes comme Amsterdam, Lille ou Paris voient augmenter les impôts, la misère des adultes et des enfants, et le chômage.

# PREMIÈRE PARTIE

# De l'Amstel à la Kruisabeele

# 1

Le carillon chantait les anges, les tambours s'ébranlaient, le cœur de Marguerite battait violemment de colère.

« Qu'il les emporte au Diable, ses cadavres !... Je suis une idiote, une idiote ! » se répétait-elle, avançant en aveugle, ignorante encore du rendez-vous que le destin lui fixait en ce jour de juillet 1683, le long d'un canal d'Amsterdam.

Marguerite était d'une humeur exécrable. S'il y avait une chose qu'elle détestait par-dessus tout, c'était ce petit air moqueur que prenait Jan Braems lorsqu'il était arrivé à lui faire peur.

— Ma petite Margot, je t'invite à une leçon de science ! avait-il proclamé.

« Pensait-il conquérir mon cœur de cette façon ? se disait Marguerite. Cette démonstration était absolument répugnante ! »

Elle s'était laissé convaincre par Jan d'assister à un cours public d'anatomie. Les amateurs envahissaient la salle, autant que les étudiants. La théorie de la circulation du sang triomphait depuis peu à Amsterdam et constituait l'un des sujets de conversation favoris de son ami.

Une grimace de dégoût barrait le gracieux visage. « Quelle horreur !... Ce corps découpé et sanguinolent ! »

Secouée par une impérieuse nausée, elle avait quitté la salle avec précipitation et s'était soulagé l'estomac, humiliée, en pleine place du Marché, au milieu des poules, des étals et des promeneurs.

Après avoir maudit Jan, sous l'œil amusé des badauds, elle avait planté là le jeune homme éberlué par tant de véhémence et de charme. Jan la trouvait plus ravissante que jamais. La colère lui allait bien, la fièvre donnait à son teint une couleur fruitée, faisant ressortir l'éclat bleuté de ses pétillantes prunelles. De coquettes boucles dorées dépassaient de sa coiffe de dentelle et encadraient un visage poupon constellé de taches de rousseur, « ces jolies éphélides », comme disait « petite mère » Renelde, fière de sa grande fille.

Marguerite tourna le dos à l'imposant bâtiment du Poids public, « le Waag », forteresse aux multiples tours, vestige des anciens remparts de la ville hollandaise. A l'étage supérieur se tenaient diverses corporations, dont celle des chirurgiens, avec leur « Théâtrum Anatomicum ».

« " Ma petite Margot ! "... D'abord, j'ai passé mes quatorze printemps, et l'on ne m'appelle plus Margot, mais Marguerite... Pour qui se prend-il, celui-là ? Ce n'est pas une raison, parce qu'il rentre dans quelques jours à l'Ecole Illustre d'Amsterdam !... »

Le vent glanait des effluves de poisson, des senteurs d'épices, mais aussi le roulement des tambours, car on enrôlait à la Compagnie des Indes.

Elle quitta la place du Marché, dédaigna l'échoppe du confiseur et ses petits pains sucrés et se trompa de chemin. Attirée par le carillon de la vieille église protestante, elle obliqua dans une ruelle étroite. Le clocher octogonal de l'édifice religieux, surmonté d'une flèche élégante, s'élançait haut dans le ciel. La très sérieuse « Oudekerk » surveillait le quartier. Autour d'elle se côtoyaient marins aux visages burinés, filles perdues ; pourtant, aucune des autres églises n'avait encore réussi à la supplanter auprès des fidèles.

Une voiture-traîneau trop chargée surgit au loin. Dans sa colère, et le mépris pour l'entourage qui en découlait,

Marguerite ne l'entendit pas se rapprocher. Aux côtés du cheval, un ouvrier vigoureux tenait rênes et fouet. Un système ingénieux de traîneau permettait de franchir avec aisance les ponts à arches de pierre, très voûtés et, sans s'arrêter, le conducteur fixait une étoffe grasse en dessous, pour faciliter le passage. Au diable les piétons, ils n'avaient qu'à s'abriter au plus vite !

Marguerite passa le pont en dos d'âne. Des orphelins de la ville, en uniforme rouge et noir, jouaient aux cartes sur des tonneaux. Des chevaux attendaient sagement le signal du départ. Martinets noirs, hérons cendrés et canards parcouraient les canaux. Des barques emmenaient la cargaison des gros navires vers les entrepôts. Certaines s'amarraient au quai, lequel était encombré de charrettes et de seaux. Un fardeau fut hissé par une poulie jusqu'au grenier d'une maison étroite et haute. Grâce au pignon incliné vers l'avant, la corde s'écartait et les ballots de céréales ne touchaient pas le mur. Prudents, les passants reculèrent. Marguerite fit de même et longea le canal sans parapet, plongée dans ses pensées.

« C'est la dernière fois que je porte cette ridicule coiffe hollandaise. Je suis trop âgée pour cela, elle ne me sert à rien, et Jan me traite en petite fille. Renelde ne s'y opposera pas ; les femmes, ici, n'en portent plus ! »

Un peu plus loin, des enfants dirigeaient des cerfs-volants. Un coup de vent brutal projeta l'un des oiseaux de papier contre une façade de briques. Il resta accroché à la poutre de poulie ancrée dans la charpente du toit. Le pignon galbé en cloche, orné de corniches baroques et de médaillons de pierre blanche, révélait une demeure bourgeoise.

L'incident, les cris juvéniles, ameutèrent les voisins. Une servante apparut à la lucarne du grenier et entreprit de délivrer le jouet prisonnier. On s'amusait beaucoup à la voir manier la perche en se démenant comme une diablesse.

La voiture-traîneau gravit le pont à son tour. Le conducteur ne contrôlait plus son engin. Sans frein, il dévala la pente, créant le désordre. Les badauds s'écartèrent, le huèrent, vociférèrent.

Bousculée, Marguerite tressaillit et ne sortit de ses rêves qu'à la vision du néant. Elle chancela, heurta des tonneaux qui roulèrent dans le canal et l'entraînèrent dans leur chute. Elle se retrouva dans une eau noire, boueuse, l'eau dans laquelle on venait de jeter des immondices. Elle remonta à la surface. La panique s'empara d'elle. Elle voulut crier, lever un bras, mais deux barques s'entrechoquèrent et la coincèrent. Elle but une gorgée nauséabonde et revit l'image d'un noyé repêché la semaine précédente : un garçon au visage gonflé d'un liquide mortel.

Personne ne s'inquiétait d'une jeune fille coincée entre tonneaux et barques, sous l'une des petites arches du pont de pierre. On riait à gorge déployée des démêlés de la servante avec le cerf-volant qui décidément ne voulait pas quitter le pignon de la belle demeure. Des mouettes piaillaient. Carillon, tambours, cris couvraient les appels de Marguerite.

« Ces flots poisseux et impropres à la boisson », répétait sa petite mère Renelde...

Pourquoi était-elle là ?

En un éclair, Marguerite revit sa Flandre natale et les bords de la Deûle, si souvent empruntés dans son enfance. Allait-elle mourir dans un autre canal, loin de son pays ? N'allait-elle jamais revenir à Lille ?

# 2

— Va-t'en !... Allez, va-t'en !... Je ne peux te garder !

Le chaton aux yeux verts suivait Adriaan avec obstination.

— Espèce d'effronté, on risque de nous poursuivre, tous les deux. Bon, tu restes ? Tant pis pour toi. Mais ne t'avise surtout pas de voler des harengs !

Il caressa le pelage gris moucheté. Un sourire enfantin éclaira le visage robuste à la mâchoire large, au teint extraordinairement pâle et aux yeux très doux du jeune Hollandais de dix-sept ans.

— Tu es mal tombé, tu sais, ton nouveau maître est aussi sauvage que toi.

Il éprouva soudain l'étrange, l'inexprimable sensation de ressembler à ce petit animal du Diable.

Jusqu'à ce jour, Adriaan effectuait avec conscience son travail de garçon de Bourse. Pour quelques stuyvers *, il mettait toute son ardeur à la tâche, et de menus travaux complétaient son salaire.

Revêtu de son éternel pourpoint gris, il veillait à l'ordre public. Il ouvrait la grille à midi sonnant au carillon de la « nouvelle église », puis surveillait l'heure à la grande tour de l'horloge qui dominait la cour. Il gardait à l'œil les curieux alignés sous les arcades. Il proclamait à voix

* Monnaie hollandaise.

haute l'horaire de départ des transporteurs, prenait l'amende des visiteurs en retard. Il s'amusait follement à regarder le ballet des courtiers, leur écritoire en main, les marchands faisant les cent pas et les spéculateurs au visage cramoisi par les transactions hasardeuses. L'émotion de la dernière demi-heure devenait contagieuse, lorsque le rituel des poignées de main dégénérait en une succession de claquements précipités, qui retentissaient dans l'enceinte de la Bourse d'Amsterdam.

Midi sonnait. Dorénavant, il n'ouvrirait plus les portes, car dès son arrivée, on lui avait signifié son congé. Pourtant Adriaan était un travailleur. En Hollande, on travaille « ou l'on crève ». Mais la journée d'hier avait été difficile : il s'apprêtait à refermer la grille, lorsqu'une bande malfaisante de gamins hirsutes et boutonneux, vêtus de hardes malodorantes, l'avait traité de « sale boiteux », lui avait lancé des cailloux en ricanant, et avait jeté l'effroi parmi les derniers clients. Ce n'était pas la première fois...

Ce matin, ses employeurs l'avaient convoqué, puis renvoyé. On ne pouvait risquer de nouveaux incidents. La kermesse de septembre approchait. Il fallait refréner les instincts débridés et contenir le flot d'enfants au teint vif qui débouchaient en cortèges au son des flûtes et tambours, et envahissaient la Bourse. Enfants-rois pour quelques jours, hormis les deux heures consacrées aux affaires.

Adriaan se toucha la joue. Il gardait une vilaine cicatrice des dernières réjouissances. Il aimait tant encore se mêler aux enfants, mais cela lui jouait des tours. Sur les échasses de bois, il se sentait monter vers le ciel, comme les oiseaux qu'il enviait avec tendresse. Il ne boitait plus. Il incarnait le cheval de saint Nicolas, et survolait les toits. On ne voyait plus son infirmité. Seule une longue et mince silhouette. Il était comme tout le monde. Mais son sourire d'ange attirait les forces démoniaques. Un jeu de culbute avait dégénéré en échauffourée. Un coup de couteau malencontreux l'avait atteint en plein visage.

Aujourd'hui, une lame plus profonde venait de lui entailler le cœur. En quelques secondes, l'univers solide créé autour de lui pour occulter sa solitude et sa peur s'était effondré. Soudain trop grand, trop bête, trop emprunté, ses épaules s'étaient ployées dans une attitude d'humilité. Il était rentré dans sa cave du quartier du Jordaan, en contrebas d'une maison étroite, le long d'un canal au nom de fleur. Il aimait sa misérable chambre. Il y respirait l'air du large apporté par les matelots à la voix forte et les charpentiers de marine transpirant de genièvre. Mais ce matin, le cœur lourd, il n'y avait senti que l'odeur des tanneries et de l'huile de baleine. Le manque de ressources était la pire des infortunes, le vagabondage une menace, le renvoi de la Bourse un péché. Désormais, Adriaan était impie aux yeux de la société, de cette florissante république hollandaise, fière de sa flotte, de sa monnaie et de son art de vivre.

Alors, il s'était accoudé longuement au parapet de la grande arche pour contempler les bateaux mâtés qui pénétraient sous la voûte principale de la Bourse ; pour réfléchir surtout. L'eau ? La mort ? Non, il n'attenterait pas à sa vie. Par foi, et parce qu'il lui fallait percer le secret d'un mystère enfoui au tréfonds de son âme.

Au canal des Seigneurs, il passa devant les grilles du Schouwburg, son théâtre. Il n'y était pas figurant ces jours prochains, car une troupe étrangère s'y installait pour quelque temps. Une partie des recettes était reversée aux bonnes œuvres de la ville. Adriaan y travaillait souvent et s'acquittait ainsi de sa lourde dette envers l'orphelinat.

Il aimait se grimer et s'amusait à copier les gestes et mimiques de certains marchands de la Bourse — acteurs nés — qui accompagnaient leurs réflexions de poses et de clignements d'yeux. Les clients lui avaient aussi enseigné des mots de portugais, d'italien, et surtout de français, langue des relations commerciales et du savoir-vivre. Il comprenait désormais qu'être propre, c'était être patriote ; être sale, c'était être esclave.

Il croisa une très belle femme blonde, d'une quarantaine d'années, vêtue de bleu. A ses côtés, un petit garçon au justaucorps de même couleur traînait un chariot décoré. Lui n'avait jamais eu de ces jouets, ni de « promenette » pour l'aider à faire ses premiers pas en toute sécurité. Tant de tendresse berçait ces deux inconnus, qu'un instant il les envia. Une image perdue survint de façon inopinée : sa mère le tenant par la main et l'emmenant à la fête.

Son sourire d'ange réapparut, à l'adresse des beaux inconnus auxquels il devait ce souvenir. Il eut envie de courir pour les embrasser. Courir. Allons ! Il ne pouvait. L'image se brouilla.

Adriaan ignorait pourquoi, à quatre ans, non qualifié pour entrer à l'orphelinat de la ville, celui des bons citoyens de la cité, il avait été envoyé dans un établissement de classe inférieure : La « Maison des Aumôniers », sur le canal des Princes. Il avait beau fouiller dans les profondeurs de sa mémoire, il ne se souvenait pas de sa petite enfance. Ses quatre premières années étaient noyées dans les brumes.

A dix ans, à la recherche de ses parents et de son passé, trompant la bienveillance des aumôniers, il s'était sauvé. Récupéré, il avait été emmené à la Rasphuis, la maison de correction.

La vie y était dure mais Dirk y était, et avec lui l'amitié. Dirk venait du vénérable orphelinat, celui des enfants de bourgeois. Un jour, on avait retrouvé dans son casier mural de la cour de récréation des garçons des objets volés au maître chez lequel il était apprenti dans la journée. Lui aussi avait pris le chemin de la Rasphuis.

Dirk possédait un autre défaut : il avait les cheveux rouges, et n'aimait pas qu'on en parle. Une bagarre entre détenus avait ameuté les gardiens. Frappé violemment à la tête, Dirk s'était écroulé. Adriaan n'abandonnait jamais son ami, il s'était interposé. En vain.

On l'avait alors placé dans un cachot pour récalcitrants. Adriaan avait quatorze ans...

Cette cave-là était profonde et étroite. Aucune chaîne, aucun carcan dans le mur. C'était inutile. Juste une ouverture. De l'eau s'y déversait. Le seul moyen d'en réchapper était d'actionner une pompe pour l'évacuer. Périr noyé ou bien lutter pour survivre à la montée des eaux, en triompher et vivre enfin en digne Hollandais. Pomper ou mourir. On l'appelait « le cachot des noyades ».

Une terrible oppression avait saisi Adriaan à la vue de cette eau qui envahissait peu à peu la cellule souterraine, et à la proximité de la mort. Des images du passé avaient resurgi comme les vagues de la mer. Et tandis que les flots glacés montaient à hauteur de ses genoux puis de sa taille, sous ses yeux hallucinés, une scène cruelle de sa petite enfance s'était déroulée :

C'était l'enfer du jour de ses quatre ans. Sa mère était traînée de force, loin de lui, vers l'eau...

Engourdi par le froid, l'horreur et le dégoût de ce souvenir, il allait se coucher, pour flotter, pour se laisser bercer peu à peu... et la retrouver. Il la sentait si proche... l'eau montait à hauteur des aisselles. C'est à cet instant-là qu'il entendit une voix douce qui le suppliait de vivre pour eux deux.

Dès lors, il avait pompé avec acharnement. Il s'en était sorti. Il s'était efforcé d'être un bon citoyen de la république hollandaise. Il s'était juré de ne pas mourir tant qu'il n'aurait pas récupéré la part de sa vie que Dieu ou Diable lui avait ôtée de l'esprit. Pourquoi boitait-il ? Il ne se rappelait aucun accident à la jambe.

Depuis la Rasphuis, aucune image décisive n'était venue reconstituer le passé. Quelques étincelles jaillissaient en de rares occasions, comme aujourd'hui, en croisant la belle dame en bleu. Mais il avait retenu la leçon macabre du cachot des noyades : il ne serait plus jamais mouillé ni captif.

Dirk était resté à la maison de correction. Le coup sur la tête lui avait ôté l'esprit et l'avait plongé dans un état de stupeur.

C'en était fini de leurs jeux, de leur complicité, de leurs rêves. Adriaan avait perdu son seul ami, son frère. Avec d'anciens détenus, il avait tenté d'être recruté par une poissonnière, près du Dam, la place de l'Hôtel-de-ville, afin d'effectuer des ventes au marché du Waag et différents transports. En échange, elle assurait le logement et la nourriture.

— Pas toi, le boiteux, tu cours pas assez vite, avait grogné la poissonnière.

— Pourquoi courir ?

— Tu poses trop de questions. Va-t'en.

Elle lui avait offert la chance de chercher ailleurs. Sa bonne mine avait plu à la Bourse. Il ne possédait rien, rien d'autre que sa rage de vivre, mais il mangeait à sa faim.

« Ce que le flot donne, il peut le reprendre », disait-on à Amsterdam.

Prudent, Adriaan se contentait de peu. Plus tard, on lui avait expliqué les propos de la vieille femme : en échange du gîte, il fallait voler les bourgeois.

Ses pas le dirigeaient vers les vieux quartiers de l'est. Des roulements de tambour parcouraient les rues. Il se rapprochait du siège de la Compagnie des Indes orientales, dont une flotte appareillait pour l'Orient début septembre. S'il s'enrôlait dans les prochains équipages, il irait à la découverte de Batavia, de la mer de Chine ou de la Perse, et reviendrait à bord d'un navire gorgé d'étoffes, d'orfèvrerie et de parfums enivrants. Les rations étaient alléchantes. Les recrues embarquaient pour trouver fortune dans l'un des vingt comptoirs de la Compagnie.

« Quelle chimère ! » se dit-il.

Ayant beaucoup écouté à la Bourse, Adriaan était renseigné sur le travail abrutissant des Tropiques. Ces contrats d'esclavage étaient longs, sans compter les fièvres, les épidémies et l'inadaptation climatique.

Des enfants couraient avec leur cerceau et le bousculèrent. Il craignit de voir son nouvel ami expédié d'un coup de pied volontaire dans le canal. Il prit le petit félin dans les bras. Tant pis si on les regardait de travers, lui, sa balafre, sa jambe folle et son compagnon du Diable.

Des cerfs-volants aux couleurs chatoyantes sillonnaient le ciel tourmenté. Il ventait. C'était bon pour lever l'ancre.

Une oppression lui étreignit la poitrine. Le chat miaula.

Etait-ce la proximité de ce quartier de filles à matelots qu'il haïssait sans en connaître la raison ? Il avançait, hésitait, s'arrêtait, se remettait en marche. Les tambours se rapprochaient. Il allait s'engager. Il s'appuya à nouveau sur la rambarde d'un pont voûté. Des mouettes rieuses piaillaient. Une voiture-traîneau grimpait difficilement le pont suivant à trois arcades. Elle absorba son attention.

Les façades penchaient leurs pignons, attirées irrésistiblement par le miroir dans lequel elles s'admiraient ; cette eau habitée par des reflets, des ombres et des souvenirs. Cette ombre, là-bas...

A ce moment précis Adriaan aperçut Marguerite. Il blêmit. Attirée par les tambours, la foule insouciante ne semblait pas l'avoir remarquée. L'attention des enfants s'était concentrée autour d'un cerf-volant malencontreusement accroché à la poutre d'un grenier.

Une douleur irradia le corps d'Adriaan. Il essaya de courir, mais sa jambe l'en empêchait. Une jeune fille se noyait.

A mesure qu'il s'en approchait, la distance lui paraissait interminable. Son cœur battait trop fort. Il avait peine à reprendre son souffle. Il essaya de crier, mais les bruits couvraient sa voix. L'oppression lui bloquait la gorge. Enfin il put avancer le bras. Une coiffe blanche et quelques mèches de cheveux dépassaient...

— Mon Dieu ! Faites qu'il ne soit pas trop tard !

## 3

A quarante et un ans, vêtue d'une robe d'un bleu profond relevée sur les côtés par de gros nœuds, le col et les poignets en lin bordé de dentelle, la jupe azurine finement brodée, petit chignon sur la nuque, Renelde Van Eyck était encore belle. Des boucles ornaient ce joli visage aux rondeurs enfantines. L'éclat de sa toilette rehaussait celui de ses yeux ; « bleu-gris, couleur de paradis ; bleu perle, couleur de la mer », disait jadis sa vieille marraine, Meï.

— Maman ! Regarde ces deux hommes enchaînés ! s'exclama Aurélien en français. Et en dessous, les lions et les loups, ils me font peur !

Arrêté en plein milieu de la Voie sacrée, le Heiligeweg, fasciné, l'enfant contemplait une sculpture située sur un porche de pierre. Son justaucorps bleu était assorti aux vêtements de sa mère. Un grand col blanc rabattu était bordé de dentelle. Renelde inclina le visage vers son petit garçon de cinq ans, passa tendrement les doigts dans la chevelure aux longues boucles blondes.

— C'est l'entrée de la Rasphuis, la maison de rééducation.

— Ah ! très bien.

Visiblement satisfait de la réponse, Aurélien reprit la main qu'on lui tendait. Il était fier de sa jolie maman. Elle n'avait pas attendu ses sept ans pour lui ôter sa robe de fille et le vêtir comme un homme. Il sautillait à ses côtés, tirant un chariot de bois que venait de lui offrir une bonne dame du béguinage.

Ils avaient quitté leur foyer, situé le long du canal de la Demi-Lune, pour l'une de ces promenades que tous deux prisaient particulièrement. Leur maison possédait un pignon en escalier ou « redans »...

« A pas-de-moineaux, précisait Renelde. Dans mon pays natal, à Lille, on dit : " à pas-de-moineaux ". »

Leur demeure était simple. Son seul luxe résidait dans le vernis de couleur rouge qui recouvrait le cadre des fenêtres, de la porte et des volets, la protégeait de l'humidité et lui donnait un air de fête. La situation à proximité du canal du Singel et du marché aux fleurs permettait à Renelde d'y assouvir sa passion pour les tulipes.

Aux beaux jours, les fenêtres s'ouvraient tôt. Par l'embrasure, on apercevait sur les estrades de bois des coiffes blanches penchées sur des ouvrages. On ne pouvait faire trois pas sans saluer des ménagères qui épluchaient des légumes, grattaient des navets, instruisaient leurs filles dans l'art de préparer les repas tout en veillant au bon ordre du quartier.

La mère et l'enfant avaient emprunté le pont d'entrée du béguinage. Dentellière de métier, Renelde Van Eyck enseignait son art aux plus jeunes de ces femmes, ces « invisibles » au grand cœur qui se consacraient aux œuvres charitables et à Dieu.

Ces béguines s'accordaient chaque jour des moments studieux et récréatifs à la fois, en compagnie de l'une ou l'autre « dame française » faisant de la dentelle. C'est ainsi qu'elles nommaient Renelde et sa fille adoptive, Marguerite, toutes deux Flamandes. La bonhomie du béguinage aidant, leur réputation avait dépassé l'enceinte.

Renelde aimait cet enclos, havre de paix dans la ville. Son silence permettait le recueillement. Elle entendait de façon régulière la messe dans leur chapelle. Celle-ci était aménagée dans l'une des maisons aux jardinets fleuris qui entouraient le pré où s'élevait encore l'ancienne église catholique. Mais, depuis la Réforme, les béguines n'étaient plus autorisées à y suivre le culte.

— Pourquoi ne va-t-on jamais dans les grandes églises, maman ? demanda Aurélien.

Curieux de tout, l'enfant posait mille questions. Obligée de le renseigner, Renelde avait ainsi beaucoup appris sur Amsterdam. Grâce à lui.

— Parce qu'elles sont protestantes et que nous sommes catholiques, mon fils, et c'est notre secret.

— Et si je le dis, on va nous tuer ?

Renelde sourit.

— Non. Pas à Amsterdam. Dieu merci. Mais... Ce n'est pas la religion d'ici, et il vaut mieux rester prudents.

— Pourquoi on n'a pas la religion d'ici ?

— Parce que nous venons d'un pays catholique.

— Pas moi !

— Non, Aurélien. Toi, tu es né ici. Tu es un vrai Amstellodamois, mon fils, mais tu possèdes la religion de tes parents.

— Et parrain Gabriel, il est comme nous ?

— Bien sûr...

Les douze coups de midi sonnaient. Elle pensa à toutes ces églises de la ville qui portaient le nom de leur quartier : Oudekerk, Westekerk... Aucune n'évoquait celui de Marie, mère de Dieu, nom de sa mère aussi. Alors Renelde ressentit cette sourde, fulgurante et secrète douleur qu'elle connaissait bien, qui revenait avec la régularité des marées, lorsqu'elle songeait à sa Flandre natale. Une fois de plus, la gorge serrée, elle éprouva l'intense désir de revoir Lille et les siens, tout en sachant qu'il lui faudrait un sérieux prétexte pour s'y rendre, car son mari, Grégoire, toujours trop occupé par sa librairie, éludait la question. Fille d'un brasseur réputé et veuve à vingt-cinq ans, elle avait créé à Lille une « Chambre de dentelle » pour orphelines. Grâce à sa douceur et à son affection, son atelier hors du commun était devenu un véritable foyer, un nid douillet où il faisait bon vivre. Elle s'était beaucoup attachée à ses apprenties, surtout à trois d'entre elles : Ana, Marie-Jeanne, et la facétieuse Margot, la plus jeune. Lorsque Renelde avait suivi Grégoire Van Noort, soupçonné d'hérésie, l'enfant s'était accrochée aux jupes de sa petite mère, avec une ardeur furieuse et désespérée. C'est ainsi que Renelde Van Eyck et Grégoire Van Noort étaient arrivés en Hollande six ans auparavant, avec la petite Marguerite, dite Margot, âgée de huit ans. Après un mariage catholique et discret dans la chapelle du béguinage, leur amour avait été béni une seconde fois par la naissance d'Aurélien. Renelde parlait fréquemment de Lille à son fils, convaincue d'y retourner un jour ou l'autre.

— Nos églises catholiques leur rappellent les Espagnols, et ils ne les aiment pas. La pratique de notre culte est interdite, en principe, mais si nous restons calmes, il n'y a aucun problème. On peut dormir en paix en Hollande, mon chéri.

— Ils n'aiment pas Louis XIV, non plus ?

— Non plus.

— Et nous non plus, maman.

— Nous non plus, mon fils.

Aurélien s'amusait follement à déchiffrer les pierres de façades ornées de devises. Ces cartouches permettaient de se repérer et renseignaient sur la profession du maître des lieux. L'enfant découvrait des chevaux et des bateaux, il sautait de joie aux moulins, à l'image de saint Nicolas, à l'enseigne du pâtissier.

— Et cet écriteau noir ?

Renelde fit un signe de croix.

— Il y a un mort dans cette demeure. C'est pour ça que...

Mais l'attention de l'enfant était attirée par un café qui bordait la place du Dam : des hommes y observaient leurs ronds de fumée et consommaient leur thé ou leur café, dont l'arôme envoûtant s'exhalait à l'extérieur. Des enfants jouaient aux osselets, assis par terre, d'autres lançaient leurs dés par-dessus des tonneaux d'emprunt.

Renelde fut distraite à son tour par l'interminable ballet des porteurs d'eau. A son arrivée, elle avait été très surprise. Elle ne croyait pas que l'on pût nettoyer davantage qu'à Lille. En Flandre, on lavait la moindre souillure ; en Hollande, on lui supprimait toute possibilité d'apparaître. Des porches des maisons aux rues pavées de briques, des troncs des arbres aux promenades longeant les canaux, les femmes lustraient, sans arrêt. Honte à celle qui ne lavait pas ! Seuls les barbares vivaient dans la crasse et Amsterdam se faisait un devoir d'ôter la saleté du monde.

Citoyens de la ville, relativement aisés grâce au travail acharné de Grégoire à la librairie et au talent de dentellière de Renelde, les exilés lillois étaient conscients de leur chance de s'alimenter en eau douce par bateau. Ils ne puisaient pas, avec les pauvres, dans les canaux, dans cette onde sale et ensorcelante pourtant, dont le tempérament de feu de Renelde se repaissait. Elle aimait s'y perdre comme dans les champs de blé et de colza. Elle y retrouvait la même sensation d'éternité, de quiétude.

— Attention ! cria-t-elle soudain à son fils.

Afin d'admirer les évolutions d'un couple de cygnes blancs, il s'était dangereusement approché du bord du canal sans parapet.

— Redonne-moi la main, dit-elle d'un ton faussement assuré, qui dissimulait sa crainte qu'il ne tombât.

Elle n'osait le laisser s'amuser seul dans la rue. Jadis, elle avait perdu une petite fille. A peine le temps de l'ondoyer et de lui octroyer son prénom : Marie-Angeline. Renelde avait juste dix-huit ans... Cette époque lui paraissait lointaine. Une autre vie. Aurélien était un enfant tardif, fruit de l'amour qu'elle portait à Grégoire Van Noort.

Si la maison était aux femmes, la rue appartenait aux petits. Une multitude jouait sur les perrons, toutes conditions confondues. Ils salissaient moins les intérieurs, mais l'école y était rude. Elle ne la désirait pas pour Aurélien. Elle ne le mettrait pas non plus en septembre dans une de ces institutions laissées à l'initiative de particuliers qui ne possédaient parfois aucun niveau d'instruction, et dans lesquelles il fallait signer la confession de foi réformée. Elle lui apprenait déjà à lire, à écrire, et aussi le plus tendre des enseignements, celui du Christ : l'amour.

— Oh ! Regarde le petit chat, maman !

Un jeune Hollandais de haute taille, au visage auréolé de douceur, tenait un chaton pelotonné dans ses bras. Il boitait. Il avait bonne apparence, en dépit de sa démarche inégale et d'une vilaine entaille à la joue droite. Leurs regards se croisèrent, le cœur de Renelde se serra. Les yeux bleus étaient empreints d'une incommensurable détresse.

« Comme il paraît seul au monde, le pauvre garçon. Comme la vie est injuste », se dit-elle, en se rappelant les fêtes, les joies de la naissance d'Aurélien. Sur les recommandations de ses voisines, qui accordaient de l'importance à une bonne délivrance, elle avait loué les services d'une sage-femme, connue pour sa douceur et le faible taux de mortalité de ses nouveau-nés. La brave paysanne évitait les mutilations et blessures. Elle ne mettait pas la main dans la bouche ou l'oreille du petit pour mieux le tirer, et prenait soin de ne pas épouvanter les mères suffisamment tourmentées. Grégoire, lui, l'avait comblée d'attentions. Il lui avait offert des ouvrages hollandais, imprimés depuis peu, truffés de conseils pour soigner les nourrissons, et il s'était plié de bonne grâce aux traditions locales, se coiffant pendant un mois du « bonnet de maternité ».

— On est arrivés, dit Renelde à son fils.

Elle remit au commis la lettre pour son frère, Nicolas Van Eyck, brasseur à Lille. Tous les mois, elle prenait ainsi le chemin du relais de poste, situé au nord du Singel, et duquel partait une malle journalière vers l'étranger. Les lettres mettaient moins d'une semaine ; la poste d'Anvers servait de correspondance.

Elle eut un pincement au cœur. Elle écrivait à son frère depuis six ans, et il n'avait répondu à aucun de ses envois. Soixante-dix lettres... Bourgeoise très riche, et fière de l'être, sa belle-sœur, Ludivine, ne témoignait que du mépris envers elle, la dentellière. Elle avait certainement convaincu Nicolas de la folie de sa sœur, car elle menait son mari par le bout du nez. Pour sa famille, Renelde n'était qu'une paria, que des égarements avaient jetée hors de France. Oui, son amour pour Grégoire, hérétique de trop aimer les livres et la liberté, les avait fait fuir de Lille en 1677.

Renelde savait que la brasserie marchait bien ; elle avait gardé des contacts avec la plupart de ses apprenties dentellières, et avec Marieke, l'ancienne servante dévouée de Grégoire.

Du canal des Brasseurs, et du quartier de « l' Œuvre nouvelle », que l'on appelait aussi « Jordaan », des émanations de poudre, de cuir, de bière, se mêlaient à l'huile de baleine. Une puanteur se dégageait des fondoirs de graisse. Amsterdam abondait de baleiniers, pour le commerce de l'huile, et des os pour les couteaux.

— Ne restons pas là, dit Renelde.

Très sensible aux odeurs depuis son enfance, elle préférait celles de la Maison des Indes orientales, au quai encombré de balles de poivre et de muscade, et le long duquel accostaient des navires fabuleux regorgeant de soie, de thé, de porcelaines. En se dirigeant pour la première fois dans le Jordaan, Renelde avait été très surprise de ne pas le voir ressembler à un jardin, comme son nom l'indiquait. De nombreux émigrés y vivaient ; des clientes aussi, amoureuses de sa dentelle, ainsi que son revendeur à la foire du Noordermarkt, le marché du Nord.

— Que dirais-tu d'une promenade au Plantage, Aurélien ? C'est un jardin botanique inouï, rempli de plantes exotiques, ramenées par les grands navires.

Elle raffolait du parfum des épices. Ces arômes provoquaient des migraines chez son mari, qui se tuait au travail. Les loyers étaient chers quand on prétendait à une maison le long d'un récent canal.

Ils croisèrent une vieille femme, à la chevelure blanche, soutenue par une canne. Elle portait une fraise, à l'usage depuis longtemps démodé. Renelde regarda s'éloigner l'Amstellodamoise à la tête haute, qui avançait à la rencontre d'un dernier rendez-vous. L'expression de son regard fiévreux et fixe semblait une bravade à la mort. Elle ressemblait à sa marraine, Meï, décédée à Lille. Lorsque le bruit de la canne eut disparu, Renelde se remit en marche.

Ils admirèrent les grands navires qui rentraient de leurs lointains périples. Le vent ramenait tous les effluves, toutes les mélodies des carillons de la ville... « et aussi le rire de maman », se dit Renelde.

— Ils sont ensemble, au Ciel ? demanda Aurélien, l'air ennuyé.

Renelde sortit brutalement de ses rêveries.

— Qui ?

— Ta maman et ton papa.

— Tu as deviné mes pensées, mon chéri. Oui, ils sont ensemble.

— Il y a du vent aujourd'hui. Il ne faudrait pas qu'ils se perdent.

Elle l'embrassa tendrement.

L'odeur des cuisines et le carillon de la Oudekerk, la vieille église, lui rappelèrent soudain l'heure tardive.

— Mon Dieu ! Grégoire !

Il ne s'apercevrait peut-être pas de son retard, il travaillait tant. Le vent était tiède, le ciel de juillet trop beau pour être triste. Elle tenait dans ses mains les menottes d'un bel enfant blond — le sien. Et puis, il y avait aussi sa jolie Marguerite, sa « fleur de perle », espiègle, précoce pour ses quatorze ans. Ce matin même, elle avait déclaré avec vivacité qu'ici, on se promenait sans chaperon, et elle s'était décidée à accompagner son ami, Jan, pour une leçon publique d'anatomie. Le franc-parler et la relative liberté des jeunes Hollandaises convenaient à son caractère mutin. Elle ne semblait pas regretter Lille, qu'elle avait quitté à huit ans. Un corps de femme était apparu, et la chrysalide s'était transformée en un superbe papillon dans le ciel d'Amsterdam. Renelde la laissait voguer à son aise, avec confiance, sinon sans alarme, tant son cœur de mère — adoptive, soit, mais aimante — s'alarmait au moindre retard ou extravagance de sa fille.

Oui, ils étaient heureux, si ce n'était le travail prenant de son mari, et le léger voile qui assombrissait parfois les yeux clairs de Grégoire aux tempes grisonnantes à l'approche de ses cinquante ans.

— Maman, quel crime il a fait, le monsieur ?

Aurélien était bouche bée devant un colporteur traîné par deux sergents.

— Il a vendu un livre interdit, semble-t-il, il le porte au cou.

— Papa dit qu'en Hollande on peut tout imprimer, on peut tout faire.

— Presque tout.

Le pauvre homme était vêtu de hardes. Renelde pensa à son vieil ami Jean-Baptiste De Baecker, dit Tis'je, colporteur de Moerbeke, en Flandre, la terre natale de Grégoire. Ce dernier y avait possédé jadis une immense exploitation, la « ferme de l'Orme », avant qu'il ne s'installât à Lille et y rencontrât Renelde.

Ils approchaient du bâtiment du Poids public, le Waag, et de la place du Marché. Le son des tambours se mêlait à la sonnerie de cloches joyeuses. Une gitane s'approcha de Renelde.

Après une période d'enfermement dans un asile, les mendiants avaient trois mois pour trouver du travail avant d'être expulsés de la ville. Mais la fille appartenait à la race de ces déracinés sans village natal, de ces éternels bannis — fléaux de Dieu au même titre que les barbares, la débauche et Louis XIV. L'empreinte de la misère marquait son corps et son visage. Elle lui offrit de lui lire l'avenir dans les lignes de la main. Renelde détestait ce genre de superstition. Elle refusa. Son unique porte-bonheur tenait en un mouchoir de batiste dont elle ne s'était pas séparée depuis sa tendre enfance, présent d'un humble colporteur nommé Tis'je à une Lilloise de sept ans, amoureuse des broderies et des dentelles. La fille la fixa, haineuse, l'index pointé vers elle :

— Vous le regretterez !

Elle lui écrasa le pied sauvagement et se sauva.

Suffoquée, Renelde ne réagit pas. Aurélien regarda sa mère, intimidé par une situation qu'il ne comprenait pas. De loin, la gitane se retournait fréquemment, dans la crainte d'être pourchassée et fouettée. Elle lançait un regard perçant en direction de Renelde et de son fils. Elle pleurait. De rage, semblait-il.

Renelde était bouleversée. En un instant, elle venait de s'apercevoir qu'elle-même, son sourire, sa toilette élégante, son fils à ses côtés, leur quiétude enfin, constituaient un affront envers l'enfant misérable. Elle prenait conscience de la jalousie qu'avait engendrée son visage de bonheur. Oui, ils étaient bien intégrés. On l'avait prise pour une riche bourgeoise hollandaise.

Amsterdam changeait. Les écarts entre pauvres et riches se creusaient. Les traditions spirituelles perdaient de la force. La fin du siècle serait-elle la fin des temps ? Un pressentiment l'assaillit. Mauvais augure pour un bien-être trop simple et trop net, comme tout ici, d'ailleurs. Et lorsqu'un étranger en costume oriental lui vanta par gestes les mérites d'un élixir miraculeux qui lui permettrait de choisir le sexe de son prochain enfant, elle lui dit, avec un geste d'impatience qui rendit perplexe le charlatan :

— Je suis trop vieille !

Son humeur avait changé.

Elle décida de héler une voiture pour rentrer au plus vite. Elle devait s'acquitter de mille tâches, avant leur sortie au théâtre, avec les Braems. Parrain d'Aurélien et ami lillois de longue date, Gabriel Braems était aussi un marchand très estimé, qui fréquentait la bonne société hollandaise. Pour une fois qu'une troupe française venait à Amsterdam ! L'occasion était trop rare pour la manquer.

Sur la place du Niewmarkt, elle tira un cordon de cloche. Aussitôt, plusieurs cochers qui attendaient à proximité jetèrent tour à tour leurs dés par terre. L'heureux vainqueur de ce rituel avait le privilège de conduire les clients à leur destination.

Tandis que Renelde montait en voiture, la vision fulgurante d'une coiffe de dentelle blanche traversa son esprit. Elle en ressentit un étrange malaise. Son petit garçon serré contre son cœur, elle se surprit à penser à Marie-Jeanne, qui s'en était allée de son côté, le jour même de leur fuite vers la Hollande. L'apprentie de Renelde venait de fêter ses seize ans. Selon les rumeurs, elle avait suivi Louise, une maîtresse dentellière, vers la Manufacture d'Arras... A moins que ce ne fut vers Paris, car Louise briguait l'honneur d'entrer à la cour de Louis XIV.

Une légère amertume tenaillait le cœur de Renelde : Marie-Jeanne ne lui avait plus donné signe de vie. La jeune fille considérait peut-être l'exil de sa « petite mère » comme un abandon ?

« Voyons, à cause de la gitane et de sa menace ridicule, je ne vais pas me laisser harceler par d'imaginaires tourments. » Ils repassèrent aux abords de la Oudekerk.

Aurélien était subjugué par la pluie de cerfs-volants qui embrasaient le ciel, et se mêlaient aux mâts des bateaux. Le regard de Renelde balançait entre l'eau, les barques, les attroupements autour des tambours. Les cahots du véhicule engourdirent peu à peu son attention.

— Regarde, maman, le garçon au chat, avec une noyée.

Une onde glacée parcourut Renelde. Une procession s'avançait vers eux. A sa tête se tenait un jeune homme qui boitait, un chaton pendu à ses basques, et le corps frêle d'une Hollandaise dans les bras.

— Arrêtez ! hurla Renelde au cocher.

La silhouette menue, la coiffe d'où s'échappaient de longs cheveux dorés, cette dentelle blanche... Un spasme violent traversa la poitrine de Renelde.

— Marguerite !... Ma petite fille !... Mon Dieu, non ! Epargnez-la !

Renelde s'élança vers le groupe, un sanglot convulsif dans la gorge.

# 4

Après une lieue dans une forêt au sol sablonneux, Marie-Jeanne et Louise franchirent la grille d'honneur et les pavillons construits par Mansart. Avec ses tours massives et ses clochetons, illuminé par des milliers de lanternes, le château de Chantilly resplendissait. Le cœur de Marie-Jeanne, la jeune dentellière lilloise, battait très fort en se dirigeant vers la terrasse où se dressait la statue équestre du connétable de Montmorency.

Emerveillée, elle découvrit les grottes, d'où l'eau de la Nonette jaillissait, les statues de marbre, l'amphithéâtre du Vertugadin, les cascades, l'île aux Dragons et le canal sur lequel glissaient des voiles colorées. « La Manche » divisait le Grand Parterre en deux parties, chacune garnie de cinq bassins d'où sortaient des jets d'eau. Les charmilles du pavillon des Etuves avaient une hauteur surprenante. Une incroyable machine élevait l'eau dans le pavillon de la Manse. Ces chefs-d'œuvre créés par Le Nôtre sur des terres incultes et marécageuses, ces noms enchanteurs, ravissaient le cœur et l'esprit de la jeune provinciale.

— Et ceci n'est rien en comparaison de Versailles, ma chérie, susurra Louise, qui s'était juré d'obtenir un jour ses entrées auprès de la Montespan et autres grandes dames du royaume. Face aux majestueuses fontaines, Marie-Jeanne s'exclama :

— C'est impossible, Versailles ne peut être plus beau !

Savants, poètes, tout un monde de haut lignage gravitait autour du prince de Condé, maître du domaine. Et parmi eux, les allées et venues de courtisans, d'oisives aux décolletés généreux et coiffures « en palissade », de gentilshommes, écuyers, gens de maison, tous intéressés essentiellement par le badinage, les jeux de paume et d'arquebuse, la fauconnerie ou la chasse. Henri-Jules de Bourbon, le fils du prince, avait — disait-on — quatre dîners prêts en permanence : à Paris, à Ecouen, à Chantilly, et là aussi où se trouvait la cour du roi. Il était absent ce soir-là. On le critiquait pour ses caprices et sa laideur. On se gaussait de ses idées fantasques :

— Peut-être se cache-t-il dans un bosquet, pour aboyer tranquillement !

— Je ne comprends pas...

— Il se croit fréquemment transformé en chien de chasse !

Marie-Jeanne était abasourdie par ces extravagances.

— Mais son père, le Grand Condé, comme on dit, ne le voit-on pas ? demanda-t-elle.

— Regardez cet homme, là-bas.

Maigre, exténué par ses crises de goutte, une main posée sur la tête fine d'un de ses lévriers, le prince de Condé était assis sous les arcades de la galerie des Cerfs.

Marie-Jeanne éprouvait la sensation de pénétrer dans un monde ignoré et interdit ; dans une douceur de vivre faite d'aisance, de soieries, de musique et d'amour, dans un tourbillon d'insouciance, qui ne devait plus s'achever...

Elle le remarqua immédiatement, au milieu des jouvenceaux licencieux et tapageurs qui flânaient le long des allées garnies de lauriers et de grenadiers. Un peu plus âgé que les autres, un peu plus grand aussi, le vicomte Jean-Etienne de Ronchivol portait une trentaine arrogante. Ses hautes bottes contrastaient avec les souliers à boucle des autres hobereaux et accentuaient son allure fière et sombre. Une chevelure noire balayait ses épaules, le nez légèrement retroussé avait l'air de se moquer. Sa voix mélodieuse inspira confiance à l'ingénue dentellière. Son regard d'ébène sous le chapeau orné de plumes blanches lui procura un frisson inconnu de désir. Elle devina son libertinage, mais non son manque total de scrupule, ni sa cruauté. Agée de vingt-deux ans, Marie-Jeanne n'en paraissait pas plus de dix-huit, avec son petit air naïf et son visage peu fardé.

Ils lui semblèrent loin, brusquement, les braves garçons de sa paroisse lilloise, les solides gaillards en tablier, artisans et apprentis du textile, qui échangeaient, sur le parvis de l'église, sourires et commentaires sur la grâce naturelle et simple des dentellières en bonnet de toile fine.

Recueillie à l'âge de dix ans par Renelde Van Eyck, initiée à l'art de la dentelle et aux bienfaits d'un tendre foyer, l'orpheline était plus fragile que le laissait présumer son insouciance. Sous l'influence vénéneuse de Louise, la maîtresse dentellière, le départ de Renelde lui était apparu comme une trahison. Profitant de son désarroi, Louise l'avait recrutée pour la Manufacture d'Arras. Depuis quelques jours, Marie-Jeanne vivait un rêve : Louise l'avait emmenée avec elle à Paris, puis à Chantilly.

L'ingénue croyait en l'amitié de Louise. Elle la méconnaissait totalement. Elle ignorait que sa « bienfaitrice » était la maîtresse en titre de Ronchivol et qu'elle lui fournissait ses victimes. Louise préférait les choisir elle-même, et s'assurer ainsi qu'il ne s'y attacherait pas, qu'il lui reviendrait, comme toujours.

Le cœur de Marie-Jeanne battait à tout rompre aux côtés du vicomte de Ronchivol. Ils prirent une collation de fruits et de vin frais, sur une table de pierre, près du pavillon de Sylvie. Ils se promenèrent longuement au milieu d'une faune aussi libre, semblait-il, sur ces lacs de verdure, que les invités du prince. Les troènes dessinaient des arabesques de dentelle autour des parterres enluminés de fleurs. Dans l'orangerie, des plantes venaient de lointains pays. Elle riait en se mirant dans les bassins sur lesquels cygnes et canards évoluaient. Elle riait en regardant les prodigieuses carpes des fossés depuis les fenêtres du château. Elle riait en s'égarant dans le labyrinthe. Elle riait pour le parfum délicieux exhalé par les fleurs, le murmure des sources cristallines, pour les lapins blancs à longs poils courant dans l'herbe, les flamants juchés sur leurs hautes pattes, pour une biche à nez blanc aperçue dans les jardins, sans comprendre qu'elle était d'ores et déjà prise dans les filets tendus par le couple infernal. Elle était éblouie par les mauvaises manières de Ronchivol, qu'elle prenait pour une aisance naturelle. Lui la regardait de biais, avec un mélange de curiosité et de désir, de gaieté ivre et bruyante. Habitué aux conquêtes, il avait vite remarqué le trouble de Marie-Jeanne et la rougeur qui lui venait aux joues dès que ses yeux bleu azur croisaient les siens. Il en jouait avec l'œil du conquérant. Le léger sourire qui errait sur ses lèvres était convoitise et gourmandise. Il n'avait plus qu'une idée en tête : s'emparer de cette vierge timide qu'il avait mise en émoi. La prise était charmante.

— Comme c'est merveilleux ici ! s'exclama-t-elle, au bord d'une cascatelle.

Et elle pensa : « avec vous ».

— Je t'enlève... Veux-tu ? lui murmura-t-il à l'abri d'un petit jardin clos de treillages et de portiques. Allez ! dépêche-toi de me répondre, sinon...

Elle se hâta d'acquiescer, de peur qu'il ne s'en allât à jamais vers l'une de ces élégantes s'éventant dans une robe de satin couleur de miel, abritée derrière un masque brodé d'où jaillissaient des prunelles à la flamme prometteuse.

Elle avait peu vu le monde. Des images de rêve miroitaient dans sa tête. Le feu aux joues, enhardie par le vin, elle se laissa faire. Elle sentait ses muscles contre son corps. Elle le lui offrit. Elle attendait l'amour et le mariage. Il ignorait l'un et l'autre.

— T'épouser, ma belle ? Tu rêves !...

Relâchant son étreinte, il rit, puis levant la main dans un geste menaçant :

— Et ne t'avise pas de prendre un ventre rond, tu le regretterais !

Quand les mains expertes se saisirent d'elle, la déshabillèrent avec brutalité, que ses lèvres se répandirent sur sa peau, qu'il s'abattit sur son corps, la renversant à même le sol, haletant, les pupilles dilatées et brillant d'une lueur étrange, elle comprit qu'elle était perdue.

# 5

Le charme des canaux, leur fascination, leur illusion de douceur, tout était rompu, mais Marguerite était sauvée, et le garçon au chat avait un prénom.

— Adriaan, vous restez avec nous !

Il rougit de plaisir, puis de confusion.

Grâce à Dieu, ce jeune homme atteint d'une légère infirmité était arrivé à temps. Cet archange en avait perdu son regard à la dérive. Son sourire même était un don du Ciel.

Il promit à la belle dame en bleu de revenir pour la soirée, le théâtre étant remis à plus tard. Marguerite passa l'après-midi au lit, fiévreuse et grelottante. A ses côtés, Renelde lui frottait régulièrement les muscles contractés par le froid. Les rayons du couchant pénétraient au travers des petits carreaux sertis de plomb et parés de rouge. Ils répandaient une lumière tamisée et faisaient ressortir la douceur ambiante. Grégoire rentra en hâte à l'annonce de l'accident et ne ressortit point. Rassuré, il endossa une robe de chambre, qui accentuait la massivité de sa carrure. Ce peignoir d'intérieur était une mode confortable qu'il avait adoptée avec plaisir.

Revêtu d'une chemise propre, mais empêtré de timidité, Adriaan hésita longuement avant de frapper le marteau de bronze à la tête de lion, fixé à la porte de chêne des Van Noort. Il avait été tenté de disparaître de la vie de ces personnes aux manières délicates et prévenantes, de se terrer dans sa cave du quartier du Jordaan, qui fourmillait de besogneux comme lui, d'ouvriers, d'émigrants, de marins. Une intuition le retenait : le destin était au rendez-vous... Peut-être la voix de sa mère ?...

Dans la maison au pignon haut, on soupa joyeusement dans le salon, autour du lit improvisé de Marguerite. Bien qu'elle fût saine et sauve, la jeune fille était faible ; un dédale d'escaliers étroits et tournants, propre aux habitations hollandaises, menait à sa chambre. Il eût été imprudent, vu son état, de la faire monter et descendre et de l'exposer ainsi à un autre péril.

Près d'une cheminée agrémentée de seaux de cuivre, une horloge murale à balancier ponctuait le temps et remplaçait avec bonheur le sablier. Une table d'appoint revêtue d'un damas aux couleurs chatoyantes révélait un goût exquis. Une imposante garde-robe hollandaise en chêne, sculptée de fruits, s'exhibait avec orgueil. Une carte du monde tapissait le mur du fond. Deux autres toiles représentaient des scènes de musique en famille. Plus loin, une marine évoquait une mer aux flots indomptés.

— Vous avez beaucoup de tableaux, laissa échapper Adriaan, avec un air de candeur. Je n'en ai vu autant que chez le pâtissier, et dans une taverne.

— Une dizaine... confia Renelde. Ils ne sont pas chers, ici, et dans mon enfance à Lille, j'ai eu la chance de découvrir la peinture hollandaise qui fait l'éloge de la vie simple, avec une infinie tendresse et une lumière... Comment dirais-je... palpable, oui...

— C'est vrai, madame, on a presque envie de ramasser cette chaise de bois tombée sur le carrelage imaginaire !

— Mon associé possède quarante toiles, réparties dans sa demeure, ajouta Grégoire.

Renelde sourit :

— Il aide l'artisanat local.

Adriaan goûtait aux délices d'une soirée familiale. Au lieu des restes du midi comme à l'ordinaire, Renelde avait préparé, en son honneur, le ragoût de bœuf, de légumes verts et de prunes, plat traditionnel des Hollandais. Plus habitué aux harengs, moules, pois et laitages, Adriaan mangeait peu de hochepot. Il se régala. Une miche de pain de seigle, de belle taille, provoqua un frémissement d'admiration dans la chair du jeune homme. Les pots de bière en étain s'entrechoquèrent pour fêter le sauvetage de Marguerite. Transporté dans un état extatique, loin du monde obscur qu'il habitait, Adriaan vivait de suaves moments. L'impression d'avoir quitté le bruit pour la paix. Pour la première fois de sa vie, il était le bienvenu dans une famille ; et pas n'importe laquelle : chez les Van Noort, réfugiés flamands et français. Il avait agi avec vaillance, et ce petit bout de femme était devenu subitement sa raison de vivre. Si jolie avec ses taches de rousseur, son nez si menu, ses yeux pleins de malice et son rire pétillant, Marguerite avait donné un sens à son existence.

« Mon Dieu ! pensa-t-il, il eût suffi de quelques secondes, et ce rire se serait éteint dans l'obscurité et les profondeurs boueuses d'une eau mortelle. »

Dieu l'avait interdit. Il avait consenti à soustraire une jeune fille de la noyade. Le Hollandais ignorait encore à quel point ce geste allait lui ôter un poids de la poitrine... Ce secret dont il n'avait pas levé totalement le voile.

Peut-être Marguerite serait-elle sa sibylle ?... Mais non ! Il devait arrêter de rêver : il était infirme, défiguré, fils de rien, et protestant. Elle, si jeune encore, si jolie, et catholique...

Les Van Noort ne le laissèrent pas longtemps à ses tristes considérations, et le sourire de Marguerite lui restitua sa bonne humeur.

— Vous parlez bien notre langue pour des Français !

— Nous avons toujours été un peu à part, « tiraillés », si je puis m'exprimer ainsi, et pratiquant le français comme les riches, sans être riches, répondit Grégoire. Mais notre langue natale est le flamand. Cela nous a aidés. Nous avons eu moins de problèmes pour assimiler la vôtre.

Adriaan se sentait en confiance. L'ivresse du bonheur et de la boisson le poussait à la hardiesse.

— Ce n'est pas le fort des Français, les langues, se risqua-t-il. Je l'ai remarqué à la Bourse. Ils sont longs à s'adapter, plus que les Allemands et les Anglais.

Il avoua la perte de son travail. Ses nouveaux amis s'indignèrent de la lâcheté de ses employeurs. Il sourit :

— J'en suis heureux, car ils m'ont permis de sauver Marguerite.

A son tour, Grégoire se lança dans la confidence :

— Dès notre arrivée, nous avons obtenu la garantie du droit d'asile. Mais nous sommes catholiques, et je compte sur votre discrétion.

Adriaan jura silencieusement.

— J'ai rejoint un éditeur d'Amsterdam avec lequel j'étais en relation depuis des années, ajouta Grégoire. A Lille, je traduisais des ouvrages... interdits en France.

— Ce qui t'a valu d'être considéré comme un hérétique, déclara Renelde.

— Nous éditons, imprimons, et vendons... poursuivit-il.

— Vous dépendez de la guilde des marchands, alors ?

— Non, je ne peux pas, je ne suis pas protestant... Mes associés et moi-même sommes indépendants. Ma situation est parfois bien étrange. Quand je vois, par exemple, la véhémence de certaines gazettes que nous éditons nous-mêmes, j'éprouve le désir de défendre la France. Mais je suis inquiet, car depuis un an, Louis XIV reprend les hostilités, et ce n'est pas bon signe...

La porte était ouverte sur un enclos où des rosiers buissonnants, mêlés à des corolles rouges et jaunes, à des grappes mauves, composaient une mosaïque de couleurs. Des bouffées de parfums se dégageaient du massif de fleurs. Renelde savourait particulièrement ces instants de clair-obscur, à la tombée du jour.

Aurélien y jouait avec le chat. Elle n'eut pas le cœur de l'interrompre pour l'envoyer au lit.

— Regarde, maman, il passe sa patte par-dessus son oreille.

— Il va pleuvoir, demain. On ne pourrait le croire !

Le vent avait fait place au frôlement soyeux d'une légère brise. Une lumière crépusculaire baignait le jardinet.

— La lune s'est levée, mon chéri. Les pétales se ferment. Les fleurs sont fatiguées et s'endorment... Comme toi, murmura-t-elle à son petit garçon aux paupières mi-closes.

Les longs cheveux de Marguerite étaient à peine secs. Ils flottaient sur ses épaules, recouvertes d'un mantelet vert qui faisait ressortir ses éphélides. Nu et joliment cambré, un pied dépassait de la couverture. Des pantoufles étaient posées sur le sol dallé. Marguerite surprit le regard d'Adriaan, en proie à de singulières et délicieuses sensations. Elle joua les effrontées, et lui découvrit la cheville. Son cœur cognait avec violence. Les saisons de l'innocence s'étaient achevées avec son bain forcé. Une autre porte s'ouvrait à elle, celle de l'amour. Elle l'ignorait encore, mais elle plongeait Adriaan dans une étrange confusion.

Au dessert, le jeune Hollandais laissa échapper :

— Je suis né à Edam, paraît-il. Je conserve une image de là-bas, une seule : un chariot cahote vers le marché, rempli de grosses boules à écorce rouge. C'était avant Amsterdam.

— Et tes parents ? demanda Marguerite d'une voix très douce.

Adriaan avala sa salive.

— Ils sont morts. Je suis allé à l'orphelinat.

— Si près d'ici ! Nous passons tous les jours devant l'entrée ! La mère de mon amie Agatha y est régente. Tu dois la connaître, elle s'appelle Catharina...

— Les régentes s'occupaient des filles, coupa Adriaan avec brusquerie.

Il en rougit aussitôt. Il n'avait pas été admis à l'orphelinat de Kalverstraat. Les régents de la maison de correction étaient les seuls qu'il avait côtoyés, mais il n'osa l'avouer. Son enfance s'était concentrée autour de la Maison des Aumôniers, qui acceptait les fils d'étrangers, les malades et les enfants de parents destitués de leurs droits. De quelle catégorie faisait-il partie ? Toujours est-il qu'il n'avait pas rencontré ces belles dames aux cols de dentelle et à gorge dégarnie décrites par son ami Dirk.

Grégoire rompit le silence instauré par le trouble du jeune homme.

— Veux-tu partager une bonne pipe, mon garçon ? Je me suis mis au tabac. Il a des vertus curatives, contre les insomnies, par exemple.

— Non merci... Cela me fait tousser.

— Où vivez-vous, Adriaan ? demanda Renelde.

— Dans le quartier du Jordaan... une modeste pièce... mais la maison, elle, a abrité les dernières années d'un peintre assez extravagant, et célèbre, dit-on, sans qu'il ait atteint toutefois la fortune de Govaert Flinck. Il est mort dans la solitude. Il se nommait Rembrandt Van Rijn.

— Oh ! J'en ai entendu parler ! s'exclama Renelde.

— C'est incroyable !... Je... Je suis encore plus fier d'y habiter ! bredouilla-t-il.

On parla de la cherté de la vie. Moyennant cinquante florins et des relations, les Van Noort avaient acquis le titre de « citoyens hollandais ». Grégoire payait l'impôt, et avait obtenu le droit d'acheter une part de la Compagnie des Indes. Il travaillait beaucoup pour régler le loyer d'une maison décente de trois étages, en plein cœur de la ville. Les propriétaires habitaient la campagne.

— Pourquoi ne prendrais-tu pas, comme tes associés, un clerc à tes côtés ? émit Renelde. Il te déchargerait. Nous vivons grassement aujourd'hui, et tu continues de te tuer à la tâche...

Une lueur narquoise alluma le regard de Grégoire.

— Est-ce ma faute s'il y a moins de fêtes et de jours chômés chez les protestants qu'en Flandre catholique ?

— Ne vous fiez pas à ses paroles, Adriaan ! Mon mari a toujours pesté contre les jours chômés ! C'est un ascète. Il aime les nouveautés mais mène une vie austère. (Elle soupira.) La Hollande lui convient bien.

— Ici, même l'ennemi est un client, alors on ne manque pas de besogne. Mais ma femme a raison, j'ai un surcroît de travail ces temps-ci. Et avec notre projet de revue en langue française... Tu me serais bien utile, Adriaan.

— Je saurais juste tailler les plumes ou vous allumer les chandelles, répondit-il avec modestie.

— Tu étais à la Bourse. Tu sais lire, n'est-ce pas ?

— Oui. Je consultais les almanachs, avec les horaires des marées, les tableaux des foires, des coches... Mais j'aime par-dessus tout les récits de voyage, Don Quichotte...

— Tu es cultivé, mon garçon.

Alors, Adriaan s'inventa une famille :

— Mon père était marin...

— C'est entendu, je t'engage... (Et Grégoire ajouta, clignant de l'œil :) Nous parlerons de Spinoza...

Les joues de Marguerite étaient teintées de plaisir, et de garance. Renelde lui adressa un délicieux sourire et pela une pomme. Une sensualité se dégageait de sa personne, une noblesse de son attitude. Sa nuque était penchée vers le fruit. Grégoire se promit de recourir aux services d'un peintre pour immortaliser la sérénité de ce visage aimé, la perfection de son profil. Au plus profond de sa chair, un trouble le fit frémir. Du moindre de ses gestes silencieux émanaient une élégance, une émotion touchante. Avec l'envie de la caresser, il complimenta son épouse sur la qualité du repas. Renelde répondit en l'embrassant.

« Quelle douceur ! » se dit Adriaan.

« Mon Dieu ! Laissez-les à deux, éternellement », pria Marguerite.

Le café était parfumé à la cannelle, et les petits gâteaux épicés, fabriqués par la maîtresse de maison.

— Pourquoi n'organiserions-nous pas une grande fête ? proposa cette dernière.

— Gabriel quitte Amsterdam pendant un bon mois, pour affaires, mais à son retour, début septembre, c'est possible, ma chère Renelde.

— Merci, père ! s'exclama Marguerite. Je ferai le massepain. Tu verras, Adriaan, je le réussis mieux que quiconque.

Ses yeux brillaient d'une lueur fiévreuse. Elle ne semblait pas se préoccuper de la balafre du jeune Hollandais.

Renelde éclata de rire :

— Elle en est la meilleure confectionneuse ! Vu le temps qu'elle passe à écraser les amandes !

— Tu aimes le massepain, Adriaan ? s'enquit Marguerite.

— Oui !

Il n'y avait plus goûté depuis sa petite enfance, lors d'une fête de Saint-Nicolas, à l'orphelinat.

— Nous te gardons pour la nuit, mon garçon, il est tard, conclut Grégoire.

Ils chantèrent, tous en chœur, Renelde au luth. Marguerite et Adriaan s'échangeaient des regards tendres. Les parents promirent d'inviter leurs amis pour un vrai festin, en l'honneur du sauvetage de Marguerite. Après tout, il fallait suivre les traditions de leur pays d'adoption, qu'ils aimaient tous un peu plus ce soir-là, grâce à ce touchant jeune homme qui entrait dans leur vie.

Minuit sonnait au carillon de la grosse horloge du salon. Au lit, Grégoire se tournait et se retournait sans cesse. Il transpirait. Dans son sommeil, une frayeur lui étreignit la gorge, et réveilla une sourde douleur. Il cria, se réveilla. Rassuré par le corps chaud de Renelde et le parfum de rose qui s'en dégageait, il oublia ses hantises.

— Tu as rêvé, murmura-t-elle.

Il se justifia :

— Le temps change. L'air est chargé de pluie.

— Je croyais que le tabac t'aidait au sommeil, est-ce que toutes ces substances mélangées n'ont pas un effet contraire ?

Elle regretta aussitôt ses paroles. Le tabac était bien son seul excès. Pendant les nombreux mois d'allaitement, les relations intimes altérant le lait, ils n'avaient plus été amants. Tout doucement, leur relation s'était muée en tendresse, plus qu'en passion. Grégoire s'était senti un peu exclu, un peu envieux. Il s'en trouvait mal mais n'en parlait pas. Ils s'endormaient l'un contre l'autre ; lui souvent harassé de fatigue.

Un cauchemar revenait comme une vague déferlante à l'automne de sa vie. L'appel de la terre était plus fort que les intérêts du métier. Il rêvait de son village des Flandres, d'un jeune et trop fier échevin *, maître intransigeant sur son domaine, la ferme de l'Orme, et que jalousies et superstitions jetaient au-dehors.

Renelde devina ses pensées.

— Moerbeke est français à présent, pourquoi ne pas y retourner ?

— Non... Ce n'est rien.

Il ne lui dit pas qu'il avait écrit à Tis'je le colporteur, afin de connaître la situation au village. Il ne désirait pas lui en parler tant qu'il n'était pas certain d'y être accepté. Renelde ne lui dit pas qu'elle envisageait de contacter Tis'je, son ami, pour essayer de l'aider à retrouver ses terres. Du reste, Tis'je était-il encore vivant, en pays de Flandre ? Et son frère Nicolas, le brasseur lillois... Avait-il reçu sa dernière lettre ?

* Magistrat du village, adjoint du bailli (maire).

# 6

Des cris, Pierre Van Eyck en entendait souvent. Ceux de Marie-Jeanne étaient insoutenables. Il haïssait le vicomte. Depuis un mois, la jeune femme subissait les excentricités de ce barbare. Le Diable s'était insinué dans le corps et l'esprit de cet homme, qu'il avait considéré comme son ami, comme un exemple à suivre, et qu'il avait suivi.

La nuit était chaude, le ciel picard étoilé. Mais une odeur de stupre, de crasse et de tabac flottait dans la demeure campagnarde du sieur de Ronchivol.

Pierre se leva avec difficulté. Il avait bu son compte, lui aussi. Il avança péniblement jusqu'à la chambre de son hôte, et tomba nez à nez avec lui.

— As-tu besoin de la rudoyer ?

— Tu m'épies, à présent ?

Marie-Jeanne était étendue, les mains attachées aux barreaux du lit, à demi-dévêtue.

— Pourquoi ces liens, Jean-Etienne ?

— Elle se refuse à mes caprices, mais rassure-toi, elle aime ça, la chienne.

— Je ne crois pas, répondit Pierre, en le toisant avec sévérité.

— Prends ma place, si tu veux. Mais fais vite. Juste le temps de me soulager et je reviens.

Il balaya sa mèche brune d'une main arrogante. Sa lèvre, moqueuse, s'infléchit :

— Tiens, ma belle !

Il saisit son compagnon par les épaules et le poussa dans sa chambre.

— Un peu d'amusement, en m'attendant !

Il disparut dans le sombre corridor.

Ils se regardèrent un instant en silence, aussi gênés l'un que l'autre. Il l'avait beaucoup observée ces dernières semaines, et prise en pitié. Son regard croisait le sien, avec sollicitude, avec regrets aussi, car il n'en était pas amoureux et se sentait trop faible pour affronter Ronchivol, trop faible pour le quitter, lui et sa bande de nobliaux dégénérés. Mais ce soir, la coupe était pleine. Il ne supportait plus sa vie. Il lui détacha les mains. Ses poignets étaient bleus. Il les massa doucement.

— Je suis désolé, murmura-t-il.

Marie-Jeanne discernait en cet homme une lueur d'amitié, la seule, parmi tous ces débauchés. Peut-être parce qu'il était de Lille, lui aussi, et qu'il l'avait croisée, enfant, chez Renelde Van Eyck dont il était le neveu. Louise, elle, n'était pas son alliée. Marie-Jeanne l'avait compris. Trop tard. Depuis des semaines, sa volonté ployait sous la froide détermination d'une paire d'yeux étincelants qui lui chaviraient l'esprit. Son être entier allait à la dérive. Son énergie s'était évanouie, noyée dans une mare glauque. Elle n'était plus que le simulacre d'elle-même, une ombre qui mendiait des caresses. Les belles images forgées par ses rêves d'enfant disparaissaient dans le dur brouillard du désenchantement. Elle se reprochait amèrement son manque de fierté, son incapacité à prononcer une parole en présence d'un amant tyrannique.

— Je suis désolé, répéta-t-il. Je pars, Marie-Jeanne.

— Emmenez-moi, Pierre !

— C'est impossible.

— Laissez-moi à Senlis, ce n'est pas loin. (Ses yeux le suppliaient.) N'importe où, je vous en prie !

— Je ne peux vous enlever à lui.

Il craignait les représailles. Il n'osait avouer à quel point Ronchivol l'effrayait. Le noble le tenait sous sa dépendance, comme les autres, comme ses femmes, ses chevaux et ses chiens. Pierre ajouta, pour se rassurer luimême :

— Tu l'aimes, n'est-ce pas ?

— Je ne l'aime pas. Il m'a envoûtée. Il m'a réduite en esclavage.

— Tu n'en semblais pas malheureuse.

— Je vous en prie, aidez-moi !

La peur était inscrite sur le visage de Marie-Jeanne.

« Elle est épouvantée », pensa-t-il.

Alors, dans un éclair de bienveillance, un sursaut d'humanité, il promit à l'innocente d'aller à Lille, de transmettre un message pour Renelde Van Eyck, d'expliquer la situation et surtout d'indiquer le lieu où la malheureuse était retenue prisonnière par la bande de Ronchivol. Elle saisit un parchemin sur la table.

Dans un état de fébrilité intense, elle commençait à y inscrire quelques mots, lorsqu'un pas pesant se fit entendre dans le couloir. Elle signa et n'osa poursuivre. Peu importait. Elle était sauvée. On allait l'aider. Elle n'eut pas le temps d'achever sa lettre, ni de la sceller. Elle la glissa furtivement dans la main de son ami, à l'instant même où Ronchivol franchissait le seuil. Un silence de mort planait dans la chambre.

— Qu'avez-vous, tous les deux ? Vous complotez ?

Le compagnon prit son courage à deux mains :

— Je pars, Jean-Etienne.

— Ah ? Et on peut savoir où ?

— A... A Paris.

Marie-Jeanne pâlit. Une vague d'angoisse déferla dans son cœur. Son regard était pathétique. Il la rassura d'un sourire. Encore éméché, le vicomte ne s'en aperçut pas.

— Bonne idée. C'est ça, pars. D'ailleurs, tu m'agaces avec tes sermons. Va donc tenir compagnie à Louise. Moi, j'ai mieux ici.

Le compagnon de Ronchivol regarda une dernière fois Marie-Jeanne. Il y lut une grande détresse, un vibrant espoir.

Il disparut.

Pierre Van Eyck chevaucha quelque temps. Peu à peu, la rosée du matin le dégrisa. Qu'avait-il donc promis ?

A la croisée des chemins, il attendit. Longtemps. Inapte à se décider. Son cheval piaffa d'impatience. Alors, il tira sur sa bride et prit la route de Paris.

# 7

La fin août approchait. Une atmosphère lourde et accablante régnait en ville. Les cloches des sept paroisses de Lille scandaient la marche de Marieke. L'angoisse grandissante de la vieille femme de Saint-Sauveur avait occulté ses rhumatismes et l'affreux mal de dents qui lui martelait les tempes.

Bruyantes et interminables, les cloches sonnaient trois fois par jour en hommage à la reine Marie-Thérèse. L'épouse de Louis XIV était décédée le 31 juillet de cette année 1683.

Une foule s'était déplacée à la collégiale Saint-Pierre, tendue de velours noir du haut des vitraux jusqu'au dallage de pierre. Le spectacle était grandiose : un millier de cierges et tous les chandeliers d'argent de la ville réunis dans la chapelle ardente.

Les nouveaux sujets du roi de France avaient pleuré leur princesse espagnole, si charitable, si tendre envers ses enfants, tellement aimante envers son ingrat de mari. Ah ! celui-là ! Il eût été fier des Lillois, qui honoraient dignement leur souveraine. Mais le roi n'avait pas réapparu depuis trois ans.

Marieke repensait parfois au faste déployé pour la visite de Louis XIV, en 1680.

« Si notre petite Margot avait vu ça !... Un an de travail pour fabriquer le décor, dix-huit jours pour l'installer sur la place du marché... Une montagne avec des géants, l'apparition de dieux et déesses ; le tout embrasé en quelques minutes ! Quelle féerie !... Quel gâchis... »

Pour l'heure, Marieke avait d'autres soucis. Sa belle humeur était altérée par une méchante intuition. Il lui fallait trouver Pierre-Ignace au plus vite. Lui seul l'aiderait à remettre ses idées en place. Et Marieke la gaillarde marchait d'un pas alerte pour ses cinquante-sept ans et ses cheveux blancs. Elle s'arrêta sur le seuil d'un ouvroir de sayetterie *. Deux ouvriers l'interpellèrent avec familiarité :

— Ça n'a pas l'air d'aller, Marieke !

— Toujours ta rage de dents ?

— Rage au cœur, oui ! répondit Marieke, peu encline à la plaisanterie. Dites-moi, Chavatte n'est pas là ?

— Il est allé au palais Rihour, ce matin. Il témoignait en faveur du suicidé.

Marieke se mordit la lèvre.

— C'est vrai ! J'avais oublié !

Comment n'y avait-elle plus songé ?

Ah ! C'était quelqu'un à Saint-Sauveur, Pierre-Ignace Chavatte, le sayetteur !

Jadis, il avait exécuté son chef-d'œuvre et méritait donc le titre de « maître ». Mais, faute de moyens pour s'installer à son propre compte, il était resté franc-ouvrier. Cela ne l'avait pas empêché d'entreprendre une affaire d'importance : il travaillait avec ardeur à son plus bel ouvrage : un journal. Le projet était vaste, remarquable et plus conséquent que les gazettes, ces imprimés vendus dans l'enceinte de la Bourse, et relatant des faits d'actualité. Dame ! Avec la belle écriture qu'il possédait depuis l'école dominicale, il en conterait pour les siècles à venir ! Il allait laisser la trace de leur passage et, pour cela, Marieke l'admirait.

En 1681, lors de l'incendie de la bibliothèque des Augustins, elle avait été frappée par son désespoir.

* Sayetterie : confection d'étoffes rases et sèches de laine peignée (la sayette).

Marieke n'avait rencontré qu'un seul autre homme comme son voisin : Grégoire Van Noort, qu'elle avait servi à Lille, pendant sept ans, avec un attachement proche de l'amour, avant qu'il ne s'exilât en Hollande. Monsieur Grégoire et son ami Pierre-Ignace se permettaient des critiques vis-à-vis du pouvoir en place. Ils n'avaient pas peur. Oui ! Tous deux, c'étaient des maîtres !

Elle aperçut Chavatte dans la rue des Malades *.

— Pierre-Ignace !

— Salut, Marieke !

Elle courut à sa rencontre, faillit être renversée par deux immenses dogues qui traînaient la charrette d'un boucher et cavalaient au péril des promeneurs.

— Attention !

Elle chancela, à demi-assommée par une enseigne saillante. Pierre-Ignace la reçut dans les bras.

— C'est un plaisir ! Mais si tu continues à foncer tête baissée, il va t'arriver des catastrophes !

— Ces maudites enseignes sont trop basses, maugréa-t-elle, l'équilibre retrouvé, en se frottant le front.

— Tu me cherchais ? Je me suis attardé chez Charles Prévôt, le marchand libraire de la Bourse. Allez ! Je te paye un coup de brandevin.

— Non merci. Je ne fréquente pas les tavernes.

— A la maison ! Il y fera plus frais. On n'y respirera pas toutes ces vapeurs fétides qui montent de la Deûle.

— T'es sûr que c'est bon pour tes coliques, le brandevin ?

— Pour les coliques, on a saint Paulin ! (Il éclata de rire.) Je suis de bonne humeur, aujourd'hui, Marieke.

Il l'emmena vers Saint-Sauveur ; « paroisse des manants et des braves gens », énonçait-il d'un ton facétieux. Il possédait un humour solide, propre à contrebalancer la misère ambiante. Le soleil exhalait un souffle ardent. Sur le chemin, ils s'entretinrent du temps, puis des dernières nouvelles colportées par Pierre-Ignace.

* Rue de Paris.

— Alors, le suicidé ?... lui demanda poliment Marieke, qui brûlait pourtant de lui exposer son problème.

— Je suis heureux. Grâce à mon témoignage, le pauvre homme sera enterré à Saint-Etienne, et non traîné la tête en bas comme une bête.

Marieke opina de la tête.

— Ça, c'est bien. Sais-tu que le prix du blé vient d'augmenter ?

Elle se sentait fière de lui rapporter à son tour les rumeurs de la ville et autres petits faits qu'il joindrait à ses notes de l'année.

— C'est devenu monnaie courante. Mais ce n'est pas bon signe, répondit-il. En revanche, les incidents entre l'intendant et le Magistrat de Lille se sont tassés. D'ailleurs, le roi vient de rendre à ce dernier sa compétence souveraine.

— C'est-à-dire ?

— Les pleins pouvoirs.

— Ça, c'est bien aussi !

Elle s'interrompit pour saluer dans la cuisine l'épouse et la fille aînée de Pierre-Ignace, appliquées à la préparation du repas. Après avoir trempé ses lèvres dans son breuvage favori, Chavatte examina le climat social :

— Ces dernières semaines, la fermeture de certains cabarets, la multiplicité des casernes ont provoqué un peu moins d'incidents entre les soldats et les Lillois. Pour le « Joli-Cœur », l'aventure s'est mal achevée : il a été pendu.

— Le coquin ! Ce n'est que justice ! Vouloir forcer une femme en présence de son mari ! Tu vois, Pierre-Ignace, c'est tout de même inquiétant tous ces soldats en ville.

— Tant qu'ils restent en ville, ils ne ravagent pas les villages.

— Peut-être. Mais c'est pas bon pour nos filles.

Chavatte soupira.

— T'as raison, Marieke. Y a plus de morale, de nos jours.

Ils trinquèrent à un monde meilleur.

— Tes dentellières, reprit-il, elles te tiennent à cœur, hein ?

— Elles me le rendent. Elles m'ont appris à lire et à écrire. Pas aussi bien que toi, bien sûr !

Le visage de Marieke s'assombrit. Le moment était approprié pour aborder le motif du tourment qui l'habitait depuis le matin. Elle sortit un papier froissé de la poche de son tablier.

— Lis ça, Pierre-Ignace. Et dis-moi ce que tu en penses.

Chavatte parcourut des yeux la missive.

— Petite mère, c'est toi ? demanda-t-il, étonné.

— Non, c'est Renelde Van Eyck.

Il examina le message, fronça les sourcils et le relut à haute voix :

*Aide-moi, petite mère, je t'en supplie ! Viens à mon secours !... Je me fais honte... Je n'en puis plus. Mon messager t'expliquera...*

*Marie-Jeanne.*

— Ce messager en question, que t'a-t-il appris ?

— Voilà le problème ! il n'y avait pas de messager !

— Hein ?

— Je n'ai vu personne. Ma cousine a découvert la lettre sous la porte. Qu'en penses-tu ?

— Qu'en penses-tu, toi, d'abord ?

— J'allais l'envoyer à madame Renelde, à Amsterdam. Mais j'ai eu un mauvais sentiment. Je l'ai tournée, retournée, et je me suis décidée à te la montrer. L'écriture est tremblante et irrégulière comme la mienne. Elle n'a rien de l'élève appliquée dont je me souviens. Elle a peur, semble-t-il, très peur.

— Tu es une fine mouche, voisine.

Pierre-Ignace but une nouvelle gorgée, s'essuya du revers de la main et rendit son verdict :

— C'est un appel de détresse.

— Oui. Mais comment la retrouver ? Elle a fait confiance à un messager qui l'a abandonnée !

— Qui est cette Marie-Jeanne, et pourquoi s'est-elle adressée chez toi, plutôt que chez sa « petite mère » à qui elle écrit ?

— Marie-Jeanne était apprentie chez Renelde Van

Eyck, avant de suivre Louise, une maîtresse dentellière, vers la Manufacture d'Arras, ou de Paris, je ne sais pas. Elle n'a plus donné aucun signe de vie. Mais elle connaissait l'adresse de ma cousine Albertine.

Gênée sans doute de médire, Marieke ajouta à voix basse :

— Cette Louise, elle ne m'a jamais paru bien catholique. (Elle se signa.) Mon Dieu ! Pourvu qu'il ne lui soit rien arrivé de terrible, à la petite !

— Calme-toi, Marieke. Quel âge a Marie-Jeanne ?

— Vingt ans... ?

— C'est une femme !

— C'est notre petite, et je m'en veux de l'avoir laissée partir. A l'époque, elle avait à peine seize ans.

— Elle a donc vingt-deux ans, Marieke.

— Peut-être. Mais c'est ma faute ! s'exclama-t-elle, assaillie par le remords.

— Non. C'est pas ta faute. Et puis, ce n'était qu'une apprentie...

— Ne crois pas ça. Elles étaient deux grandes. Madame Renelde les considérait comme ses filles, comme la petite Margot, qu'elle a emmenée avec elle en Hollande.

— Deux grandes ?

— Oui, Marie-Jeanne et Ana, mais Ana, elle est morte... (Elle refit le signe de croix.) Alors, s'il arrivait malheur à Marie-Jeanne, madame Renelde et moi, on ne s'en remettrait pas. Tu comprends ça, Chavatte, dis ?

— Oui, Marieke... Quelqu'un pourrait donner son adresse ?

— La mère de Louise vit à Lille, dans la paroisse Saint-Maurice.

— Vas-y. En fin d'après-midi, je serai au jardin. On décidera.

Elle dîna* en compagnie de sa cousine Albertine, qui l'hébergeait. Marieke partageait les tâches ménagères et

* Déjeuner.

rendait mille services aux douze occupants du foyer. Quatre des cinq enfants d'Albertine y logeaient avec leur famille. Marieke partageait une chambrette avec une jeune dentellière, promue dès lors grande sœur et soutien de Toutoune, tricoteuse de douze ans. Un chapelain y avait une mansarde sous le toit. Tout ce petit monde vivait dans une vraie maison, appartenant au couvent des Augustins, et non dans une courée. Ils ne s'entassaient pas dans une pièce unique sans air ni eau. De la lucarne de Marieke, la vue plongeait sur la paroisse.

Des querelles se produisaient parfois entre deux beaux-frères, l'un sayetteur, l'autre bourgeteur *. Désunis par leurs jalousies, chacun était convaincu d'être le meilleur. Les bourgeteurs mêlaient des fils d'or, d'argent, de soie à leurs ouvrages, et les sayetteurs commençaient à voir d'un mauvais œil leur réussite. Le peuple s'enflammait vite à Saint-Sauveur, mais les tensions familiales restaient brèves et sans conséquences. L'ambiance était plutôt conviviale. Ce midi-là, le mari d'Albertine était absent. Maître sayetteur « sermenté », il était chargé d'organiser les prochaines cérémonies de la confrérie.

Marieke connaissait bien ce quartier qui l'avait vue naître. Elle se sentait plus à l'aise dans ce milieu populaire de petits artisans au langage fleuri que dans les nouvelles paroisses riches, bourgeoises et françaises.

Le repas achevé, la vaisselle rangée, elle se dirigea vers Saint-Maurice où la mère de Louise, veuve, pratiquait la profession de sage-femme. Dans les rues avoisinantes, les métiers des tisserands exerçaient leur incessant va-et-vient. Par les fenêtres grandes ouvertes au chaud soleil d'août se profilait l'ombre des besogneux, hommes, femmes et enfants. Elle interrogea des ouvrières et, dans une ruelle attenant à la rue Notre-Dame, elle ne tarda pas à dénicher la maisonnette basse qu'on lui avait indiquée, et qui jouxtait un atelier de sayetterie.

* Artisan qui confectionne des tissus mélangés (lin et autres fils).

La porte était entrouverte. Elle hésita un instant, puis entra.

Le bruit des métiers à tisser parvenait assourdi dans cet univers étrange et glacé. La salle était plongée dans la pénombre. Des effluves excrémentiels la prirent à la gorge. Elle recula et réprima son envie de faire demi-tour. Une vieille femme y végétait, l'air hagard, dans un état d'ébriété avancé : la mère de Louise ne mettait plus d'enfants au monde ; elle vivait dans la crasse et la semi-obscurité.

La pauvre épave était peu encline aux confidences. Marieke, elle, était bavarde et experte en l'art de converser avec ses semblables. Elle obtint les renseignements désirés : Louise était entretenue par un comte, dans le quartier du Marais, à Paris. Que Marie-Jeanne y fût ou non, Louise connaissait sûrement son adresse.

Le visage absent, aux traits fatigués, aux couleurs ternies par la misère, se réveilla pour lancer à Marieke que l'ingrate avait sacrifié sa propre mère et ne lui donnait ni nouvelles ni argent. Quant à ses fils, ils étaient là, mais ne s'occupaient pas davantage d'elle.

« Les temps sont durs », pensa Marieke. Même l'ami Chavatte ignorait s'il pourrait garder longtemps sa maison de Saint-Sauveur. Hausse des prix, baisse des salaires pour l'industrie textile. Malgré les efforts de Colbert pour aider la manufacture, le rattachement à la France gênait le commerce. Il y avait tant d'interdits à l'exportation ! Les étoffes de fabrication libre du plat pays concurrençaient la cité lilloise.

Sortie de son mutisme, la mère de Louise déversait un flot de rancune, lui découvrant des dents gâtées et une haleine fétide.

— Ma fille a une brique à la place du cœur. Méfiez-vous !

Marieke lui permit de s'apitoyer sur elle-même. C'était tout ce qui lui restait. Puis elle la laissa à sa navrante solitude. Elle sortit le cœur serré devant un tel dénuement moral et matériel. Avoir une si grande famille et être isolée ! De nombreux enfants étaient abandonnés à

Lille, certes, mais les autres entouraient leurs parents jusqu'au trépas. C'était un devoir.

« C'est un bonheur aussi », songeait Marieke.

Elle avait perdu le petit qu'elle portait dans son sein lors du siège de Lille par les Français. Elle devait un autre « cadeau » à Louis XIV : la perte de son mari. Elle se sentit soudain seule au monde, elle aussi, et pénétra dans l'église gothique de Saint-Maurice, toute proche.

L'immense édifice aux cinq nefs et aux innombrables colonnes l'impressionnait à chaque visite. De longues statuettes blanches émergeaient d'une forêt de chandelles. Celle de saint Roch, un angelot à ses côtés, était colorée. Propice au recueillement, une lumière divine filtrait par les vitraux. Un orgue reposait sur une corniche de pierre et surplombait un portail aux fines sculptures de dentelle. Elle s'agenouilla dans la chapelle de saint Jean Baptiste, patron des sayetteurs. Les événements méritaient un tête-à-tête avec Dieu. Elle ne sortit qu'en ayant retrouvé sa sérénité. Elle croisa le cousin, chargé de l'entretien de la chapelle. Ils échangèrent un sourire amical.

A proximité du jardin de Pierre-Ignace, Marieke était à peu près satisfaite.

« Un comte, se disait-elle, ne se rencontre pas à tous les coins de rues... Et le quartier du Marais ne doit pas être étendu ; sinon Paris ne serait pas ce qu'il est. Pensez ! Perdu dans un marais ! »

Un dessein se formait dans son esprit. L'envoi de lettres vers la Hollande prenait quatre ou cinq jours. Elle ne mettrait pas plus de temps elle-même... Pas beaucoup plus. Revoir madame Renelde, Margot la mutine, et son maître, monsieur Grégoire ! Elle l'espérait depuis si longtemps. Rien ne la retenait vraiment ici. Son mari était mort, sa reine aussi, ses dentellières avaient grandi. Elles étaient bien placées. Au printemps, on avait fêté dans la joie les fiançailles religieuses d'une Julie avec le fils cadet d'Albertine. Une autre s'était mariée avec un brave garçon de la paroisse Saint-André.

— Ah ! si ce n'étaient ma vilaine dent et mes vieux rhumatismes !

— Mets de l'huile de genièvre sur ton abcès, lui conseilla Chavatte, au milieu d'un carré de légumes et fleurs mélangés. J'arrête pour ce soir. Il n'y a pas grand-chose à faire dans le jardin pour le moment. J'ai ramassé toutefois quelques simples pour fabriquer des onguents et des pommades. Tu en prendras.

Il écouta le projet de Marieke, contempla un magnifique scarabée doré qui se déplaçait avec agilité à la recherche de limaces et de colimaçons. D'un ton très sérieux, il lui donna enfin son avis :

— Les routes sont dangereuses.

— On est en paix ! répliqua-t-elle.

— Cela n'a jamais rebuté Louis XIV, tu le sais. Les derniers mouvements de troupes sont inquiétants. Un bataillon aurait pillé et brûlé des villages du plat pays. Et puis... (Il hésita.) Tu es trop âgée pour voyager. Excuse-moi, mais tu as passé la cinquantaine. Je sais de quoi je parle.

Marieke secoua la tête.

— Je n'ai pas encore atteint « l'âge du tournant * », comme tu dis. Je n'ai jamais quitté Lille. Il est temps pour moi de voir du pays avant de rejoindre mes morts.

Toute sa vie avait été fondée sur l'attente. Son mari était un déserteur de l'armée de Louis XIV. Il n'avait pas voulu servir ce roi et s'était octroyé un droit qu'il ne possédait pas. Marieke avait reçu un avis de décès des galères. A l'époque, elle ne déchiffrait pas une ligne. Le prêtre s'était chargé de la besogne, mais elle en avait pressenti le contenu. Il y a des lettres qu'on devine sans les lire.

Avec la conviction de le retrouver dans l'au-delà, elle s'était appliquée à se rendre utile, ici-bas. Zélée envers maître Grégoire, attentive aux jeunes dentellières. Aujourd'hui, le Ciel lui offrait la possibilité de s'acquitter d'une dernière tâche envers ceux qu'elle aimait : les prévenir de l'appel de détresse de Marie-Jeanne. Pour Marieke, deux ou vingt-deux ans, quand on a besoin de secours, c'était

* Soixante-troisième année.

pareil. Elle était devenue le lien indispensable entre les dentellières, ces enfants de Lille, et les Van Noort d'Amsterdam, comme elle avait repris en main le petit monde de Saint-Sauveur, alliée efficace du curé et des bonnes volontés.

— « Moucherons au coucher du soleil, pour demain temps vermeil », énonça Chavatte, avec un regard scrutateur en direction de sa vieille amie.

Un éclat fiévreux brillait dans les yeux de Marieke.

— Pierre-Ignace, je pars !

Trois jours s'écoulèrent, après la décision irrévocable de Marieke-la-têtue. Trois jours d'intense activité pour la confrérie de Saint-Paulin.

— Voyons, Loulou, on ne compte plus en patars, mais en sols ! rappelait Chavatte à une ouvrière empêtrée dans les derniers changements monétaires.

Le départ de Marieke devint une affaire d'Etat pour la paroisse. Il était un devoir pour la confrérie de secourir le voisinage. On tint réunion sur réunion, agrémentées de prières devant la statue du saint patron, érigée grâce aux dons des jardiniers de Saint-Sauveur. On fit appel à la solidarité du quartier. On vendit un certain nombre de bouquets de fleurs d'été dans les tavernes, et on omit de crier sur les toits qu'il s'agissait du voyage d'une Flamande au pays des réformés. Pour être de la confrérie, il fallait être de bonne vie, de bon renom, et surtout bon catholique !

Amis et voisins s'unirent pour aider la courageuse servante dans son projet périlleux. Elevée à la dure, Marieke était résolue à aller au bout de son entreprise. Elle avait peur, mais elle passait outre. Elle n'était pas flamande pour rien. L'ami Chavatte essaya, une ultime fois, de la dissuader d'entreprendre une pareille aventure. Il avait eu confirmation des attaques de villages espagnols par Louis XIV. La population de Lille était à nouveau montée contre ce roi qui attaquait des places chrétiennes au lieu de lutter aux côtés des princes catholiques pour vaincre le péril turc. Vienne était assiégée par les infidèles, capables de toutes les atrocités. En se rassasiant des terres de ses frères, l'ogre Louis se faisait le complice des impies qui menaçaient la chrétienté.

— Tu vas au pays de l'hérésie et des ignorants, lui assura Jean l'aîné.

— N'en reviens pas réformée ! lui recommanda Jean le jeune.

— Elle va nous ramener sa madame Renelde, car il n'y a point de salut hors de notre église, leur affirma Pierre-Ignace, en protecteur et meneur de l'entreprise.

A l'heure fatidique, Marieke reçut la bénédiction du pieux curé de la paroisse, le père Cambier en personne, qui en profita pour bénir aussi ses « complices ». Le prêtre formula le souhait que Marieke réussisse à remettre dans le droit chemin — et vers Lille de préférence — ses amis entichés de l'hérésie.

En cette année 1683, les sermons contre la Réforme se multipliaient.

— Rappelez-vous, la Terre sainte est refusée aux obstinés.

Plusieurs jeunes dentellières étaient présentes aux côtés d'Albertine et de sa famille.

Le tablier empesé porté sur une jupe grise, un bonnet de toile fine plissé à petits canons de dentelle, toutes arboraient au cou une médaille d'argent, offerte par leur « petite mère » Renelde. Du haut de ses seize ans, Guyette tenait la main de Toutoune ; Julie, celle de son fiancé, apprenti sayetteur, lequel espérait passer son chef-d'œuvre et sa maîtrise au printemps, avant d'épouser son aimable dentellière. Hébergée par une cousine de Renelde Van Eyck, dans la paroisse Saint-Etienne, cœur de Lille, Julie venait chaque matin à Saint-Sauveur y instruire la petite Chavatte, âgée de neuf ans, dans l'art de la dentelle. Un bébé dans les bras, Nanette s'était mariée un an auparavant à un artisan de la paroisse Saint-André.

— Ramène-nous Margot, supplia Julie. Elle nous faisait tellement rire !

— Et petite mère ! ajouta Nanette.

— Pourvu que Marie-Jeanne n'ait pas été livrée au déshonneur, murmura Guyette.

Elle-même avait été tirée par Marieke des griffes de la Barbe Rousselle. La tenancière de cabaret attirait dans sa cave des jeunes vierges en leur offrant des gaufres ou des belles robes, et omettait de leur dire qu'elle y invitait aussi de drôles de messieurs.

Marieke les embrassa.

— Mes chéries, soyez toujours dignes de Renelde Van Eyck.

— Attention au loup-garou ! Une paysanne l'a rencontré dans la campagne.

— N'as-tu rien oublié ? s'enquit Albertine.

— J'ai mon domino, vos dons, et votre amitié.

— Tu vas nous manquer. Et tu mettras au moins huit jours. Tu ne connais ni les canaux ni les marais...

— Ne crains rien, cousine. Les chaussées du Nederland sont les meilleures et les plus sûres de toute l'Europe, n'est-ce pas, Pierre-Ignace ?

— Oui ! Tout n'est pas si mauvais chez eux ! dit-il en plaisantant.

— Mon Dieu ! Quelle histoire !

La cousine éclata en sanglots.

— Pierre-Ignace m'a procuré un véritable plan de route. Ne t'en fais pas, ma bonne Albertine. Ça y est, on va tous pleurer, maintenant !

Chavatte essaya de les rassurer :

— Je prierai tous les jours notre Vierge Marie pour qu'elle l'accompagne dans son voyage.

— Les hirondelles guettent les vents du nord, et la baisse de température. On en a déjà signalé des rassemblements, çà et là. L'hiver sera précoce.

— Les migrateurs sont comme moi, ils sont prêts à s'envoler pour la grande aventure ! Allez !... Ne vous en faites pas ! On n'a pas vu de ces diables de comètes et leurs mauvais signes depuis 1681 ! cria Marieke, tandis que la voiture ébranlait déjà les pavés. Les vents et les débordements, c'était pour l'an passé !...

# 8

— Le prix des terrains a prodigieusement grimpé dans les nouveaux quartiers de Lille...

— Il a triplé, précisa l'un des échevins.

— Il aurait fallu acheter il y a dix ans, en 1673, reprit Nicolas Van Eyck. Mais, à l'époque, je ne pouvais me le permettre. Aussi suis-je heureux, aujourd'hui, d'acquérir la maison voisine de la mienne. (Il prit un ton déférent.)... Et de solliciter auprès de ces Messieurs la permission d'agrandir ma demeure.

Il jugea inutile de préciser aux deux hommes qui l'interrogeaient son regret de ne pas posséder un bel hôtel de style classique, avec un jardin à la française, dans la rue Royale.

— Le Magistrat fera abattre la couverture de paille de l'habitation annexe et la remplacera par des tuiles... A moins qu'il ne réclame une démolition complète de cette vilaine construction pour la rebâtir de façon plus solide, poursuivit le premier échevin, qui examinait les plans de transformation.

Le second le rassura :

— Quoi qu'il en soit, leurs Seigneuries seront bienveillantes, le Magistrat a le souci du beau.

— Je désirerais que les travées soient séparées à partir du premier étage par un long trumeau de briques et que les tympans des fenêtres soient couronnés de chérubins.

— Soubassements de grès, trumeaux pilastres... Votre projet nous semble aller dans le sens du Magistrat.

— Je suppose qu'étant brasseur, vous désirez utiliser la nouvelle cave comme cabaret à bière.

— Ma fem... (Nicolas hésita...) Non. Je préfère la louer.

Tel était le désir de son épouse, Ludivine.

— Vous en tirerez un bon prix, vu son emplacement.

— Sera-t-il possible de m'octroyer deux pieds sur le flégard *, pour la descente de cave, ainsi qu'un élargissement de la trappe pour rendre l'entrée des locataires plus aisée ?

— Ces détails vous seront accordés, moyennant une redevance annuelle. La décision sera prise en Halle, en séance publique, et rendue par le Magistrat sous forme d'apostille.

— Eh bien, messieurs, je serais heureux de vous offrir une...

Un roulement dans l'escalier les fit sursauter. Le bois craqua sous la violence d'un choc.

— Père !...

Hors d'haleine, les cheveux ébouriffés, un jeune garçon de douze ans surgit dans le salon. Il était le portrait craché de Nicolas.

— Guillaume ! Que signifie ce vacarme ? Je te prie de présenter tes excuses à mes hôtes.

— C'est maman... Elle est tombée...

Il ne put achever. La pâleur de son visage en disait long sur l'état de sa pauvre mère.

Gourmande, paresseuse, Ludivine s'était extrêmement empâtée depuis son sixième enfant et accumulait fausse couche sur fausse couche. Elle se déplaçait avec difficulté et était irascible. Elle venait de dégringoler le grand escalier. Elle gémissait en bas des marches.

Ludivine perdait son dernier enfant. Cette fois, elle perdait aussi la vie. Le prêtre lui donna l'extrême-onction. Le petit Guillaume se cramponnait au bras de sa

* Trottoir.

mère. Il ne se rendrait pas aujourd'hui au moulin de « Madame Comtesse * », pour y chercher le grain. Il devait prendre la succession de son père à la brasserie. Il n'était pourtant que le benjamin de la famille. L'aîné, Pierre, avait été envoyé à Paris, huit ans auparavant, et à l'approche de ses vingt-quatre ans, il ne semblait pas désireux de revenir à Lille. Les nombreuses interventions de son père restaient sans effet. Il terminait ses études au collège des Jésuites de la capitale, et Nicolas ignorait presque tout de sa vie.

Les trois filles étaient au chevet de leur mère. Agée de vingt-deux ans, Isabelle avait deux enfants. Filleule de Renelde, elle était baronne de Vuerden, ne souriait plus depuis son mariage et n'osait parler de sa marraine, car sa mère y était hostile. Timide, elle n'avait jamais avoué ses relations épistolaires avec la Hollande. Renelde était son unique soutien, dans un hymen arrangé par ses parents et qui ne la comblait guère. Ses deux sœurs ne la côtoyaient pas, la jugeant froide, indifférente aux plaisirs de l'existence.

Nicolas faisait les cent pas dans la chambre attenante. Il avait rappelé Louis, son second fils, qui n'avait pas le droit de quitter sa compagnie de cadets et sa caserne sans une raison valable. La permission était accordée, mais il tardait à venir. En l'absence de Pierre, Nicolas avait reporté son orgueil sur ce fils, lequel apprenait la vie dans une excellente école. Après être passé entre les mains de maîtres d'armes et de mathématiques réputés, il en sortirait avec un grade d'officier du roi.

Le visage ruisselant de larmes, Guillaume parut dans l'embrasure de la porte :

— Papa, maman te réclame.

— Oui... J'arrive... Ah ! Louis, te voilà !

Très blond, très beau dans son uniforme, Louis grimpait quatre à quatre les marches fatales à sa mère. Les exercices quotidiens, la bonne nourriture réservée aux compagnies royales l'avaient rendu svelte et adroit. Son

* L'hôpital Comtesse.

père ne put réprimer un sourire de fierté. Ils traversèrent le cabinet ouvrant sur la chambre de Ludivine et s'y engouffrèrent. Elle rendait l'âme.

A l'entrée de Nicolas, elle se redressa sur un coude. Elle essaya de parler et pointa son index droit devant elle, en direction du miroir dans lequel se reflétait la silhouette pétrifiée de son mari. La pâleur cireuse de son visage revêtait déjà l'apparence de la mort. Avant même que Nicolas ait deviné le motif de son geste, sa femme ouvrit grand la bouche, laissa s'exhaler un râle épouvantable et retomba sur ses oreillers, inerte, les yeux exorbités, l'index raidi. La mâchoire claqua, se refermant sur un rictus amer. Un silence épais envahit la demeure. Les lèvres pincées, Ludivine sombrait dans le sommeil de marbre d'où l'on ne s'extirpe pas. Elle venait de s'éteindre, lovée dans ses taffetas et ses bijoux. De cette mégère épaissie et acariâtre qui dominait son mari, il ne restait rien d'autre qu'une forte odeur de parfum piquant et le chagrin de ses enfants.

C'est alors qu'un sanglot rauque résonna dans la chambre, celui de Nicolas, qui la regrettait déjà de toute son âme.

Nicolas s'aventurait peu dans la paroisse Saint-Sauveur de Lille. Les pouilleux à la mine affamée, l'amas de ruelles étroites, sombres et non pavées, où grouillaient des petites gens qui travaillaient seize heures par jour sur des métiers à tisser ou au fond d'ouvroirs, l'indisposaient. Pourtant, en cette fin d'été, il plongeait dans les rues boueuses, sans soleil, au ruisseau central dégorgeant de détritus et dégageant une forte odeur.

Après l'inhumation de Ludivine, après les mains serrées, les accolades avec les relations compatissantes, le défilé des voisins aux regards distraits et le départ de ses enfants — ceux qui n'habitaient plus avec lui —, Nicolas s'était mis en tête de chercher Marieke. Il se souvenait bien de la bonne femme de Saint-Sauveur. Elle était la servante de ce « monsieur Grégoire », l'hérétique avec lequel sa sœur avait fui. Il ignorait l'adresse de Renelde, et n'avait pu la prévenir du décès de sa femme. Le désir de la revoir dépassait sa rancœur. Elle avait souvent remplacé leur mère, cette petite sœur auprès de laquelle il avait trouvé confort et réflexion à chaque indécision, à chaque confusion.

Elle l'avait abandonné et ne lui avait jamais écrit. Vivait-elle encore en Hollande ? Etait-elle en sécurité dans ce repaire d'obstinés ? Pour la première fois depuis six ans, il s'inquiétait du sort de sa sœur. Pour la première fois, elle lui manquait terriblement.

En quittant la maison qu'il n'agrandirait pas, il s'arrêta devant l'une des portes ouvertes de Saint-Etienne. Une file de paroissiens était au-dehors et s'efforçait d'entendre le sermon d'un capucin concernant l'hérésie protestante. Il se fraya un chemin vers l'intérieur.

Dans la vaste église aux sept portails, il écouta l'orateur qui s'adressait aux « prédicants », ceux qui prêchaient encore sur le rempart de la ville. Il les exhortait à l'abjuration. Il montrait l'erreur de leur loi, du culte réformé et interdit dans la cité lilloise.

Incapable de prier, il ressortit. Sur la petite place, devant « le Rang à poteries », un homme du peuple était battu de verges, pour vol. Une partie des spectateurs était pliée de rire. L'autre les injuriait. La scène lui eût paru truculente en temps ordinaire. Mais Nicolas n'avait qu'un souci : rencontrer Marieke.

Dans la rue des Malades, nombre de sabots résonnaient sur les pavés. Des artisans fabriquaient et vendaient des étoffes, savons, mèches, paniers d'osier et chapeaux. Il se dirigea vers l'église Saint-Sauveur. Les curés connaissaient leurs paroissiens. Très obligeant, l'abbé Cambier lui indiqua un chapelain.

— Suivez-moi, dit le préposé à la chapelle de Jésus. Ma chambre se trouve dans le même foyer que Marieke. Malheureusement pour vous, elle s'est absentée depuis quelques jours... Elle est en voyage.

Il s'interrompit, embarrassé, puis ajouta, avec prudence :

— Sa cousine vous exposera la situation.

Chez Albertine, l'excitation était à son comble : le lendemain était le 29 août, jour de la Décollation de saint Jean Baptiste et fête des sayetteurs.

La maison, au mobilier simple, sentait le choux et la chandelle de suif, malodorante. On se préparait pour la kermesse qui allait suivre la cérémonie. Albertine était en pleine conversation avec une voisine, une jeune ouvrière, qui portait un foulard mouillé autour du cou. Elle déclarait le garder pour la nuit, afin d'avoir une belle nuque sans marque de piqûres de puces.

— Méfie-toi, Lili, de ne pas attraper la vérole, à te laisser conter fleurette dans la rue du Bois, ou à l'arrière des cabarets, comme tu le fais.

Devant son fer à gaufres, l'une des filles d'Albertine pleurait. Son mari et son frère se disputaient une fois de plus. La mère intervint :

— Vous n'avez pas honte ? Devant le petit ?... Pas étonnant si un gosse a été tué par un autre sale gosse de huit ans, vous savez, le fils Chapelle... Vous pensez que c'est le moment ?

Elle s'épuisait en vaines remontrances.

— Ah ! ces bourgeteurs et sayetteurs !... Espèces de bougres de maris, allez donc vous chamailler ailleurs, et n'en profitez pas, lorsque vous serez d'accord, pour jouer à la loterie ou aux cartes ! (Enervée par la préparation de la fête, elle déversait son trop-plein.) Quel malheur ! j'aurais bien besoin de Marieke, moi !

— Oui ! On est tous perdus sans elle ! acquiesça Toutoune.

— Bouge-toi ! gronda Albertine, ce n'est pas le moment de musarder !

Son fils cadet intervint :

— Bon ! moi, je vais chez les Chavatte, il y a trop de bruit ici !... Oh ! pardon !...

Heureux de se dérober, il faillit renverser un gentilhomme immobile sur le seuil, qui n'osait entrer : Nicolas.

A l'apparition du bourgeois perruqué, très élégant dans un justaucorps à volant plissé, l'agitation disparut comme par enchantement. De grands yeux bleus, étonnamment tristes, ressortaient des vêtements noirs et révélaient la détresse de cet homme de quarante-cinq ans.

Il se présenta et, confus, s'excusa de les déranger en cette veille de festivités. On le fit asseoir sur la belle chaise d'Espagne, au dossier de cuir, la seule qui ne fût pas à fond de paille. On lui présenta un repose-pied, que l'on glissa sous ses souliers à brides. On lui proposa une jatte de bière. Et l'on s'assit face à lui, sur le banc ou les trépieds, attendant le motif de sa visite. En silence. Respectueusement. Les yeux fixés sur ses mains gantées, puis sur son majeur orné d'une bague sertie d'un diamant. Chez Albertine, on n'en voyait jamais. On jetait des regards obliques sur la redingote ajustée ornée de touffes de rubans sur l'épaule droite. Déboutonnée, elle laissait voir une cravate de dentelle nouée sous le menton. La perruque, dont les boucles étagées tombaient sur les épaules, était si perfectionnée qu'elle imitait la chevelure naturelle de façon parfaite.

« Elle doit être lourde, se disait Toutoune. Peut-être qu'il a la tête rasée en dessous. »

L'ensemble contrastait avec les étoffes taillées, cousues et ravaudées par les femmes de la maison.

— Excusez-nous, maître Van Eyck, vous seriez venu demain... On va mettre nos habits neufs pour la cérémonie, mais aujourd'hui...

On n'entendait plus que le cliquetis des fuseaux de la pièce d'à côté où Guyette accomplissait les gestes rituels de la dentellière. Une carafe remplie d'eau tamisait l'éclat de la chandelle et dispensait une lumière intense sur son travail. Consciencieuse et paisible, le dos voûté sur son carreau posé sur un chevalet de bois, l'ouvrière tressait ses fuseaux, les faisant passer à une allure vertigineuse les uns sur les autres. Elle achevait une commande de cols et de coiffes qu'elle devait rendre à la tombée de la nuit.

Nicolas pensait à sa sœur...

Seul chez lui, il regarda passer les sayetteurs. Pas de tambours, cette année, en hommage à la reine Marie-

Thérèse. Le défilé silencieux prenait des allures spectrales. Le mari d'Albertine était en tête, avec les membres éminents de la corporation. Le carillonneur avait limité le temps de sonnerie des cloches, en raison du deuil de la souveraine. La cérémonie en revêtait une étrange dignité ; ce qui n'empêcherait pas, bien sûr, de recouvrer le bruit, la boisson et la danse, lors de la kermesse.

Nicolas tripotait le papier dans sa main. Il contenait l'adresse de sa sœur. Il était indécis. Allait-il lui écrire ?

En ce jour férié, les enfants de Ludivine s'étaient réunis chez Isabelle, pour un repas familial, un dîner du souvenir. Sous l'effet pernicieux de la disparition de sa femme et de son autorité, affublé d'une liberté dont il ne savait que faire, Nicolas n'avait pas eu le courage d'organiser quoi que ce soit. Isabelle avait pris les commandes. Elle s'était rapprochée de ses frères et sœurs, au grand étonnement et à la joie de ces derniers. Il était invité, lui aussi. Il avait préféré la solitude. Peut-être les rejoindrait-il pour le dessert ? Il avait promis. Peut-être...

Allongé sur le lit, plongé dans une espèce de torpeur, il laissait son regard errer de la fenêtre au mur orné du miroir lui faisant face. Habitué aux facilités de l'existence, il subissait le premier coup dur de son destin. Il acceptait la mort de sa femme. Il ne supportait pas la perte de sa duègne.

Soudain, un courant d'air fit battre la porte de la chambre. Engourdi, il se redressa à demi, prêt à se lever pour la refermer. Il resta pétrifié, comme sous l'effet d'une morsure venimeuse. Dans le miroir, il voyait la porte ouverte sur le cabinet, l'antichambre particulière de sa femme. Dans le miroir, il y avait aussi son scriban, où elle entassait papiers et secrets. Le scriban ! Mais c'était cela que son index pointait ! D'une main fébrile, il ouvrit un à un les tiroirs, fouillant, découvrant des colifichets ou des bijoux de valeur...

Soudain, il palpa une énorme liasse de lettres, reliées par un ruban. Une cinquantaine au moins. Qui écrivait à Ludivine ? Il ne lui connaissait pas d'amie. La gorge nouée, oppressé, il commença à les ouvrir et comprit ce que sa femme voulait lui avouer avant de rendre l'âme. Il saisit enfin toute l'étendue de sa jalousie.

— Mon Dieu ! laissa-t-il échapper. (Les larmes coulaient sans qu'il pût les contenir.) Mon Dieu !... Ma sœur m'écrivait tous les mois !

# 9

Dans la coquette maison du canal de la Demi-Lune d'Amsterdam, on donnait un festin.

Autour de Renelde, de Grégoire et de Marguerite étaient présents leurs proches voisins et amis. Les Braems, bien entendu, au complet. Gabriel avait accueilli les Van Noort et les avait hébergés à leur arrivée. En 1677, Spinoza mourait à Amsterdam. Lors des veillées, que de fois Gabriel et Grégoire avaient évoqué le grand penseur ; et M. Descartes aussi ; et tout ce qui contribuait à l'esprit original de la Hollande.

Un couple d'amis juifs, qui habitaient le quartier de l'est, s'était joint à la fête. Superbe dans sa robe de satin blanc, Renelde pensait à sa première dentellière à Lille : Ana la juive, disparue à l'âge de quatorze ans, l'âge de Marguerite ; Ana l'orpheline, qu'elle avait tant aimée. Elle eût été heureuse ici. Les juifs étaient respectés, leur synagogue consacrée en présence du bourgmestre.

Un riche marchand protestant, celui qui avait attiré Gabriel Braems en Hollande en 1674, était également invité en compagnie de sa femme, de leur fille aînée Agatha et du fiancé de cette dernière. Perruqué, bon mangeur, fier de son pays aux revenus et à la nourriture substantiels, le père avait une allure de grand seigneur. Il maniait à présent davantage les capitaux que les marchandises. Charitable, et consciente de l'être, la mère, régente de l'orphelinat, s'ébrouait en robe de taffetas noir aux bouffants extravagants, au décolleté plus que généreux. Par leurs vêtements à la mode versaillaise, ces purs Amstellodamois étaient les seuls convives à afficher un certain air de ressemblance avec les courtisans de Louis XIV.

La caste gouvernante, issue de la riche bourgeoisie, intimidait Adriaan. Il évitait la régente surtout, de peur d'être confronté à son passé inavoué. Bien qu'âgée de vingt ans, Agatha était l'amie de Marguerite. Elle était aussi son élève en matière de dentelle. Avec à l'horizon la certitude de son mariage, et devant les merveilles réalisées par la jeune Flamande, Agatha avait exprimé le désir de s'initier à cet art si joli. Marguerite était devenue sa confidente.

De nombreux chandeliers illuminaient le salon. Pâtés, volailles et vin du Rhin fardaient les visages réjouis. Une forte odeur de tabac commençait à emplir la pièce. Le corps solidement charpenté, désireux de le montrer, et fier de posséder une charmante fiancée, Franz embrassait Agatha, sans pudeur et sans peur. Hommes et femmes badinaient librement entre eux. Au milieu de ces jeunes gens vêtus avec élégance, très instruits, au langage raffiné, et qui osaient se perdre en baguenaudes, Adriaan se sentait d'une maladresse incroyable.

Il pensait à la nudité de sa tanière, à la vétusté de son mobilier, et au coffre usagé qui contenait la totalité de ses biens — essentiellement un certain nombre de gilets qu'il entassait sur lui pendant les saisons froides. Il n'avait pas les moyens de s'offrir des étoffes, objets d'art ou dentelles pour orner les murs d'où suintait l'humidité des canaux.

En robe de soie rouge, offerte par sa petite mère pour l'occasion, Marguerite était ravissante. Ses épaules dénudées avaient la couleur de l'opaline. En habit de velours, Jan Braems ne freinait plus son audace. Marguerite abhorrait ses moqueries, mais ressentait à ses flatteries une fierté d'une espèce inconnue.

— Dieu que vous êtes jolie ! souffla-t-il à l'oreille de la toute jeune fille, en frôlant de ses lèvres sa nuque dégagée.

Le cœur d'Adriaan se remplit de palpitations douloureuses. Pourquoi se préoccupait-il davantage de sa vilaine entaille, ce soir-là, et de sa jambe flageolante ? Il ne se regardait jamais dans la moindre glace. A l'écart, il se mit à se juger dans le miroir. Brusquement, il se détacha de son image, se retourna, prêt à s'esquiver. Marguerite lui faisait face. Elle avait deviné son départ.

— Non ! ordonna-t-elle. C'est ta fête, Adriaan !

Et comme pour répondre, inconsciemment, à un appel de détresse amoureuse, elle ajouta :

— Jan est le fils du parrain d'Aurélien, c'est tout. Reste avec moi...

Ils furent surpris tous deux de ce qui leur arrivait, de ce trouble imprévu, de leur main si chaude, de ce rouge irradiant leur visage, de leurs deux cœurs battant la chamade...

La nuit tombait. Une légère faim tiraillait l'estomac de Marieke. Il ne lui restait rien à manger, mais elle était vaillante.

Débarquant dans le port d'Amsterdam, sous un soleil bas et voilé, la première vision de Marieke l'avait remplie de consternation.

L'accès des quais était en principe interdit aux flâneurs, pour éviter la mendicité ou le vol de courrier que des clochards revendaient à prix d'or. En dépit de cela, une horde de filles de joie interpellait matelots et voyageurs. Emergeant de la cohue, désorientée par ce torrent humain, la Flamande s'était mise en quête de la maison de Renelde.

La première heure se passa avec espoir et curiosité. Les rues pavées de briques, l'absence de ruisseau central... Marieke s'étonnait de la moindre différence entre Amsterdam et Lille.

« Ici, les rues sont aussi propres que les carrelages d'Albertine », pensait-elle.

Bientôt elle se perdit. Elle n'avait jamais imaginé pareil labyrinthe. Au bout de deux heures, elle cherchait avec beaucoup moins de confiance. Le flot humain s'était retiré. Avec la nuit, elle eut peur de tomber dans un canal.

L'éclairage à huile était insuffisant. Si on la repêchait, personne ne se soucierait de l'étrangère, personne ne la coucherait en Terre sainte. Et madame Renelde ignorerait à jamais son infortune, car Marieke n'avait pas prévenu les Van Noort de son arrivée. S'ils étaient absents, où irait-elle ? L'une de ses compagnes de voyage lui avait appris que les hospices d'Amsterdam étaient désormais fermés en été, à cause de l'afflux de vagabonds.

Au fur et à mesure que les cloches égrenaient le temps, son malaise grandissait. Les yeux emplis d'effroi, elle vit passer un cortège mortuaire aux flambeaux. Elle crut y déceler un signe funeste. Une chauve-souris de petite taille la frôla d'un battement d'ailes. Elle aperçut deux oreilles pointues et frissonna. Cernée par les brumes et l'ombre des tilleuls qui prenaient un aspect surnaturel, l'inquiétude de Marieke devint panique. Elle eut l'impression de centaines d'yeux qui l'épiaient au travers des fenêtres. Elle se mit à raser les murs.

Le sang affluait trop vite dans ses veines et lui martelait la tempe. Elle avait gagné les beaux quartiers, mais au milieu des maisons de maîtres à pilastres et motifs décoratifs, elle était incapable de repérer le canal de la Demi-Lune.

Un roulement de tambour suivi du bruit strident de crécelles se fit entendre. C'était l'appel des gardiens de la nuit. La milice commençait à sillonner les îlots. On la prendrait sûrement pour une clocharde, ou une voleuse méditant un sale coup.

Enfin, elle arriva à l'enseigne des « ciseaux » — celle du tailleur — et découvrit le moulin décrit par Marguerite dans ses lettres. Mais comment reconnaître la maison au pignon en escalier et à volets rouges ? Enrobées de nuit, les couleurs s'étaient ternies et se fondaient les unes aux autres. Elle tressaillit encore aux crécelles ; puis elle plongea dans un silence redoutable. Elle s'arrêta au heurtoir à la gueule de lion. Un brouhaha de voix et de rires lui parvint de l'intérieur. Elle recula. Non, ce ne pouvait être cette demeure. Elle s'était trompée. Maître Grégoire avait toujours besoin de calme à Lille. Des pas lourds et lents se rapprochaient. La rue était déserte. Immobile dans la nuit, Marieke avait le vertige. Une sueur froide lui parcourait le corps. Elle ne possédait pas de lanterne. La patrouille la saisirait sûrement pour vagabondage. On allait l'incarcérer dans une maison de force, la marquer au fer, la mutiler peut-être... Les crécelles, les pas... Il n'était plus question de tergiverser.

— As-tu entendu, Grégoire ? J'ai l'impression que l'on frappe à la porte, dit Renelde.

— Il est tard pour une visite. Pour un message aussi. Tu dois confondre avec les tambours de la milice.

— A moins que ce ne soient de jeunes voisins attirés par l'arôme du massepain et des gâteaux ! plaisanta Gabriel.

— On frappe, je vous assure ! réitéra la maîtresse de maison.

— Attends, je vais...

Mais Grégoire n'eut pas le temps de la devancer. Un cri perçant le fit frémir. Il bondit dans le vestibule, les invités à sa suite.

Hors d'haleine, les jupons maculés de poussière, sentant le hareng et la sueur, Marieke franchissait le seuil et tombait, en larmes, dans les bras de Renelde.

# 10

— Cesse donc de m'observer ainsi, ma bonne Marieke ! Tu vas rendre jalouse notre Renelde !

— Mon Dieu ! Pardonnez, not'maître ! répondit-elle, envoûtée, prise en flagrant délit et écarlate. Je suis...

— Je ne suis plus ton maître, ici, coupa Grégoire d'un ton péremptoire, mais le sourire aux lèvres.

— Si ! Pour la vie, not'maître !

Le regard qu'il lui lança en disait long sur les années de connivence partagée. Le chapeau à large bord et l'habit de velours conféraient à la silhouette de Grégoire une virilité dont Marieke se délectait. Elle était subjuguée par le charme mature de son ancien maître.

Elle tourna pourtant le visage vers la fenêtre et se plongea dans la contemplation des roseaux ondulant sur le bord des canaux. Les saules s'inclinaient sur leur passage.

Tôt le matin, avant que les cloches des églises protestantes n'aient appelé au sermon et n'aient déclenché le signal de la fermeture des portes, répartis en trois voitures, ils avaient quitté la ville. Marieke se sentait heureuse au milieu de ses amis retrouvés.

En route vers la maison de campagne des Braems, elle se remémorait les péripéties de son voyage. Le coche d'eau, surtout, avant Amsterdam, l'avait comblée. Dès que le batelier eut sonné la cloche, une cinquantaine de passagers avec bagages avaient envahi la salle commune et s'étaient entassés sur des bancs, constituant une véritable arche de Noé. Sous les yeux extasiés de Marieke, toutes les classes, toutes les races, toutes les religions sans doute aussi, et maints dialectes s'étaient côtoyés. On ne se comprenait pas toujours, mais on parlait avec les mains. On explorait les mots communs. Marieke revoyait les bourgeois à l'élégant pourpoint et aux gants de cuir qui ne faisaient pas étalage de leur richesse, les domestiques aux tabliers à rayures vertes qui possédaient un argot enjoué. Des mères épuçaient leurs enfants au sourire espiègle. Des réfugiés d'Auvergne étaient assis à côté des paysans de Hollande en sabots de bois peints en jaune, à la langue fleurie des campagnes frisonnes ; des marins à large culotte bouffante et bonnet de feutre auprès de chômeurs qui erraient à travers le monde. Certains se dirigeaient vers Amsterdam pour s'enrôler dans la glorieuse Compagnie des Indes et se délectaient de genièvre en prévision du mal de mer. En bonnets plats, chapeaux à bord frangé ou casquettes à visière, en costumes locaux des villages maritimes, habits de médecin, de prédicant ou de charlatan, en longues jaquettes noires de sectes réformées, ou pèlerines de marchand, tous se mélangeaient.

Après son arrivée et la joie des retrouvailles, remettant au lendemain les questions et les explications, Renelde et Marguerite l'avaient littéralement bordée dans son lit, avec ordre de se lever le plus tard possible. Elle avait dormi comme un loir et s'était réveillée à midi sonnant à l'horloge. Pour la première fois de sa vie, Marieke avait fait la grasse matinée. Confuse, à peine remise de son épopée, et l'air grave, elle avait remis le message de la dentellière. Les yeux brillants, Renelde s'était aussitôt levée, proclamant d'un ton qui n'admettait aucun refus :

— Je pars pour la France. Il faut sauver Marie-Jeanne !

— Du calme, mon amie, avait répondu Grégoire. Examinons d'abord la situation, sans nous alarmer. Elle a peut-être écrit cette lettre sur un coup de tête, l'a oubliée à l'heure qu'il est, et coule des jours heureux dans les bras d'un fiancé.

Marguerite et Marieke avaient alors assisté à une lutte ardente entre Renelde et Grégoire. Mais la puissance de l'un ne réussissait pas à entamer la détermination de l'autre. Il eut beau montrer à sa femme les risques d'une telle aventure, le manque de précisions, d'informations en ce qui concernait Marie-Jeanne, rien n'y fit.

— Essaie de comprendre, Grégoire... Je ne l'ai pas tirée de la rue, enfant, pour l'y abandonner à nouveau. Marie-Jeanne, c'était plus qu'une apprentie, c'était comme Ana...

Il s'efforça de la persuader d'attendre, et lui promit de l'accompagner, au printemps. Il lui rappela le bien-être dans lequel elle s'était installée, et qu'il lui faudrait abandonner pour l'incommodité des voyages.

— Tu ne t'en es pas soucié, Grégoire, lors de notre fuite, en 1677, et aujourd'hui, Marieke n'a pas hésité à franchir les frontières pour nous retrouver !

Il évoqua les futurs mouvements de troupes.

— Très bien, déclara Renelde. Partons avant qu'ils ne soient dangereux. Il y a urgence !

Il espéra enfin l'ébranler en invoquant ses propres impératifs à la librairie et leur fils, trop jeune pour la suivre. Inflexible, elle ne céda pas à ses objurgations. La Renelde des grands jours s'était ranimée. Marieke jubilait. Marguerite était fascinée.

— Pierre, le fils aîné de mon frère, poursuivait-elle, habite dans le quartier du Marais, à Paris. Avec son aide, nous devrions mettre la main sur Louise et Marie-Jeanne.

— Mais le Marais, c'est grand !

Marguerite intervint. Elle était dans les secrets de Renelde et n'ignorait rien de son désir de retrouver les siens.

— Nous n'avons qu'à nous arrêter à Lille. Son frère nous donnera sûrement l'adresse exacte de Pierre.

— Toi, tu n'y vas pas ! affirma Grégoire.

— Si, j'y vais ! Je ne quitte pas ma petite mère. D'ailleurs, Marie-Jeanne se confiera volontiers à moi, j'en suis certaine. Quant à mes amies dentellières à Lille, j'ai envie de les revoir !

Grégoire perdait pied devant tant d'ardeur et d'efforts conjugués. Consciente pourtant d'avoir créé une certaine perturbation, Marieke était aux anges.

— Marguerite peut m'accompagner, assura Renelde. Elle a quatorze ans, c'est une femme.

— Justement. Il y a nombre de dangers lorsqu'on est femme.

Les yeux étincelants, Renelde le toisa. Vaincu, il se tut. Il l'avait aimée, insoumise et obstinée. Il n'allait pas réussir à la changer, il ne le désirait pas. A bout d'arguments, il lui demanda simplement de repousser sa décision au retour de leur promenade dominicale. Il espérait une réponse de Tis'je, le colporteur de Moerbeke, et concevait le dessein inavoué de se joindre à leur voyage, avec une halte en Flandre, dans son village natal.

— Si tu crois que la campagne va me faire changer d'avis, tu te trompes ! proclama Renelde.

Leur discussion s'était achevée sur ces mots.

Dans la voiture aux roues grinçantes qui les menait vers la mer, ils rencontraient des colporteurs de vin venus de France ou d'Allemagne, avec leur charrette remplie de tonneaux pour approvisionner les auberges, des étrangers en nouveaux cabriolets légers, des diligences sans ressorts sur lesquelles le postillon avait déroulé une petite voile permettant, avec le vent, d'atteindre une vitesse inouïe. Des cavaliers intrépides les dépassaient au galop. Marieke aperçut des hommes armés, accompagnés de chiens, qui traquaient les vagabonds et les voleurs cachés derrière les bosquets.

Renelde, elle, ne voyait rien, tant elle était soucieuse. Elle pensait à son frère Nicolas. Après l'emballement de la veille, elle craignait la froideur de sa famille. Bercée par les cahots, elle prenait conscience des véritables raisons qui la poussaient vers Marie-Jeanne : Ana, d'abord. Renelde ne s'était pas doutée de son désespoir. Et puis, ses propres humiliations : elle revoyait le traitement infligé par son premier mari, vieux et répugnant. Elle imaginait avec épouvante l'une de ses dentellières subissant le même sort. Elle repoussa ses idées noires. Après tout, elle était née « coiffée », c'était bon signe. Elle ne reculerait pas. Elle secouerait ses habitudes, remettrait ce qu'elle avait acquis au panier, et repartirait pour l'aventure, pour la liberté, celle de Marie-Jeanne, cette fois. Elle entraînait peut-être Marguerite dans une folie. Elle savait qu'elle risquait de perdre Grégoire pour quelque temps au mieux, pour toujours, au pire, si des obstacles les empêchaient de se rejoindre. Mais elle ne pouvait agir autrement.

Dans la matinée, on s'arrêta dans une auberge, pour y déguster un savoureux petit déjeuner. On dévora de bon appétit les pâtés en croûte, les fromages et les fruits dont la campagne hollandaise regorgeait. Le tout arrosé de lait pour les plus jeunes, de bière pour les aînés. L'étape était déjà une aventure. La démarche aérienne et lumineuse, des rubans dans les cheveux, Marguerite était rayonnante. Elle remonta auprès de Jan et d'Adriaan, qui se partageaient l'honneur de l'entourer et de la recevoir dans les bras à chaque soubresaut provoqué par les ornières. Les traces de son accident s'étaient effacées avec les égards et l'affection dont on la comblait. La veille, elle avait brusquement décidé, vu son âge « avancé », de jeter sa coiffe au rebut. A Amsterdam, la mode en était passée pour les femmes, et Agatha n'en portait jamais. Mais, comme la dentelle était fine et que la coiffe lui rappelait que le jeune Hollandais l'avait sauvée, elle se contenta de la ranger avec soin.

Adriaan aux yeux pâles était intimidé et amoureux. Jan, au même regard sombre que sa mère, était de la race des conquérants et des joueurs. Il avait besoin d'être admiré. Au lendemain de ce dimanche, il allait commencer ses études scientifiques et nourrissait l'ambition de devenir un grand médecin. Il courtisait allègrement Marguerite, laquelle avait oublié sa rancœur et la leçon d'anatomie.

Les terres basses étaient entrecoupées par un lacis de chenaux encombrés de roseaux et peuplées de bécassines, de vanneaux huppés, de barges à queue noire. Des passereaux nichaient à même le sol. Bientôt les chemins caillouteux firent place à une longue promenade de sable fin. De nombreux moulins à pompe évacuaient l'eau qui s'infiltrait dans la campagne. Des paysans bottés de cuir portaient l'argile dans leur tablier, vers les digues, luttant sans arrêt pour empêcher les inondations.

Face à Renelde et Grégoire, Aurélien s'était endormi

dans les bras de Marieke. Il l'avait tout de suite adoptée comme la grand-mère qu'il n'avait pas connue. Ses parents reprirent leur discussion de la veille.

— Aurélien est encore en bas âge. Il est trop innocent, trop jeune pour un tel voyage.

— Jusqu'à Lille, c'est possible, protesta Renelde, qui ne se sentait pas le cœur de quitter son fils. Regarde-les, tous les deux. Nous n'avons qu'à le laisser entre les mains de notre fidèle amie. N'est-ce pas, Marieke ?

— Je me jetterais au feu pour sauver ce bel enfant, madame Renelde. Pardonnez-moi, mais j'ai l'impression de l'avoir vu naître, ce petit.

(Elle émit un rire silencieux.) Après tout, j'y suis pour quelque chose !

Grégoire prit la main de Renelde. Son regard se mouilla.

— C'est vrai, Marieke. Tu as été notre lien à Lille. Nous te devons beaucoup.

Ils eurent peur soudain de se perdre. Leurs doigts se serrèrent. Ils se blottirent l'un contre l'autre.

— Je t'en prie, Grégoire, viens avec moi, demanda Renelde. En six ans, nous ne nous sommes jamais séparés.

— Je te promets d'y réfléchir.

Une crainte agita le cœur de Marieke. L'air ambiant devenait lourd. Elle changea de sujet.

— Pourquoi ce prénom, Aurélien ? Ce n'est pas le vôtre, not'maître.

— Mon père, Marieke, agriculteur de Moerbeke, se prénommait Aurèle. C'était au temps où l'on m'appelait Corneille, et où je dirigeais un moulin et une belle exploitation : la ferme de l'Orme.

Il s'arrêta, submergé par une vague de mélancolie. Marieke crut y déceler l'obsession du pays natal, la brisure des exilés, et décida d'en toucher un mot à Renelde. Celle-ci arborait un large sourire.

— Je soupçonne mon mari d'avoir choisi notre maison à Amsterdam pour la proximité du moulin !

L'atmosphère était à nouveau sereine.

En lisière d'un petit bois d'où se profilaient les silhouettes d'une biche et de son faon apparut la maison de campagne, une superbe gentilhommière. Si ce n'étaient les briques roses, à la place du marbre blanc, elle eût été la réplique de ces villas palladiennes de la Vénétie, admirées par Gabriel lors d'une tournée à l'étranger. Loin des soubresauts de la ville, les Braems venaient se purifier en fin de semaine dans ce palais champêtre, proche des dunes tonifiantes.

Le luxe intimidait Adriaan. Il ignorait que maints patriciens et riches marchands de la ville possédaient de semblables demeures. Il s'étonnait aussi de cette chaleur entre les Van Noort et Marieke, la Lilloise fraîchement débarquée. Ces gens ne s'étaient pas côtoyés depuis des années, et conversaient comme s'ils s'étaient quittés la veille. Peut-être était-ce le fait des catholiques, ou bien des Français. En vérité, à part le pauvre Dirk, ses contacts avec les autres avaient été jusqu'alors entachés d'obéissance, de soumission envers l'autorité. Chaleureux mais submergés par l'afflux d'orphelins, les pères aumôniers n'avaient pas le loisir de s'appesantir sur l'un ou l'autre. Et puis, Adriaan était différent. Son infirmité, quoique légère, l'isolait. Il était d'autant plus surpris de la bienveillance de son nouvel entourage. Il n'éprouvait pas la sensation d'être un intrus. Il était heureux. Ces étrangers ne profitaient pas de sa faiblesse et ne s'attardaient pas sur sa jambe. On le regardait bien en face.

En dépit de sa forte méfiance envers ces « obstinés » de protestants, et envers les chats, ces mystérieux suppôts de Satan, Marieke se sentait séduite par ce jeune homme blond, à la mâchoire volontaire, aux yeux si doux, au visage de séraphin. Elle scrutait avec attention son air de candeur. Il se méprit et cacha sa cicatrice dans la paume de sa main. Elle lui offrit son plus tendre sourire et le rassura :

— On m'avait dit que... chez vous, les prédicants étaient opposés aux fêtes, aux promenades du dimanche, aux kermesses...

— Oui !

— ... Mais...

— Mais nous ne les écoutons pas !

Après le dîner, les hommes revêtirent leur robe de chambre. Voyant la mine ahurie de Marieke, Renelde crut sage de lui expliquer les modes hollandaises. Le temps était d'une douceur exemplaire, une légère brise parcourait le jardin. On s'y installa.

— Alors, quelles nouvelles de Louis XIV ? s'enquit Grégoire, avec le désir fallacieux de provoquer son ancienne servante.

Il se souvenait de ses indignations passées. Il ne fut pas déçu.

— Louis XIV n'aide pas ses frères contre les Turcs. Il est juste bon à organiser des fêtes pour ses bâtards, et ce, jusqu'à Lille !

Elle parlait haut.

— Tu es toujours aussi montée contre le roi !

— Pardonnez-moi, mais... (Les yeux de Marieke se plissèrent de malice.) Ici, on est loin de Versailles, on ne viendra pas nous chercher !

— A propos de Versailles, intervint Renelde. Louise, la dentellière d'Arras que l'on m'avait imposée, n'avait qu'un but dans l'existence : vivre à la Cour. Elle ne serait donc pas arrivée à ses fins, puisqu'elle logerait dans le Marais ?

— Oh ! Le roi ne s'est installé à la campagne que depuis un an, lui répondit Marieke.

— Et encore ! Le château n'est pas totalement achevé, à ce qu'il paraît, renchérit Gabriel.

— Pourtant, on en parlait déjà il y a dix ans ! s'exclama Renelde.

Constance Braems servit le thé, accompagné de biscuits et de confitures, dans un service aux motifs chinois. Marieke l'admira ; elle n'en avait jamais vu de semblable.

— Désirez-vous du thé ?

— Oh ! C'est-à-dire... je ne suis pas malade. Je ne crois pas avoir besoin de fortifiant. Non, merci bien, madame Braems.

Marguerite partit d'un rire inextinguible qu'elle

communiqua à toute la compagnie, à Marieke aussi, consciente de sa naïveté, mais d'humeur enjouée.

— Allons, ce n'est pas un remède, goûte-le, c'est très bon !

— D'ailleurs, ajouta Constance pour mettre à l'aise son invitée, j'en bois trop ; j'en suis à huit tasses dans la journée !

Avec une délectation évidente, elle plaça un morceau de sucre candi dans sa bouche et avala le liquide brûlant. C'était une petite femme aux yeux vifs et noirs, qui avait confié à son amie Renelde, avec une certaine jubilation, la faiblesse de sa grand-mère flamande pour un bel hidalgo espagnol.

Les jeunes s'amusaient à se perdre dans les sentiers du labyrinthe de haies taillées, fantaisie de Gabriel, et reproduction de celui du canal des Princes d'Amsterdam. L'ancien marchand filtier de Lille avait réussi à se constituer une appréciable aisance financière. A la campagne, les villageois le dotaient du titre de « Heer Braems ».

Il adorait jouer les châtelains. Les hommes sortirent leur tabac, le hachèrent menu, en bourrèrent leurs longues pipes de terre cuite et s'éloignèrent, afin de ne pas en incommoder leurs dames. Marieke en profita pour s'ouvrir à Renelde :

— Jamais je n'aurais cru que maître Grégoire puisse se délasser. A Lille, je l'ai connu... Pardonnez ma franchise : plus austère. Vous l'avez transformé, madame Renelde !

— Ne t'y fie pas trop, Marieke. Il s'enferme des heures entières pour étudier. J'apprécie les livres, et j'en suis jalouse. Je suis aussi heureuse que toi qu'il ait accepté l'invitation de Gabriel. Nous y sommes venus trois fois en six ans.

— Il m'a semblé qu'il évoquait Moerbeke avec regret.

— Oui. Il désire rester ici, m'a-t-il dit, pour les sciences, les livres, pour voir son fils devenir savant et défiler au son des trompettes. Il est sincère. Mais je sais, moi, qu'il est de plus en plus attiré par un retour en Flandre, même s'il s'y refuse pour l'instant.

Une grêle inattendue tomba en trombe. Tous rentrèrent précipitamment. Les enfants s'ébrouèrent avec délice. A l'abri, derrière les vitres embuées, on écouta le crépitement brutal. L'intempérie fut brève, des nuages chassèrent la pluie importune. On poussa des cris de joie au retour du soleil. Tous ressortirent à l'embellie, hormis Grégoire et Gabriel, absorbés par une passionnante partie d'échecs. En compagnie de la domestique des Braems et de Marieke, les petits s'amusèrent, grimpés sur une petite voiture en bois, s'étranglant de rire au moindre cahot du véhicule. Les plus grands marchèrent jusqu'au village.

— Le propriétaire et sa famille étaient sortis, comme nous. Seule, une servante somnolait dans la cuisine de l'immense demeure du canal de l'Empereur. Le soir tombait...

La voix de Jan baissa singulièrement. Il s'amusait à créer une atmosphère de drame pour captiver son public et exercer son empire sur la jeune Marguerite.

— Soudain, la servante entendit des bruits étranges dans la cave. Elle descendit lentement les marches, armée d'une épée, le cœur battant à tout rompre. Un homme s'apprêtait à voler, à tuer peut-être. Sa tête dépassait déjà de la fenêtre... Alors, d'un coup sec mais définitif, elle la trancha. Six autres apparurent ! Elle les trancha toutes ! Au retour du maître, elle envoya ce dernier à la cave. Vous imaginez le bain de sang ! Eh bien ! Pour commémorer l'exploit de sa servante, il fit sculpter les têtes, pour en orner la façade. C'est ainsi qu'on a surnommé la demeure : « la maison des Têtes ».

Marguerite frissonna.

— Quelle horreur !

Excédée à l'idée de s'être laissé intimider, une fois encore, par les histoires de Jan, elle se fâcha.

En les entendant se chamailler, Renelde éclata de rire et se confia à Constance :

— Ton fils Jan me fait tellement penser à mon frère : turbulent comme lui. Quand j'étais une petite fille, il adorait m'impressionner.

— Vous, les étudiants, vous n'êtes bons qu'à nous effrayer, grognait Marguerite, avec une allusion aux récentes émeutes de Leyde provoquées par des étudiants révoltés. Va-t'en au Diable, Jan Braems !

Sourd à ses imprécations, le jeune homme lui lança un regard incisif et frondeur.

— Plus tard, lorsque j'aurai disputé ma thèse et aurai mon doctorat, tu m'épouseras ?

— C'est ça, et tu disséqueras tes cadavres sur la table où l'on mange. Je ferai de la dentelle, tandis que dans la pièce à côté, tu fouilleras dans la puanteur. A moins qu'il ne te faille mon aide pour tenir le corps pendant que tu le découpes ? Non, merci !

Elle se rapprocha d'Adriaan, resté à l'écart, et qui observait les manières de Jan, en estimant qu'il était un comédien-né. Il se surprenait à envier ce jeune Flamand qui se jetait avec alacrité sur le plaisir et jouait de sa vie avec impertinence, comme un Français. Des frappeurs de bière ambulants leur proposèrent des brocs rafraîchissants. Un tir à l'arc se tenait sur la place. Un immense poteau était surmonté d'un oiseau de bois, le « perroquet ».

— C'est comme en Flandre, dit Renelde.

Ils assistèrent au concours, mais Jan, lui, s'impatientait.

— Ce n'est pas drôle. Il faudrait un véritable animal, comme dans « le jeu de l'oie », et dans « le coupe-oiseau », où l'on tranche le col du canard.

— Ou comme dans « la chasse au chat » ? intervint Adriaan, qui maîtrisait mal son agacement.

— Bien sûr !

— Eh bien, nous, on n'aime pas ça ! répliqua sèchement Marguerite.

Le ton de la jeune fille ne lui laissant aucune échappatoire, Jan haussa les épaules et s'en alla baguenauder près de jeunes paysannes plantureuses en robe de futaine, sentant parfois le hareng, mais portant épingles d'or sur les bonnets. La campagne était riche. Elle retentissait de cris d'ivresse.

— C'est un cauchemar, ce garçon, pensa Marguerite, vexée de ses velléités.

Oubliant sa demande en mariage, l'humeur hâbleuse et accessible à tout appel de la chair, Jan riait à présent avec les Hollandaises aux seins lourds, flattées de se sentir déshabillées par le regard effronté et insolent d'un séduisant gentilhomme.

Les yeux mi-clos face au soleil, le menton levé vers le sommet du tir à l'arc, Adriaan respirait le subtil parfum de fleur de sa petite amie flamande. Peut-être craignait-il en parlant fort de rompre le charme, car il chuchota :

— Il y aura toujours un moment, Marguerite, où la flèche lancée avec la plus grande force possible retombera sur la terre. A toi de la lancer très haut dans le ciel pour qu'elle ait une chance, un jour, d'atteindre le point d'où l'on ne revient pas.

Sa main trahissait une émotion que son visage se refusait à laisser percer. Elle le regarda et éprouva à cet instant précis la sensation d'un secret. Un tourment étrange harcelait son compagnon. Il y eut un long silence.

— Qu'as-tu, Adriaan ?

— Ce n'est rien. Viens.

Ils empruntèrent le chemin des dunes, recevant avec délices le vent salin qui bruissait autour d'eux, et rejoignirent les autres.

On entendait le chant timide des fauvettes cachées dans les liserons à larges fleurs roses qui poussaient à même le sable.

Renelde aimait la mer avec passion, même si la rencontre en avait été tardive. Cette étendue mystérieuse lui procurait un délassement infini.

Elle songeait à Grégoire :

« Je dois le convaincre de partir avec moi. »

Imitant les paysans aux voix rauques, les plus jeunes gravirent en courant la dune et se laissèrent rouler vers le bas, avec des roucoulements aigus de plaisir. Avec sa fougue habituelle, mais de moins en moins conforme à la bienséance, Jan voulut prendre Marguerite dans ses bras, avant de se jeter au-devant des vagues. Elle hurla en se démenant comme un diable. Renelde et Constance s'interposèrent aussitôt. Dans son effrayante insouciance, il avait oublié le récent péril encouru par son amie.

Aux bras de garçons débraillés et folâtres, des filles aux joues cramoisies, les jupes trempées par les jeux de glissade, rentraient vers le village. Il se faisait tard. Bientôt on allait regagner la ville.

Adriaan s'éloigna, seul, pour admirer une dernière fois le rivage, pour communier avec Dieu, pour se confier à sa mère. Soudain, derrière une haute dune, il découvrit, émerveillé, le rassemblement de goélands argentés et de courlis cendrés. Il sentit la main chaude de Marguerite dans la sienne.

— C'est beau ! murmura-t-elle.

— Oui !... Heureusement pour eux, il n'y a pas de chasseurs, ici.

— Certains sont énormes !

— Ils se sont bien nourris. Ils ont un long périple à effectuer. Un envol de plusieurs semaines, sans erreur et sans escale, avant de s'arrêter en Espagne ou en Afrique.

— Sans manger ?

— Ils happent leur nourriture en plein vol.

— Ils vont partir, déjà ?

— Ils craignent le froid. L'hiver risque d'être rigoureux.

(Il ajouta, très ému :) Ils s'apprêtent à nous quitter... eux aussi. Les beaux jours s'achèvent...

Et comme s'il venait de donner lui-même le signal énigmatique de leur envolée, les oiseaux s'élancèrent dans un vacarme étourdissant. Baignés par une lumière argentée, Marguerite et Adriaan assistèrent au spectacle prodigieux des espèces migratrices formant un immense V, bouclier de plumes, flèche vivante filant à la rencontre des cieux cléments.

# 11

— La Hollande n'a peut-être pas de montagnes, mais elle a des escaliers !

Sur les étroites marches en colimaçon, Marieke respirait de façon bruyante, comme un soufflet de forge. Hors d'haleine, elle s'arrêta sur le palier.

— Qu'est-ce que c'est ?

Les volets d'une fenêtre intérieure s'ouvraient sur une chambre exiguë contenant essentiellement un lit clos à l'abri d'un rideau rugueux, une table de bois avec bréviaire et crucifix.

— C'est le domaine du curé, Marieke. Il ne nous reste plus qu'un étage, avant le grenier.

— Vous n'allez pas me dire que là-haut, on fait la messe ?... Les gens d'ici sont bien étranges !

— Jan Hartman, dit « le Cerf », fit construire la chapelle clandestine sous des combles, car c'était le seul moyen de la dissimuler aux regards.

— C'est toujours lui, le propriétaire ?

— Non. Le dernier acquéreur est protestant.

— Comment ? Un réformé qui loue son foyer pour un lieu de réunions « papistes », comme ils disent ! Vous comprenez ça, vous, madame Renelde ?

— C'est la Hollande. L'intérêt commercial prime, Marieke. Si bien qu'il y a interdiction, mais tolérance. On ferme les yeux. Toutefois, la porte entre la maison d'habitation et l'église est condamnée. C'est pour cette raison que nous sommes entrées par la ruelle, par le logement du sacristain, et non par l'accès principal situé sur le quai.

— Si près d'une grande église, être obligé de se cacher, si c'est pas malheureux !

— Evidemment. Il n'y a pas les hauts vitraux et la lumière extraordinaire de la Oudekerk, ni sa triple nef... Mais après tout, ce temple protestant est bien nu, sans ornements. Ici, c'est autre chose, regarde... !

La porte s'ouvrit sur une Marieke au visage extasié par la découverte d'une église catholique secrète, se cachant dans le grenier de trois maisons.

— Je rêve ! murmura-t-elle, écarlate.

Ses yeux écarquillés allaient de l'autel, appuyé contre le mur du fond, aux tableaux religieux, des statuettes des saints aux rangées de chaises et de bancs. Une large ouverture était pratiquée dans le plancher des deux étages supérieurs, afin qu'un nombre conséquent de fidèles puissent suivre la messe.

— L'autel est escamotable. Il disparaît derrière ces panneaux à l'arrivée des protestants.

— Pourquoi cette précaution, si le culte est toléré ?

— La discrétion, c'est la condition de la tolérance.

— Etre invisible, oui !

Elles montèrent d'un étage. La chapelle se remplissait rapidement, dans un silence recueilli.

— Attention, Marieke, en te penchant : il n'y a pas de balustrade.

Pendant l'office religieux, Renelde remercia Dieu de toute son âme, car Grégoire acceptait enfin de partir avec elle. Elle pria pour calmer son impatience. Elle pria pour retrouver Marie-Jeanne saine et sauve. Pendant leur séjour à Paris, le plus bref possible, Marieke resterait à Lille, avec Aurélien. Sans doute seraient-ils de retour au printemps. Elle pria enfin la Vierge Marie de ne pas l'abandonner dans sa quête, car elle se doutait bien que sa décision allait bousculer le cours de sa vie, et peut-être changer l'avenir de ses enfants.

En quittant « le Bon Dieu au grenier », un souci barrait le front de Marieke :

— Et l'inhumation en Terre sainte ? Elle est impossible !

— Le prêtre jette dans le cercueil ouvert trois pelletées de terre bénite contenue dans un coffre.

— Je ne pensais pas qu'il y avait autant de catholiques à Amsterdam !

— Et cette chapelle n'est pas le seul lieu possible. Je vais souvent au béguinage. Mais si nous manquons d'emplacements, les protestants, eux, souffrent d'une pénurie d'officiants, à ce qu'il paraît. Leurs ministres sont tous mariés, honorés, mais très pauvres. Leurs femmes tiennent parfois boutique.

— Vous en fréquentez, madame Renelde ?

— L'un d'entre eux est un excellent guérisseur, et il ne fait pas de distinction entre ses malades.

Bouche bée, Marieke commençait à s'inquiéter sérieusement.

Renelde poursuivit :

— D'autres sont aussi écrivains publics, en plus de leur ministère, de la charge d'entretien de leur temple, et de la surveillance des horloges et des cloches.

— Vous n'allez pas prier chez eux, tout de même ?

— Non, rassure-toi. Mais leurs églises ne sont pas des lieux saints comme les nôtres. Dieu seul est sacré, pour eux. On ne peut l'enclore, il ne réside nulle part. En dehors des sermons, on peut entrer, s'y promener. Ils organisent des concerts...

— C'est bien des mécréants, ces gens-là ! maugréa la brave femme de Saint-Sauveur.

— Veux-tu que je t'y emmène ?

— Non, merci. Chez les briseurs d'icônes, jamais !

— Pour eux, Dieu n'habite pas à l'église, mais dans le cœur des croyants... Moi, je pense qu'il peut être dans notre cœur et aussi à l'église.

— Oui. Eh bien, moi, s'il n'y avait pas l'église, je suis pas bien sûre de rencontrer Jésus dans la rue !

— Ne t'alarme pas, Marieke. En Hollande, on peut être de plusieurs religions au sein d'une même famille.

— Et vous trouvez ça normal, vous ?

— Tiens, regarde ces façades, on doit la plupart

d'entre elles à des catholiques. Je ne pense pas qu'en France, on autorise les protestants à...

— Ah, ça non ! coupa Marieke. On leur rend la vie dure en ce moment. On a décidé de convertir tous les Huguenots !

— Qui, on ?

— Ceux qui décident : le roi, le pape... Quoique ces deux-là, ils ne sont d'accord sur rien, à ce qu'il paraît.

Un tambourineur de ville annonçait *Horace*, tragédie du sieur Corneille, interprétée par des comédiens français. Les Van Noort s'y rendaient le soir même avec les Braems, dernière soirée entre amis avant le départ. Marieke était de plus en plus décontenancée par les Hollandais.

— Je n'y comprends rien, madame Renelde. Ils n'aiment pas beaucoup les Français pourtant, depuis que Louis XIV les a envahis !

— Mais leurs ouvrages, oui ! Et puis, 72, c'est loin ! Dès que les menaces s'éloignent, les influences reviennent et, à Amsterdam, les particularismes ont même laissé place à l'imitation versaillaise. Depuis deux ans surtout, les pièces françaises sont à l'honneur, et dans un souci d'améliorer la connaissance de la langue, le théâtre, le Schouwburg, s'est tourné spécialement vers la tragédie classique. Ce qui n'empêche pas les prédicants d'accumuler les vexations envers les comédiens. La troupe étrangère a obtenu l'autorisation de jouer parce que ce n'est ni une farce ni une pièce scandaleuse. En outre, elle doit faire relâche les jours de prêche. Et l'on a doublé le prix des entrées, non pour les acteurs, mais pour la ville !

Marieke haussa les sourcils :

— Pas de petit bénéfice !

Elle était éblouie par la profusion de boutiques, le mélange de douceur et d'animation qui régnait dans cette ville dont la moitié des habitants étaient étrangers. Sans l'avouer bien sûr, elle se sentait peu à peu envoûtée par Amsterdam. Elles croisèrent un couple suivi par une servante noire à l'étrange costume bariolé. Marieke ne put s'empêcher de la dévisager. Renelde sourit.

— Tiens, regarde ces personnes. Celles-ci sont fiancées, celles-là sont mariées.

— Vous les connaissez ?

— Non, mais la bourgeoise qui marche du côté droit de l'homme est la fiancée. Celle du côté gauche est la mariée.

— Et avec son frère, on fait comment ?

Elles éclatèrent de rire et, bras dessus, bras dessous, elles se dirigèrent vers la librairie de Grégoire, narrant des souvenirs communs, ou relatant des faits inconnus à l'une ou à l'autre.

— J'ai voyagé en compagnie d'une jeune bonne qui se rendait en ville pour se faire recruter, dit Marieke. Ses anciens employeurs l'avaient congédiée sans motif valable avant la fin de son contrat d'embauche. Eh bien, figurez-vous, madame Renelde, que le Magistrat avait tranché le différend en sa faveur, et elle débarquait ici avec une coquette somme en poche ! Qu'est-ce que ces gouvernants qui accordent le droit aux petites gens ?

— C'est cela, une république, Marieke.

Elles étaient arrivées à proximité de la librairie. Une cliente en sortait, les bras chargés de livres. De loin, la silhouette parut familière à Renelde. Une impression de déjà vu...

— Le père Cats se classe bien entendu du côté des poètes, des grands, avec Vondel...

Grégoire initiait Adriaan au métier de libraire. Il avait accordé toute confiance à son nouveau et jeune commis hollandais, lequel se débrouillait avec une facilité et une intelligence étonnantes. Renelde était rassurée pour son mari. Il fallait, en effet, partir au plus vite, afin de circuler sur les canaux avant qu'ils ne soient gelés. Leur absence risquait d'être longue.

— C'était une Française. J'en ignore le nom, répondit Grégoire, à l'adresse de Renelde, intriguée par l'élégante. Elle m'a acheté plusieurs ouvrages, dont celui d'Anna-Maria Schurman.

Il s'adressa, l'œil malicieux, à Marieke :

— Un traité sur les femmes, et que l'on ne trouve nulle part ailleurs que dans la République.

— Je l'ai lu, c'est admirable, renchérit Renelde.

— Et c'est surtout très hardi !

Son regard s'assombrit :

— Adriaan, je t'accorde un moment de récréation. Renelde, j'ai à te parler.

Marieke flaira le conflit. Elle prit congé à son tour :

— Et moi, je file voir mes petits !

Grégoire semblait préoccupé. Renelde comprit.

— Tu ne veux plus partir, n'est-ce pas ?

— Je souhaiterais que nous retardions le voyage. On me donne l'occasion de rencontrer John Locke, un philosophe anglais, réfugié en Hollande.

Les lectures de Spinoza avaient permis à l'ancien janséniste fuyant l'absolutisme de renouer avec ses semblables, avec la cité, lieu d'entraide et d'échange, selon le philosophe. Grégoire le sauvage avait compris que la solitude peut entraîner la mort. Certes, ce lieu de liberté qu'était la cité restait menacé par les passions, l'avidité et le pouvoir ; mais il était vigilant. Renelde saisit l'importance de cette rencontre. Grégoire avait manqué Spinoza. Il ne voulait pas se priver de celui-là. Mais elle n'eut pas la réaction qu'il espérait.

— Je pars sans toi, Grégoire.

— Louis XIV pille la Flandre !

— Ce n'est pas nouveau. La petite est en danger.

— Marie-Jeanne ?... C'est une femme !

— Elle a besoin de moi. Nous n'allons pas reprendre ce débat et nous quereller face à tes clients.

— Mais les hommes sont plus résistants au froid, au chaud, aux coups, riposta Grégoire.

Renelde l'assaillit brutalement du regard.

— On croirait entendre mon pauvre père. C'est lui qui est mort de la peste. Moi, j'ai survécu.

La colère lui étreignit la gorge. Elle n'ajouta rien. Bouillonnante, elle claqua la porte sur son existence sereine et sans heurts, devant un Grégoire médusé.

Dans les loges, les femmes avaient retiré leurs mantelets doublés de pelleterie. Elles s'éventaient, dans un bruissement d'étoffes et de rires étouffés. Les soirées étaient plus fraîches au-dehors, mais à l'intérieur, avec le nombre de spectateurs et de chandelles, le manque d'aération, la salle se transformait en fournaise.

De jeunes effrontés s'amusaient à casser des noix et avec impudence ils en jetaient les écorces sur le parterre où valets, artisans et filles à matelots attendaient, debout, le début du spectacle. On papillonnait, on s'épongeait, dans une odeur âcre de sueur, de tabac, de parfums mêlés. Les vendeurs de bière faisaient leurs bénéfices. A l'orchestre, les instrumentistes essayaient confusément d'accorder leurs violons et leurs luths.

Une bousculade eut lieu au moment de la fermeture des grilles d'entrée du théâtre. Certaines places avaient été vendues plusieurs fois et les spectateurs concernés ne l'entendaient pas ainsi. La troupe ne se produisait que deux jours par semaine et faisait salle comble. Il ne s'agissait pas de la manquer. On évita toutefois le pugilat. Seuls, quelques mots grossiers fusèrent...

Auprès de leurs amis, Renelde et Grégoire restaient silencieux, le cœur lourd de leurs décisions. Les mots leur restaient au bord des lèvres, car aucun ne pouvait exprimer avec assez de force le regret de leur différend, le chagrin de leur séparation. Sans oser lui parler, sans vouloir l'importuner, mais l'âme emplie de tendresse, Grégoire lui effleura la main. Elle la garda dans la sienne. Elle tourna le visage vers lui et se sentit fondre de douceur en croisant le regard clair, auréolé de milliers de petites rides, qui lui souriait et lui criait son amour. Ils se retrouvèrent.

Invité par Marguerite, Adriaan oubliait la Rasphuis, le cachot des noyades et le départ imminent de sa « jolie fleur aux éphélides ». Pour la première fois, il n'était pas sur scène, pour figurer le peuple, ni occupé à ramasser des spectateurs affalés sur le dallage du parterre, évanouis par le manque d'air. La station debout et immobile lui étant pénible, il était d'autant plus heureux d'être là, assis dans une loge, comme les riches. En bas, le chahut augmentait. Des sifflements, des applaudissements intempestifs précédaient toujours les représentations, pour le bonheur du jeune Hollandais. Dans la loge d'à côté, les spectateurs fumaient la pipe et parlaient haut.

— C'est l'auteur du *Cid*.

— Il est mort ?

— Je ne crois pas, mais ce doit être un vieillard de plus de soixante-quinze ans.

— Mademoiselle Jolival interprète le rôle de Camille. C'est une belle actrice que j'ai déjà eu l'occasion d'applaudir à Bruxelles, il y a quelques années.

— Je vais enfin goûter au charme des tragédiennes françaises. La dernière fois que je suis venu, les rôles de femmes étaient encore tenus par d'horribles comédiens poilus.

Marguerite se pencha vers Renelde et lui demanda, d'une voix chuchotée :

— Pourquoi les appelle-t-on toutes « mademoiselle » ?

— Il en est ainsi pour les comédiennes, ma chérie. Elles n'ont pas droit à l'appellation de « madame ».

En ce même instant, Renelde surprit le regard de Gabriel Braems. Il convergeait dans sa direction. En l'accompagnant, il lui avait tendrement pris le bras. Depuis longtemps, elle se doutait du sentiment inavoué qui le liait à elle. Un secret parfois bien lourd à porter pour le riche marchand. Gabriel aimait sa femme. Autrement. Toutes deux étaient si différentes. Il respectait ses amis. Il s'était juré de ne jamais rien en dire. Mais Renelde était fine, réceptive à toute marque d'admiration, à tout geste sensuel.

Un « Ah ! » général salua l'ouverture du rideau et la découverte du décor, unique, conforme à la règle des trois unités de la tragédie classique. Il représentait un jardin à la française, agrémenté d'une terrasse, d'une cascade, d'une grotte et d'une rangée de troènes taillés en pyramide. Deux colonnes blanches rappelaient néanmoins que l'action se passait à Rome.

Un autre « Ah ! » accueillit l'entrée des comédiens et la richesse des costumes. Les acteurs n'hésitaient pas à tourner plusieurs fois sur eux-mêmes pour faire admirer leur perruque, leur panache de plumes et leurs dentelles. Certains spectateurs venaient uniquement pour s'extasier de la façon dont on se vêtait à la Cour de France. Ensuite, ils s'enfermaient dans leur loge, jusqu'aux nouvelles entrées, car les tirades de Corneille ne leur importaient guère.

— Regarde, Marguerite ! Nos voisins de gauche ont déjà tiré leur rideau de loge.

— A mon avis, ils ont d'autres préoccupations que les luttes entre Curiaces et Horaces, chuchota Marguerite, ravie de montrer sa science et rougissant aussitôt de ses indécentes pensées.

Les acteurs poussaient la voix, mélopées mêlées de cris et diction pompeuse liée aux tragédies, mais ils l'élevaient aussi pour dominer le tumulte de la salle. Peu à peu un climat propice à l'enchantement du spectacle s'installa. Et l'imprévisible jaillit.

A la deuxième scène, vêtue d'une superbe robe de velours et de damas verts, l'actrice interprétant le rôle de Camille apparut.

Ce visage... Cette voix !...

Renelde reconnut la silhouette de la cliente mystérieuse de Grégoire et sut enfin qui elle était. Une image se superposa, celle d'un somptueux hôtel particulier de la rue Royale à Lille. Louise la présomptueuse l'avait entraînée chez des Français, des magistrats, envoyés par le roi dans la ville annexée. Ils organisaient une brillante soirée pour leur récente installation. Après les collations, le concert, les danses de cour — très prisées à Paris — et le ballet des flagorneurs appâtés par l'odeur alléchante du pouvoir, une présentation théâtrale était prévue. Une jeune actrice française récitait *Phèdre* de Racine, d'une voix charnelle et vibrante, pour la première fois devant un public lillois restreint, élite de la société flamande.

Elles ne s'étaient pas adressé un seul mot, mais l'artiste avait lu le rôle en la choisissant du regard, elle, Renelde, dans le grand salon bourgeois. Et sans le savoir, elle lui avait révélé son inclination pour Grégoire l'hérétique.

Toutes les émotions ressenties huit ans auparavant affluèrent brutalement dans le corps de Renelde et ravivèrent la flamme de son amour pour celui qui était devenu son époux devant Dieu.

Au moment de succomber sous l'épée de son frère, Camille poussa ses imprécations :

— *Rome ! Unique objet de mon ressentiment*

*Rome, à qui vient ton bras d'immoler mon amant...*

Alors, Marguerite tourna le visage vers celui de sa « petite mère », pour l'embrasser et la remercier de cette magnifique soirée. Son sourire se figea en voyant la main de Renelde crispée sur sa poitrine, sa peau moite et brûlante, et des larmes couler le long de ses beaux yeux bleu perle.

— Maman... Tu as la fièvre... ?

— Ce n'est rien, ma chérie. C'est la joie...

— La joie ?

— J'ai retrouvé une amie !

## 12

— As-tu perdu quelque chose ? s'enquit Marieke.

Pliée en deux, Gerda arpentait consciencieusement le dallage de la cuisine de l'étroite maison aux volets rouges.

— Je combats les insectes, répondit la domestique hollandaise sans quitter le sol d'un œil scrutateur.

— Je n'en vois pas.

— Peut-être, mais il y a des traces d'œufs. Regarde ! Ici !

— Ça ?

— Oui. Ce sont des déjections.

Un immense éclat de rire fusa.

— Arrête, Gerda ! Je vais bientôt me sentir envahie par un pénible sentiment d'infériorité !

— Demain, tu me quittes, et moi je commence le grand nettoyage d'automne.

— Que peux-tu faire de plus ? demanda Marieke, l'air médusé. Tu frottes déjà à la brosse jusqu'au pavé devant la maison !

— Tu vas me manquer, Marieke, avoua la Hollandaise.

— Toi aussi, Gerda, murmura Marieke, émue par la gentillesse de cette femme au visage sans fard.

Grâce à Adriaan et à Gerda, la méfiance de Marieke envers les protestants s'était atténuée. Après tout, ce n'était pas leur faute à eux ; ici, c'était comme ça... Lors de son parcours en coche d'eau, personne ne lui avait demandé si elle était catholique ou protestante, personne n'avait rejeté l'étrangère. Quant à l'absence de cérémonie qui caractérisait les Hollandaises dans leur intérieur et paraissait audacieuse aux étrangers, Marieke s'y était faite rapidement.

Un tableau représentant une femme à l'expression méditative, éclairée par une lumière semi-obscure, attira soudain son attention :

— Il est signé Nicolaes Maes ! Maes ! Comme la mère de madame Renelde !... Le peintre appartient-il à sa famille ?

— Je crois que c'est un Hollandais.

« Alors, c'est pas la famille », pensa Marieke.

Elle sursauta.

— Qu'est-ce que cet horrible bruit ?

— Ce sont des crécelles actionnées à l'envers. Il y a un incendie en ville.

— Mon Dieu ! Et la petite qui est dehors !

A son tour, Gerda fut secouée d'un rire irrépressible. Elle l'aimait bien, cette catholique flamande, débrouillarde et pétillante de vie, malgré son âge avancé, ses rites et ses superstitions ridicules. Dommage qu'elle parte si vite. Elles commençaient à faire bon ménage toutes les deux.

Après tout, s'il n'y avait eu Charles Quint et les massacres de Philippe II, ils seraient peut-être restés unis comme du temps des ducs de Bourgogne. Quel gâchis !

— Marguerite est partie faire ses adieux à son amie, Agatha Van Nispen, dit-elle, une fois le rire réprimé. Et ensuite, nos maîtres se retrouvent tous à l'hôtel de ville. Mais, de toute façon, Marguerite est toujours dehors ! Tiens, Marieke, aide-moi à plier ces draps. Et ne confonds pas les pieds avec la tête, s'il te plaît.

— Vous êtes étranges, vous, les protestants. Stricts alors que vous croyez obtenir le salut de Dieu quel que soit votre comportement dans la vie, et conciliants, en même temps. On s'y perd !

— Ah ! Mais mademoiselle Marguerite, on ne la tient pas en laisse, cette petite. C'est bien une Française !

— Une Flamande, tu veux dire ! A huit ans, elle était espiègle, et spontanée, libre comme le vent. N'empêche qu'on s'inquiète... A Lille, Gerda, on a les soldats, et vous, à Amsterdam, vous avez les marins. Tout ça c'est pas bon pour les filles...

Au premier étage d'une large et magnifique demeure située le long de Herengracht, le canal des Seigneurs, Agatha Van Nispen émettait un profond soupir :

— Sans ton amitié, je... Aïe ! Tu vois, je ne suis pas capable de planter correctement les épingles sur le parchemin sans me piquer ; et cela même avant de commencer à manier les fuseaux. Sans toi, je suis perdue.

— Allons bon ! Tu te débrouilles très bien à présent, répondit Marguerite.

— Non. Je ne serai jamais une véritable dentellière. J'ai trop mal au cou, ajouta la jeune Hollandaise.

Elle reposa le carreau * sur sa chaise et se massa la nuque, le visage tourné vers le miroir à cadre d'ébène qui ornait le mur tendu de cuir gaufré à l'or.

Le rire clair de Marguerite s'échappa malgré elle, devant l'expression désespérée de son amie dans ce « reflet des vanités », dénoncé par le clergé :

— Mais on ne t'en demande pas tant, Agatha. Tu vas te marier.

— Oui, mais tu ne seras pas à mes côtés. (Elle la regarda avec gravité.) Après les noces, ce sera différent... Tu vas me manquer.

Marguerite devinait sa liberté présente, son avenir plus austère, fait d'une succession de devoirs.

— Quand je me marierai, ce sera pareil pour moi.

Agatha lui lança un regard pointu et ses lèvres s'avancèrent en une moue incrédule.

— Je ne crois pas.

Marguerite éprouva l'indicible sensation que son amie voyait juste.

— Toi aussi, tu me manqueras.

Robuste et élancée, belle sans être vaine, Agatha était vêtue de soie de Lyon et de taffetas espagnol. La mouche

* Carreau : coussin de la dentellière.

sur la joue, son décolleté plongeant, ses pendants d'oreilles étaient des entorses aux lois protestantes. Mais n'avait-elle pas dit à Marguerite :

— A quoi bon s'imposer une discipline stricte, puisque Dieu nous accorde le salut, de toutes les façons ?

— Nos actes peuvent l'ôter...

— Chez les catholiques, ma chérie, pas chez nous ! Mais ne t'inquiète pas, avait-elle ajouté devant la mine ébahie de la jeune Flamande. En Hollande, si on badine, on est sage aussi, tu le sais. Je vais au sermon, comme tout le monde, et la morale, je connais !

Elle négligeait pourtant les interdits des prédicants, surtout en l'absence de ses parents. Mais, après le mariage ? Marguerite l'imagina en drapé d'or ou d'argent, le jour de la célébration.

— Tu gardes tout, Agatha : les patrons, les parchemins, les épingles de cuivre...

— Il y a au moins quatre cents fuseaux !

— A mon retour, tu me feras la surprise d'un bel ouvrage.

— Tu ne reviendras pas !

— Mais si ! protesta-t-elle mollement.

Une petite voix intérieure lui soufflait qu'elle n'était peut-être pas très sincère. Agatha se mit à tapoter quelques notes sur le clavecin. Marguerite songea à Renelde, qui en jouait divinement, jadis, à Lille...

— Mariée, poursuivit la Hollandaise, je ne sortirai plus que pour les emplettes et l'église. Les yeux baissés... Tu me vois ? Je n'irai plus au patinage, au théâtre...

— Mais si, tu iras, avec celui que tu as choisi.

Agatha s'arrêta brutalement de jouer. Ses yeux en amande se détachèrent du clavier, et d'un air sérieux, presque glacé, elle se lança dans la confidence :

— Marguerite, je ne suis pas bien sûre de l'avoir choisi.

— C'est toi qui l'as amené à ta famille !

— A force de fleurs suspendues au marteau de ma porte et de sérénades, je me suis prise au jeu. J'ai d'abord jeté la fleur. Il n'a pas désespéré et m'a émue par tant de persévérance. A mon tour, j'ai placé un bouquet enrubanné sur le rebord de ma fenêtre, comme c'est la coutume. Et mes parents ont permis les visites, car il est issu d'une famille... (Elle pesait ses mots.)... puissante, et il est voué à un avenir... supérieur ! Le premier tête-à-tête fut délicieux...

— Alors ?

— Alors ? Rien. Je vais me marier.

Son regard était empreint d'une vague tristesse, le ton de sa voix désabusé.

— Franz est bel homme, Agatha.

— J'ai peur de ne pas l'aimer autant qu'il m'aime. Certes, il faut éviter la passion pour réussir son mariage. Mais... (Elle n'acheva pas son idée, garda le silence un instant et reprit :) Et puis la beauté passe, les cheveux virent au gris. Je vais devenir épaisse à force de rester confinée dans mon foyer. Je sais, c'est la seule voie digne, si nous autres femmes ne voulons pas être considérées comme des vaniteuses, colériques, instinctives ou inconséquentes. Pourtant... J'eusse aimé voyager, moi aussi. Je crois que je t'envie un peu avec tes imprévus, ton désordre. Sans toi, je vais m'ennuyer.

— Tu vas régir ta maison, tes domestiques. Tu vas pourvoir aux soins et aux vêtements de tes enfants. Tu seras la conseillère de ton époux... Et puis, toutes vos soirées dans le monde... Tu ne vas pas t'ennuyer !

Agatha jeta un œil par la fenêtre sur le petit jardin à la française. Au fond, le garage à voitures était vide.

— Les soirées !... Mes parents en sont aujourd'hui à leur troisième jour de festin annuel, avec leur société de voisinage.

— Ils se rattrapent de plusieurs semaines de frugalité, dit Marguerite, conciliante.

— A l'heure qu'il est, le visage cramoisi, mon père doit s'enivrer. Mon mari agira de même.

Elle se tourna vers Marguerite.

— Depuis que je te connais, je vois la vie autrement. Je me pose des questions...

— Alors, il est temps que je parte et que tu récupères ta belle sérénité !

— Je t'aime beaucoup, petite fille. Tu as apporté de la gaieté, de la fraîcheur dans notre maison. C'est d'ailleurs une qualité française, ça. Oui, je sais, tu es flamande. Cela nous a rapprochées de pouvoir nous exprimer dans la même langue, et tu me fais rire encore avec ton accent, tes expressions sorties tout droit de ton pays. Je t'ai mieux appris le hollandais, et toi, tu t'es chargée de mon français. Avec qui vais-je le parler, à présent ?

— Ton professeur de danse et ton coiffeur viennent tous deux de Paris.

— Ce ne sont pas mes confidents !... Oh !... Attends ! Tu n'as rien inscrit sur mon album.

— Je ne sais pas composer les vers.

— Peu importe. Je veux cet autre souvenir de toi... Au cas où tu ne reviendrais pas.

Après l'obtention d'un premier prix au concours de la « petite école », Agatha avait bénéficié, à domicile, d'un maître d'écriture hollandais, dont la renommée avait, disait-on, dépassé les frontières.

Marguerite trempa l'extrémité de la plume d'oie dans une encre noire, faite de suie délayée dans de l'huile, et inscrivit quelques mots sincères d'amitié. Non loin de là, dans le cahier, figuraient des promesses de fidélité signées d'une goutte de sang par Agatha et Franz, lors de leurs fiançailles officielles, après un premier baiser public.

Marguerite quitta son amie et la belle chambre du premier étage, au plafond de bois à poutres apparentes. Elle passa dans une autre pièce en enfilade, « la chambre de faïence », où trônait un immense lit à baldaquin fermé par un rideau de damas jaune. Elle remarqua l'escabeau permettant d'y accéder, et sourit. Agatha lui avait conté son enfance et la couche aménagée pour les bambins au-dessous du très haut lit parental. C'était la mode à Amsterdam. Rideaux ou non, on entendait, et peu à peu, on devinait, on comprenait certains mystères...

Marguerite disait adieu à quatre années de connivence. Elle avait enseigné les premiers rudiments de son art, tandis qu'Agatha parlait de ses amours. La Hollandaise l'avait davantage initiée aux secrets du monde qu'elle-même ne l'avait instruite en dentelle. Agatha n'était ni très douée ni très patiente. Mais qu'importe ! Elle n'en avait pas besoin. L'important était leur amitié. A son contact, la petite Flamande n'avait plus rien à apprendre des choses essentielles de la vie.

Elle traversa le salon d'apparat à la haute cheminée, au buffet croulant sous l'opulence de majolique italienne, de porcelaine précieuse de Nuremberg et de Chine. Les peintures murales évoquaient des scènes de chasse. Elle passa devant le lutrin portant la Bible, les sièges de velours rouge et la table ronde recouverte d'un tapis turc. Comme à chaque visite, elle s'écarta vivement de l'armoire vitrée regorgeant d'une collection de reptiles et de coquillages.

Elle descendit l'escalier d'honneur en marbre, laissant sa main glisser le long de la rampe sculptée, et s'attarda sur les portraits des membres Van Nispen, honorable famille patricienne d'Amsterdam. Elle songea que dans la chambre des servantes des tableaux étaient également accrochés. Malgré ce faste, elle plaignait Agatha. Que lui manquait-il donc, que Marguerite, elle, possédait ? Ses parents l'aimaient, son fiancé la choyait. Confinée au milieu de ses porcelaines et épices rapportées du bout du monde, et qui achevaient là leur périple, engloutie dans les brumes de l'ennui, Agatha ne voyagerait jamais. Sa vie était bien tracée. Toute tracée... C'était peut-être ça...

Dans le vestibule, debout devant le joli cabinet des Indes orientales, une domestique l'attendait patiemment.

« C'est vrai, le pourboire... » pensa Marguerite.

Elle ôta les pantoufles qui enchâssaient ses souliers et, prenant congé sur le seuil, glissa une pièce dans la main tendue de la jeune Hollandaise. En bas du perron central, elle croisa le professeur de danse d'Agatha, le violon sous le bras. Ils se saluèrent en français. « Le réfugié huguenot ne se doute pas que je rentre en France ! »

Des porteurs d'eau entraient et sortaient par l'entresol, tel un défilé de fourmis besogneuses. La période « d'enfer » du nettoyage d'automne commençait avec les quarante seaux journaliers, que les « satannes », les nettoyeuses, allaient répandre sur les sols, avant de frotter et de brosser.

« Allons, Agatha n'aura pas à subir ces corvées... »

Elle contempla une dernière fois la largeur de la façade et la magnifique balustrade de bois sculptée.

« Ils doivent payer beaucoup d'impôts », se dit-elle encore.

La maison cossue et profonde de Herengracht se distinguait par ses décorations de volutes et de feuilles d'acanthe, par l'imposant pignon à pilastres surmonté d'un fronton triangulaire. Le grenier servait d'entrepôt à de précieuses soieries et denrées exotiques.

Derrière l'une des fenêtres du premier étage, Agatha lui fit un furtif signe de la main. Il lui sembla apercevoir des larmes couler le long des joues de la riche Hollandaise. Marguerite se retourna plusieurs fois, jusqu'à ce qu'elle n'aperçût plus qu'une vague silhouette...

Au fur et à mesure qu'elle s'éloignait du canal des Seigneurs, sans arbres ni boutiques sentant le hareng, ses craintes pour son amie se dissipaient. Son union fondée sur la tendresse et la fidélité serait solide. Vertueuse, Agatha deviendrait même, peut-être, tyrannique en vieillissant.

Marguerite marchait loin du quai. Elle ne laissait pas son regard flotter dans l'eau miroitante. Depuis son accident, les canaux avaient perdu de leur attrait. Elle était prête pour le départ. Mais elle avait le cœur serré. Demain, elle ne verrait plus Adriaan non plus. Il ne tenait qu'à elle, pourtant, de rester auprès de ses amis et de Grégoire, qui en aurait bien besoin. Ce serait tellement simple. Mais non, il lui fallait suivre Renelde. Et rien ni personne au monde ne pouvait l'en dissuader.

A huit ans, elle s'était accrochée avec une énergie folle à cette maman de cœur et l'avait suivie en exil, loin de ses compagnes et de Lille, son pays natal. Renelde était sa « petite mère ». L'autre maman, elle y songeait parfois. Elle la découvrirait sans doute au Ciel. L'autre, elle l'avait longtemps maudite. Aujourd'hui, elle ne lui demandait plus de comptes. Et cela grâce à Renelde, qui lui avait expliqué le malheur des filles-mères, après le décès d'Ana, la jeune dentellière de quinze ans, morte d'avoir voulu ôter l'enfant interdit qu'elle portait en elle. Ici, Ana aurait pu réclamer justice et reconnaissance de paternité. Elle aurait porté plainte, et le jeune inconscient l'aurait épousée. On ne tyrannisait pas une Hollandaise sans dommages ! Renelde lui avait appris que sa vraie maman était peut-être morte en couches, et Marguerite plaignait de toute son âme l'infortunée qui l'avait maintenue au chaud neuf mois durant, avant de lui offrir la vie, en ultime cadeau. Elle était animée par un élan de commisération. Elle lui parlait parfois, dans ses prières. Elle lui disait combien sa petite fille était heureuse, et lui assurait qu'elle n'avait pas souffert pour rien. Ces sentiments-là, elle les devait à Renelde. Comme elle l'aimait cette nouvelle maman ! Alors, celle-là, elle ne la laisserait pas s'en aller.

Elle retrouva avec plaisir l'activité des petits artisans qui n'avaient pas le droit d'exercer leur métier sur les nouveaux canaux. Les carillons sonnaient les six heures. Elle s'était attardée. Elle pressa le pas pour rejoindre sa famille à l'hôtel de ville.

En cette fin d'après-midi, les Van Noort, les Braems et la troupe théâtrale au grand complet se rendaient à l'invitation du régent du Schouwburg*, ami de Gabriel, qui défendait la culture française. Il désirait saluer les acteurs avant qu'ils ne reprennent leur tournée et leurs malles bourrées de costumes, unique trésor personnel, fierté de ces comédiens ambulants.

Une réception était organisée dans le plus vaste hôtel de ville du monde, celui d'Amsterdam. C'était la première fois que Renelde y était conviée, et le lendemain était le grand jour, celui du départ. Tout était prêt. Les derniers préparatifs achevés avec discrétion. La soirée théâtrale avait porté ses fruits. Renelde avait une nouvelle amie, Marie Jolival, tragédienne de métier. D'autre part, une idée de Gabriel Braems avait convaincu Grégoire : Renelde, Marguerite, Marieke et Aurélien voyageraient

* Le théâtre.

— en partie tout au moins — en compagnie de la troupe, qui se rendait d'Amsterdam à Anvers. Nombreux et dénués d'argent, les comédiens risquaient moins les attaques de brigands que les bourgeois isolés dans leur voiture personnelle. Anvers serait une étape familiale pour Renelde. Six ans auparavant, elle n'avait pas eu le loisir de s'arrêter chez ses cousins drapiers, issus de la famille Maes, celle de sa mère. Une dépêche était partie vers le Brabant. La réponse avait été rapide. On les y attendait, avec une joie qui transparaissait à chaque ligne de la missive. Renelde espérait que le fait d'emmener Aurélien inciterait rapidement Grégoire à franchir le pas qui les séparerait désormais, et à revenir lui aussi au pays. Mais Tis'je le colporteur restait muet.

Une autre lettre était arrivée. Elle remplissait le cœur de Renelde d'un plaisir intense, mêlé de compassion, tandis qu'elle quittait la maison, en grande toilette, au bras de Grégoire. Son frère, enfin, lui avait écrit. Elle venait de comprendre les six années de silence, les lettres retenues par Ludivine, le deuil de son frère, son désarroi et le besoin qu'il avait de revoir sa petite sœur. Tout, décidément, lui criait de revenir à Lille. La Flandre l'appelait...

Ils arrivèrent sur la place du Dam, devant le prestigieux bâtiment en forme de quadrilatère soutenu par 13 659 pilotis de bois, servant de banque, de tribunal, de prison et de siège au gouvernement. Peu d'édifices — Saint-Pierre de Rome peut-être — rivalisaient de magnificence avec celui-ci. Une partie de la troupe de « La Roseraie » — nom de leur directeur — les attendait. Déconcertés par l'absence d'entrée monumentale, les Français ignoraient par laquelle des sept portes on pénétrait dans cet antre impressionnant. A l'écart du groupe, Adriaan guettait Marguerite pour lui faire ses adieux. Le reste de la troupe ne tarda point. Essoufflée, Marguerite arriva à son tour. Au regard triste de sa fille, Renelde devina son émoi.

— Si tu préfères, ma chérie, promène-toi en compagnie d'Adriaan, lui glissa-t-elle à l'oreille. C'est notre dernière soirée ici, avant longtemps peut-être...

Marguerite n'en demandait pas plus. Avec hâte, elle embrassa les parents Braems et Jan, quelque peu décontenancé.

— Les Hollandaises sont formidables, mon cher Jan ! Je te souhaite de devenir un grand médecin.

La somptuosité de l'intérieur de l'hôtel de ville fut un choc pour Renelde, qui ne connaissait que la simplicité austère de l'extérieur, en rapport avec la retenue protestante. Le plancher était incrusté de marbre. Sur les murs, des peintures et des sculptures illustraient les vertus de justice, de continence, de stoïcisme. La salle de réception était grandiose.

— C'est un Anversois qui fut chargé de la décoration, lui souffla Grégoire, en volant des effluves du parfum de rose de sa femme.

Tournant le dos à l'énorme bâtiment, merveille du monde, Marguerite et Adriaan s'éloignaient sans regret, main dans la main. Conscients de vivre leurs dernières heures ensemble, à Amsterdam, ils déambulaient dans les rues, sans but ni itinéraire précis. Ils longèrent l'orphelinat de ville, l'un des établissements dans lesquels les Hollandais comme les Van Nispen compensaient leur richesse par des œuvres de charité, et vivaient ainsi dans la paix de l'âme.

— C'est donc ici que tu as été élevé ? s'enquit Marguerite.

— Je... J'aime mieux ne pas en parler.

De sages pupilles de la république, aux coiffes toutes simples, en col blanc et toilette sombre, rentraient en rangs serrés d'une promenade avec chaperon.

— J'ai eu beaucoup de chance de rencontrer Renelde. Elle recueillait des orphelines. Elle nous a donné son amour, et un métier.

« Toute l'affection nécessaire à votre envolée », pensa Adriaan. Emu, il regarda sa petite amie. Elle ignorait les rabatteurs d'enfants errants et les tuteurs qui les louaient pour des salaires de misère.

Des écoliers tapageurs raillèrent sa démarche clopinante. Les deux jeunes gens firent mine de ne pas entendre.

— As-tu fréquenté une école, ici ? demanda-t-il.

— Non. Tu oublies que je suis catholique, Adriaan. De toute façon, j'en ai plus appris, je crois, avec ma petite mère, que les quelques travaux d'aiguille et d'écriture dont on dote les filles !

— Allons vers le port, vers les moulins et les mâts !

— Oui, passons par la Oudekerk et le pont qui nous a réunis.

— Mais... Tu...

— J'y tiens !

— Cela ne te gêne pas de te promener avec un... estropié ?

— Ne dis pas ça, Adriaan, ce sont des bêtises... Ecoute !... C'est beau !

Dans la grande église protestante, un concert d'orgue accompagnait le chant des fidèles. Ils s'appuyèrent contre l'un des murs extérieurs.

— Je m'arrête aussi, contre la Westekerk, pour y entendre l'orgue, installé l'an passé. Avant on n'avait que les sermons. Mais l'orgue, c'est bien, ça nous émeut.

— Comme chez nous, à Lille. Mais... Tu n'y entres pas, Adriaan ?... L'église de l'ouest, c'est ta paroisse !

— Les propriétaires de Herengracht y vont tous.

— Comme les Van Nispen ?

— Oui. Cela nous gêne, nous autres. Alors on va plutôt prier à celle du nord. Il y a moins de patriciens.

— Tu m'as sauvée, Adriaan. Je ne l'oublierai jamais.

— Toi aussi, Marguerite, tu m'as sauvé...

Elle le regarda, incrédule.

— Oui. Tu m'as sauvé de la Compagnie des Indes !

— Tu serais revenu un jour, galonné comme un grand navigateur.

— Détrompe-toi. Regarde ces flûtes *. Elles sont plus vastes que celles qui naviguent en Europe. Eh bien, les retours sont misérables. Ces marins-là, on les appelle : « les seigneurs de six semaines ». C'est juste le temps qu'il

* Navires de guerre hollandais.

leur faut pour manger leurs économies. Ensuite, ils sombrent dans d'autres flots, plus noirs, plus obscurs, d'où ils ne ressortent pas.

— Et ton travail à la Bourse, tu ne le regrettes pas ?

— Oh ! non, affirma-t-il, en montrant sa cicatrice, qui s'atténuait de jour en jour, grâce aux soins prodigués par Marieke, versée dans l'art des pommades et des herbes.

Des bourgeois, sur leurs bancs, goûtaient le frais d'une des dernières soirées agréables de l'année. Un homme s'attarda sans complaisance sur la démarche d'Adriaan. Celui-ci en vacilla de honte. Bafouée, Marguerite se retourna, les yeux étincelants de colère, prête à apostropher l'insolent. Les enfants, passe encore ; mais le mépris outrageant des adultes bien portants, c'était trop...

Adriaan la retint :

— Viens, ce n'est pas grave, j'ai l'habitude.

— Pour ta jambe... N'es-tu pas allé aux « maisons miraculeuses » ?

— Tu as eu vent de ces histoires ?

— Gerda est un peu comme Marieke. Elle en raconte ! Une jeune paralysée de quatorze ans, m'a-t-elle dit, a pu marcher là-bas, après l'apparition d'un ange.

— Cela ne servirait à rien. C'est mon destin d'être ainsi, sans doute. Je ne sais même pas d'où cela me vient.

— Non ?

Adriaan hésita, puis il lui avoua la nuit dans laquelle s'était noyée son enfance. Marguerite était stupéfaite.

— Tu ne te rappelles rien ?

— Ecoute, Marguerite. Je n'étais pas à l'orphelinat de la ville, mais à celui des aumôniers qui recueillent les étrangers, les enfants de parents destitués de leurs droits, les malades. Je ne sais rien de plus. L'orphelinat, c'est tout. Pourtant, j'ai gardé une image de ma mère, vivante, et un souvenir, celui-là... Je...

— Oui ?

— Si nous nous retrouvons, Marguerite, oui, si nous nous retrouvons, je te promets...

Ils allèrent jusqu'au port, là où les visages reçoivent les embruns. Ils s'arrêtèrent près de la Montelsbaanstoren, une tour qui assurait la défense du quartier et se dressait plus haut dans le ciel que la forêt de mâts qui l'entourait. De nombreux bateaux étaient accostés à ses abords.

— J'aime la mer, murmura Adriaan. On l'a domptée. Elle s'est retirée comme jadis, devant Moïse. L'hiver, ici, je patine. J'aime ça, et je crois que je me défends bien, en dépit de ma jambe. Personne, alors, ne devine...

Il s'interrompit brusquement :

— Regarde, Marguerite !

En un instant, le ciel s'était zébré d'une myriade d'oiseaux.

— Quelle féerie ! s'exclama-t-elle. Ils volent très haut.

— L'air y est plus froid. Ils ont moins soif ainsi.

— Mais c'est presque la nuit. Ils ne voient rien !

— Ils se repèrent aux astres, à la lune. Ils suivent une route invisible à nos yeux, balisée par les étoiles lumineuses qui forment des dessins.

— Et s'il y a des nuages ?

— Ils changent de trajectoire.

— Comment sais-tu cela ?

— J'ai passé des heures entières à les observer, en cage au marché, ou dans le ciel.

— Que peuvent t'indiquer des oiseaux en cage, Adriaan ? Ils ne volent pas.

— Non. Mais ils changent de place dans leur prison, à l'automne et au printemps, comme leurs frères en liberté...

— Tu aimerais leur ouvrir la cage.

— On dit que les oiseaux sont les âmes des marins noyés...

— D'où provient cette envoûtante musique ?

— Les voiles retombent. Avec leurs flûtes, des matelots excitent le vent.

Il eut brusquement la sensation qu'elle ne reviendrait pas à Amsterdam. Lui se sentait contraint d'y rester, d'en arpenter les ruelles, en quête de son passé. Pourquoi détournait-il ses pas de certains quartiers ? Depuis la rencontre de Marguerite, il ne voulait plus fuir. Il lui fallait trouver l'origine de cette image horrifiante qui lui était apparue dans le cachot des noyades. Marguerite, c'était la paix de l'âme, après le tourment. Mais il ne pouvait suivre ce beau rêve, sans en avoir fini avec son douloureux cauchemar. Dans la lumière roussâtre du couchant, bercés par la douce mélodie des marins, leurs visages se rapprochèrent. La nature redevenait la reine de la nuit. Le clapotis de l'eau, le cri des oiseaux nocturnes créaient une atmosphère unique et secrète qu'ils étaient seuls à partager.

« Je te retrouverai, Marguerite, je le jure », pensa-t-il, tandis que ses lèvres effleuraient la jolie bouche aux contours sensuels de la jeune Flamande.

Baigné par la clarté de la lune et le ciel astré, le corps doux de Marguerite palpitait contre le sien. Un pacte invisible les unissait. Le cœur bondissant dans la poitrine, il lui embrassa le front, le menton. Il huma avec avidité le souffle fiévreux de sa jeune compagne.

Il baisa les larmes salées qui perlaient à présent au coin de ses paupières closes, car à la sensation délicieuse et enivrante du premier baiser succédait la souffrance qu'il ne fût aussi le dernier.

Cette même nuit fut singulière pour les Van Noort. Au moment de se séparer de leurs amis, Grégoire sentit le regard de Gabriel Braems posé sur Renelde ; un regard qui trouble et déshabille les femmes ; il la vit rougir. La fièvre du désir lui martela alors les tempes. Lorsque Renelde vit s'élever les yeux noirs, étincelants, de la petite Constance Braems vers la carrure massive de Grégoire, un frisson de jalousie, délicieux et pervers, lui parcourut le corps.

Le travail, le petit, les avaient éloignés l'un de l'autre. Grégoire et elle s'aimaient toujours. Certes, ils étaient presque vieux, mais elle avait conservé sa silhouette de jeune femme, et Grégoire, lui, possédait toujours sa force d'homme de la terre.

Cette nuit-là, elle se laissa porter avec délectation par la puissance du maître, dont les gestes avaient recouvré leur sensualité animale. Il palpa la rondeur de ses seins, de son ventre, respira son odeur. Sa peau blanche et fine semblait auréolée d'une clarté diaphane. Il l'attira à lui et, dans une étreinte haletante, emporté par un déferlement de désir, il l'enveloppa de son corps.

Pourquoi fallait-il se retrouver au moment même de se quitter ? La séparation attisait leur passion endormie. Le reverrait-elle ? Le départ était un déchirement, mais une force intense, que personne n'aurait pu soustraire, poussait Renelde à partir. Et cela, Grégoire le savait depuis qu'il avait croisé, de la fenêtre de sa chambre monacale à Lille, le regard bleu perle de la belle Flamande.

13

— Monsieur Chavatte ?

Pierre-Ignace leva les yeux. Sur le seuil se tenait une paire de souliers neufs et crottés ; ils n'avaient ni boucle, ni talon haut, ni dentelle ; souillés par la boue, ils avaient voyagé, mais c'était de bons souliers, non éculés, avec une véritable semelle de cuir... Du bon cuir. Et dans ces souliers, un très jeune homme à l'allure correcte entrait doucement, d'un pas incertain, son chapeau à la main, visiblement ennuyé de le déranger dans sa chambre sous les combles. Haussant un sourcil, Chavatte dévisagea avec méfiance, de bas en haut, l'impertinent qui osait l'interrompre dans sa précieuse tâche.

Un silence gêné s'installa. L'inconnu avala sa salive et entreprit de pétrir de ses mains moites le bord de son chapeau. A son air peu assuré, Pierre-Ignace se méprit et déclara, sans reposer sa plume :

— Jeune homme, si vous venez à Lille en quête de travail, vous tombez mal. Ce n'est pas dans la sayetterie que vous ferez fortune ! On a tous les jours des demandes qu'il est impossible de satisfaire. L'ouvroir fait travailler sept personnes, à part le maître et moi-même : un peigneur, deux redoubleresses, quatre fileuses, un espoullement... Vous voyez qu'il nous est impossible d'engager un ouvrier supplémentaire, un peigneur... Etes-vous peigneur ?... Laissez-moi deviner...

Empourpré jusqu'aux oreilles, l'étranger s'inclina et se présenta, avec un fort accent flamand :

— Mon nom est François Vanbrugghe. Excusez-moi, monsieur, mais je ne viens pas pour chercher du travail.

— Ah ? Qu'est-ce qui vous amène ici, alors ? Oh ! Mais, dites-moi, ce blason couleur azur sur votre cape, c'est la Sainte Vierge Marie ! (Il montra enfin un large sourire qui détendit son visiteur, et poursuivit son investigation :) Elle a sous ses pieds un écusson d'argent chargé d'un lion, et celui-ci tient... un lièvre, dirait-on...

— Oui. Il vient d'Haesebroek, le « Marais au lièvre ».

— Haesebroek... J'en ai entendu parler. On y tisse la toile, là-bas, n'est-ce pas ? fit-il en connaisseur.

— Ce sont les armoiries des pères Augustins qui dirigent mon collège. Je suis le fils de Jacques Vanbrugghe et de Béatrice Van Noort, monsieur. Je viens en messager, car je parle le français, bien que ma langue natale soit le flamand.

— Van Noort, comme Grégoire Van Noort, l'ancien maître de Marieke ?

— Je suis son neveu, monsieur.

La méfiance naturelle de Pierre-Ignace s'envola comme par enchantement. La glace était rompue.

— Ah ! mon garçon ! Quelle visite inattendue ! Prends donc cette chaise, tu m'as l'air bien emprunté là, debout. As-tu dîné à midi ?

— Sur le chemin, une brave fermière m'a offert une écuelle remplie de fromage frais.

— Bien. Je t'offre un pot de bière ou de brandevin ?

— Comme vous voudrez, monsieur, balbutia-t-il.

— Comme tu veux, garçon.

— Un peu de bière, si vous en prenez.

— Comment donc ! Barbe ! appela-t-il. Barbe, c'est ma femme ; c'est elle qui t'a fait entrer ?

— Je suis venu avec la petite Toutoune. Madame Albertine avait du monde.

— Excuse-moi si je te tutoie, mais tu me parais être, encore, dans la fleur de la jeunesse.

— J'ai eu mes dix-sept printemps, monsieur Chavatte.

La voix de François était revigorée. (Il sourit, laissant apparaître de fortes dents blanches.) Et je vous ai interrompu...

— C'est juste de la copie, dit Pierre-Ignace, d'un ton modeste. L'écriture demande de l'application, c'est vrai, et avec mes enfants, je suis obligé de m'isoler. En général, j'écris après la sayetterie ou le souper. Aujourd'hui, pour la Saint-Rémi, je ne suis sorti qu'à l'église.

François se pencha, très intéressé :

— C'est du beau travail !

Le visage de Chavatte s'illumina de fierté.

— Chut ! On n'emploie pas le mot travail un jour chômé, mon garçon ! (Il ajouta, heureux d'avoir trouvé un témoin compétent :) Je recopie les « Lettres du passant » sur la délivrance de Vienne, le 12 septembre dernier, par l'armée du roi de Pologne. Les Turcs avaient plus de deux cent mille hommes en campagne, sans compter les Tartares ! Je crois que véritablement, ça a été un coup de Dieu, car ces Turcs sont capables des pires atrocités. Sais-tu qu'ils font déchirer les prisonniers par leurs chiens ?

— Mon Dieu ! s'exclama François.

Il fit le signe de croix et avala d'un trait la moitié du pot que venait de lui monter Mme Chavatte. Pierre-Ignace n'était pas mécontent de l'effet que ses paroles produisaient sur son jeune visiteur. Ce dernier s'étonna :

— Vous copiez tous les noms ? Les officiers, les prisonniers... ?

— Oui, ces glorieux soldats sont des héros. J'espère que nos descendants s'en souviendront. Ah ! septembre fut un grand mois ! Avant cela, vois-tu, j'ai inscrit la mort de monsieur Colbert, le 6.

— Vous notez tout ?

— Je te crois !

Chavatte soupira, puis il grommela, sur un ton de mépris :

— Souvent, je suis renseigné par les gazettes hollandaises, en ce qui concerne les affaires du roi de France. C'est un comble, non ? C'est irritant à la fin que cela vienne de ces obstinés de réformés. Bon. Assez discuté du royaume. Alors, toi, tu étudies au collège des Augustins d'Haesebroek ?

— Corneille y est allé, et ma mère a voulu que je sois savant, comme lui, en dépit de mes modestes origines.

— Corneille qui ?

— Corneille-Grégoire Van Noort.

— Ah ! oui, bien sûr.

— Ma mère dit que je possède des traits de caractère de mon oncle. Le collège est devenu l'un des plus brillants de la Flandre. Il est doté d'une merveilleuse bibliothèque, monsieur Chavatte. Dans les diocèses limitrophes, il n'existe aucun autre collège comme celui-là. Les enfants chez qui la langue flamande est en usage sont envoyés à Haesebroek, pour y faire leurs études.

— Alors, ce n'est pas là que tu as appris le français ?

— On y enseigne les langues anciennes, les mathématiques, la rhétorique, la philosophie... Mais depuis peu, la lecture au réfectoire se fait en français, et certains cours aussi.

Il parlait à présent avec volubilité, les pommettes rougies par la bière et le plaisir neuf d'étaler sa jeune science.

— Je veux enseigner à mon tour, être maître d'école, à Moerbeke. C'est mon village natal.

— C'est bien, mon garçon, c'est bien... De nos jours, on ne voit plus que turpitudes ou fainéantise...

— Les pères m'ont donné quelques jours de congé pour la kermesse de Moerbeke et la Saint-Rémi. Alors, j'ai voyagé jusqu'à Lille. C'est la première fois... J'ai un message de Tis'je De Baecker pour Mme Renelde Van Eyck. Il sait qu'elle arrive à Lille. Elle a écrit. Albertine m'a envoyé chez vous, parce que vous avez aidé Marieke à partir, et vous devez tout savoir, m'a-t-elle dit.

— On t'a dépêché en mission de confiance, mon garçon ?

— Tis'je est colporteur. Enfin, il l'était. Il a vieilli. Il ne bouge plus guère, et les lettres, c'est pas son fort. Voilà, il a dit ceci...

Il ferma un instant les paupières et se concentra sur son message.

— Il a dit que madame Renelde ne doit pas se déplacer tout de suite à Moerbeke. La clyte — enfin, la boue —

envahit peu à peu nos routes marécageuses. Quant aux canaux, ils risquent de geler très vite. Tis'je dit que notre hiver sera terrible. Mais il travaille pour les Van Noort, et dès qu'il aura du nouveau, il me chargera de les prévenir. Il espère les accueillir bientôt avec tous les honneurs. Je serais heureux de connaître cet oncle.

— Marieke m'a conté ses malheurs...

Le visage de François s'obscurcit :

— J'avais deux ans lorsqu'il a quitté le pays.

— Tes parents t'en ont parlé ?

— Ils se sont éloignés de Moerbeke eux aussi. Mon père est devenu bourselier, pour les harnais de chevaux, à Haesebroek. Ils ont fait le silence, jusqu'à ce que le colporteur rentre au pays, en 1677. J'avais onze ans. J'ai assisté aux veillées de Tis'je. Il ne nous effraie pas, lui, avec les esprits assis sur des barrières de pâtures, sous la forme de femmes encapuchonnées. Il conte l'histoire de la trop jolie Iolande, accusée d'être une sorcière, car aux heures de la méfiance, son insouciance n'était pas acceptable. Il parle des mésaventures de mon oncle, l'échevin* trop puissant sur ses terres, trop amoureux aussi, qui s'est laissé empaumer par Iolande, la ravissante Flamande aux cheveux d'or ; et puis il raconte aussi sa fuite vers Lille et ce que les gens de mon village ignoraient : l'apparition de la belle Renelde la Lilloise, qui sauva mon oncle avec son amour... C'est devenu une belle légende par la bouche de Tis'je, car s'il ne sait pas écrire, c'est un poète, Tis'je. Et peu à peu, autour des enfants, les grands sont venus. Et tout le monde au village voudrait revoir mon oncle. Maître Van Abeele, le maréchal-ferrant, a sauvé sa ferme. Il m'a d'ailleurs légué ses livres, et moi, je les garde en attendant son retour.

— Plus rien ne s'oppose à ce que Grégoire Van Noort retourne en son pays ?

— Il faut l'accord des seigneurs de Montmorency, de Moerbeke. Beaucoup de choses ont changé au village. Le prince Eugène de Montmorency, banni par le roi de France pour l'avoir combattu dans les rangs espagnols,

* Adjoint du bailli (maire).

vient de mourir. Son fils, Philippe-Marie-Albert, est au service de Louis XIV, pour reconquérir les titres de son père. Il n'est pas souvent au château. Alors Tis'je essaie de réunir le conseil des Echevins, pour que mon oncle soit admis officiellement à revenir. Mais c'est lent. Il faut des tas de papiers, et en français. Mes parents sont retournés à Moerbeke, pour y travailler la terre. Je suis resté aux Augustins. Mais j'aime bien aussi, l'été, participer aux travaux champêtres, couper le blé en « stuck », et chanter, en œuvrant jusqu'au soleil bas. Ma mère serait heureuse de revoir son frère. Ma tante aussi, qui est très malade. Toutes deux, elles ne parlent plus que de lui.

Chavatte l'avait écouté avec la plus grande attention.

— Bien ! François, je transmettrai le message à Renelde Van Eyck. Je vais même le copier dès ton départ pour ne rien oublier. Mais en attendant, on te garde à souper. Ce que tu dis m'intéresse, et j'ai des tas de questions à te poser... Où loges-tu, cette nuit ?

— Les pères Augustins m'hébergent, tout près d'ici.

— Bien sûr ! Quand repars-tu ?

— Demain.

— Par quels moyens ?

— La clyte rend les routes difficiles. J'emprunte les canaux et les rivières : la Deûle, la Lys, le canal d'Haesebroek.

Ils descendirent dans la grande cuisine.

A table, on mit le jeune François à la place d'honneur, au milieu de la famille Chavatte.

— Comment se porte la campagne là-bas ?

— Mal... Il y a des droits plus importants à payer depuis que nous ne sommes plus sous dominance espagnole. Des gabelles sur le vin, la bière... Mes parents se plaignent. Il faut sans cesse fournir en chevaux, en hommes, payer pour les autres châtellenies qu'on a réunies à la nôtre. Avant, disent-ils, c'était chacun chez soi.

Pierre-Ignace lui tapa fraternellement l'épaule :

— Je vois que dans le plat pays flamand, vous êtes comme nous. Votre amour de la liberté ne s'est pas éteint... Grâce à Dieu !

Grégoire posa le chandelier allumé sur sa table de travail et s'installa devant son écritoire. Seul, dans la librairie, après l'heure de la fermeture, il n'était nullement pressé de retrouver sa maison d'Amsterdam, sans âme qui vive. Il se demandait comment il avait osé les laisser partir sans lui, en une telle aventure.

Il s'ébroua pour chasser les idées malsaines et morbides qui le poursuivaient. Juste après leur départ, Adriaan avait empêché son nouveau maître d'abuser de l'alcool et du tabac. Le jeune Hollandais avait découvert en cet homme à la carrure imposante, beau dans sa maturité, et qu'il admirait pour sa force et son savoir, quelqu'un d'aussi vulnérable qu'un enfant perdu. Grégoire bénissait le Ciel d'avoir Adriaan pour le seconder. Il était étonnant de voir à quel point ce garçon apprenait vite ; à quel point il était curieux de connaître les métiers de l'imprimerie. Il posait mille questions au fondeur de caractères, au correcteur, au relieur, sur leur manière de travailler. Il aimait les livres, leur contenu, leur vente, les traductions, mais aussi la façon de les fabriquer. Il admirait tout ce qui menait à la publication d'un ouvrage, et le travail considérable exigé pour en tirer quelques exemplaires, vite épuisés. Il se passionnait à la lecture du *Mercure hollandais* ou à celle de *La Gazette d'Amsterdam*, à l'aide de laquelle il apprenait le français.

Oui, tout cela était étrange de la part d'un orphelin qui n'avait reçu aucun encouragement d'un père ou d'un maître. Certes, Amsterdam possédait le plus grand nombre de libraires au monde, et un public aussi avide à s'instruire qu'à s'enrichir. Décidément, ces Hollandais le surprendraient toujours.

Grégoire avait recouvré son calme et ses espoirs. En prenant sa plume, il constata qu'un deuxième doigt se déformait, avec les rhumatismes. L'automne n'arrangeait rien. Avec les brouillards, les migraines aussi regagnaient du terrain. Il huma l'odeur de la chandelle et se mit à écrire.

Sa lettre les trouverait sûrement déjà à Anvers.

# 14

— Il est impossible de passer ! La route est encombrée de véhicules et de soldats hollandais, annonça l'éclaireur à cheval.

— Encore un péage ?

— Je ne crois pas. Ils sont trop nombreux.

— Es-tu certain qu'ils soient hollandais ?

— Grands, disciplinés et bien habillés, on ne peut se tromper !

Le directeur de la troupe, La Roseraie, intervint :

— Cela ne me dit rien qui vaille. Ou bien ce sont de faux soldats, des bandits de grands chemins, ou bien ils risquent de nous interroger, de nous mener à la Maison de Ville de Dordrecht pour être questionnés, et nous perdrons encore des heures précieuses...

— Je n'ai pas confiance non plus, renchérit un autre comédien. Quand on sait ce qu'ils font à leurs propres soldats... Ils pendent facilement, ces gens-là ! On en a rencontré, des gibets et des cadavres livrés aux rapaces !

— Nous ne sommes ni des voleurs ni des criminels.

— Certes, mais s'ils se mettent en tête de visiter nos malles...

— Nous n'avons rien à cacher.

— Nous avons tout à perdre... nos costumes...

— Retournons sur nos pas, et tâchons de gagner un chemin de traverse, décida La Roseraie.

— Ce ne sera pas facile, protesta la doyenne de la

troupe, qui était aussi sa femme. La route est bordée par cette espèce de canal ou de vidange.

— Faisons demi-tour dans la prairie.

— Nous risquons de nous embourber !

— Nous n'avons pas le choix.

— Nous ne serons jamais en ville avant la clôture des portes, à ce train de mulets. Ils s'enferment tôt, par ici. Si nous ne nous dépêchons pas, nous allons coucher dehors !

Les robustes chevaux avançaient d'un pas lourd. Les attelages progressaient de façon cahotique. Le gros problème venait des essieux. Les voitures hollandaises possédaient le même écartement, ce qui évitait dans le pays une trop grande dispersion des traces et assurait un confort. Mais ce n'était pas le cas des véhicules étrangers, qui n'en étaient que plus secoués. Avec la pluie, la route était mauvaise. L'orage rôdait aux alentours, et la bourrasque ne tarda point à se lever. Ils firent difficilement demi-tour. Le nouveau chemin, non pavé, était constitué de terre et de sable. L'un des chariots fit brutalement un écart, sans doute pour éviter un obstacle. La route se retrécissait singulièrement, il n'y avait plus un pied de chaque côté des véhicules. Le grand premier rôle de la troupe, nommé Le Vallon, repartit en éclaireur et ne tarda pas à revenir.

— C'est un sentier pédestre. Il y a un bac, un peu plus loin, mais il ne peut même pas contenir une carriole. Il faut repasser ailleurs.

— On ne voit plus rien avec ce temps maudit !

Ils poursuivirent leur chemin, en silence, attristés par la grisaille. Seuls les plus jeunes s'amusaient encore de l'aventure, dans l'ignorance du péril. Juché en haut des décors de toiles peintes et des malles en osier bourrées de costumes, Aurélien était aussi fier que les enfants de la balle *, ces drôles joyeux et délurés, nés comédiens, qui suivaient leurs parents et débutaient déjà au théâtre.

* Enfants de la balle : élevés dans la profession du père. Se dit surtout des comédiens (à l'origine, enfant du maître de jeu de paume).

Trempés, les chevaux trottaient avec moins d'entrain. Les roues grinçantes gémissaient sous la pluie. Les conducteurs essayaient de maintenir les attelages hors des bas-côtés envahis d'eau. Brusquement, une roue se coinça dans une ornière profonde creusée par son poids. Les voyageurs vacillèrent sous la brutale secousse, et mirent pied à terre pour pousser le véhicule. Il était lourd.

Renelde pensa à Grégoire, et à sa force extraordinaire. Il les eût tirés d'ennui avec facilité. L'espace d'un éclair, Marie Jolival, qui aidait les petits à descendre de leur poste élevé, se plia en deux, saisie d'une douleur fulgurante.

— Mon Dieu ! Qu'avez-vous, Marie ?

— Rien. Vous voyez, c'est déjà passé...

Une sensation nébuleuse voila le regard de Renelde. Mais son amie riait à présent avec les enfants. Elle oublia l'incident.

Enfin la voiture s'ébranla. La pluie tombait avec rage. Le vent soufflait par rafales. Il fallait redoubler de vigilance et de prudence, car ils ne possédaient pas de chevaux de remplacement, les bêtes apeurées risquaient de s'emballer et les chargements de se renverser. Ils repartirent, mais pour éviter de s'enliser davantage dans ce qui n'était plus qu'un vaste bourbier, ils se trouvèrent dans la nécessité de marcher. Ils avancèrent ainsi, sur le sol trempé, deux bonnes lieues, gâtant les chaussures et les jupes.

Autour d'eux, ils ne voyaient que roseaux à perte de vue, marécages où les arbres croissaient parmi les joncs et les genêts, canaux et fossés remplis d'eau. Ils ne rencontraient plus aucun voyageur. Ils étaient perdus, isolés et fatigués, enfoncés dans un chemin boueux.

C'est alors que la roue fragilisée se cassa net et rendit le véhicule inutilisable. La troupe s'arrêta. Il fut inutile de poursuivre, d'autant qu'une bête, épuisée, s'était mise à boiter. On découvrit dans son sabot un caillou, que l'on put ôter facilement. Mais il était hors de question de quitter le chariot regorgeant de costumes et de s'égarer davantage. Deux comédiens partirent, une fois de plus, vers le prochain village, pour demander de l'aide.

On attendit. Le soir tombait, la tempête se calma. Un froid glacial et mordant ne tarda pas à leur pénétrer le corps par tous les pores. Etroitement serrés les uns contre les autres, épaule contre épaule, les jambes enveloppées dans une couverture, les baladins infortunés sentaient monter une indicible angoisse. Le temps s'écoulait avec lenteur. Sans se l'avouer, ils craignaient les brigands. Les enfants, eux, avaient peur des loups-garous et des sorcières. Bien qu'emmitouflés dans les bras de leurs parents, ils claquaient des dents. Des ombres fugaces passaient dans la nuit. Il n'y avait plus de rires, plus que la morsure du froid, et l'attente.

Marguerite, qui, la veille encore, s'amusait beaucoup à écouter les récits hauts en couleur des comédiens, se disait qu'il fallait du courage et une sacrée passion pour supporter toutes les incommodités des voyages. Et pourtant, celui-ci avait débuté comme une fête, sous le soleil et la bonne humeur, au milieu de ces artistes aux noms fleuris.

Enfin, les éclaireurs revinrent.

— Ces gueux sont entêtés ! Aucun chariot avant demain. Et encore, nous nous voyons contraints de payer un prix exorbitant. Nous avons repéré une auberge, un peu plus loin, avec une grange, et peut-être des chambres. Préparez-vous avec courage, il y a tout de même une lieue. Nous sommes obligés d'abandonner nos chargements, mais les risques de vol sont insignifiants. Il faut être fou, comme nous, pour s'aventurer dans ce coin. Nous les récupérerons après un repos mérité.

Une fois de plus, ils marchèrent au travers d'une épaisse obscurité, les petits dans les bras, les pieds dans l'eau lorsqu'un ruisseau coupait le sentier.

Ils aperçurent une lueur, celle d'un feu de fagots allumé dans une maison isolée. Ils étaient arrivés. C'était une misérable auberge paysanne avec un seul étage et des chambrettes regroupées autour du grenier. Il n'y avait pas de cheminée, le feu était à même le sol.

L'hôtesse au visage méfiant se fit payer au double le pitoyable repas qu'elle daigna offrir à ces Français aux manières de singes. Elle les haïssait depuis les offensives de Louis XIV et les malheurs de 1672, qui l'avaient privée d'un de ses trois fils. Faute de vin, les hommes se fortifièrent l'estomac à l'aide d'appréciables mesures d'eau-de-vie. Il restait deux chambres disponibles, mais encore fallait-il partager son lit avec des inconnus. Deux comédiens s'exécutèrent. Le reste de la troupe se contenta de la grange.

Après les amusements qui avaient enjolivé le début du voyage, la promiscuité dans le froid et l'inconfort étaient ressentis par tous comme particulièrement désagréables. Etendue dans la paille humide, Marguerite frissonna. En entendant des grésillements d'insectes, elle ferma les yeux et s'évada. Elle revit leur dernière soirée et les pantomimes du grand premier rôle, Le Vallon. De sa belle voix sonore, il s'était mis à chanter. De caractère enjoué et badin, il avait ensuite poussé l'effronterie jusqu'à invectiver les autres voyageurs en mimant l'illustre Scaramouche. La table s'était alors agrandie des autres pensionnaires de l'auberge, enchantés de ce spectacle improvisé par le tragédien jouant les histrions. Avant le coucher, le rire était devenu collectif. Oui, tout allait bien, très bien, jusqu'à la pluie, qui se mit à tomber trop fort et ne s'arrêta point.

Un papillon de nuit vint frôler la joue de Marguerite. Et dans le moment magique entre veille et sommeil, son esprit s'envola vers Adriaan. Eprouvant une incroyable peine à le savoir loin d'elle, un sentiment de honte l'oppressa au souvenir de son récent plaisir, en compagnie de la troupe. Où était-il à présent ? Que faisait-il ?

Le hululement d'une chouette effraya Marieke. Troublée, elle y vit un mauvais présage :

« Mon Dieu ! pensa-t-elle, nous n'avons pas de chandelle à mettre sur le rebord d'une fenêtre pour éloigner le mal ! »

Deux éclaireurs chevauchèrent au petit matin, en quête du véhicule promis. Quelques heures plus tard, ils ramenèrent une voiture de pays, bâchée, garnie de paille. Ce qu'ils découvrirent à leur retour les plongea dans la consternation.

Plusieurs comédiens étaient saisis de coliques violentes. Mais cette incommodité ne devait pas être la seule. Un accès de fièvre suivit. Une très forte fièvre. Voyant cela, l'aubergiste les renvoya au diable. Elle ne voulait pas de malades chez elle... La « fièvre des marais » avait emporté son mari, jadis. Ils la supplièrent afin de rester dans la grange, en attendant que cette maudite infection s'éloigne. Plus épouvantée que mauvaise, la femme accepta.

— C'est fichu pour Anvers. Nous n'aurons jamais l'autorisation de jouer avec nos malades. Ils vont craindre une épidémie, et nous allons leur créer des émotions, dit Le Vallon.

— Si nous ne trouvons pas une autre troupe à notre place, avec le retard que nous avons pris ! renchérit La Roseraie.

Tous éprouvaient une même et terrible appréhension : la peur de la mort.

— Une épidémie... Tu crois... ?

— La « Grande Maladie » n'a pas sévi depuis longtemps, trop longtemps, ce n'est pas normal.

— Non, ce n'est pas la peste ! répliqua Renelde, qui s'efforçait de réconforter les différents membres de la troupe, affolés par cette étrange contagion. Je n'y vois aucun de ses inquiétants symptômes, aucun abcès.

Elle savait de quoi elle parlait. Elle l'avait approchée, la peste. Son premier mari et son père en étaient morts.

Les remèdes de Marieke n'agirent pas. Un guérisseur de campagne confirma l'absence des signes diagnostiques de la peste. Ce n'était pas la lèpre non plus, aucun bouton n'étant apparu sur le corps des malades.

— La fièvre des marais, conclut-il, en écho à l'aubergiste. Elle provoque des ravages parfois.

Il l'attribua au mauvais temps. Il leur conseilla de placer sur la poitrine des malades une coquille de noix renfermant des têtes d'araignées, remède excellent selon lui, et bien connu des campagnes pour faire tomber la température. Il leur donna une crème pour masser le corps, composée d'urine et de fumier de vache, et dit, en prenant congé :

— Cette fièvre est maligne. On vous interdira d'entrer en ville.

— Mais notre hôtesse nous demande de nous en aller !

Mise en cause, la responsable intervint, en grommelant :

— Oui. Il vous faut partir d'ici. Les épidémies sont toujours amenées par les voyageurs. Les étrangers apportent la corruption avec eux.

Les comédiens parlementèrent longtemps avec elle. Par la faute des Français, elle avait perdu l'un de ses enfants. Ses autres fils étaient de rustres campagnards, affairés à la construction de digues en bord de mer. Pour tout bagage, cette protestante possédait un peu l'alphabet et de quoi rendre la monnaie, mais elle connaissait les dix Commandements, la foi chrétienne et les prières. Elle finit par admettre leur présence, et proféra d'une voix grave et fataliste :

— Nous sommes tous prisonniers des fléaux. Restez encore un peu, si vous voulez.

Marieke essayait d'ôter de son esprit que cette indisposition pouvait être un châtiment de Dieu à l'encontre des comédiens, êtres errants et marginaux, de leurs fêtes, de leur joie de vivre, de la manière libre avec laquelle ils déambulaient, et des propos hardis qu'ils osaient parfois tenir. Elle était furieuse à l'idée de nourrir de tels sentiments à l'encontre de ses nouveaux amis. Mais il est bien difficile d'abandonner certaines croyances, même si les circonstances nous montrent qu'elles sont absurdes. Renelde devinait ses pensées. Influencée par ses années en terre protestante et par le fait aussi des idées « hérétiques » partagées avec Grégoire, elle la secoua de son mieux.

— Prie qui tu veux, Marieke, mais ne te décourage pas et ne te mets pas de mauvaises idées en tête. Personne ici n'a fait le mal et n'a manqué de ferveur religieuse. Nous ne sommes pas punis de nos péchés. Quant à nos malades, ils ne sont pas pestiférés. On peut les toucher.

Elle-même essayait de ne pas penser au spectacle hallucinant des médecins de la peste, ces monstres étranges au long nez de cuir qu'elle avait côtoyés jadis et qui s'engouffraient dans les maisons condamnées, tandis que les « corbeaux » arrivaient dans leur sillage pour ôter les corps de leurs longues pinces.

A son tour, elle fut très tourmentée : Aurélien était atteint, ainsi qu'une fillette, Janneton, que le petit garçon ne quittait pas depuis leur départ d'Amsterdam. Il l'admirait particulièrement, car en dépit de ses grosses joues et de son allure de paysanne, elle briguait déjà les rôles d'amoureuses, et se vantait de porter plus tard des robes d'apparat, habits de ville rehaussés de broderies, de rubans et dentelles.

— Et même de pierreries, afin de me rendre éclatante à la lumière, comme la Champmeslé ! affirmait-elle avec jubilation, en se mouchant avec les doigts.

Renelde pria pour obtenir la grâce du Ciel. Le chef de la troupe, La Roseraie, reprit la route de Breda, pour essayer de dénicher un autre médecin, apte celui-ci à leur donner les remèdes adéquats et nécessaires à une guérison rapide. Les enfants avaient vomi la tisane à base de fruits et de légumes que l'aubergiste leur avait donnée afin d'éviter l'eau croupissante des marais. Le brouillard ambiant n'agissait pas en leur faveur. Une odeur écœurante, aux relents de vinaigre, flottait dans la cuisine où les bien portants s'étaient réfugiés, l'hôtesse ayant finalement offert ses chambres aux souffrants. Après ses premières réticences, elle montrait un zèle tout à fait louable pour les aider. Allumé pour éloigner l'air vicié propageant les miasmes putrides, un feu de bois sec et odorifiant rasséréna l'atmosphère, qui sentit bientôt les baies de genièvre.

Les femmes naviguèrent toute la journée entre les chambres, prodiguant des soins à l'un puis à l'autre, leur frottant le ventre avec de la bière chaude répandue sur un linge et leur massant doucement le nombril, « centre de vie ».

Marieke prépara de la teinture d'eau de rose et de vinaigre qu'elle appliqua sur le front des malades. Cette fièvre des marais évoluait très vite. Janneton reprit sa vigueur et donna de l'espoir à la troupe. Plié en deux, Aurélien était secoué de tremblements convulsifs. Il regardait sa mère, les yeux embués, à demi-étourdi.

La nuit plongea les baladins perdus dans la pénombre et l'angoisse. Dans un état fébrile, les mains glacées, Renelde surveillait l'évolution du mal sournois. Souvent, elle appelait Marguerite pour lui demander si elle ne ressentait aucun malaise. Et la jeune fille de la rassurer et de l'embrasser.

Au loin, la mer s'assombrit, se plissa de mille rides. Dans l'écurie, les chevaux piaffèrent et se cambrèrent. Dans une chambre de la misérable auberge, un être luttait. Un enfant délirait. Puis la mer se calma, la fièvre tomba. La nuit s'en était allée. L'ombre de la mort s'effaçait tout doucement devant l'amour. La vie, ardente, circulait à nouveau dans le petit corps d'Aurélien. Au matin, il souriait à sa mère, et Janneton gambadait dans la cour. Vêtu d'un long manteau noir et d'un chapeau pointu, le médecin annonça aux trois malades restants qu'ils n'étaient point les premiers à souffrir. Les villageois l'appelaient la peste, mais ce n'était pas cela. On ne voyait ni chancre ni bubon à ce mal pernicieux. Seuls l'accablement, une profonde apathie : c'était bien « la fièvre des marais ». Pour tout remède, il leur conseilla de repartir sans attendre, afin de repasser les frontières au plus vite. Lui aussi avait hâte de voir s'éloigner ces hôtes indésirables.

— Mais l'une de vos femmes est au plus mal.

Marie Jolival, la tragédienne, avait perdu son teint éblouissant. Marie s'en allait. Les autres l'ignoraient encore. Elle le savait. Elle demanda l'extrême-onction.

— Est-ce si urgent ? s'enquit Le Vallon, avec un regard désespéré. Faisons-lui passer les frontières vers la France, vers la terre catholique.

« Oh ! Mon Dieu ! Faites que ce cauchemar cesse ! » pria Renelde.

La Roseraie les avisa du danger :

— En France, nous sommes excommuniés. Si Marie n'est pas en état de s'exprimer, voire de renier sa profession de comédienne, le prêtre risque de lui refuser les sacrements. Il vaut mieux chercher ici.

Les acteurs restaient en faveur auprès de Louis XIV, qui ne manquait pas de les applaudir, mais un vent de réprobation s'était levé sous l'influence de la Compagnie du Saint-Sacrement, des dévots et de Madame de Maintenon...

Renelde intervint :

— Et à Anvers ? Ce n'est pas la France, mais le pays est catholique.

— Madame, je ne crois pas qu'elle y arrive en vie, dit le médecin. De Breda, je vous envoie un ministre de votre Eglise, il y a encore de nombreux papicoles * dans nos campagnes, ajouta-t-il en se faisant payer les consultations.

— Pour vous, madame, ce sera un florin, annonça-t-il à Renelde, qui lui remettait les quatre stuyvers réclamés aux comédiens. (Et d'un ton exagérément révérencieux, il lui susurra à l'oreille :) Vous ne faites pas partie de ces saltimbanques, vous êtes une bourgeoise, cela se voit...

Le Vallon ne quittait pas Marie. L'air hagard, l'acteur était méconnaissable. Après les pitreries du voyage, il avait repris son masque tragique. Mais on n'était pas au théâtre. Son amour pour Marie, contenu jusqu'alors, débordait.

Dans l'après-midi, la fièvre laissa un répit à la comédienne. Son souffle parut plus calme. Elle tourna la tête avec un geste doux, demanda Renelde, et lui parla longuement de sa vocation, de sa vie, parce qu'elle avait trente années de secrets enfouis à confier à sa nouvelle amie, parce que le temps lui était compté.

C'est ainsi que Renelde apprit de Marie qu'elle était issue d'une famille d'authentiques nobles. Jolival était son nom d'actrice. Dès l'âge de douze ans, on s'était préoccupé de son mariage, et on lui avait enseigné la tapisserie. Mais à huit ans déjà, elle faisait des vers ravissants et des sonnets pour les dames de la Cour. Elle fréquenta les

* Papicoles : adorateurs du pape. Nom donné aux catholiques par certains protestants.

« ruelles », ces cercles de « précieuses », et fut courtisée par tout le Marais littéraire. On la croyait libre. Elle s'enticha d'un comédien, qu'elle suivit à l'âge de seize ans. Ils s'unirent à « l'église aux bœufs », dans l'île de la Cité, qui mariait sans l'avis favorable des parents. Reniée par sa famille, traitée de fille d'opéra et de frondeuse... Certes, son mari n'était pas un exemple ! Ce beau brun à l'allure insolente était un inconstant. Il quitta leur troupe pour celle des comédiens de la Reine, puis celle des Princes d'Orange, et celle des ducs de Hanovre. Il avait déjà changé cinq fois de compagnie à sa connaissance. Partout il prenait femme différente... et espérait arriver à la gloire parisienne d'un Floridor. A présent, où était-il ? Elle devait le revoir à leur retour, au printemps. Les contrats allaient d'un Carême à l'autre. Ils étaient signés à Paris, où les comédiens se regroupaient pendant cette période de chômage forcé et de recherche de travail.

— C'est si long, d'ici le Carême... prononça Marie, à mi-voix.

Une brume ternit alors ses admirables yeux noirs, et Marie dévoila son secret à Renelde : son charmant compagnon l'avait abandonnée après l'avoir engrossée. On lui avait proposé de voir une « faiseuse d'anges ». Elle avait refusé. Sa petite Marianne avait neuf ans, aujourd'hui. Confiée aux bons soins d'une amie, la comtesse Hortense de Fontenille, l'enfant vivait sous sa protection, dans le Marais, à Paris. Marie écrivit quelques mots de recommandation pour Mme de Fontenille qui connaissait tout le monde dans sa paroisse et ne manquerait pas d'aider Renelde à retrouver la trace de Marie-Jeanne. Son écriture était tremblante.

— Je vais mourir... J'ai peur, Renelde.

— Marie, vous devez vivre, pour devenir la tragédienne de la troupe du Grand Condé, comme vous le désirez ; oui, vous devez vivre, pour votre petite Marianne, pour nous.

— Ma mort ne troublera pas le monde du théâtre. Je ne suis ni la Du Parc ni la Champmeslé. Et puis, jouer va devenir impossible pour les comédiens, maintenant que le roi devient plus austère. Le monde change, et nous autres, humbles mortels, continuons de courir après des chimères.

Un frisson lui secoua les épaules. Renelde passa la main sur sa chevelure, sur son front moite, plus pâle que le drap.

— Luttez, Marie !

— La fièvre me rattrape, murmura-t-elle d'une voix assourdie, la bouche asséchée. (Elle recueillit toute la force qui lui restait pour continuer :) Depuis longtemps, je sens en moi un mal qui a germé en mon sein. Peu à peu depuis deux ans, je perds la santé. J'espérais pourtant fêter Pâques avec Marianne, et vivre encore quelques années près de mon enfant, le temps de la voir devenir femme. Hortense est sa marraine, elle ne l'abandonnera pas. Mais dites-lui, Renelde, combien je l'aime. Dites-lui qu'une partie seulement de moi s'en est allée, que l'autre reste auprès d'elle, et la protège. Dites-lui que... Non ! Je ne veux pas l'abandonner dans ce monde grouillant et futile. Mon Dieu, le grand sommeil m'envahit. (Epuisée, elle murmura :) J'ai peur... Priez pour moi, mon amie, ma tendre amie.

— Vous tremblez.

— De froid.

Elle était brûlante et couverte en abondance. Ses mains posées sur le drap étaient d'une blancheur extrême. Ses yeux noirs errèrent un instant sur les objets de la chambre, sur les camarades qui l'entouraient. En voyant le prêtre amené par La Roseraie, son regard s'éclaircit. Elle se mit en règle avec le Seigneur. Elle retrouvait un certain apaisement, lorsqu'une atroce douleur la fit tressaillir. Un gémissement lui échappa. Elle sourit comme pour s'en excuser. Mais elle ne retint pas le suivant.

Il y avait quelque chose d'étrange et de poignant, dans ce visage qui luttait pour ne pas paraître contracté et laid, pour laisser à ses camarades un beau souvenir. Elle serra si fort la main de son amie que Renelde ne put contenir ses larmes. Sa tête retomba sur l'épaule de son fidèle Le Vallon. Sa lèvre d'où perlait à présent une minuscule goutte rouge s'infléchit en un sourire triste qui poignarda le cœur de Renelde.

Une petite Marianne habillée de blanc sautillait dans la tête de Marie et la regardait, étonnée, de ses grands yeux noirs si semblables aux siens. Marguerite ne réprimait plus ses sanglots. Marieke l'emmena au-dehors. La musique douce et fascinante de Marie s'éloigna. Marie la flamme s'était éteinte. Elle ne se rallumerait pas. Renelde secouait la tête en une protestation muette.

« Pourquoi, mon Dieu, pourquoi ? »

L'odeur des herbes aromatiques encore fumantes montait jusque dans la chambre, tandis qu'un nouveau crépuscule recouvrait le ciel d'un épais linceul noir. Après la lutte, le silence.

Tous les comédiens s'étaient groupés autour du lit de Marie Jolival. Ils entamèrent un cantique d'une voix unie et pure.

On allait tenter de l'emmener jusqu'à Anvers, pour l'y enterrer en terre catholique. L'aubergiste se tenait près d'eux, elle aussi. Elle avait bien changé à leur égard. Devant le malheur, il n'y a plus d'ennemis, plus que de pauvres êtres démunis entre les mains du Seigneur.

Revêtue de sa lourde robe de théâtre en velours et en damas verts, les cheveux étalés sur les épaules, Marie ressemblait à une Vierge de Van Eyck que Renelde avait admirée dans sa Flandre natale. Elle était irréelle et plus belle que jamais.

# 15

En cette fin octobre 1683, un étrange convoi faisait son entrée dans la ville d'Anvers. Amputée d'une reine endormie, sans espoir de Prince Charmant, la troupe de La Roseraie franchissait les portes du Brabant.

Avant son départ, dans la cuisine de la misérable auberge hollandaise, l'hôtesse avait retiré du fromage du garde-manger, situé en hauteur afin de le protéger des vermines. Elle leur avait donné du pain, du lait, de la bière et des couvertures supplémentaires. Elle leur avait offert ses réserves, son soutien et ses prières.

Avec la mort, le temps était compté. Il fallait quitter au plus vite le pays, et ponctuer le trajet de haltes brèves et rares.

Ils allèrent d'abord grand train au travers des marécages et des forêts. Puis ils subirent une inspection infernale, due à des contrôleurs tatillons, et crurent ne jamais traverser les frontières. Après de minutieux interrogatoires qui n'en finissaient pas, les uns acceptèrent de laisser passer le corps, tandis que les autres, quinteux, répugnaient encore à le recevoir. Ils quittèrent les Provinces-Unies avec un soupir de soulagement.

Marie laissait derrière elle un sillage de chagrin. Une réelle affliction se lisait sur les visages. Livide et meurtri, Le Vallon flottait dans un brouillard. Ivre de douleur, le regard hébété, il gémissait sourdement, parfois secoué par un sanglot. Inquiets, ses camarades le surveillaient. Ils redoutaient qu'il n'eût égaré sa raison, et tremblaient de perdre leur « grand premier rôle ». Lançant sa monture au galop, La Roseraie partit lui-même en éclaireur, pour s'occuper des formalités et des autorisations nécessaires à l'inhumation de Marie en terre sainte.

A l'approche des remparts de la cité d'Anvers, dissimulées parfois par les replis du terrain, des églises profilaient leur longue flèche lumineuse et des abbayes détachaient leur silhouette sur un ciel dégagé. Une prodigieuse quantité d'arbres rendait la région très agréable et mettait un peu de baume à leur cœur endolori.

Au fur et à mesure que les pas de Renelde la rapprochaient de sa Flandre natale, une petite musique familière vibrait au tréfonds de son être. Ses joues reprenaient des couleurs. L'allégresse du retour se mêlait de façon éhontée à sa tristesse. Par tous les pores, Renelde s'imprégnait du paysage, ressentait des bouffées d'air de Flandre, s'en grisait et comprenait à quel point son âme était restée fidèle à son pays.

Impressionnés par le style baroque des pierres ornant la majestueuse et lourde porte de chêne, honteux de leurs vêtements souillés, de leurs visages marqués par les larmes et l'épuisement, Renelde, Marieke et les enfants eurent un instant de recul.

Une femme d'un poids et d'un âge respectables, petite et peu fardée, à la démarche balancée, aux yeux pervenche et aux joues bien remplies, apparut sur le seuil. Interdite par la vision qui s'offrait à son regard, Renelde murmura, comme dans un rêve :

— Meï ?... Non, je... pardon...

Confuse, elle s'interrompit. Meï était le nom familier de sa marraine et grand-tante : Catherine Maes, originaire d'Anvers. Mais Meï était décédée six ans auparavant, à Lille. Renelde ne l'ignorait pas. Le visage frais et rond à l'air enfantin, et cependant auréolé d'une chevelure blanche, s'épanouit en un sourire généreux qui ôta toute trace de malaise :

— Renelde ! Clara, viens vite, c'est la cousine ! Je suis

Katharina Maes, la sœur de Pieter, mais on me surnomme Katje.

— Oh ! mon Dieu, que je suis heureuse !

Eclatant en sanglots contenus depuis deux jours, Renelde se jeta dans les bras chaleureux de cette forte Flamande, qu'elle venait de confondre, l'espace d'un instant, avec sa chère marraine.

Depuis son veuvage, Katje vivait au sein de la famille de son frère, Pieter. Plus jeune, Clara, sa belle-sœur, montrait un visage ingrat, un regard gris et voilé. D'une trentaine d'années, elle était plus mince, plus timide et réservée que Katje, sans doute plus vulnérable, mais tout aussi accueillante.

Aidée par Marieke-la-gaillarde, qui ne perdait pas une occasion de se rendre utile, Clara Maes prépara aussitôt un lit pour le petit Aurélien dont le teint extrêmement pâle faisait peine à voir. Renelde était gênée par tant de sollicitude :

— Nous pouvons loger à la Clef d'or, ou au Heaume. Je me suis renseignée, il leur reste des chambres. Je désirais juste vous embrasser et connaître votre opinion sur la qualité de ces hôtelleries. Nous ne voulons pas vous déranger.

— Pas question ! rétorqua Clara, un paquet de draps propres entre les mains.

Menue, elle n'en était pas pour autant dépourvue d'autorité.

— Vous êtes nos hôtes. Il y a trop de risques de vol dans ces auberges de passage. (Elle ajouta, avec un sourire qui la transfigurait :) Nous vous attendions de pied ferme, vous nous feriez injure en refusant ! Allez, Marieke, c'est Marieke, n'est-ce pas, votre petit nom ?... Venez m'aider à monter ce pauvre trésor. Il est épuisé. Un bon sommeil lui fera le plus grand bien. Ah ! Katje, n'oublie pas de donner à notre Renelde la lettre de Grégoire. Oui, ma chère, ton mari — je te tutoie, n'est-ce pas ? — t'a déjà écrit. C'est un amoureux, cet homme-là.

Renelde retrouvait en ses cousines les intonations de Meï. Tout ce petit monde se mit à mélanger allègrement le flamand d'Anvers et celui d'Amsterdam, le patois lillois et le français. Veuve depuis de longues années, le cœur franc, possédant une nature gaie et gourmande qui ne semblait pas craindre la vieillesse, Katharina remplaçait fréquemment son frère Pieter auprès des nombreux clients étrangers. Elle se débrouillait à présent très bien en français.

— Katje est une vraie femme d'affaires ! Elle égale les hommes dans leur propre domaine ! leur apprit Clara. Pieter étant en déplacement, elle est aux commandes du commerce de drap et de soie. Nous recevons du tissu, nous en écoulons encore plus. Katje s'occupe de la vente, de la rémunération de chacun, ouvrières, facteurs et compagnons. Depuis quelques années, notre commerce s'est orienté vers la soie, car une nouvelle draperie s'est développée dans le plat pays flamand et travaille sur des commandes émanant d'Anvers. Le lin s'est déplacé dans la région de Bailleul, d'Haesebroek. Il y a aussi les saies d'Hondschoote, les draps légers d'Armentières. De la concurrence. Grâce au Ciel, les Génois nous ont enseigné la technique de la soie. Ils vivent en grand nombre dans notre cité.

Changées et reposées, les trois voyageuses partagèrent un merveilleux repas à la bière avec les dames Maes et leurs enfants, trois grands gaillards gourmands, et deux filles au franc-parler, tous associés dans l'entreprise du père. Ils posèrent quantité de questions sur les raisons du voyage de Renelde, et sur le sort de l'infortunée Marie-Jeanne. Ils échangèrent des impressions sur les métiers du drap et de la dentelle. Pour accompagner le dessert de sa composition, Clara leur offrit du vin de groseilles, fait maison.

A la fin du dîner, elles avaient soulevé le voile sur la tristesse qui ternissait le regard de Clara : elle était sans nouvelles de Pieter depuis un mois. Or, contrairement à la plupart des négociants, il n'était pas homme à laisser les siens dans l'incertitude. Heureusement, Katje avait en main les procurations de Pieter et savait diriger le commerce en son absence. Renelde connaissait le cousin. Il s'était arrêté à maintes reprises chez ses parents, jadis, lors de ses voyages. Il était presque constamment sur les routes, comme les marins d'Amsterdam, avec les tracas que ce mode de vie entraînait, et Renelde admirait Clara pour sa patience. Il participait aux nombreuses foires réunissant les marchands de tous les pays d'Europe. Il chevauchait ainsi jusqu'au Portugal, en Italie ou en Bavière. Les lenteurs, les aléas, tels la guerre, les accidents ou les détroussements, pouvaient avoir différé son retour. Les marchands se déplaçaient souvent en groupes formés au hasard de leurs trajets. Il était à souhaiter qu'il n'ait pas rencontré une épidémie, comme cela avait été le cas pour l'infortunée troupe théâtrale. Cette fois-ci, Clara était inquiète. Katje gardait bon espoir et remontait le moral de sa belle-sœur à l'humeur fragile.

— Il a mis plus de vingt jours pour revenir de Paris à Anvers, et lorsqu'il est allé à Nantes, il s'est arrêté de ville en ville dans la vallée de la Loire !

— Mais il m'avait prévenue ! déplora l'épouse de Pieter.

— D'où vient-il ? demanda Renelde.

— De Bourgogne ; mais il change parfois d'itinéraire, au gré de ses rencontres et des marchés conclus. Il aura fait un détour par la Normandie. Souviens-toi, Clara, lorsqu'il a dû attendre le dégel à Hondschoote. Et cette fois, le mauvais temps s'est installé plus tôt en saison... Ne t'alarme donc pas, petite sœur ! (Elle conclut, avec une boutade :) Il est muni d'une très bonne paire de bottes !

Son œil malicieux amena un sourire sur le visage grave de Clara. En dehors d'une sagacité opportune, Katje était d'une gaieté extraordinaire. Paisible et consciencieuse, Clara s'occupait essentiellement de sa famille et de son intérieur qui étincelait de propreté et d'élégance. Les trois Lilloises s'attachèrent tout de suite aux deux cousines.

Dans la chambre qu'elle partageait avec Marguerite, Renelde s'installa sur le fauteuil espagnol, faisant face à une table anversoise aux pieds Boulle. Elle ouvrit une cassette aux couleurs chatoyantes, en retira un parchemin, dans l'intention d'écrire à Grégoire et de le rassurer de leur trop long silence.

— Katje ressemble beaucoup à Meï, n'est-ce pas, petite mère ?

— En effet, ma chérie.

— Elle était née, ici, ta marraine ?

— Oui.

— Elle n'était pas mariée ?

Un tendre sourire éclaira le visage de Renelde.

— Vois-tu cette cassette dans laquelle je mets mon courrier ?

— Elle est magnifique.

— Elle appartenait à Meï. Regarde, au-dessous de ce tiroir se trouvent les lettres que lui adressait jadis un navigateur hollandais. Notre demoiselle Maes l'a follement aimé, mais elle était trop jeune. Elle n'a pas osé suivre son bel étranger, d'autant que la famille s'opposait à cette union aventureuse. J'espère qu'elle l'a enfin rejoint...

— Elle n'en a jamais parlé ?

— C'était son secret. Un jour, Marguerite, je te confierai à mon tour cette cassette. Tu ne la perdras pas. Elle contient la passion de toute une vie.

« Elle a aimé un Hollandais... » pensa Marguerite, fermant les yeux sur son propre rêve, qu'elle revivait inlassablement, pour ne pas l'oublier, pour qu'il restât gravé en son cœur, dans son corps.

La maison des Maes était belle, le mobilier étonnant. Une débauche d'ornements, de volutes s'épanouissait dans le moindre buffet.

Dans le salon, une garde-robe décorée de sculptures servait de vestiaire. Renelde y avait admiré un garde-manger mural. La pauvre aubergiste hollandaise n'aurait osé y mettre ses fromages. Les montants étaient composés de pilastres agrémentés de cariatides qui encadraient la porte ajourée. Ses corniches étaient ponctuées de lions, emblèmes de la Flandre. Vénus côtoyait la Vierge, la mythologie le sacré. Clara se plaisait à faire reluire ses meubles de chêne aux plaquages d'ébène et de noyer.

Une presse à linge permettait de marquer soigneusement les plis des nappes et fascinait Marieke. Une armoire très singulière, de style anversois, retenait aussi l'attention. Ses deux grandes portes en bas et les trois petites en haut, cinq en tout, comportaient des moulures à motif d'étoiles. Des angelots sculptés en relief formaient le centre du panneau. Discrète, Renelde n'osait questionner ses cousines sur la provenance du précieux mobilier. Pieter était-il collectionneur ? Sa curiosité fut satisfaite le soir même, lorsqu'un son harmonieux résonna dans la pièce où les femmes devisaient tranquillement avant de se coucher.

— Vous possédez un clavecin ? Je ne l'ai pas vu... demanda Renelde, rougissante de plaisir.

— Non. Personne n'est malheureusement assez musicien dans la famille, répondit Clara. C'est notre voisin, le facteur * Van De Wilde. Il essaie les instruments achevés ou en cours de perfectionnement. « Pour les amadouer », comme il dit. Son atelier jouxte notre salon, et sa musique nous parvient, assourdie certes, mais si jolie, si reposante. Nous avons bien de la chance.

— Elle me donne envie de danser ! ajouta Katje, en bonne vivante avec ses cinquante ans passés et son tour de taille impressionnant.

Renelde se sentait revivre au son mélodieux de l'instrument vénéré dans le monde entier.

— Nous sommes très liées à notre voisin. Maître Van De Wilde est ébéniste. Il a conçu la plupart des merveilleux meubles que vous voyez chez nous. Il est aussi le parrain d'une de mes filles. Pour son baptême, il a créé l'armoire en plaquage de noyer, rehaussé d'ébène, sur laquelle est posé le crucifix en bois et en écaille.

— Celle qui est ornée de motifs représentant des têtes d'ange, des feuillages et des fruits ? demanda Renelde.

— Oui. Elle lui reviendra plus tard.

— Elle est remarquable d'équilibre !

— Quant aux clavecins, il passe peut-être des milliers d'heures sur chacun. Il y travaille du chant du coq à

* Facteur : fabricant (s'emploie surtout en musique).

l'angélus, et quand il ne joue pas, il siffle comme un merle. Il vit pour son art. Va donc le voir, toi qui es musicienne et aimes le beau bois, il t'enchantera par sa façon de parler de l'ébène, du sapin, du bois. Va jouer chez lui avant ton départ, il en sera ravi et te recevra de grand cœur.

Renelde se promit d'y aller, car l'état de santé d'Aurélien, amaigri et faible, les obligeait à prolonger leur séjour, en dépit de leurs soucis pour Marie-Jeanne. Deux mois étaient passés depuis son appel au secours. Etait-elle en vie ?

Anvers était une harmonieuse et charmante cité. Elle s'était relevée des malheurs du siècle passé et de l'exode vers Amsterdam ; mais la fermeture de l'Escaut l'avait assagie malgré tout. Avec le retour victorieux du catholicisme, les églises et les couvents foisonnaient.

Accompagnée par Marguerite, Renelde rendit un dernier hommage à son amie Marie enterrée dans le cimetière de la ville, parmi les chrétiens. Elles assistèrent également au spectacle de La Roseraie. Dédiée à leur tragédienne disparue et regrettée, cette première séance devait permettre de rembourser les frais de l'inhumation. Unies à la troupe par une compassion fraternelle, elles en ressortirent avec des sentiments mêlés : meurtries par le décès de Marie, fascinées toutefois par l'énergie avec laquelle Le Vallon, La Roseraie, les autres secouaient leur chagrin pour offrir une représentation digne des plus grands.

Clara reçut enfin une dépêche heureuse. Son visage redevint rose et ses lèvres vermeilles, son rire éclata, cristallin : Pieter était sain et sauf. Il avait voyagé en compagnie d'autres marchands, comme on s'y attendait. De Bourgogne, il avait emprunté la route de l'Ardenne et du Luxembourg. Le mauvais temps avait provoqué un léger ralentissement. Un accident, plus grave, avait créé le retard : un pont s'était effondré, et l'une des charrettes était tombée à l'eau. Blessé, Pieter fut sauvé grâce à l'hospitalité d'un châtelain blotti au fond de la campagne dans laquelle il s'aventurait pour la première fois. Grâce à Dieu, la totalité des balles, cassettes, coffres et serpillières de toile renfermant des trésors de marchandises fut tirée de l'eau. Guéri, Pieter reprenait la route vers Anvers et profiterait d'un passage à Valenciennes pour percevoir le montant d'une créance.

— Encore un détour ! déplora Clara.

— Tu ne changeras pas mon frère !

Katje souriait, rassurée elle aussi, en dépit de son air très calme et des railleries fréquentes, mais affectueuses, dont elle abreuvait sa chère belle-sœur.

Les clavecins Van De Wilde n'avaient pas atteint la notoriété des prestigieux instruments Ruckers. Ces derniers sillonnaient encore le monde entier, bien que le décès du fondateur ait marqué la fin de leur monopole. Peu à peu, de nouveaux facteurs étaient arrivés sur le marché : luthiers ou ébénistes comme le voisin des Maes. L'atelier du maître Van De Wilde était réputé. Les commandes se multipliaient.

— On y vient de partout : d'Italie, d'Allemagne, de France, affirmait Katje, et son commerce florissant a de sérieuses répercussions sur le nôtre. Je dirais même : des retombées royales ! Notre négoce de drap aurait chuté sans nos excellentes relations. Nous habillons les princes qui attendent leur clavecin ou leur épinette *. Des étrangers installés à Anvers écoulent nos tissus et ses instruments vers leur pays d'origine.

— J'ai possédé un virginal **, jadis, à Lille. A présent que je suis entrée chez vous, mon rêve est de pouvoir vous acheter l'un de vos superbes clavecins, lui avoua Renelde, lors de leur première entrevue.

Dès qu'il fut en état de se lever, son fils l'y accompagna. Maître Van De Wilde parlait de son métier avec une passion émouvante. Renelde n'avait jamais côtoyé un facteur de clavecin. Elle ne se lassait pas de le voir à l'œuvre.

* Instrument de musique à clavier.
** Épinette rectangulaire avec un petit clavier sur le côté.

Il travaillait d'une façon si minutieuse, si concentrée, que l'on n'entendait plus le moindre souffle dans l'atelier jusqu'à ce qu'il se mette à siffloter, signe de détente et de satisfaction. Alors, entouré de ses apprentis, il commentait la sonorité de tel ou tel autre clavecin, leur conseillait le sapin et l'épicéa pour la table, l'érable pour le fond, l'ébène pour les petites pièces, leur parlait de l'orme, du frêne, du charme, du châtaignier, autant de bois dont Renelde ignorait jusqu'alors les défauts et les qualités. Elle ne s'était jamais demandé de quelles matières vivantes était constitué l'instrument sur lequel elle avait tant joué dans son enfance.

Le maître en tablier se prit d'amitié pour cette Lilloise aimable et gracieuse, dont les doigts fins parcouraient avec légèreté le clavier. Il la laissa jouer sur son dernier chef-d'œuvre, dont il était particulièrement fier et qu'il allait baptiser, après le départ de Renelde, du nom de « la belle Flamande ». La face interne du couvercle représentait une scène de musique dans le parc d'un château. Un aphorisme célébrait en latin la concorde et l'amitié engendrées par cet art. La table d'harmonie était parsemée de fleurs peintes.

Aurélien découvrait en sa mère une artiste. Quand elle ne jouait pas, tous deux contemplaient, respectueux, immobiles et muets, maître Van De Wilde qui façonnait un nouvel instrument avec une extrême concentration, une précision et une flamme dans le regard... « Un véritable amant », songeait Renelde. Il en parlait d'ailleurs comme d'une maîtresse qui se soumettait peu à peu à sa volonté et dévoilait ses mystères à force de caresses expertes et sensuelles, mais qu'un jour, une fois l'apprentissage passé, il lui faudrait abandonner aux mains d'un autre. A la lumière tamisée du soir, une alchimie subtile se produisait sous les regards extasiés des rares témoins privilégiés. Renelde ignorait que sa présence procurait au maître un indicible plaisir à être ainsi observé pendant son travail par une femme exquise aux admirables yeux bleu-gris, habillée avec simplicité mais raffinement. Parfois, elle rougissait, comme si elle surprenait un acte d'amour. Troublée, elle avait l'impression délicieuse que ces mains souples et fortes la caressaient, lui frôlaient furtivement le corps. Alors sa poitrine palpitait avec volupté.

Aurélien était attentif aux questions touchant à la technique musicale, ou à la qualité des bois utilisés. Comblée, sa mère songeait néanmoins qu'il ne pouvait y entendre grand-chose. Mais Dieu que ses yeux s'agrandissaient alors ! Toute son expression était tendue vers le savoir. Une ivresse joyeuse l'exaltait. Au milieu des épinettes, des orgues et des clavecins, subjugué par ces instruments aux sonorités chatoyantes, il les touchait, les uns après les autres, avec un respect étrange pour son jeune âge. Il posa une question, une seule. Elle dénotait une maturité qui étonna Renelde.

— Monsieur, que faut-il posséder pour exercer votre métier ?

Surpris et flatté, le maître se tourna vers le chérubin. Il arqua les sourcils, le regarda droit dans les yeux et comprit que de sa réponse dépendrait peut-être toute une vie. Alors, il prit un air solennel et lentement, distinctement, comme seul un maître peut le faire, il prononça ces mots :

— Ecoute-moi bien. Il faut une bonne ouïe, une bonne vue, de la souplesse dans les gestes et dans le poignet, pour ne point se tromper ; il faut de la patience, car les mois défilent avant d'achever son œuvre, comme une maman pour avoir son enfant ; ne point être désordonné, mais avoir de la concentration pour les réglages délicats ; il faut aimer la nature, les arbres et, surtout, aimer passionnément la musique et le travail du bois.

— Très bien, répondit tranquillement Aurélien, après un instant de silence.

La maison de correction d'Amsterdam, la Rasphuis, organisait des visites depuis quelques mois. Placé derrière une barrière et mêlé à une foule d'insatiables curieux, Adriaan contemplait les détenus aux regards torves, les rebuts de la société, les condamnés en hardes.

« Dirk semble souffrir de mélancolie, comme certains

marins au retour des Indes orientales », songea Adriaan, avec un sentiment d'impuissance. Il essaya pourtant de le provoquer, une fois encore :

— Tu n'as pas perdu tes cheveux rouges !

Aucun froncement de sourcils ou battement de paupières ne vint animer le visage de marbre de son ami. Prêtes à se rebeller jadis, contre tout et n'importe quoi, ses prunelles avaient oublié leurs lueurs fauves d'antan. Le gardien fit une moue dédaigneuse :

— On ne peut rien en tirer, mais il nous fiche la paix, celui-là, depuis son fameux coup sur le crâne. On devrait appliquer ce traitement à tous les prisonniers.

Adriaan parla encore un moment à l'ami Dirk. Il épancha son cœur, lui confia le sentiment qu'il portait à une jolie fleur aux éphélides. Au travers de la barrière, il pressa la main inerte dans la sienne. Il baissa les paupières, honteux de sa propre chance, et remonta vers la lumière, loin du monde trouble et crasseux des geôles obscures.

Il sut qu'il ne reverrait jamais Dirk, égaré dans une interminable errance. D'ailleurs, son âme vivait-elle encore près de lui ou voguait-elle déjà vers les cieux ? La Rasphuis avait failli l'engloutir, lui aussi, Adriaan, dans la pénombre du cachot des noyades, mais elle lui avait donné une image de son passé, une seule, effroyable, dont il se demandait encore s'il l'avait rêvée... D'où l'extirpait-il ?

« Je n'ai plus personne. »

C'est à ce moment-là qu'il sentit dans sa main la petite coiffe de dentelle de Marguerite. Il la porta à ses lèvres et la serra sur son cœur. Non, il n'était pas seul au monde.

« Je te la confie. Et quand on confectionne sa plus jolie dentelle, on n'a pas envie de s'en séparer », lui avait-elle chuchoté à l'oreille en le quittant.

« Nous nous reverrons... »

Qui l'avait dit ? Elle ou lui ? Au fur et à mesure que le temps s'écoulait, que des lieues et des lieues le séparaient d'elle, des lieues de silence et d'incertitude, il se demandait s'il n'avait pas rêvé.

« Non, je n'en suis pas digne. Plus tard ? Marguerite est si jeune encore, si... »

Il ne trouvait pas les qualificatifs. Mais il revoyait ses yeux pétillants de malice, il entendait son rire sonore qui fusait, souvent, laissant apparaître ses dents très blanches, un sourire clair et espiègle, les intonations câlines qu'elle prenait pour lui parler. Il y avait un tel mélange de charme et de vivacité, de grâce et d'agitation dans le moindre de ses gestes, de douceur et de force en elle. Il n'oublierait jamais ce visage constellé de taches de rousseur, capable de laisser passer les sentiments les plus opposés en l'espace d'un éclair.

Juché sur son épaule, le petit chat miaula faiblement, donna un rapide coup de patte, et sa langue se mit à laper l'oreille du maître au regard submergé par une vague de détresse. Adriaan se ressaisit, sortit de sa torpeur mélancolique.

— Eh ! tu me chatouilles, le chat. Quoi ? Tu as raison. Je la retrouverai un jour. Oui. Je te le jure, le chat, tu entends ? Je le jure !

Après le départ de Marguerite, il s'était assoupi, ses longues jambes repliées au menton, fuyant le drame dans le sommeil. Il n'y avait rencontré que le cauchemar. Frissonnant sous l'effet du froid et des mauvaises pensées, il avait soulevé les paupières dans la pénombre de son univers familier. Mal éclairée, mal chauffée, la pièce lui avait paru soudain irrespirable. Il avait alors émergé du sous-sol comme un asphyxié, expulsé de terre, et il s'était replongé en aveugle dans le flot des laborieux. Sa vie présente s'était éteinte, il lui fallait rechercher celle du passé. Il devait savoir. Il le devait, pour lui, pour Marguerite, pour garder l'espoir.

C'est ainsi qu'il s'enfonça dans les canaux d'Amsterdam, vers un monde de misère et de douleur, vers un univers de vice toléré, voire livré à la curiosité publique, afin d'en provoquer le rejet et de protéger ainsi l'univers de la vertu.

Il allait, affublé de son éternel pourpoint gris, un chaton perché sur lui, seul au milieu d'autres solitaires, qu'un affreux isolement poussait vers les filles de joie. Et tandis qu'il empruntait une ruelle sordide et visqueuse, d'où ses pas l'avaient jusqu'à présent écarté, croisant des êtres plongés dans le même dénuement que lui, une obscure réminiscence commençait à lui tirailler l'esprit, à lui donner le vertige. Un vague souvenir enfoui peu à peu se précisait, tandis qu'il longeait le mur d'une certaine maison. Parfois, l'image se dérobait puis elle revenait. Il essayait de la retenir, de vaincre les réticences avec lesquelles sa mémoire la lui transmettait, comme si elle avait peur que cela lui fasse trop mal. Et tandis qu'un brouillard enveloppait la ville, il se rendait compte qu'il était déjà venu dans ces lieux infâmes, qu'il y avait vécu, qu'il y avait souffert. En cherchant des yeux une fenêtre, il comprit ce qu'il n'avait jamais voulu admettre. Aujourd'hui, il se devait de franchir le seuil de la honte.

— Viens, mon mignon !

Une vieille tenancière demeurait sur le pas de la porte, prête à lui dérober son argent et son innocence. En dépit des moqueries de son ami, il n'avait pas accompagné Dirk dans ses promenades nocturnes.

Il entendit la voix de cette entremetteuse. Ce n'était pas celle de sa mère, mais elle lui était familière.

Alors, il croisa ce visage trop fardé et crevassé de rides précoces. Il ne le vit pas, mais il y reconnut celui d'une catin impudente, aux manières lascives, à la gorge dénudée, qui attendait jadis le client dans une attitude d'abandon charnel. Et au travers d'elle, il entendit d'autres voix. Il vit d'autres femmes aux mœurs relâchées, aux jupons relevés. Des domestiques en disgrâce, proies des canailles, qui avaient fait de nombreux séjours à la maison de redressement, et qui avaient subi plusieurs fois le fouet au pilori sur la place publique.

Au travers d'elle et de son invite, c'était d'autres filles qui venaient l'embrasser, l'entourer de leurs bras dénudés et potelés, et qui l'appelaient toutes : « le cher petit ange ».

Et à côté de ces femmes souillées, pour lesquelles le mariage n'était pas venu offrir ce fameux havre de sécurité nécessaire — selon les dires des prédicants — à calmer les instincts insatiables des jeunes filles, l'image de sa mère se précisa.

# 16

— Un affreux géant — Druoon Antigoon — coupait la main des marchands qui refusaient d'acquitter le péage, à l'entrée d'Anvers. Debout, au milieu de l'Escaut, ce monstre les jetait ensuite dans le fleuve. C'est alors qu'un très courageux soldat, nommé Brabo, réussit à tuer le monstre...

— Et il lui coupa la main, hein, Katje ?

— Tu as deviné, Aurélien, et son geste héroïque a donné le nom à notre ville : *Hand werpen,* devenu Antwerpen ou Anvers.

— Ce qui signifie : la main jetée ! précisa Marguerite.

Le visage encore pâle d'Aurélien s'illumina :

— Je suis content pour Pieter, il ne risque plus rien.

Renelde se tourmentait pour Marie-Jeanne. Le retard pris en Hollande par la troupe, du fait de la mort de Marie et de l'état de santé d'Aurélien, était considérable. Secoué par la fièvre violente qui l'avait saisi dans les marais, son petit garçon était demeuré trop faible pour voyager. Aussi avait-elle décidé, en dépit de ses appréhensions pour la jeune dentellière, d'attendre encore la fin de la semaine.

De ce fait, profitant d'une agréable journée d'automne, Katharina Maes avait emmené Renelde et son petit monde, afin de leur faire découvrir les beautés d'Anvers, plantée sur les rives de l'Escaut ; empire des clavecins, des peintres, du diamant, de l'imprimerie, de Notre-Dame, et aussi de Marie la tragédienne, qui y reposait.

Renelde eut un pincement au cœur, en pensant à sa belle amie. Elle eût tant aimé cette cité qui s'offrait aux regards comme une vaste scène de théâtre, en dépit de la fermeture du fleuve qui avait favorisé Amsterdam et provoqué la faillite de nombreux commerces. Marguerite s'extasiait devant les étals de dentelle. A chaque coin de rue, Aurélien, dont c'était la première vraie promenade en ville, s'exclamait devant des statuettes de la Vierge, toutes différentes, posées au-dessus des lanternes.

Ils passèrent devant la maison de Rubens. Il était mort depuis quarante ans, mais personne au monde n'avait oublié son œuvre féconde et magistrale. Ses peintures et sa générosité légendaire n'attiraient que des laudateurs.

— Dans cette maison, ma chère, affirma Katje, furent reçus les archiducs Albert et Isabelle, ainsi que Marie de Médicis ! L'hôtel Rubens est tenu aujourd'hui par un nouveau propriétaire, un marchand, dont le nom est : Jacomo... Devine... Jacomo... Van Eyck ! Oui, Van Eyck, comme toi, Renelde. Je me suis renseignée, il ne semble pas issu de la famille de ton père, mais peut-être devrions-nous nous présenter à son épouse, avant ton départ ? J'aurais enfin le plaisir de découvrir avec toi les merveilles de cette demeure que l'on vante tant. La cour intérieure et son portique d'inspiration antique furent conçus par le maître lui-même. Pieter a eu l'occasion d'y entrer, au moment où toutes les tulipes du champ étaient en fleur, c'était un régal pour les yeux. Un vrai jardin d'amour ! Avant la mort de Rubens, l'intérieur de la maison regorgeait de meubles en bois précieux. Cela, c'est le facteur-ébéniste, notre voisin, qui me l'a conté.

— Ils y sont toujours ?

— Non. Ils furent vendus aux enchères. Maître Van De Wilde en a retrouvé chez certains de ses clients. Tu vois, à gauche, l'habitation personnelle fut construite en brique, elle est de style flamand ; et à droite, c'était l'atelier, en grès, de forte influence italienne. Le portail d'entrée est fermé, nous ne pourrons voir la perspective sur le pavillon qui clôture le jardin. Dommage... Nous reviendrons !

L'immense cathédrale gothique, décorée de trente-six autels de marbre adossés chacun contre un pilier, détenait des œuvres remarquables du maître prolifique. Renelde était heureuse de retrouver l'imagerie sainte des catholiques.

— Louis XIV trouve en général l'art flamand trop trivial ; eh bien ! Pieter m'a confié que le souverain en personne a offert une très forte somme pour la *Descente de croix* dans la cathédrale.

Marguerite n'avait jamais vu une telle profusion de splendides tableaux. Elle sentait dans les peintures flamandes un climat plus tourmenté, plus lyrique que dans les œuvres hollandaises. Elle ne cessait de penser à Adriaan. Un jour, elle lui montrerait ces chefs-d'œuvre, absents des lieux de culte protestants. Il ne resterait pas insensible à la beauté de ces admirables édifices de pierre, de verre et de couleurs élevés à la gloire du Seigneur. Elle le plaignait, lui, et Agatha aussi, de ne pouvoir accéder à cette émotion qui rapprochait de Dieu.

— Il paraît qu'une baleine a échoué non loin de notre ville, sur la côte, annonça Katje, d'un ton ennuyé.

— Ce n'est pas bon signe, ajouta Marieke.

— Elle n'aura pas eu le temps d'émigrer très loin, dit soudain Marguerite, sortant de ses rêveries amoureuses.

— Les baleines émigrent ?

Aurélien écarquillait ses yeux de surprise.

— Oui, et elles ne sont pas les seules. De longues migrations se font dans l'eau comme dans l'air... Comme les oiseaux.

Marguerite repensait au jeune Hollandais.

— Et les papillons ? demanda le petit frère.

— Les papillons émigrent aussi, mais les malheureux ne peuvent faire l'aller et retour, car leur durée de vie est trop courte !

— Tu en sais des choses, Marguerite, dit Aurélien, très impressionné.

Renelde regarda sa fille avec étonnement.

Au retour, ils découvrirent un attroupement devant l'atelier du facteur de clavecins. Ils s'en approchèrent. La voix d'un ange résonnait à l'intérieur.

L'enfant avait douze ans, peut-être plus, peut-être moins, car il était grand, avec une belle prestance, mais un air très enfantin. Une épaisse chevelure d'ébène ondulait jusqu'au col de dentelle blanche. La flamme noire de ses yeux, son teint légèrement bis, par l'habitude du soleil, ses pommettes saillantes, dévoilaient une origine étrangère. Ses lèvres vermillon et bien dessinées semblaient peintes. Son chapeau noir garni d'une plume, sa veste jaune d'or, rehaussaient l'éclat d'un visage d'une beauté stupéfiante. Une attitude noble dénotait une vive intelligence. Mais la voix, surtout, était incomparable.

Suave et puissante, elle s'élevait au milieu des clavecins ; pure, cristalline, elle emplissait l'espace. Elle possédait une brillance, une flexibilité à nulle autre pareille ; un son presque surnaturel jaillissait et semblait défier la pesanteur, avec une indicible sensualité. Il était incroyable qu'un enfant chantât de façon si divine. Il attaqua *pianissimo* une note, pour l'enfler jusqu'au paroxysme, puis la diminua avec douceur jusqu'au souffle. Il y eut plusieurs mesures de trilles qui ressemblaient au chant de l'oiseau.

Devant ce jeune étranger bien loti avec ses dons, sa gloire et sa beauté, Marguerite éprouva, malgré elle, un sentiment d'injustice pour Adriaan, pauvre, boiteux et solitaire.

La gorge nouée par l'émotion, Renelde ressentait comme un enchantement. Et tandis que cette voix flûtée de rossignol s'élevait, avec une clarté étonnante, un phénomène étrange se produisit en elle. La douleur qui ne la quittait pas depuis la maladie d'Aurélien et la mort de son amie s'apaisa, et fit place à une impression de renaissance. Elle eut la conviction que Marie la comédienne, Ana la dentellière et ses autres chers disparus entendaient cette voix immatérielle et sublime, que cet enfant créait des liens entre les Cieux et la Terre ; qu'il était béni de Dieu. Le regard pénétrant du jeune chanteur était dirigé vers elle. Son intuition lui souffla qu'ils seraient amenés à se revoir.

Lorsqu'il eut achevé, qu'un tonnerre d'applaudissements eut salué sa remarquable prestation et que les badauds se furent dispersés, Marguerite rentra avec Katje et Marieke, laissant Aurélien se promener parmi les clavecins et les orgues.

Renelde n'eut pas le cœur de s'éloigner aussitôt. Elle voulait en apprendre davantage. Elle s'approcha du groupe formé autour de l'enfant jusqu'à ce qu'elle entendît distinctement le dialogue engagé entre maître Van De Wilde et une étrangère aux accents chantants, gantée de soie, à la jupe falbalassée*, au visage maquillé de céruse et de vermillon.

— Le clavecin doit suivre, maître.

— Je le fais expédier à Naples, à votre nom, marquise Manzenni ? s'enquit le facteur.

Ils s'exprimaient en français.

— Non, je vais à Paris, dès demain. Vous l'envoyez chez ma sœur, dans le Marais. Voici l'adresse. J'y reste tout l'hiver, pour y présenter mon petit prodige.

Dissimulée derrière un orgue, Renelde retenait son souffle.

« Décidément, pensa-t-elle, je n'ai jamais autant entendu parler de ce quartier que depuis que je m'y intéresse. J'en ignorais l'existence jusqu'à l'appel de détresse de Marie-Jeanne. Cette marquise Manzenni doit connaître du monde, là-bas, mais je ne peux décemment pas m'interposer dans une conversation que j'écoute subrepticement. »

L'étrangère était napolitaine.

— Je suis heureuse que mon page vous ait plu. Pietrolino est florentin.

— Pietrolino, murmura Renelde.

— Je l'ai sorti du ruisseau, figurez-vous. Il quêtait dans les rues de Naples pour le compte d'un conservatoire de musique. Puis je l'ai revu : vêtu en angelot, il veillait la

* Garnie de falbalas (bandes d'étoffe plissée, ornements excessif).

dépouille d'un des enfants défunts de mon frère. C'est là que j'ai entendu sa voix. J'en ai fait mon page. Sa vie est beaucoup plus agréable. Nous voyageons beaucoup, j'adore cela. Je n'ai pas voulu le « fondre » dans la masse des chanteurs d'une chapelle, fût-elle royale. On me l'a déjà demandé pour le service de l'Eglise, mais à l'idée de le savoir attaché à une cathédrale et cloîtré ! Non ! Ce serait du gâchis, n'est-ce pas ? Comme c'eût été dommage de raser sa tête avec de tels cheveux !

Elle passa la main dans la chevelure noire et soyeuse. Renelde en ressentit un étrange embarras.

— Il vient d'une famille pauvre de paysans de la campagne florentine. Je l'ai arraché à la misère et à la famine.

— Ses parents vous en seront reconnaissants toute leur vie, apprécia le maître.

— N'est-ce pas ? Je l'ai depuis deux ans, il me suit partout. J'en raffole !

Elle continuait de le caresser sans aucune gêne. L'enfant restait imperturbable. Comprenait-il ce que disait sa maîtresse ?

— Il est déjà bien grand ce jeune homme, va-t-il conserver sa superbe voix ? s'enquit le facteur.

« Oui, que va-t-il devenir, après ? songea, en écho, Renelde. La voix des garçons mue. »

— Je suis sûre qu'il la gardera. Cette année est décisive pour lui, et pour l'instant, il possède toujours ce trésor vocal. J'ai d'importants projets pour lui. Je compte en faire un des plus célèbres chanteurs de l'Opéra italien.

La marquise n'inspirait aucune confiance à la Flamande. Une odeur de corruption émanait de sa personne. Saisie par un sentiment ineffable de malaise, Renelde pensa que cette noble avait une autre idée en tête : entraîner, dès que possible, son page dans l'intimité de son alcôve.

— Fréquentez-vous l'Opéra, maître Van De Wilde ? Non ? C'est incroyable ! Tous les Napolitains y courent, les moins fortunés aussi, pour y entendre les belles voix cristallines. Chez nous, on se réveille le soir, pour le théâtre. On s'y rend visite, on y soupe, on y... aime, ajouta la marquise, avec une pointe de canaillerie.

— Mon Dieu, que faites-vous ici ? Il n'est rien arrivé à Grégoire ?

Gabriel Braems attendait Renelde dans le salon des cousines.

— Non, rassurez-vous, ma chère. Tout va bien.

— Quelle surprise !

— Grégoire est retenu en ville, moi non. Je vous emmène à Lille. Les routes sont dangereuses. La guerre est officielle depuis le 26 octobre entre Versailles et Madrid, et cet état bouleverse à nouveau les Flandres. Vous avez assez souffert comme cela. Grégoire m'a fourni les papiers indispensables pour ressortir de France, à la fin de votre séjour.

— Des faux ?

— Oui. J'ai aussi une bourse bien pleine...

— Mais j'ai des lettres de change.

— Au cas où vos recherches se prolongeraient.

Troublée par sa prévenance, un sourire errant au coin des lèvres, Renelde accepta d'être escortée par son fidèle ami jusqu'à sa ville natale. Elle ne put s'empêcher de rougir de plaisir à l'évocation du trajet qui l'attendait en si agréable compagnie...

Elle ressentit aussitôt un déferlement de rancune envers son mari qui, lui, était resté « là-haut ».

« C'est Grégoire qui devrait être là, aujourd'hui », se dit-elle.

Les biens de Gabriel étaient confisqués depuis son départ de Lille pour la Hollande, en 1674. Il désirait en étudier l'exacte situation. C'est du moins ce qu'il affirma à sa belle amie. Elle ne fut pas dupe.

Alerté par les mésaventures de Renelde, dont il avait eu vent par Grégoire, il avait saisi le premier prétexte pour voler à son secours. Il écoutait, souriait, répondait aux questions de Katje, riait de bon cœur avec elle, mais tout son être était tendu vers Renelde. Les rapides coups d'œil qu'il lui jetait de manière fiévreuse démasquaient son désir. Parfois, Renelde se sentait comme mise à nu par ses regards — sensation qu'elle n'avait plus éprouvée depuis sa rencontre avec Grégoire.

Gabriel n'était pas n'importe quel soupirant. Il ne lui était pas importun. Il n'y avait de sa part ni insulte consciente ni envie vulgaire. Loin d'en être effarouchée, elle s'amusait à retrouver ses troubles de jeune fille, se sentant délicate comme une fleur, noble comme une reine et désirée comme une amante.

Marguerite demanda à Gabriel s'il avait revu Adriaan. A la réponse évasive du parrain d'Aurélien, qui se rappelait à peine l'existence du jeune Hollandais, elle replongea dans une rêverie à la fois délicieuse et poignante. Elle revécut sa dernière soirée à Amsterdam, quand tous deux regardaient le coucher de soleil, main dans la main, se hâtant de se créer des souvenirs éternels.

Pensait-il encore à elle ?

Ce soir-là, elle pleura dans son lit.

Adriaan ne regarderait pas derrière lui. Il ne devait pas. Surtout pas. Il risquait d'être transformé en statue de sel. La Bible : elle était dans son havresac. La Bible et le chaton. Rien d'autre.

Il lui fallait quitter les ombres noires et menaçantes de son passé ; fuir l'impression morbide qu'on lui crachait au visage ; fuir son infirmité. Le vent l'y aidait. Il lui fallait retrouver Marguerite et Renelde. Surtout Marguerite. Grégoire lui avait conté leurs mésaventures. Il était temps pour lui de mettre à profit ce qu'il avait appris au contact des voyageurs, à la Bourse. Il avait étudié une carte avec Grégoire.

Le gel précoce solidifiait les canaux sur son passage, comme Dieu avait ouvert une brèche dans la mer Rouge sur celui de Moïse. Il pouvait descendre ainsi jusqu'à Gouda, puis en direction de Dordrecht, le plus loin possible vers le sud, si la glace était bonne, la moitié du trajet sur patins. Il se sentait capable de faire trente lieues dans la journée. Demain soir, il serait hors des frontières.

Sous leurs tentes plantées au bord du canal, des aubergistes offraient des collations aux patineurs. L'un d'entre eux fit signe à Adriaan de s'arrêter pour se réchauffer les mains et s'abreuver.

« Plus tard... » Il s'arrêterait plus tard, lorsqu'il serait plongé dans l'obscurité et que la circulation s'avérerait trop dangereuse. Plus tard. Il n'avait pas froid. Son corps était rembourré de multiples lainages. Son secret l'enfiévrait.

Des enfants poussaient des vieillards sur des fauteuils à glissoire. Sur leur luge, des paysans transportaient des provisions. Il les doubla. Ils crurent à un mirage. La glace était bonne. Sur ses patins de bois à tige métallique relevée en proue, soutenu par les rayons de lune, il fendait l'air sur un pied, avec la vélocité d'une ombre ; il surprenait les patineurs par sa vitesse et la façon très personnelle qu'il avait de projeter l'une de ses jambes vers l'avant.

— Celui-là, il gagnera la prochaine compétition !

Des sifflements d'admiration ponctuaient sa course étrange.

Oui, il patinait loin et vite. La foi donne des ailes. Son jeune sang bouillonnait d'impatience. Il n'avait pu sauver sa mère. Mais Marguerite... Marguerite... Il ne l'avait pas sortie de l'eau pour l'abandonner. Un danger la menaçait.

Les mains sur les reins, comme des ailes déployées, le corps penché, il s'envolait vers son destin. Il n'avait jamais patiné aussi vite ni aussi loin. Les plaies s'étaient ouvertes. Béantes sur un passé terrifiant dont il venait de comprendre toute la portée. La rage le guidait ; comme l'amour, comme le vent. Il glissait. Droit devant. A l'aveuglette. Avec la foi des survivants.

# 17

Escortées par Gabriel, Renelde et Marguerite s'apprêtèrent enfin à quitter Anvers. Les risques d'être bloqué par la neige ou par les armées royales augmentaient à chaque heure. Renelde avait assez tergiversé, d'autant qu'elle profiterait de la halte lilloise pour rencontrer la mère de Louise, décidée à lui arracher de plus amples renseignements concernant sa fille et Marie-Jeanne, ainsi que pour revoir son frère et ses dentellières. Mais elle était inquiète. En emmenant Aurélien avec elle, à l'annonce de l'hiver, et dans un périple dont elle ignorait l'issue, elle mettait la vie de son enfant en danger.

Grâce à Dieu, Marieke adorait Aurélien comme le garçon qu'elle n'avait jamais eu, et les cousines, Clara et Katje Maes, ne demandaient qu'à le dorloter. Renelde prit alors la décision de le laisser à Anvers, et envoya un nouveau message à Grégoire. Marieke jura de veiller sur lui et de se jeter au feu à sa place, s'il le fallait ; et comme elle gardait toujours en poche des images de piété comportant des réflexions chrétiennes, elle leur en donna, pour la route. Pour leur porter bonheur.

Ce soir-là, en couchant Aurélien, Renelde eut peine à retenir ses larmes.

— Maman, nous ne serons pas à Amsterdam pour la Saint-Nicolas ?

— On le fête aussi ici, mon chéri, car s'il est le patron des enfants et des marins, il est aussi celui des marchands, comme le cousin Pieter.

— J'aurai mes sabots remplis de friandises et de fruits confits, et des gâteaux et plein de lumières partout ?

— Bien sûr ! Je penserai très fort à toi, quand saint Nicolas survolera les toits sur son cheval blanc. Il jettera des cadeaux aux enfants sages. Alors, il faudra être bien sage, tu me promets ?

— Oui, maman, je te promets. Mais c'est bientôt, Saint-Nicolas, tu ne peux pas attendre ?

— Non. Après, il risquerait d'être trop tard.

— Pour la dentellière ?

— Oui, pour Marie-Jeanne. Mais je reviendrai très vite. Et puis, ton papa sait où tu es. Tu seras bien, ici, entouré par nos deux cousines et par Marieke. Anvers est une ville gaie.

Elle cherchait tous les arguments susceptibles de se convaincre qu'elle ne faisait pas une folie, en volant vers l'inconnu, loin de ce petit être cher à son cœur.

— Tu es encore trop faible pour reprendre la route. Ici, c'est toujours la fête, c'est comme une kermesse.

Aurélien vint à sa rescousse :

— Et cousine Katje fait de bonnes tartines de beurre !

Elle entama une berceuse hollandaise, qu'elle avait apprise à la naissance de son fils.

Elle chantonna très doucement jusqu'à ce que le sommeil vienne habiter son petit garçon :

— *Suja, suja, slaap...* Do do, l'enfant do...

Les yeux fermés, sa petite main bien serrée dans celle de Renelde, il murmura encore :

— J'irai voir les clavecins, en attendant ton retour, maman...

Ils quittèrent Anvers très tôt le matin et parcoururent les dix lieues qui les séparaient de Gand sous une pluie battante qui balayait la route.

Une dame française de haut rang, accompagnée par sa femme de chambre, se plaça d'autorité dans la voiture près de Gabriel, qui lui inspirait confiance. Avec l'épaisseur de ses jupons, elle occupait tant de place que le pauvre, compressé, se trouvait dans l'incapacité de bouger le moins du monde. Stoïque, il ne se plaignit pas, montra bonne figure tout le long du parcours, au grand plaisir de Marguerite qui contenait difficilement un irrésistible fou rire.

A Gand, Renelde pleura face au retable de Van Eyck, éclairé par les vitraux de la chapelle. Le visage des anges musiciens revêtait tantôt celui d'Aurélien, tantôt celui de Pietrolino, le jeune chanteur florentin, dont elle ne parvenait à oublier ni l'image ni la voix.

Ils logèrent dans une auberge du quai aux Herbes, bordant la Lys. Epuisée par les cahots de la route et surtout par les désagréments passagers de son sexe, Marguerite se coucha tôt. Renelde et Gabriel veillèrent un moment devant le feu de la haute cheminée, dans la salle au plafond à poutres apparentes.

Plus tard, dans le couloir menant aux chambres, il l'embrassa sur les joues et lui vola un baiser sur les lèvres. A demi grisée par le bon vin et l'atmosphère chaleureuse de l'auberge, tentée par le diable, elle le laissa faire et en rougit. Elle se ressaisit, refusa d'aller dans une direction que tous deux regretteraient amèrement le lendemain. Elle lui toucha le visage d'une main délicate, et lui rendit son baiser avant de s'éloigner, sans se retourner. Si elle aimait tel ton de voix, s'attendrissait devant une fossette, se troublait devant certain regard appuyé laissant entrevoir un désir ardent, lorsqu'il s'agissait d'un visage, c'était toujours celui de Grégoire qui lui apparaissait. Redoutant que l'inclination de Gabriel Braems ne devienne tyrannie et que leur amitié ne tourne au désastre, elle décida, avec prudence, de décliner son offre de l'escorter jusqu'à Paris. Elles voyageraient avec la malle-poste. Les trajets étaient fréquents entre Lille et Paris.

Elle revoyait l'expression de Grégoire, inquiet, à leur départ. Il n'avait pas compris à quel point il lui était nécessaire de rechercher Marie-Jeanne. Comment lui expliquer que ce qu'elle craignait le plus pour la jeune femme était ce qu'elle-même avait subi, contrainte et forcée, par un premier mari non choisi : ces outrages autorisés. Ces craintes-là l'avaient arrachée d'Amsterdam. Et l'appel de la Flandre. Et Ana la dentellière qu'elle n'avait pas réussi à sauver en ce terrible matin...

Près de dix ans s'étaient écoulés, une éternité, mais ce cauchemar avait imprégné son âme à tout jamais... La nuit s'achevait, les oiseaux s'étaient tus. Ana n'était pas dans sa chambre. Renelde s'était ruée au-dehors, Marie-Jeanne à sa suite. Ana ! Elles avaient dévalé l'escalier. La cuisine. Ana gisait sur le sol carrelé, ayant ôté de son corps le petit être qu'elle n'avait pas le droit de porter. Ana devait fêter ses quinze ans.

« Je n'ai rien pu faire pour Ana... Mais Marie-Jeanne... »

Aux frontières, ils furent les témoins involontaires et gênés de vexations requises contre un marchand de Bruxelles.

— De France, on taxe, on déballe allégrement les marchandises en route vers les Pays-Bas espagnols, leur expliqua Gabriel.

— Est-ce toujours ainsi ?

— C'est monnaie courante, ma chère Renelde. Colbert a tout fait pour que les marchandises ne s'envolent pas vers l'Espagne ou les Provinces-Unies. Mais la situation vient de s'aggraver, avec les récentes frictions entre Versailles et la Cour de Madrid. Il était grand temps de passer.

— Et moi qui ai laissé Aurélien à Anvers !

— Il est plus à l'abri auprès de vos charmantes cousines qu'en notre compagnie, à subir la menace des intempéries et de la guerre.

— Vous m'effrayez !

— Je suis là, mon amie !

Il lui effleura la main.

En approchant de Lille, une émotion submergea le cœur de Renelde. Il se mit à battre si fort dans sa poitrine, qu'elle ne put retenir ses larmes. Par-dessus les remparts, elle apercevait les toits élevés, les tours et tourelles des monuments, des églises et des chapelles.

— Marguerite, c'est Lille !... Lille... Lille ! répétait-elle entre le sanglot et le rire, tandis que mille questions affluaient en son esprit : Sa famille l'accueillerait-elle avec chaleur ? Et ses apprenties dentellières ? Comment avaient-elles évolué ? Six années s'étaient écoulées ; elles étaient devenues femmes.

Ils franchirent la porte Saint-Maurice juste avant sa fermeture.

Le capitaine de cette partie de l'enceinte les guida pour entrer dans la ville. Après leur passage, il fit remonter les ponts-levis, puis il vérifia en personne la fermeture de chaque verrou. Renelde et Marguerite furent très impressionnées par les fortifications et la remarquable citadelle, construite par Vauban. Elle existait avant leur départ, mais elles n'avaient pas pris la peine, alors, de se retourner, ni de s'extasier sur l'œuvre de Louis XIV.

— Elle est la plus redoutable de toute l'Europe et contribue à la gloire de notre souverain, s'enorgueillit l'officier.

— Combien d'habitants y a-t-il à Lille, aujourd'hui ?

— Cinquante mille, et c'est une des plus jolies villes du roi de France... Mais... (Il fronça les sourcils.) Il y a donc longtemps que vous n'êtes revenus chez vous ?

— Non non... répondit précipitamment Gabriel, afin de ne pas susciter sa méfiance. Mais nous voyageons beaucoup.

— Ah ! mon Dieu ! Quelle merveille !

A peine le pied posé sur le pavé de la cour, Renelde se précipitait hors de l'Hostellerie de la Cloche, pour contempler le bâtiment baroque aux vingt-quatre maisons identiques à deux étages et recouvertes d'une seule toiture à lucarnes. La Bourse de Lille était aussi admirable que dans son souvenir. La gorge nouée par l'émotion, elle ne quittait pas des yeux les statuettes grimaçantes qui l'avaient subjuguée dans son enfance. Marguerite devinait ses pensées.

— Quel dommage qu'Aurélien ne voie pas ces merveilles, n'est-ce pas, petite mère ?

— Il faudra absolument les lui montrer, ma chérie, bientôt... répondit Renelde en caressant l'épaisse chevelure dorée qui tombait en boucles soyeuses sur le dos de Marguerite, sa grande fille, qu'elle était fière de présenter aux siens le lendemain.

Ils ne se souvenaient que d'une petite apprentie nommée Margot, si toutefois, ils se la rappelaient.

L'Hostellerie de la Cloche avait une grande renommée. L'animation était intense autour des écuries et des nombreux cabarets qui l'avoisinaient, comme la Rose ou le Singe d'or.

Renelde ne désirait en aucune façon être une gêne pour son frère, en s'installant chez lui, même si la maison avait été sienne durant son enfance. Elle ne comptait pas s'attarder en Flandre. Juste le temps d'embrasser les siens, avant de retrouver Marie-Jeanne.

Le propriétaire de l'hostellerie les salua et leur parla en flamand, sachant déjà — la rumeur court vite — à qui il avait affaire. Il montra un sentiment antifrançais assez important, qui eût plu à Marieke. Son manque « d'adaptation » à la France l'avait empêché d'être nommé à deux postes importants, celui de procureur de la Ville, puis très récemment, celui de greffier des Etats.

— Nous sommes près des prisons royales, il devrait faire attention, chuchota Renelde à Gabriel, lorsque le propriétaire s'en fut allé.

— Celles-ci sont réservées aux manants, non aux bourgeois !

Le lendemain matin, un froid hivernal régnait à Lille. Le timide soleil n'arrivait pas à réchauffer la ville.

« Les canaux doivent être gelés en Hollande », songea Marguerite.

— Il y a toujours le cheval de bois qui sert de pilori, sur le marché, devant le Rang à poteries, tu as vu, petite mère ?

Comme dans toutes les rues du monde, des petits

enfants jouaient aux osselets, aux toupies ou à colin-maillard, en dépit de la froidure ambiante.

— Que d'enseignes ! Elles sont en relief, ce n'est pas comme à Amsterdam, je l'avais oublié, dit Marguerite. Regarde ! Le Singe d'or, le Cheval d'or, l'Arbre d'or...

— Que d'or, que d'or ! ironisa Renelde.

— La Longue Chemise, la Galère... Si Aurélien était avec nous, il sauterait à chaque fois !

La magnifique horloge appliquée sur le haut pignon du palais Rihour marquait les heures et les phases de la lune. A l'opposé de la Grand Place, se tenait l'église gothique de Saint-Etienne. Renelde eut un pincement au cœur en approchant de la maison des Van Eyck. Elles s'arrêtèrent chez un confiseur de la rue Esquermoise afin d'offrir des friandises aux neveux et nièces.

— J'aurais aimé leur confectionner mon massepain !... Dommage !... Oh !...

En reculant pour éviter le ruisseau central, Marguerite perdit l'équilibre. Elle faillit mettre les pieds dans le flot d'ordures qui s'écoulait au milieu de la ruelle séparant l'église de la maison.

— Tu avais oublié aussi l'existence du caniveau !

Nicolas tendit les bras vers sa sœur et s'exclama :

— Superbe ! Tu es superbe ! On dirait une marquise !

— La Hollande raffole de l'élégance française, mais je ne suis pas sûre d'être très à la mode avec mon mantelet doublé d'hermine...

— Que dis-tu ? Tu es ravissante !

Elle ne put lui rendre son compliment. En vieillissant, son frère ressemblait de plus en plus à leur père, élancé, bel homme, même profil volontaire. Mais ses yeux bleus rieurs d'autrefois, qui n'hésitaient pas à taquiner sa sœur, avaient perdu leur éclat. Il ne possédait plus cet air conquérant qu'elle lui avait connu. Son visage aux larges fossettes s'était prématurément ridé.

— Je fais prendre tes affaires à l'hostellerie.

— Je te remercie, mais nous ne restons que deux ou trois jours. Nous ne pouvons nous permettre d'être bloquées par la neige. Je reviendrai, et plus longuement, je te le promets.

Le benjamin des Van Eyck, le petit Guillaume aux grands yeux tristes et étonnés, les accueillit avec chaleur. « Sa maman lui manque, le pauvre chéri », se dit Renelde en l'embrassant avec tendresse. Heureusement, ses deux sœurs le câlinaient. Elle retrouva avec un plaisir immense sa filleule Isabelle, qui lui écrivait de temps à autre. La jeune baronne semblait, sinon radieuse — elle souriait peu — du moins satisfaite de son sort. Elle n'avait pas choisi son mari mais l'estimait suffisamment pour s'en accommoder. Le cadet du roi, lui, était enfermé dans sa caserne. Nicolas se promit de lui obtenir une permission, afin qu'il vienne saluer sa tante.

Opulente, la maison familiale avait subi de multiples transformations, entre les mains de sa belle-sœur Ludivine. Renelde s'y trouva bien — en invitée. La région bénie de l'enfance, on n'y revient jamais. Sans doute parce qu'elle fait partie de l'enfance, précisément.

Isabelle avait convaincu son père d'engager une gouvernante pour Guillaume. L'employée était veuve, de bonne figure et à peine plus âgée que Nicolas Van Eyck. « Elle saura prendre soin de mon neveu... et de mon frère aussi », ne put s'empêcher de penser Renelde.

Une lingère, une cuisinière, une femme de chambre se partageaient les autres tâches. « Il y a assez de femmes autour de lui pour le cajoler. » Elle se sentit complètement rassurée.

— Et ton aîné ?

— Pierre est à Paris... Je suppose. Je n'ai aucune nouvelle. Je vais pourtant l'avertir de ton arrivée... Et espérer qu'il t'accueillera comme il se doit.

— Ne t'inquiète pas.

— Après ce voyage, repartiras-tu vivre en Hollande ?

— J'irai là où vit Grégoire.

Après le repas, elles prirent congé. Renelde promit à son frère de revenir le lendemain.

— Si le temps le permet, nous nous promènerons sur l'Esplanade, de la porte Saint-André à la porte Royale. Nous y serons plus à l'aise qu'au milieu des encombrements du centre. A ce propos, sais-tu qu'il est question d'interdire à nos chariots de brasserie de rester dans les rues ? Où les mettrons-nous pour les livraisons ? Enfin... Tu verras, l'Esplanade a embelli depuis six ans... Et nous finirons par une bonne bière à la brasserie !

Une véritable liesse emplissait la maison d'Albertine, où les anciennes dentellières de Renelde retrouvaient leur « petite mère », ainsi que Margot, qui avait tant changé.

— Alors ! On vous envoie Marieke et vous revenez sans elle, ça, c'est la meilleure ! s'exclama Albertine en éclatant de rire.

Nanette, qui habitait dans le nouveau quartier Saint-André et œuvrait beaucoup, quoi qu'elle en dise, les rejoignit peu après. Elle s'était spécialisée dans la soie noire et remportait un vif succès.

— Que je suis contente de vous voir ! J'arrête pour aujourd'hui. Je n'ai pas fini mon travail, mais je commençais à avoir envie de hurler ! J'envie les filles de la campagne qui peuvent s'interrompre pour aller respirer l'air des champs. A partir de cet heureux jour, j'ai décidé de considérer la dentelle comme un complément au ménage, tout simplement. Mon mari est artisan, tout de même ! Sinon, je laisserais ma vie sur le carreau !

Toutes les assaillirent de questions concernant le déroulement de la vie en Hollande et s'enquirent, avides de détails, du petit frère Aurélien.

— Ressemble-t-il à sa mère ?

— Parle-t-il français ?

Il fut doux à Renelde de parler de son fils qui lui manquait tant déjà. Mais elle mesura à quel point sa famille de cœur mettait davantage de chaleur et d'enthousiasme que sa famille de sang, et s'en trouva morfondue. Elle abandonna « ses filles » un moment, pour s'entretenir avec le voisin, Pierre-Ignace Chavatte, de la récente visite du neveu de Grégoire.

— Est-il vrai qu'un Hollandais abat plus de besogne en un jour qu'un Français en une semaine ? M. Colbert le prétendait.

— Un Français, peut-être... Pas un Flamand ! répondit Renelde, en riant. Mon Dieu, comme je suis heureuse d'apprendre que la hofstède * de mon mari a été épargnée et sauvegardée ! Grégoire sera fou de joie !

— D'après ce que m'a conté le jeune François, neveu de votre époux, Tis'je, le colporteur, travaille pour vous. Mais il est inutile de s'aventurer sur les routes en direction de Moerbeke. Rien n'est encore conclu, et l'hiver s'annonce difficile.

— Bien. Alors, je verrai au retour, selon la saison.

Les marécages et les mauvais chemins forestiers l'effrayaient.

— Il se fait tard... déclara Nanette. Petite mère, il faut vite retrouver Marie-Jeanne et nous la ramener !

— Oh ! oui, petite mère ! reprirent-elles, en chœur.

— C'est promis, mes chéries, je vous en fais le serment ! Mais où habites-tu exactement, Nanette ?

— Au-delà de la tour des Insensés, rue de Metz, non loin de l'Hostellerie du Chevalier blanc et du croisement avec la rue Princesse.

— Mon frère m'a dit que l'endroit n'est pas encore très sûr. On y vole et on y assomme les promeneurs isolés. Nous t'accompagnons, Nanette, et déposerons, au passage, Bertine, rue des Chanoines ** à Saint-Pierre... notre ancienne paroisse.

— Je viens aussi, décida Julie, qui n'avait nullement le désir de les quitter.

En sortant de la vieille ville pour la basse ville, Renelde fut heurtée par le nombre de mendiants. Avait-il augmenté depuis quelques années ou s'était-elle habituée à ne plus en voir en Hollande ? Là-bas, ils étaient bien cachés au chaud dans des asiles et orphelinats d'Amsterdam. En revanche, presque toutes les rues — dignes de ce nom — étaient pavées. Il y avait moins de chemins inaccessibles, remplis de puanteur et de boue, où crou-

* Grande ferme flamande.
** Rue du Pont-Neuf, à Lille.

pissaient les immondices. Les maisons nouvelles alliaient la brique et la pierre. Oui, Lille était belle. Elles passèrent près de l'hôpital Comtesse, puis du Raspuck.

— On enferme toujours des femmes dans cet établissement ? demanda Marguerite.

— Oui. Il n'y en a jamais eu autant, paraît-il. Beaucoup sont infectées de vilaines maladies. On dit que c'est à cause des troupes en ville, répondit Nanette.

Elles entrèrent pour se recueillir, quelques minutes, dans la collégiale Saint-Pierre.

— Il y a trois ou quatre ans, la voûte de la chapelle Notre-Dame-de-la-Treille s'est écroulée. Depuis on la répare, chuchota Bertine.

— Et la clôture a été remplacée par une balustrade de marbre, remarqua Renelde.

La messe était célébrée à toute heure du jour dans la collégiale et les offices étaient fastueux. Saint-Pierre ne comportait pas moins de soixante-cinq prêtres à son service. Un très nombreux personnel de chœur était présent.

— Que de statuettes de la Vierge ! nota Marguerite.

Elle ne se souvenait pas d'en avoir vu autant lorsque, petite fille, elle serrait fortement la main de Renelde, dans l'église, dès que les odeurs d'encens devenaient trop fortes. Renelde crut déceler un soupçon de reproche dans sa constatation.

— Marie, une humble jeune fille à qui on a donné la parole, cela ne se rencontre que dans notre religion, tu sais, Marguerite. C'est la patronne de Lille, et même de la France entière, depuis Louis XIII.

Elle ne s'attarda pas devant son ancienne demeure lilloise. Une autre famille s'y était installée...

Dans la rue Neuve-Saint-Pierre, elles furent surprises de découvrir des gens de métier, cordonniers, boulangers, charpentiers, vachers, tricoteuses.

— Eh oui ! Les nouveaux quartiers ne sont pas peuplés que d'aristocrates. Ceux-là logent surtout dans la rue Royale, que l'on est en train de paver, d'ailleurs, leur expliqua Julie.

Le crépuscule venait tôt en novembre. Au retour, elles marchèrent d'un pas rapide. Il faisait froid. En barque sur la Deûle, le maître des hautes-œuvres recueillait les bêtes mortes dans l'eau.

— Regarde, Marguerite, ce ne sont plus les Lillois qui sont chargés d'allumer les lanternes. Il existe un service spécial, dit Renelde.

— Tu as l'air d'être dans les nuages, Margot, ajouta Julie à l'adresse de sa compagne au regard alangui, toi si espiègle jadis. Tu n'aurais pas un amoureux ?

Marguerite baissa les yeux.

— Pas un de ces gueux, tout de même ?

— Non, non, répondit Marguerite et, pour changer de conversation, autant que pour manifester le mécontentement qui venait de la saisir, elle proféra : Quelle puanteur, ici ! Je croyais que les immondices étaient relégués hors les murs ?

— Oui. Mais les tombereaux passent tôt le matin, pour l'enlèvement des tas. Cela vaut mieux que de jeter les tripailles et les excréments dans la Deûle.

— Il y en a encore, objecta Marguerite, d'un air buté.

— Qu'as-tu, Marguerite ? demanda Julie, très surprise du changement d'humeur de sa compagne.

— Excuse-moi, je suis fatiguée.

— ... Elle a pris un bain forcé dans les canaux d'Amsterdam, elle t'en parlera sûrement demain, lui confia Renelde, tandis que Marguerite, irritée, se réfugiait dans le mutisme.

— Dis-moi, Julie... La peste n'est pas revenue, à Lille ?

— Non. Moi, je ne m'en souviens pas, j'étais trop petite. Les gens disent qu'elle n'est pas revenue depuis seize ans ; que c'est bien, mais que ce n'est pas normal.

# 18

En dépit de son infernal cycle des sept ans, la peste n'était pas réapparue à Lille, mais une autre épidémie y culminait et répandait une atmosphère carnavalesque et lugubre dans la cité flamande.

On exécutait six sorcières.

Les rumeurs s'élevaient dans la foule qui accourait se repaître du spectacle. Les bruits portaient sur les turpitudes et les horreurs perpétrées par les accusées :

— Elles ont accompli près de trois cents meurtres et ont confessé avoir mangé le cœur des enfants, pour être plus sanguinaires !

— Elles sont damnées !

Le ciel était voilé, mais il ne pleuvait pas. Un mendiant arborait un large sourire édenté. Une fleur de lis épinglée au chapeau attestait de sa permission officielle de solliciter la charité. Il allait ramasser gros. Nombre de badauds lui verseraient l'obole de leur honte ; acte de passage qui les dédommagerait aux yeux du Seigneur d'assister avec une certaine jouissance au supplice des six condamnées. Les bateleurs exhortaient le peuple. Les colporteurs déployaient leur étal avec fierté, vantant mille objets rares. On vendait, à la criée, livres et petits pains. Des curieux commençaient à se presser aux fenêtres. Brocanteurs, animaux, charrettes, que l'on essayait de dégager pour obéir aux sergents de ville. Une foule grouillante envahissait la place. Les soldats étaient postés en une multitude d'endroits.

Depuis la veille, les cloches retentissaient pour avertir la population, l'amener à suivre l'exécution et la dissuader d'emprunter cette voie maligne. Il fallait supprimer la gangrène, nettoyer la cité, conjurer le mauvais sort. Jamais Lille n'avait entendu parler d'une telle affaire !

— Quand on pense qu'elles ont toutes communié, malgré les péchés qu'elles ont commis !

— Elles ont été menées de ville en ville à Valenciennes, Saint-Amand, et ailleurs, afin d'y découvrir d'autres témoins de leurs forfaits.

La rumeur courait aussi sur leurs complices :

— Les tenanciers du Louis d'or doivent fermer, car ils ont soutenu ces drôlesses. Ils les ont accueillies et ont tenu mauvais lieu.

— Ils sont bannis de la ville.

— Ils ne perdent rien pour attendre, pas plus que l'hôte de la Croix de Bourgogne. Ces tavernes sont vraiment des lieux de débauche, et de bien mauvais hôtels !

Pierre-Ignace Chavatte, le sayetteur, était dans la rue. Il n'avait pas vu autant de monde depuis la dernière visite du roi Louis XIV. Il notait ce qu'il voyait dans sa tête. Il s'était tellement passionné pour la Voisin, qui avait occis à Paris deux mille cinq cents enfants nés avant terme, et pour « l'affaire des poisons », les morts subites, les prêtres terrifiés par le secret des confessions.

« Non, Monsieur le Roi, ce n'est pas fini, et les sorcières existent bien. »

Chavatte en était persuadé. Aussi s'efforçait-il de retenir tous les détails du spectacle, afin de les rapporter dans son journal.

Une immense clameur s'éleva sur leur passage. Le geôlier lui-même quitta sa prison pour jeter un coup d'œil au défilé.

Corde au cou, nu-pieds, un cierge ardent à la main, elles avançaient, l'air revêche ou le regard baigné par la grâce. Brebis égarées du troupeau ou vilains petits canards, qu'importe, on ne pouvait tolérer le mal. Il fallait l'exorciser, rejeter sans pitié les êtres suspectés de violence, de luxure ou d'homicide. Telles étaient les idées partagées par Chavatte et les milliers de curieux devant le triste convoi des six filles à la démarche traînante que l'on menait au dernier supplice.

Le départ du coche qui emportait, entre autres voyageurs, Renelde et Marguerite vers Paris était retardé d'une journée, afin d'attendre « le retour au calme », et ne pas encourir les risques d'être chahuté, de voir les bagages enlevés ou un cheval blessé. Ces jours-là étaient connus pour propager la violence, et puis le cocher désirait assister, lui aussi, à la fête.

Renelde n'avait glané aucun renseignement auprès de la mère de Louise. Mais entre la comtesse de Fontenille, l'amie de Marie, et son neveu Pierre, elle espérait avoir suffisamment de contacts dans le Marais pour se lancer à la recherche de la dentellière et la ramener en Flandre, si cela s'avérait nécessaire.

A l'annonce, par Pierre-Ignace, des six condamnations, Renelde avait été bouleversée.

— Un édit du roi contre la sorcellerie fut promulgué en 1682, à la suite de la terrible affaire des Poisons, qui mit en cause d'importants personnages, jusqu'à la maîtresse royale, la Montespan... Je ne comprends pas, monsieur Chavatte, on ne brûle plus les sorcières !

— Elles ne seront pas brûlées. Elles seront exécutées, et c'est justice. Elles sont accusées de crimes épouvantables pour lesquels la mort, tout naturellement, est requise, sorcières ou non. Ce n'est pas une affaire simple, ça non !

— Mais ce ne sont pas des sorcières... Vous ne le croyez pas ? Elles sont sans doute ignorantes et apeurées. De nombreux juges s'en remettent aux tortionnaires pour les aveux, n'est-ce point vrai, Pierre-Ignace ?

Elle avait en tête les propos de Grégoire : « Si tu te défends, tu es possédée ; si tu ne te défends pas, tu es coupable. »

— Vous savez, madame Renelde, faut pas vous en faire. On exécute moins qu'on le dit. Les déserteurs, par exemple, eh bien ! le public tire au sort celui qui devra mourir. (Il ajouta en riant :) Sinon, les effectifs diminueraient trop dans l'armée de Louis XIV, comme dans les galères ! On repend aussi certains cadavres sur les lieux où ils ont déserté, afin d'impressionner les troupes.

— Mais ces filles sont-elles vraiment coupables des horreurs dont on les accuse ?

— Elles ont subi la « question * ordinaire » et « extraordinaire ». Elles ont avoué. De plus, on a trouvé partout de nombreux témoins à charge, qui ont affirmé, sous serment, les avoir vues. Ils ont persisté et signé, madame Renelde. Et même si elles n'ont fait qu'un seul crime, elles doivent être punies.

— Je vous l'accorde, Pierre-Ignace.

« Mais ont-elles accompli le moindre de ces crimes dont on les accuse ? songeait-elle en quittant Chavatte. Ne sont-elles pas comme l'était Iolande, crédules et frivoles... ? »

Avec ses énormes biceps et sa cagoule noire, le bourreau était impressionnant. A le voir, on se sentait déjà coupable de quelque atrocité. Incommodée dans la cohue, comme jadis au milieu des masques de carnaval, Renelde accepta le bras de Gabriel. Son esprit vagabondait vers le passé, vers cette jeune Iolande qu'elle n'avait pas connue, la première épouse de Grégoire.

« Mon Dieu ! S'il était là ! »

Torturé par le doute et la jalousie, il avait laissé accuser sa jeune femme de sorcellerie. Il l'avait pourtant délivrée du bûcher de Moerbeke, en la ramassant dans sa cellule envahie de vermine, mais le mal était fait. Après leur fuite, les membres distordus, l'esprit égaré, elle avait finalement succombé aux blessures de la torture, lui laissant un fils infirme qui mourut à son tour, à Lille.

« Iolande, rasée, humiliée, mutilée ; Iolande se tordant de douleur, suppliant qu'on cessât de la torturer... »

— Renelde !... Renelde !... Qu'avez-vous ?... Vous êtes blême. Eloignons-nous d'ici. Ce genre de festivité ne vous

* Torture.

vaut rien, dit Gabriel, en voyant son amie réprimer un haut-le-cœur, un mouchoir aux lèvres.

Ils avançaient difficilement. Renelde se retourna vers Marguerite qui les suivait.

— Si nous nous perdons, retrouvons-nous à l'Hostellerie de la Cloche. Méfie-toi, ma chérie. De nombreux vols à la tire sont pratiqués par des orphelins recueillis par de soi-disant bonnes âmes, en vue de trafics fructueux. Des mères aussi, parfois, livrent leur fillette de dix ans au vice.

— Oh !... Regarde, petite mère... là-bas ! Guyette et Bertine ! s'exclama Marguerite en désignant deux silhouettes au loin. Je vais à leur rencontre !

— Ne t'éloigne pas ! cria Renelde, dans l'incapacité de la retenir.

— Ne vous tourmentez pas, mon amie, c'est une femme, votre Marguerite, et si je ne me trompe, enfant, elle parcourait seule ces rues de Lille.

Renelde oublia sa fille adoptive et ses appréhensions et consacra les instants qu'il lui restait dans sa ville natale à quitter au mieux son compagnon, sans le blesser. Faire ses adieux dans la foule était peut-être plus facile qu'en tête à tête...

— J'aime Grégoire.

Il devait l'oublier et rejoindre sa petite Constance, tellement éprise. La sensation d'être désirée par un homme aussi galant et cultivé que lui, aussi fidèle depuis tant d'années, avait fait prendre des risques à Renelde. Responsable du sentiment de Gabriel, depuis Anvers, elle en mesurait les dégâts, car ce qui n'avait été pour elle qu'une tendre et complice amitié s'était transformé en amour pour son ami.

Marguerite ne réussit pas à rejoindre Guyette et Bertine. Elles avaient disparu, englouties dans cette masse indistincte et grouillante. C'est à ce moment précis qu'elle surprit le vol.

Efflanquées et scrofuleuses, deux filles d'une douzaine d'années rôdaient, tels des chiens affamés. Marguerite se rappela les paroles de Renelde, bénit le Seigneur d'avoir mis sa « petite mère » sur son chemin. L'une d'elles accrocha un passant, tandis que l'autre lui dérobait sa bourse. Il s'éloigna sans se douter le moins du monde qu'il se trouvait délesté d'une partie de sa fortune, peut-être de tout son bien.

La fillette à la bouche mince, au visage déjà marqué de petite vérole, se tourna brutalement vers Marguerite, figée de surprise :

— Qu'as-tu à me regarder ?

Dans un élan de compassion, Marguerite lui sourit. Elle désirait lui faire comprendre qu'elle aussi était orpheline, qu'elle aurait pu être des leurs, mais la malheureuse en haillons crut avoir affaire au sarcasme, au mépris d'une bourgeoise qui n'avait pas été élevée à la dure. Il n'en fallait pas plus en ce jour de violence. Elle s'approcha d'un ivrogne accroupi dans une encoignure puante, vociféra à l'encontre de Marguerite et la fixa du doigt. Un regard torve l'atteignit en plein cœur.

— C'est aussi une créature du Diable, criaillait la fille.

— Mais oui, elle est aussi belle que ces drôlesses, renchérit l'homme aux cheveux sales et emmêlés, qui s'était levé et s'était approché en titubant.

— Une sorcière revêt toutes les apparences, même celle d'un ange !

Il se tenait à présent face à elle. Les deux sauvageonnes éclatèrent d'un rire indécent. Elle se sentit happée par le bras perfide de l'individu à la mine simiesque.

« Où sont les soldats ? » pensa-t-elle. Elle tourna la tête de tous côtés. « Personne ne me délivrera ? Renelde... Petite mère ? »

Quelques regards la toisaient de manière étrange. Elle se vit en un instant livrée au bûcher. Son visage courroucé se remplit d'effroi.

— Laissez-moi ! parvint-elle à murmurer. « Que se passe-t-il ? Je n'arrive même pas à crier ! »

L'homme se tenait contre elle, les narines frémissantes. L'angoisse de Marguerite montait. Elle sentit le désir qui s'emparait de lui. Elle respira son haleine répugnante et suffoqua. Sa cape chaude lui glissa des épaules. Les yeux de son agresseur s'arrêtèrent sur son décolleté. Il arbora un terrible sourire.

— Le beau tendron que voilà ! Oh ! Regardez ! Elle porte la marque du Diable ! proféra-t-il, en touchant une tache rousse sur son épaule opaline, glacée de froid et de peur.

Le sang quitta les pommettes de Marguerite. Elle essaya encore de protester, mais sa mâchoire restait bloquée. Aucun son ne sortait de ses lèvres pâlies.

Autour d'eux, hormis deux ou trois esprits échauffés qui croyaient avoir reconnu une nouvelle œuvre de Satan, les spectateurs ne s'en préoccupaient pas. Ils assistaient à la montée des six filles sur l'estrade qui les attendait.

— Ah ! mais tu en es pleine, de ces taches du Diable, ma jolie !

Il la dévorait des yeux. Son souffle se fit plus lourd, plus âcre, tandis qu'il lui crachait à l'oreille :

— Viens, ma rousse, je vais t'emmener te confesser. Viens donc, tu rouleras de plaisir, tu verras...

Il accompagna ses paroles d'un geste obscène, et lui saisit un sein à travers son corsage. Elle eut l'impression que son cœur allait éclater dans sa poitrine. Des sueurs froides perlaient à son front.

— Tu hurleras de plai...

Il ne put achever sa phrase. Un formidable coup de poing lui ferma la mâchoire et le projeta en arrière.

Marguerite n'eut pas le temps de voir l'inconnu au visage dissimulé par un grand chapeau qui avait surgi du ciel, de façon inopinée. Elle s'évanouit.

L'immonde individu se releva rapidement et disparut, lâchement, comme un personnage de cauchemar, avec quelques dents de moins.

Dans son rêve, Marguerite flottait. Elle s'envolait. Non, quelqu'un la soulevait de terre. Oui, c'était cela. Elle était bien. Elle aurait voulu le dire. Aucun son ne sortait. Elle aurait voulu soulever les paupières. Elles étaient si lourdes. Elle sentit qu'on la déposait. Elle était à l'abri.

Renelde n'écoutait plus Gabriel. Son regard anxieux cherchait Marguerite.

Tout se passa très vite. Des silhouettes. Une bousculade. Des piétinements. Elle l'aperçut enfin, qui disparaissait au-dessous de la masse confuse des chapeaux et des coiffes.

Il lui sembla distinguer un feutre au large bord, « identique à celui de Grégoire », pensa-t-elle. Elle fendit la foule.

Déjà Marguerite revivait dans les bras de sa petite mère. L'inconnu s'était volatilisé. Gabriel essaya, en vain, de savoir ce qu'il en était auprès des badauds. Ils étaient trop occupés par la suite de l'exécution, ou ne tenaient pas à admettre qu'ils avaient assisté à l'agression et ne s'étaient pas interposés. Les rares propos étaient contradictoires.

— C'était un vieux.

— Non, un jeune...

— On ne sait pas... il semblait grimé.

— De toute façon, il cachait son visage...

— C'était peut-être le Diable ? Un Diable boiteux. Mais alors, la fille serait bien une sorcière ?

Gabriel et Renelde l'emmenèrent au plus vite, loin des clameurs d'une foule fanatisée, fascinée par le spectacle.

En montant sur l'échelle, l'une des six sorcières se mit à chanter les litanies de la Vierge. L'exécution se déroula rapidement pour les trois premières qui furent pendues. Il n'en fut pas de même pour les trois autres. On n'avait pas organisé une telle cérémonie pour la bâcler en quelques minutes. Il fallait offrir du consistant aux spectateurs, et les étrangers ne devaient pas s'être déplacés pour rien. Avant d'étrangler les deux suivantes, on leur coupa la langue avec des ciseaux, pour avoir menti lors des interrogatoires. Pourtant, les sourires trompeurs s'étaient évanouis depuis longtemps sous la torture subie ces dernières semaines.

Chavatte remarqua que le même instrument servait pour les deux condamnées.

Un frémissement parcourut l'assemblée, tandis que la première se débattait, la bouche béante et ensanglantée, le visage défiguré par une effroyable grimace. La seconde eut le courage d'offrir sa langue à couper, en dépit des contorsions horribles de sa compagne. La dernière, qui sans doute était accusée des plus graves méfaits, fut condamnée à être mise sur une croix de bois, et à être rompue jusqu'à ce que mort s'ensuive... Elle s'appelait Marie-Madeleine. Elle ôta elle-même son corset. Le buste dénudé dévoilait une blanche poitrine. Elle se jeta sur la croix. Le bourreau lui assena des coups de barreau de fer sur le ventre. Puis il rompit ses jambes et ses bras, et l'étrangla.

Il s'était acharné plus de deux heures sur les condamnées. C'était les consignes. Les mouvements isolés de compassion avaient laissé place à un sentiment d'horreur mêlé à une certaine jouissance malsaine. On avait réveillé l'animal en déroute qui sommeillait en chacun.

Chavatte nota, avec dégoût, qu'un triste individu eut l'indécence d'ôter ses caleçons face à l'estrade. Heureusement, il fut aussitôt emmené par les soldats.

Tout était fini. Le pouvoir avait voulu que le peuple assiste à l'exécution, pour l'exemple, pour la peur. Il avait gagné. Le ciel, lui, resta nébuleux toute la journée.

Marguerite était furieuse contre elle-même. Comment avait-elle pu perdre ainsi son sang-froid ? On la disait espiègle et hardie, elle s'était bêtement évanouie. Les yeux encore mi-clos, entourée par Renelde et Gabriel, elle demanda :

— Où est celui qui m'a sauvée ?

— Je ne sais pas, ma chérie. Mais que le Ciel le bénisse à jamais. Viens, nous partons.

Tout s'était passé au travers d'un brouillard. Marguerite n'avait même pas entrevu sa silhouette. Elle avait juste ressenti une chaleur apaisante à son contact.

Cependant un détail l'obsédait.

Dans son rêve, tandis qu'on la soulevait pour la protéger, il lui avait semblé percevoir le miaulement d'un chat.

# 19

— Veux-tu bien me débarrasser le plancher, Tis'je ? Tu m'encombres, grogna sa vieille sœur aux cheveux blancs. Vêtue de son impérissable robe de futaine, elle balayait le sable répandu sur le sol.

— Alors les canards et les poules ont le droit d'entrer, mais moi, il faut que je dégage ! Ta soupe, elle sent rudement bon !

— Tout à l'heure ! Et tu me passeras le sable au tamis, hein, je veux le récupérer pour l'étendre à nouveau lundi.

— J'ai compris... je me sauve. Je n'ai pas envie d'être frotté à la brosse comme le mobilier.

— C'est ça, ouste ! Disparais de ma vue ! Tu ne vas donc pas à l'estaminet, aujourd'hui ?

— Non. J'ai rendez-vous à la ferme de l'Orme.

— Mets tes « pat-en-boue », parce que moi, j'ai pas envie de voir la maison crottée à ton retour.

Il lui sourit. Des milliers de petites rides parsemèrent son visage.

— Oui, ma belle.

Il embrassa tendrement la joue rebondie de la Flamande et sortit. Le samedi était sacré : la maison basse aux murs de torchis était nettoyée à l'eau savonneuse du haut jusqu'en bas.

« Ah ! elle est bien courageuse et brave, se disait Tis'je. Elle n'arrête pas une minute. »

Elle tissait depuis l'âge de huit ans et blanchissait le linge délicat des bourgeoises de Moerbeke, afin de gagner l'argent des taxes et des impôts, lesquels augmentaient sans arrêt. Veuve depuis de longues années, elle s'occupait de son frère, qui vieillissait, avec l'âme d'une mère.

Tis'je n'était pas riche, ça non ! Certes, d'année en année, il avait amassé un petit pécule, en vue de ses épousailles. Mais en lui-même, il savait parfaitement qu'il ne se marierait jamais. Et cela, depuis qu'il avait vu la jeune Iolande. C'était pas Dieu possible, une beauté pareille ! Tous les gars de Moerbeke lui contaient fleurette. Elle avait accordé ses faveurs au plus riche, au plus puissant de la région, en dehors du prince, bien entendu. Elle aurait eu tort de se gêner, elle avait le choix. Mais le bonheur s'était envolé, emporté par le souffle empoisonné des rumeurs. On les jalousait trop, elle et son mari, le maître de l'Orme, Corneille Van Noort. Et le pouvoir n'aimait pas la puissance de cet homme de la terre, un roturier, qui se prenait pour le seigneur du village. On l'avait anéanti, en lui ôtant son plus cher trésor : sa femme. Alors, lui, Tis'je, le pauvre colporteur, les avait aidés à s'enfuir. Mais « la belle aux cheveux d'or » était morte. Le cœur de Tis'je s'était brisé. Il lui avait fallu l'amitié de Renelde, pour guérir. Et, comble d'ironie, elle avait remplacé Iolande auprès de Corneille. Pardon, Grégoire, comme on disait, depuis qu'il habitait Lille.

Tis'je n'était pas rancunier. Une puissance mystérieuse le liait à leur destin. Il avait aidé ces deux-là à s'enfuir, de Lille cette fois.

Que d'histoires, mon Dieu ! Alors comment voulez-vous qu'il se marie après cela ? Il avait assez d'amour et de souvenirs pour vivre cent ans, Tis'je. Et maintenant, peut-être que les Van Noort allaient venir à Moerbeke... Tis'je y serait à nouveau pour quelque chose. Il en était fier. Oui, un pacte invisible et secret l'unissait à Grégoire et Renelde. Jehan Van Abeele, le maréchal-ferrant, caressait aussi l'espoir de revoir son ami. Il avait sauvé sa ferme. Il l'attendait. Tous deux avaient gardé la foi, et contribué à sauver, en quelque sorte, les gens de Mœrbeke. Tis'je ne savait en expliquer la raison, mais il y a des choses que l'on ressent, comme ça. Tous deux les avaient empêchés de sombrer dans les mauvaises idées.

En réhabilitant à leurs yeux le maître de l'Orme, ils les avaient sortis de l'abîme dans lequel la délation, puis la honte les avaient plongés.

Il frissonna.

« Dieu merci, je me suis bien couvert », songea-t-il en chaussant ses patins-à-boue.

Vêtu de ses culottes inusables qu'il conservait saison après saison, son éternel bâton à la main, et haut perché sur ses semelles de bois, il laissa derrière lui la maison basse au toit de chaume, aux volets verts qu'il avait repeints au printemps. Lui aussi rendait de multiples services aux villageois et secondait fréquemment le patron de l'estaminet du coin, près de la maison.

Du lieudit « la Kruisabeele », où il habitait, on découvrait un paysage de bocage, pays de bois et d'eau. Le Houtland revêtait son habit d'hiver. Une brume de froid enveloppait le village. Les arbres décharnés et somnolents prenaient des formes fantasques. La saison s'annonçait rude et longue. Il regarda les coteaux et les petites plaines, les manoirs de brique rose construits sur des mottes, les moulins, les tourelles du château des Montmorency et la longue flèche de l'église Saint-Eloi d'Haesebroek, la ville voisine. Il voyait à l'ouest le bois du Romarin et celui de Moerbeke, avec ses huit chemins forestiers. A l'est, la forêt de Nieppe, la magnifique, aux futaies sur taillis, aux essences de chênes et de charmes.

Le bas du village, « le Parq du roi », pataugeait dans la clyte, ainsi que le hameau de la Motte-au-Bois, où travaillait le fils cadet de sa sœur. La Saint-Martin* était le signal de la coupe. Employé à la batellerie, le neveu s'occupait de l'évacuation des bois, par flottage sur le canal et par les barques tirées par des hommes ou des chevaux. Tis'je avait de la chance d'habiter au bord du joli bois de Kruisabeele, qui appartenait au seigneur du village. Le haut possédait de bonnes terres à labour, de grasses pâtures entourées de haies d'arbres à hautes tiges. Oui, tout ce qui était nécessaire à la vie, ils l'avaient ici, dans ce petit coin de Flandre : les céréales, les légumes,

* 11 novembre.

les fruits venaient en abondance. Que demander de plus ? Encore fallait-il être courageux, pour travailler la terre. Les gens d'ici l'étaient. On disait que l'on y respirait l'air le plus pur et le plus vivifiant de la contrée. Peut-être était-ce l'influence du calvaire de Kruisabeele ? Y méditer était excellent contre les fièvres. Il ouvrit grand les narines et huma avec délices l'air qui repose le corps et l'âme, l'air qui compte parmi les sept merveilles de Moerbeke.

« Quelles sont les autres ? voyons... » songea-t-il, en comptant avec les doigts : « le bois de Nieppe, bien entendu, mine inépuisable de gibier pour les chasseurs ou les oiseleurs ; le mûrier ; le cerisier ; les rivières ; les carrières de gravier ; l'argile ». De mauvaises langues y ajoutaient une huitième, moins glorieuse : les sorcières. Tis'je soliloquait en marchant :

« Moerbeke, le pays des sorcières ! Mais que le village qui n'en n'a pas possédé nous jette la première pierre ! Il y en a partout ; dans le Cambrésis, par exemple, autant que chez nous ! »

Il n'aimait pas les histoires de sorcellerie, Tis'je. Pourquoi avait-il fallu encore en brûler une, en 1679, la Wilhelmine Ghys ? Dieu merci, c'était fini maintenant, bien fini, le roi l'avait dit. Et quatre ans s'étaient écoulés depuis le dernier bûcher.

Il n'aimait pas non plus colporter les récits de feux follets, de revenants et de génies malfaisants. Balivernes ! Lui, il préférait les histoires d'amour.

Les villageois se rendaient volontiers en promenade à l'estaminet « le Kruisabeele », pour se délecter de sa bière nourrissante. Elle soutenait les travailleurs pendant la saison froide, elle leur épargnait les désagréments et infirmités occasionnés par l'usage de l'eau. Aujourd'hui, le patron ne requérait pas son aide, comme hier, lorsque les « esvards », ces goûteurs en culottes de peau, envoyés par les brasseurs, avaient investi les lieux.

— Elle est bien ronde et douce en bouche, avaient-ils conclu. Tout allait bien.

Tis'je s'en rinça la gorge, histoire de se prémunir contre les intempéries éventuelles, histoire de discuter surtout.

Il ne pouvait rester longtemps sans côtoyer le monde. Un Flamand corpulent se plaignait de son métier à tisser.

— Il est si grand qu'il enjambe la paillasse d'un de mes garçons.

— Il pourrait pas enjamber la tienne, vu la place que tu prends !

— On nous suce le sang depuis l'annexion, avec tous ces droits à payer, maugréait un autre paysan.

— On aura la neige pour la Saint-Martin.

— Elle va assainir la terre et nettoyer la vermine.

— Oui. Mais il ne faudrait pas que ça dure des mois, intervint Tis'je, ni que le froid soit trop intense, sinon les arbres, les animaux et les enfants en mourront.

— Et moi, j'aurai encore les doigts lourds et engourdis, et pour le tissage, c'est pénible.

En sortant, Tis'je salua le passage des oies sauvages dans le ciel. Deux ouvriers posaient des pierres-de-pas sur le bord du chemin.

— Vous allez loin, comme ça ? leur lança-t-il, l'humeur facétieuse.

— Oh ! Non ! Avec la clyte, personne ne s'aventure plus hors du village !

Des chapelles blanchies à la chaux, au petit toit à deux pentes, ponctuaient sa route. Elles portaient des inscriptions en flamand. « Au moins, celles-là, ils ne les enlèveront pas. Déjà qu'ils écrivent Moerbeke et Haesebroek différemment depuis l'annexion : Morbecque, Hazebrouck... On a du mal à lire le flamand, s'ils l'écrivent à la française, on n'y comprendra plus rien ! »

A la croisée de deux chemins, une couronne d'arbres projetait une ombre mystérieuse sur une statuette. Il s'y arrêta. C'était Sainte-Apolline, à qui on avait arraché les dents une à une avec des tenailles. Les catholiques atteints de maux de la bouche s'y recueillaient. Il lui rendit grâce, car depuis sa prière, la semaine passée, il ne souffrait plus de sa vilaine carie. A l'entrée du village, au-dessus d'une porte de chaumière, des ciseaux ouverts en forme de croix de Saint-André étaient suspendus, à seule fin d'en interdire l'accès aux sorcières. Tis'je haussa machinalement les épaules. « Il n'empêche, admit-il en son for intérieur, certaines croyances ne sont pas vaines. » Plusieurs années auparavant, alors qu'il circulait encore entre Lille et Moerbeke, il avait trempé la main, sur les conseils d'un guérisseur, dans le bénitier d'une église qu'il n'avait jamais fréquentée. Eh bien, il avait eu raison, cet homme-là : sa verrue avait disparu. La foi, ça compte !

Il avait assez couru les routes pour en connaître tous les raccourcis et rejoindre rapidement la ferme de l'Orme, mais il préféra faire un détour par le cimetière.

— Quelle histoire, hein ? Tu ne peux pas me répondre, bien sûr, mais je ne sais pas comment cela se fait, chaque fois que je te parle, mes idées s'éclaircissent. Tu fais un peu partie de ma vie, maintenant, tu es un ami.

Il ôta son chapeau pour se gratter la tête, et le remit.

— Excuse, si je ne me découvre pas en ta compagnie. Mais comment dire ? Tu n'es plus un mort pour moi... Tiens, il faudra que j'arrange les plantations de ce côté.

Il arracha une touffe d'herbes sauvages au pied de la croix.

— Je m'en occupe dès demain, c'est promis, Pierre.

Chaque jour, Tis'je allait se recueillir quelques instants sur la tombe de l'« étranger », comme on le surnommait à Moerbeke. Car il devait bien être le seul étranger à être enterré dans le petit cimetière, près de l'église. Tis'je entretenait cette tombe en hommage à Renelde, la belle Lilloise, la fille de l'étranger, le brasseur.

Pierre Van Eyck était bêtement venu mourir de la peste, ici, lors d'un de ses voyages d'affaires, en vue de ramener le houblon et l'orge. Tis'je s'était attaché à ce mort. Alors, il lui parlait, il le tutoyait selon l'usage de la région. Certes, il n'était pas inhumé au sein de l'Eglise, tout bourgeois qu'il était. On avait eu peur de la « Grande Maladie ». Corneille Van Noort avait exigé qu'il soit enterré de façon chrétienne, bien qu'il n'ait pas eu le temps de recevoir l'extrême-onction. Le curé s'était d'abord fâché. Puis comme il était brave et respectait le maître de l'Orme, il s'était arrangé avec Dieu, pour que sa prière soit considérée comme le sacrement.

— Au moins, lui disait Tis'je, tu y respires un air moins

malsain que les malheureux défunts entassés sous les dalles à l'intérieur. Ta tombe est simple, Pierre, mais elle saura où te trouver, le jour où elle viendra te rendre visite, ta Renelde.

Tis'je sourit, de son air généreux, ouvert à la vie. Il parlait le langage du cœur et de l'amour, avec bonne humeur, ce qui en faisait l'ami de tout le monde.

Jadis Tis'je était un grand voyageur. Il aimait découvrir les pays et les gens. Il parcourait les sentiers de Flandre, de Moerbeke à Lille, deux fois l'an. Il se glissait partout, en dépit des invasions, récoltant un certain savoir dont il n'était pas peu fier. Aujourd'hui, ses cheveux châtains étaient striés d'argent, et puis les rhumatismes n'arrangeaient rien. D'autres colporteurs prenaient le relais. Mais Tis'je était un homme heureux, car il se contentait de peu et vivait au jour le jour, dans le présent. Le passé, il le gardait pour les veillées. L'avenir regardait le bon Dieu, et il lui faisait confiance.

Il regarda le ciel. Au même instant, une colombe passa.

— C'est bon signe.

Tis'je aimait les signes. Il les repérait dans le vol des oiseaux, dans le souffle du vent, dans la musique de la vie. Tis'je n'apprenait pas dans les livres. Il apprenait dans la nature. Les voyages surtout lui avaient enseigné des choses importantes. La principale était d'écouter son cœur. Et ces temps-ci, il s'affolait un peu, son cœur, car il lui disait de bousculer sa quiétude.

— J'ai rêvé de les accueillir ici, Renelde et Grégoire. Et puis, je me suis dit, les années passant, que mon rêve était fou. Pourtant, si je le réalise, je suis sûr que ma vie va changer. Je ne sais pas pourquoi, peut-être que c'est toujours comme ça quand on réalise un rêve.

Tis'je demeura un instant silencieux.

— Bon, je te quitte, Pierre, car j'ai à faire.

Il fit le signe de croix et s'en fut vers la ferme de l'Orme.

L'église Saint-Firmin, spacieuse Hallekerke flamande, était bâtie sur le rebord de la côte et dominait la plaine marécageuse. Il y entendit la chorale. Elle lui rappelait de si bons souvenirs ! Enfant, il en était. Aujourd'hui, elle avait atteint une belle réputation dans toute la Flandre.

« On devrait l'ajouter aux sept merveilles de Moerbeke. »

Les enfants répétaient les chants pour la grand-messe, qui était la fête de la Saint-Martin. Tis'je poursuivait son monologue : « Moerbeke a ses coins des " muets ", des " voleurs ", des " avares ", des " perdrix ", des " cendres, " on devrait rajouter " le coin des anges " ».

Il essuya une larme. Pourquoi ces voix possédaient-elles le don de l'émouvoir à ce point ? Plus il vieillissait, plus il s'attendrissait. Les cloches retentirent. Une quinzaine d'enfants s'éparpillèrent dans le village.

« C'est Eugène qui sonne ainsi. »

La grosse cloche était l'orgueil de l'église Saint-Firmin. Le parrain, le prince Eugène de Montmorency, était mort cette année, mais il ne logeait plus dans son château depuis la bataille de Cassel, en 1677, année de sa reddition au roi de France. Son fils avait pris la succession.

Tis'je ne s'arrêta pas à la forge de Jehan Van Abeele, située sur la place. Le maréchal-ferrant l'attendait dans la ferme de l'Orme. Etre cultivateur n'était pas le métier de Jehan, il y avait d'autres gens pour cela ; lui poursuivait le sien. Mais il s'y rendait régulièrement pour y inspecter l'ordre et la bonne tenue. Tis'je dépassa la Maison de Ville à la façade de pierre et de brique, et prit la direction du château de la famille de Montmorency, entouré de son large fossé, avec ses écuries, sa chapelle et ses admirables jardins. Il laissa sur la droite le passage voûté qui y menait et tourna au chemin du Prince, pour atteindre la ferme du haut. Cette route-là était fréquentée par les nobles et les seigneurs qui allaient de Cassel à Moerbeke, et par les enfants, à la saison des mûres. Des chaumières de tisserands, des petites maisons de journaliers bâties sur la terre de la ferme étaient disséminées çà et là, au milieu des prés, en haut et à l'écart du village. Entouré de bosquets, le domaine de l'Orme était bien situé. Il n'était pas enlisé dans la clyte, tout comme la maison de Tis'je d'ailleurs, en haut de Kruisabeele. En vieillissant, il se sentait encore plus fier de son pays, de la fameuse crème aussi dont se régalaient Charles Quint et Charles le Téméraire, à la cour d'Espagne. Comme s'il l'avait faite lui-même ! Il était moins fier de ses sorcières.

A l'approche de la hofstède, il se sentit saisi d'une certaine fièvre intérieure, provoquée par l'attente de la décision du conseil des Echevins concernant maître Van Noort. Il passa sous le porche, dans lequel était creusée une niche sculptée qui protégeait une statue de la Vierge Marie. A l'écurie, Jehan tenait la patte d'un cheval en position levée.

— Je l'emmène à la forge, celui-là. Son fer est usagé et le fait souffrir. Regarde cette bête, Tis'je ; si Corneille revient, il la montera comme il montait son Marcel jadis. Lui et le cheval ne faisaient qu'un. Quel couple majestueux, tu te rappelles ? Eh bien, celui-ci est digne du maître.

— Mais alors, il va revenir ?

— Nous détenons un avis favorable du bailli, et sommes prêts à l'accueillir dès que nous aurons l'accord écrit d'un Montmorency. Le seul problème, c'est qu'avec ce fichu temps, nos seigneurs risquent de rester dans leur hôtel parisien tout l'hiver !

Tis'je fit la grimace.

— Il faut encore patienter, alors.

— Oui, mais j'ai son adresse maintenant, je vais lui écrire, à l'ami Corneille.

— Grégoire.

— Corneille ou Grégoire, trinquons à sa santé et à son retour !

— Il n'en reviendra pas, pour sa hofstède.

— Sa famille est courageuse, mais elle n'a pas ses capacités pour exploiter comme lui les céréales, les produits laitiers... S'il revient, la ferme de L'Orme refleurira comme aux beaux jours.

— Quelles autres nouvelles ?

— Il est question de devoir plaider en français. S'il en est ainsi, les gens n'auront plus qu'à abandonner leur cause.

— Oui, bien peu possèdent le français dans nos campagnes. Ils se font rouler trop souvent, c'est comme cela que le Flamand devient méfiant.

— Autre chose : Jérôme arrête l'école. Il est de plus en plus tourmenté par le mal de Saint-Gilles *. Au conseil, on a pensé à François pour le remplacer. Il est aux Augustins d'Haesebroek, il possède le français. C'est intéressant. Le curé a accepté. On va lui proposer la place dès la fête de la mi-carême. Qu'en dis-tu, c'est pas une bonne idée ? C'est moi qui l'ai eue ! ajouta-t-il avec un clin d'œil, en lui resservant du genièvre.

— Le neveu de Grégoire Van Noort comme maître d'école, ça c'est une victoire !

Quand Tis'je sortit de la ferme, il n'avait plus froid. Pourtant le ciel s'était obscurci, le brouillard s'épaississait. Jeudi, munis d'un flambeau, les enfants parcourraient en cortège le village à la tombée du jour. Puis il y aurait un banquet et de l'alcool... encore... Oh ! Après tout, il n'avait fait que devancer la Saint-Martin... Et il était de si bonne humeur, Tis'je, sur le chemin du Prince, en regagnant le joli coin de Kruisabeele. Il lui semblait que la bise égrenait un rire cristallin, celui de Iolande...

Grégoire referma l'ouvrage, fraîchement sorti de l'atelier de reliure où l'on travaillait sur de grands établis de bois, dans un silence monastique. Chaque livre était une pièce unique. La qualité de celui-ci était exemplaire. Son habit de cuir rouge rehaussé d'or précieux sentait bon. Il fallait des années d'apprentissage pour parvenir au « bon toucher ». Grégoire ressentait toujours une émotion très vive à tenir un nouvel ouvrage entre les mains. Il fallait coudre les feuilles de parchemin les unes aux autres, puis les recouvrir de veau ou de basane.

« Il n'y a aucun bourrelet disgracieux, jugea-t-il. La couvrure est impeccable. Il se ferme et s'ouvre sans problème. »

Le doreur sur cuir qui fixait l'or avait accompli, lui aussi, un excellent travail. Jadis, Grégoire recopiait des livres interdits, à Lille. Aujourd'hui, il en éditait en Hol-

* Cancer.

lande. De nombreux recueils étaient écoulés vers la France.

S'il revenait dans son pays ? Peut-être pourrait-il agir en tant que correspondant ? Servir de relais en Flandre ? On en avait besoin. Devait-il lâcher son métier ici, où il s'était fait une place, des amis, où on l'acceptait tel qu'il était, sans lui poser de questions, sans qu'il ait de comptes à rendre sur son passé ? Sa hofstède de Moerbeke était sauvegardée. Il avait accueilli la nouvelle par un cri de joie. A présent, un doute inquiétant le prenait, tel un vertige. Etait-ce tout simplement la peur ?

Cette lettre qu'il avait tant attendue de Renelde, qui lui apportait l'espoir de recouvrer ses biens, en même temps, le conjurait de ne pas les rejoindre en Flandre. Renelde était partie. Une appréhension lui tiraillait l'esprit : elle ne reviendrait pas. Pourtant, elle aimait bien la vie ici...

Vivait-elle, comme lui, avec cet obscur sentiment d'exclusion ? Après tout, ils n'étaient que des réfugiés. Comme il se sentait ingrat et injuste vis-à-vis de la république hollandaise qui les avait acceptés !

Depuis le départ de Renelde, il avait perdu la notion du temps. Sans elle, il était comme un enfant perdu. Elle avait repêché un pénitent. Elle était son refuge, sa paix. Il lui semblait parfois qu'elle était présente. Il se la représentait avec une netteté presque effrayante. Des taches... Y avait-il donc des taches sur ce magnifique ouvrage ? Il ferma les yeux, envahi par une grande lassitude. L'impression restait. Il connaissait ces symptômes : ces étoiles, ces cercles devant les prunelles, signes précurseurs de la migraine. « Ne viens pas, Grégoire. A Lille, on exécute encore des sorcières... » Des images lointaines et révolues resurgissaient dans le miroir de sa conscience. Son passé se déroulait dans sa tête endolorie comme un cauchemar peuplé de bûchers, de tortionnaires, empli d'échos diaboliques et du rire étrange de la jeune Iolande. Le venin du serpent commençait à se déverser, tandis que la bête lui enserrait le crâne.

Dans le jansénisme, il avait trouvé une justification à ses propres faiblesses : la faute originelle. Il ne méritait pas la grâce, mais la femme était perversion. Renelde l'avait enlevé à la piété triste de cette doctrine religieuse. Il avait ensuite goûté à plusieurs philosophies. Aucune n'était vraiment satisfaisante. A présent, il était seul avec ses remords, avec ses doutes et sa conscience. Un froid glacial le pénétrait. Et pourtant sa tête était brûlante, ses doigts engourdis. Le papier lui échappa des mains. Il ferma les yeux. Sa bouche effleurait les lèvres parfumées de Renelde. Il respirait son haleine...

Etait-il possible qu'elle ne l'aimât plus ? Il n'avait pas été un mari très distrayant ni très disponible. Il s'était endormi sur le trésor qu'il possédait. Elle s'était peut-être sentie délaissée. Gabriel l'aimait. Grégoire en était certain. Il l'avait même incité à la rejoindre. Pourquoi cette envie maligne de la jeter dans les bras de son ami, ce besoin de tester son amour, de se mortifier ? Son comportement face à sa femme trahissait parfois une sorte de timidité.

Ses amères pensées le torturaient, autant que son affreux mal. Et Renelde ? N'était-elle pas amoureuse de Gabriel ? Il l'avait vue rougir. Oui. Elle était encore si belle... Elle ne demandait qu'à aimer. Des frissons lui assaillirent le corps, tandis que sa tête s'enflammait de plus en plus et qu'un doute tenace irradiait son cerveau. Il était plongé dans un état somnolent, dans le silence, dans l'obscurité totale, et attendait que la migraine veuille bien passer. Demain, peut-être aurait-il un répit. A moins que la douleur sourde ne changeât juste de côté, comme cela lui arrivait souvent. Il n'acceptait ni les saignées ni les purges. Le crâne broyé, enserré dans un étau, il pensait :

« J'ai douté de Iolande. Aujourd'hui, je doute de Renelde. Vais-je la perdre aussi ? Mais Iolande était capricieuse, coquette, folâtre... N'est-ce pas moi qui me perds ? »

Iolande, Renelde, leurs images se confondaient. Les coups dans la tête, eux, restaient bien réels. Il devait rentrer chez lui. L'orage qui s'était propagé dans son cerveau atteignait à présent l'estomac, contracté par des spasmes.

« En bravant le Créateur, en me voulant aussi puissant

que le prince de mon village, j'étais tombé plus bas que terre. »

Il descendit l'escalier. Les douleurs s'amplifiaient.

« En abandonnant ma hofstède, rêve de mes parents, que fuyais-je le plus à l'époque ? » Des sueurs froides encore... « Que fuyais-je, voyons ? Il faut que je sache... L'Inquisition espagnole, le bannissement, la peur d'être rompu vif à mon tour ? Non, ce n'est pas cela. »

Du plus profond de son âme jaillit une clarté. Il se cramponna à la rampe de l'escalier.

« Je fuyais mon village, qui vivait dans la hantise de Satan. » L'évidence embrasa sa conscience. « Voilà pourquoi j'ai peur aujourd'hui : il me faut reconquérir mon village. Il le faut. »

Grégoire sut qu'il avait enfin pris sa décision, et il s'écroula.

# SECONDE PARTIE

# Paris

# 20

Le père Philippe Van Elst ouvrit la fenêtre, située au second étage, et respira l'air vif à pleins poumons. Au même instant, les coqs chantèrent le lever du jour. La veille, il avait neigé près de Paris.

« Neige de Saint-Nicolas donne froid pour trois mois », pensa-t-il.

Il scruta son visage dans le miroir. Ses joues s'étaient remplies. Dans la maison de repos des Jésuites, il avait repris du poids et des couleurs ; un peu de vie, de la force et surtout de l'espérance. Seuls un front dégarni, des cheveux parsemés témoignaient de sa quarantaine passée et de ses désillusions.

Quelques années auparavant, il s'en était allé en Nouvelle-France, retrouver l'esprit missionnaire de sa compagnie et, surtout, oublier le regard bleu perle d'une belle Flamande nommée Renelde Van Eyck dont il était jadis le directeur de conscience. Il avait traversé de terribles épreuves. A son retour, il avait peu conversé avec les pères ou les novices rencontrés ici, qui venaient à tour de rôle, une fois le mois, se reposer à la campagne. Ces derniers jours, il était sorti de son mutisme. Son pèlerinage sur les traces de saint Ignace l'avait conduit chez les Iroquois. Ces derniers n'étaient guère accueillants. La résistance avait tourné au calvaire pour certains missionnaires. Il s'en était sorti en se sauvant, en se cachant, terré des semaines entières ; grelottant d'horreur au souvenir de ses camarades massacrés, grelottant de froid et de fièvre dans la neige. Avec sa haute stature, on ne voyait plus qu'une longue silhouette efflanquée et de grands yeux encore étonnés de ce qu'il avait découvert. Peu à peu, la souffrance de ses mésaventures s'était atténuée. Dans son esprit, subsistaient surtout la maturité acquise, l'expérience, le retour aux sources, l'humilité de ses années d'exil volontaire. Presque de bons souvenirs. Sa pénitence était achevée.

Ce matin, il quittait Mont-Louis *. Les coteaux et les prés étaient drapés d'une pèlerine blanche. La campagne immaculée de ce début d'hiver présentait un aspect effeuillé et solitaire qui contrastait avec l'époque active et fourmillante des vendanges. L'ancienne maison de repos des Jésuites menaçant de s'écrouler, Mont-Louis venait d'être reconstruite, grâce aux subsides octroyés par Louis XIV et par la duchesse de Guise. Pimpante, la nouvelle résidence dominait Paris et les portes de Saint-Antoine. Philippe avait achevé sa convalescence sur cet emplacement au grand air, le meilleur de la région. De sa fenêtre, une étendue variée s'offrait à sa vue. A l'est, il distinguait jusqu'aux rives de la Marne. Il tourna le visage ; ses regards embrassaient Belleville, Mesnil-Montant et Montmartre.

A l'heure des laudes, la cloche sonnant les six heures, il avait rallumé sa chandelle, il s'était habillé, avait procédé à ses ablutions et ses prières avant de se rendre à la chapelle. Après une nuit noire, sans étoiles, l'aurore restait sombre. A présent, le village de Charonne se réveillait. Les fermiers se mettaient avec ardeur au travail dans les étables à vaches ou à chevaux qui côtoyaient les vignes. Mais toute la campagne environnante semblait endormie sous ce premier parement de neige.

Quelle différence avec son arrivée, au moment des vendanges ! Revenu en piteux état de la Nouvelle-France, souffrant d'aphasie, il avait été immédiatement envoyé à Mont-Louis, afin de se refaire une santé. Sans doute était-il trop épuisé pour parler. Ses forces revenues, il s'était promené dans les sentiers envahis de bruyère

* Emplacement de l'actuel cimetière du Père-Lachaise, à Paris.

menant aux hauteurs de Mesnil-Montant, à travers les prairies et les vignes qui recouvraient les alentours de Paris. Le vignoble s'était beaucoup développé à Charonne. Philippe aimait ce peuple solidaire, quand chacun se prête main-forte pour la cueillette du raisin ou pour porter les hottes. Il appréciait l'atmosphère particulière des courtilles, les jardins champêtres. Il s'était même accordé un plaisir bien terrestre et bien rustique, le seul depuis six années de mission loin de toute civilisation : celui de goûter au « guinguet », le fameux petit vin de couleur violette, que lui offrit de bon cœur un tavernier, touché par ce prêtre muet ; plaisir simple et sensuel, de se sentir ainsi mêlé aux ouvriers de Saint-Antoine et du Temple venus passer le dimanche à la campagne. Et c'est là qu'il avait recouvré la parole, Philippe le naufragé, au milieu des vignerons. Et il avait ri ; ri de toute cette vie qui lui revenait...

Il s'était indigné pourtant à la vue des croquants et des fripons qui pillaient et ravageaient au nez des « messiers », la police villageoise, chargée de la surveillance des cultures au temps de la vendange ; il s'était étonné, lui, le citadin, de la liberté des paysannes et des filles chahutées sur les talus de Charonne tandis que l'on faisait ripaille dans les tavernes avoisinantes.

Il baissa les yeux. Une voiture les attendait, pour les emmener rue Saint-Antoine, à la Maison professe des Jésuites. Il reconnut la longue et mince silhouette de François d'Aix de La Chaize, son allure majestueuse de gentilhomme en soutane, malgré ses soixante ans. Levé depuis les matines, qu'il fût à Paris ou à Mont-Louis, le père était un homme extrêmement occupé. Philippe n'en revenait pas encore : le confesseur particulier du plus grand roi de la Terre lui avait offert sa voiture et l'hospitalité ! Dès leur première rencontre, il avait été littéralement envoûté, comme La Chaize devait l'être, lui, par le roi. Pour son retour en France, il était gâté. Il se sentait pétri de reconnaissance envers le révérend père, et se disait que Louis XIV avait fait preuve d'une profonde sagesse en le choisissant pour confesseur.

Pourtant, depuis le souper de la veille, en compagnie des jésuites du collège Louis-le-Grand venus pour leurs récréations, la confusion s'était immiscée en Philippe et se reflétait sur son visage d'homme de quarante-cinq ans. Il éprouvait un mélange indescriptible d'irritation et de malaise. Le repas avait débuté dans la bonne humeur et la cordialité sereine diffusée par François de La Chaize, qui se méfiait toutefois de la griserie de leur prospérité et se plaisait à affirmer, l'œil malicieux :

— Ne nous laissons pas trop influencer par la tiédeur exquise et gourmande du chocolat !

Deux jeunes novices essayèrent de questionner le confesseur de Louis XIV sur les affaires royales. Il les rassura, mais leur fit comprendre qu'il ne lui appartenait pas de toucher aux privilèges du souverain pouvoir.

— Quand le roi a pris une résolution, il est impossible de la lui faire changer, mais aucun prince ne protège si fortement notre compagnie. Nous avons besoin du pape, comme celui-ci a besoin du fils aîné de son Eglise. Sa Majesté ne songe pas à briser avec Rome.

Il poursuivit par des réflexions générales sur l'époque. Aux questions indiscrètes, il répondait par un silence et fronçait les sourcils.

Il avait des manières très polies et distinguées, parlait d'une voix douce et néanmoins assurée. Censé, modéré, muet quand son devoir l'exigeait, il ne trahissait jamais la confiance royale qui lui était accordée. Mais il était de bonne compagnie et d'une grande culture, cet homme au large front, le seul au monde à voir s'agenouiller devant lui, quatre fois l'an, le roi Louis XIV en personne.

Puis la désagréable surprise était arrivée. Philippe avait lié conversation avec un jeune jésuite, fraîchement sorti du collège. A la suite d'une question portant sur l'avenir des élèves, il entendit cette réponse :

— Il faut s'appeler Van Eyck pour se faire renvoyer de Louis-le-Grand et ne pas suivre sa vocation.

La foudre n'eût pas fait plus d'effet. Figé de stupeur, Philippe balbutia :

— Van Eyck... J'étais chez les jésuites, à Lille, avec un Nicolas Van Eyck. J'endossai l'habit et lui devint brasseur pour succéder à son père. Ce Van Eyck ne serait-t-il pas... ?

— Pierre Van Eyck, le Flamand. Son père est un brasseur lillois, c'est cela.

Philippe était profondément troublé : le fils de Nicolas ! Il s'en souvenait : ses parents l'avaient envoyé à Paris, au collège de Clermont, devenu récemment le collège Louis-le-Grand. Pierre... Le neveu de Renelde pour laquelle, jadis, son cœur avait tant vibré. Amour interdit, à peine dévoilé à la bien-aimée, mais amour honteux, dont il était parti expier la faute hors de France.

Le révérend père de La Chaize était le plus silencieux de tous, mais son œil perçant captait tous les courants. Il avait deviné l'émoi brutal de Philippe, qu'il observait à la dérobée. Ce dernier parvint enfin à demander :

— Pourquoi l'a-t-on renvoyé ?

— Il s'est fourvoyé dans la bande de Ronchivol.

— Ronchivol ?

— Un vicomte dévoyé au teint terreux, qui est plus ou moins attaché à la suite du fils du Grand Condé. Ce n'est pas un petit saint, ce Ronchivol. Il passe son temps à festoyer avec esbroufe, et Pierre Van Eyck traîne dans son sillage.

Un autre novice intervint :

— Mais une heure plus stricte, plus austère, a sonné. Ils ne seront bientôt plus reçus chez les Grands du royaume.

— Comment est-ce arrivé ?

— Ses propos bruyants se sont transformés en turlupinades, ses provocations en duels. Il s'est étourdi dans l'alcool et les mauvaises fréquentations, entraîné dans un tourbillon de débauche, dans une course vers l'enfer, avec autant de frénésie et d'outrecuidance que jadis dans l'étude et l'abstinence qu'il a totalement délaissées.

Philippe était pris de vertige. A peine trois mois qu'il était rentré en France, et il entendait déjà parler des Van Eyck ! Son obsession revenait. N'en serait-il jamais délivré ?

Tard dans la soirée, à la chapelle de Mont-Louis, Philippe saisit le regard énigmatique mais bienveillant de

François de La Chaize. De ses longs yeux en amande, le révérend père au front imposant, au nez long et droit, l'étudiait. Il sentait qu'une souffrance d'ordre personnel lui taraudait l'esprit et que ces soucis-là l'empêcheraient de se consacrer corps et âme à la Compagnie de Jésus et au service de Dieu.

— Voulez-vous que je vous entende en confession, mon fils ?

Il l'écouta. Indulgent envers les personnes et doux de nature, il lui pardonna, au nom du Seigneur, son inclination terrestre envers Renelde, la belle Flamande. Avec un large sourire, il conclut :

— Voilà tout ce que je fais avec notre roi, je l'écoute.

C'était une autre confession.

Philippe lui sut gré de sa confidence, faite sur un ton badin. Mais La Chaize, bien sûr, ne touchait mot des affaires privées du roi. Mille bruits couraient sur le mariage secret de Sa Majesté et de Madame de Maintenon, la veuve Scarron, ancienne gouvernante des bâtards royaux, ceux de la Montespan. Le révérend père les aurait mariés en octobre... deux mois auparavant.

La Chaize était muet sur ce point.

A présent que Philippe s'était ouvert de ses sentiments, il se sentait extrêmement léger. La perspective de croiser un jour les beaux yeux de Renelde ne lui faisait plus peur. De toute façon, ses projets n'étaient pas de revenir à Lille. Il n'avait gardé aucun contact avec la famille Van Eyck et s'était enfui vers l'oubli. Mais aujourd'hui, une nouvelle mission incombait à son cœur éperdu du besoin de sauver les brebis égarées. Il lui fallait retrouver le fils de son ami Nicolas, dans cette immense ville de Paris, et le ramener dans le droit chemin. Il le devait, par amitié, par amour, et parce qu'il avait acquis l'âme du missionnaire.

François de La Chaize l'interpella.

— Que pensez-vous de notre maison de campagne, loin de la cohue, des importuns et des rumeurs ?

— Mon révérend père, je la regrette déjà !

— Vous reviendrez ! Les chevaux ont besoin de nourriture avant le trajet, faisons quelques pas dans les jardins en attendant, voulez-vous ?

Philippe lui trouva un grand air de noblesse et accepta, avec fierté. Du haut des marches de la terrasse qui surplombait Paris, ils contemplèrent les pavillons et le parc de la congrégation de Notre-Dame de la Paix, qui jouxtait Mont-Louis. Ils distinguaient les immenses silhouettes des marronniers coiffant son allée d'honneur. Ce domaine allait jusqu'à l'église Saint-Germain de Charonne. Les jardins étaient engourdis par le froid.

— Voyez-vous, dit encore le père de La Chaize, de l'un de ces pavillons, sur les hauteurs du château de Charonne, notre souverain assista à l'âge de quatorze ans à la bataille de Saint-Antoine contre les frondeurs. C'est une des raisons pour lesquelles notre maison est chère à Sa Majesté.

Puis il se tut. Ils se promenèrent ainsi une demi-heure, dans la pénombre des allées, parcours muet ponctué de rares réflexions.

On apercevait également le château de Bagnolet. Derrière Mont-Louis, des ouvriers s'affairaient dans les tranchées des plâtrières pour en extraire les pierres. Par groupes de deux ou de trois, les jésuites arpentaient les sentiers silencieux aux bordures de troènes et d'ifs soigneusement taillés ; chemins tracés autour des parterres symétriques de massifs, autour des pièces d'eau, du potager ou de l'orangerie, la serre chauffée qui accueillait des plantes tropicales. Leurs pas craquaient sur la neige.

Philippe sentait à ses côtés un gentilhomme qui aimait vivre en paix, avec les autres comme avec lui-même.

— J'aime respirer l'air de Mont-Louis, lorsque les affaires me plongent dans l'embarras, lui confia-t-il. Ici, je peux réfléchir. A Paris, il faut agir vite. Bien, nous avons du travail, il est temps de partir.

La voiture tirée par quatre chevaux emprunta la rue de Charonne, qui reliait Mont-Louis au quartier de Saint-Antoine.

Ils cahotèrent ainsi sur la route encombrée de voitures

à vin et de charrettes. Le révérend père portait sur ses genoux une pile de documents qui contenaient sans doute d'importants dossiers du royaume. En chemin, ils devisèrent avec familiarité. François de La Chaize répondit de bonne grâce aux questions sur le clergé, dont Philippe était friand. Il le mit au courant des derniers différends avec le pape Innocent XI et de la guerre entre Louis XIV — le roi « très chrétien », petit-fils d'Henri IV et de Philippe III — et son cousin, le roi « très catholique » d'Espagne. Il lui parla des missions actuelles en France, car le mal grandissait, celui des sectateurs de Calvin. Il fallait y porter remède, « en douceur », « en toute amitié », disait-il.

— Dans nos missions, nos pères ne songent qu'au service de Dieu. Mais ils sont dénoncés comme les acteurs de tous les maux. Que diriez-vous de repartir, en France, cette fois ?

— Ce serait un grand honneur, Votre Paternité.

— Soyons simples.

— Eh bien, je désirerais auparavant rechercher le fils de mon ami et le ramener sur le droit chemin.

— Vous avez raison. Les questions de morale doivent être réglées avec intransigeance. Nous reparlerons de nos conversions.

Philippe le découvrait loquace. Il comprit que cet homme silencieux, duquel ne perçait aucun des secrets concernant le roi et sa vie privée, avait besoin lui aussi d'ouvrir son cœur. Honoré d'être son confident, il ne comprenait pas pourquoi le père l'avait choisi, lui, simple jésuite sans prétention ni glorieux avenir, jusqu'à ce qu'il lui confie :

— Les temps sont durs... Vous me reposez, Philippe, vous ne m'avez rien demandé...

Et il lui offrit de voir sa collection de médailles et sa bibliothèque.

— Demain, comme chaque vendredi, je me rends à Versailles, mais aujourd'hui, je vous garde.

Cet homme qui vivait pour son roi et pour les jésuites, et qui disait : « Notre Compagnie est ma mère, ma famille et en quelque sorte tout pour moi. Tout ce que je puis avoir de forces, d'influence et d'activité, c'est avec bonheur que je le mettrai toujours à son service », logeait à Paris, dans une chambrette exiguë en haut d'un escalier abrupt. L'appartement de Mont-Louis était un palais à côté de cet humble logement. Et pourtant, que de lettres écrites, de problèmes résolus, de batailles gagnées dans l'antre du révérend !

— Venez, je vous montre notre bibliothèque.

Dans la vaste antichambre, située en haut d'un escalier de marbre, un certain nombre de prélats l'attendaient. Et comme Philippe s'en étonnait, un jésuite, assistant de François de La Chaize, l'informa :

— Dans un moment, elle regorgera de prétendants aux Bénéfices. Sa Paternité sera assaillie par les flatteurs ou les jaloux... Les Grands du royaume viennent aussi, pour leurs enfants. On mendie ses faveurs pour le suivre à la Cour, pour être son courrier, son correspondant, et même son remplaçant, afin de le soulager.

Philippe observait ces quémandeurs, fils de soldats prétentieux, fats hypocrites, ridicules ou excessifs, qui allaient tout l'après-midi accabler le père de leurs demandes. Le lendemain, François de la Chaize partirait à l'aube, il irait proposer des candidats aux Bénéfices. Le roi choisirait et annoncerait les prochaines nominations pour la veille de Noël.

— Que demande un évêque ? s'enquit Philippe, après avoir salué l'un d'entre eux.

— Les brigues sont énormes, répondit l'assistant, étonné de la naïveté du nouveau venu. Pour leurs trains et leurs équipages ; leur ameublement ; une meilleure table ; une domesticité plus conséquente ; enfin, pour plus de commodités dans la vie. Ils font leur cour aussi pour être transférés dans des églises aux revenus considérables.

Le père de La Chaize aimait bien Philippe. Il décelait chez lui un intérêt dénué de convoitise, à l'encontre de tous ces courtisans.

— Voyez-vous, mon fils, on me prête plus que je ne puis assumer. Mon rôle est modeste. Je ne suis qu'un simple aumônier, qui fait des propositions. La distribution des Bénéfices est l'apanage de notre roi.

En face de ses « appartements » se trouvait la cour rectangulaire du couvent des Jésuites *. Un impressionnant escalier d'honneur aux marches de bois, à la rampe en fer forgé, menait à la bibliothèque. Une longue pièce remplie de livres se présentait aux yeux éblouis de Philippe. De larges et belles croisées offraient une vue charmante sur le jardin de la Maison professe. Le sol était recouvert d'un parquet. Le plafond était peint. Le père aimait les livres, il s'en occupait lui-même, il les classait, les soignait. Philippe feuilleta certains ouvrages. Ils dénotaient une culture variée et le goût éclectique d'un homme aux vrais talents de bibliothécaire, à l'esprit ouvert à tout : sciences, littérature, histoire, philosophie. Philippe s'aperçut qu'il se plaisait décidément beaucoup en sa compagnie.

— L'expérience m'a fait voir que les livres ne sont jamais en honneur que là où ils sont le plus en usage, qu'ils ne sont conservés que là où on en a besoin. C'est leur utilité qui les rend recommandables ; ils se dispersent et sont rongés par la poussière là où ils ne sont pas nécessaires. L'étude rend les savants soigneux. Ils sont chez eux en honneur. J'espère que la bibliothèque de Mont-Louis deviendra, elle aussi, d'importance. Etes-vous curieux d'antiquités ?

Il lui ouvrit son cabinet des médailles.

— Je m'y plonge quand les affaires de l'Etat me tourmentent, avoua-t-il avec une certaine délectation.

Il frôlait les pièces, il les regardait, les retournait délicatement entre le pouce et l'index.

Une multitude de médailles romaines et grecques, d'or et d'argent, aux revers différents, aux têtes d'empereur, s'étalaient sous les yeux ébahis du jésuite. Ainsi, le père de La Chaize était un grand médailliste qui voyageait et

* Aujourd'hui, lycée Charlemagne.

rêvait grâce à ses monnaies. La passion qui l'animait à l'étude de ces pièces contrastait avec son calme habituel.

— Il faut les tenir par la tranche, afin de ne pas endommager la platine.

Armé d'une loupe, d'une balance et d'une pierre de touche, il n'était plus le même homme. Il y avait tant de précision et de beauté dans ses gestes ! Philippe comprit que cette collection satisfaisait ses sens, qu'il y trouvait un plaisir gourmand, une volupté nécessaire à sa vie. Il mettait ses connaissances à portée de tous, avec générosité, avec amour. Il n'avait pas besoin, lui, de l'argent désiré par certains évêques ou autres prélats. Il avait le goût des choses et c'était un bien.

François de La Chaize émit un léger sourire :

— Un ami me disait qu'il n'est rien de si nécessaire que de donner quelque relâche à l'esprit, qu'il n'y a rien de si agréable que la considération des monuments antiques qui seront d'égale durée avec le monde.

Ses yeux se plissèrent et prirent une expression à la fois tendre et moqueuse.

— Paroles d'un calviniste ! Dommage qu'il soit né parmi les nouveautés... Eh oui ! la curiosité humaine a toujours faim d'aliments insolites.

# 21

Il y eut un râle. Un mugissement plutôt. Celui du prédateur. Marie-Jeanne retint son souffle. La porte grinça. Recroquevillée sur son lit, elle aperçut la haute silhouette sur le seuil et referma les yeux. Elle sentit son regard posé sur elle, sa respiration rêche, l'odeur de sa chemise imprégnée de tabac. Elle garda les paupières closes. Elle avait peur. Peur de succomber encore, peur d'être à nouveau malmenée par ses étreintes brutales et sa froide jouissance.

Il la prenait comme il chassait. Avec ivresse, avec violence. Dans les forêts giboyeuses de Chantilly et d'Halatte, il aimait poursuivre sa proie avec la meute, voir la biche blessée se tordre de douleur. Cet homme pourtant l'avait fascinée. Elle l'avait aimé. Elle avait été sa chose. C'était fini.

« Seigneur, aidez-moi, je vous en supplie ! »

Penché sur elle, un rictus méchant aux lèvres, il prit une boucle de ses cheveux châtain clair entre ses doigts, tira et proféra, sur un ton inquisiteur :

— Tu dors ou tu fais semblant ? Tant pis pour toi...

La démarche chancelante, il repartit vers ses compagnons de beuverie.

« Merci, mon Dieu ! » Elle émit un long soupir et n'ouvrit les yeux que lorsqu'elle entendit la porte se refermer.

Dans son alcôve régnait une odeur de moisi. Elle se leva, frissonna, se frotta les poignets endoloris. Il ne lui avait laissé aucune chandelle, mais ses yeux s'étaient habitués à l'obscurité. Et puis, il y avait si longtemps, lui semblait-il, qu'elle vivait dans les ténèbres. Sur la pointe des pieds, elle parvint dans la pièce voisine, une espèce de réduit sans fenêtre. Inégal, le parquet comportait une fente qui lui permettait d'apercevoir la salle dans laquelle la bande de nobliaux dépravés se grisait dans une atmosphère de cloaque. Les effluves d'un lourd parfum mélangé à l'odeur âcre du tabac lui parvenaient. Elle l'aperçut. Sa peau luisait. La sueur perlait à son front. Il l'avait oubliée. Sur ses genoux, une fille trop fardée, bien charpentée, aux bijoux clinquants, riait aux caresses qu'il lui faisait, tout en lui mordillant le lobe d'une oreille. Elle applaudissait à leurs derniers exploits. Ce devait être une de ces ribaudes qui hantaient les cabarets de Paris, et qu'il avait ramenée du quartier du « Val d'Amour », près de Saint-Paul ; ou bien une « mignonne » recrutée par un « courtier de fesses » à la solde de ces nobles, à moins qu'elle ne fût tout simplement une nouvelle « protégée » de Louise... Mais elle ne semblait ni innocente ni naïve... comme elle, Marie-Jeanne.

Soudain, il y eut des piétinements, des chaises renversées. Les rires cessèrent brutalement. Elle l'entendit marteler la table de ses poings, se lever en jurant, n'ayant garde de renverser la drôlesse. Elle aperçut ses lèvres crispées et discerna un éclair de folie dans son regard sombre, tandis qu'il rugissait :

— Cette société de laïcs aux petits collets s'arroge le droit de me dicter ma conduite ! Eh bien, ces cafards ne m'auront pas. Je pars à Chantilly chercher la protection du prince.

Une confrérie de dévots, qui avait survécu à la dissolution de la fameuse Compagnie du Saint-Sacrement de Senlis, le pourchassait. Marie-Jeanne comprit : le vicomte Jean-Etienne de Ronchivol avait peur ! Cet endurci qui avait pris l'habitude de se dévoyer et de négliger ses Pâques était aux abois. Elle en ressentit une immense allégresse.

Il espérait trouver à Chantilly un havre de paix, de liberté de mœurs, là où se réfugiaient frondeurs, grands esprits et libertins. Et tandis qu'il l'oubliait et se précipitait au-dehors, suivi par ses fidèles compagnons de ripaille, elle s'aperçut qu'elle ne pouvait plus rien pour lui, épuisée par les pleurs et une grossesse qu'elle lui dissimulait de plus en plus difficilement.

Elle devait partir. Vite, avant qu'il ne revienne. Elle était lasse d'attendre. Aucun secours ne lui était parvenu depuis près de quatre mois qu'elle avait fait acheminer une lettre vers Marieke et Renelde. Son messager avait-il remis la missive en mains propres ? Avait-il voyagé jusqu'à Lille ? Où était-il ? Il avait disparu depuis la fin de l'été. Aucune main généreuse ne l'avait secourue.

Elle entendit le crissement de pas précipités sur le gravier de la cour d'entrée. Il était temps pour elle de quitter cet antre douloureux. Elle venait de vivre trois mois dans la terreur qu'il ne découvrît sa grossesse et ne la tuât dans une bestiale ivresse. Ecartelée entre sa passion et la peur, elle avait failli céder au désespoir. Il aurait mieux valu pour elle être morte que de poursuivre cette vie dans l'ignominie et la déchéance, traitée comme une fille de rien par un petit noble dévergondé qu'elle méprisait, mais des désirs duquel elle restait l'esclave.

Un regain de vie, alors, s'était produit de façon miraculeuse. S'était-elle rappelé le cauchemar enduré par Ana, la dentellière ? Etait-ce l'enfant qui bougeait ? Elle n'avait plus le droit de se laisser harceler, traiter comme un vulgaire objet et risquer de perdre cet être innocent qui poussait en son sein. En dépit du danger qu'elle encourait en le gardant, elle n'arrivait pas à se défaire de l'idée qu'Ana avait eu tort, que leur « petite mère » ne les abandonnerait jamais...

Des bruits de sabots. Les chevaux piaffèrent. Les portières du carrosse de campagne claquèrent. Le portail s'ouvrit. Il l'avait oubliée. Elle avait assez tergiversé.

Tremblante mais enfin déterminée, en nage malgré la fraîcheur ambiante, elle tâtonna dans le noir et se surprit elle-même à ramasser le minimum qu'il lui fallait emporter. Un chaud manteau lui couvrit les épaules et cacha les bleus qui parsemaient ses membres endoloris. Senlis. Oui, la cité n'était qu'à une bonne lieue de là. La nuit touchait à sa fin. La demeure du vicomte était lovée, à l'entrée du village d'Aumont presque en lisière de forêt. Et la première neige apparue pour la Saint-Nicolas n'avait pas tenu. Elle ne devrait pas glisser. Elle avait aperçu au-delà des fortifications un grand nombre de clochetons et de tours de monastères et de couvents. On la recueillerait. On ne la jetterait pas dehors. Pas dans son état. La charité des Ordres s'y opposait. Et Ronchivol n'oserait venir la réclamer là où la Compagnie des dévots le recherchait.

A peine les attelages se furent-ils éloignés qu'elle tournait la poignée de la porte, ses souliers en main, de peur de réveiller quelque traînard ivre mort. Elle perçut un grincement et se raidit.

« Surtout ne pas s'affoler ! »

Au-dehors, l'haleine de la nuit hivernale lui fouetta le visage.

Elle contourna le puits et longea les massifs dont elle connaissait le dessin par cœur. Dans leur hâte, aucun d'eux n'avait pris soin de refermer le portail. Elle se retourna une dernière fois vers la gentilhommière qui l'avait tant séduite lors de son arrivée. Les alentours étaient déserts. Elle tourna le dos au village endormi et s'élança, les yeux secs, dans la forêt.

Plongée dans une obscurité à peine adoucie par un rayon de lune, elle épiait chaque bruit en marchant. Les branches effeuillées par le vent glacial et destructeur de décembre lui frôlaient les joues. L'ombre des arbres s'épaississait. Les buissons prenaient des formes effrayantes. Les hêtres, les chênes centenaires lui paraissaient gigantesques, semblables à de gros oiseaux de proie. Des ronces s'accrochaient à son manteau, lui égratignaient les mains, le visage. Ses pieds s'enfonçaient dans le sable mêlé d'argile, ils foulaient de hautes herbes qu'elle imaginait être des insectes ou de petits animaux des bois. Elle tremblait de rencontrer les esprits fantastiques qui, disait-on, se rassemblaient tout près de là, sur la butte d'Aumont. Elle avait une peur bleue des sangliers, lesquels provoquaient des ravages dans ces forêts. Peur d'être tuée par un cerf, car les mâles ne perdaient leurs bois qu'à la fin de l'hiver. Un sanglot lui noua la gorge. Elle ne voulait pas crever comme un animal, dans le noir, dans le froid, sans personne au monde pour se soucier de son sort. « C'est ma faute, se dit-elle. On ne joue pas les nobles lorsqu'on est pauvre et orpheline. »

Elle avait trop rêvé dans les allées de Chantilly, remplies de nymphes, de faunes, de naïades. Elle s'était laissé enlever, comme le font les Grands : pour le mariage. Mais avec elle, offerte en pâture par Louise, sa complice, Ronchivol n'avait eu à craindre ni les foudres d'un père ni l'enfermement à la Bastille.

N'était-ce pas une farce grotesque ? L'ingénue était tombée dans le piège.

Toute à ses pénibles pensées, elle trébucha sur une racine, faillit tomber en avant et se rattrapa de justesse à une branche basse et dépouillée. Le sentier était tellement noir, défoncé par les récentes intempéries et les roues des voitures, qu'elle se dirigeait à tâtons et regrettait qu'il n'y eût âme qui vive.

Elle s'immobilisa.

Un regard perçant apparaissait derrière un taillis. C'était celui d'un renardeau, au museau pointu, qui se sauva bien vite, ayant plus peur qu'elle.

Enfin, à la lisière du bois, un chemin de terre menait en direction de Senlis.

Elle passa l'ancienne enceinte médiévale tandis que la cloche sonore du beffroi annonçait l'aube et l'ouverture des portes. Sur la place du parvis, elle leva le visage vers la haute flèche ajourée de la cathédrale, dont le clocher s'exhibait à plus de quatre lieues à la ronde. Elle se découpait sur un ciel sombre mais balayé à présent de longues traînées blanchâtres. Les gargouilles semblaient la surveiller. Tout était si tranquille ! Derrière les marronniers aux silhouettes massives, ses yeux ne rencontraient que des murs austères. Au-delà des porches monumentaux, à l'abri de jardins enclos de vigne vierge et de lierre, elle devinait les bourgeois endormis ou amoureux, dans leurs jolies chambres aux poutres sculptées. Les maisons aux fenêtres ouvragées, aux étages supérieurs en colombage, étaient construites en une belle pierre, dure et claire, le liais de Senlis.

Elle était fatiguée. Un petit animal rôdait dans l'obscurité. Il se glissa à ses pieds et disparut, avant qu'elle ait eu le temps de le reconnaître. Sans doute parcourait-il les venelles, harcelé, lui aussi, par la faim et le froid. Elle descendit droit devant elle, dépassa le portail qui marquait l'entrée d'un château. A côté, une enseigne sculptée en pierre incrustée dans le mur indiquait l'Hostel des Trois Pots. La façade était imposante. Elle s'arrêta un court instant, hésita, puis reprit sa route. Elle n'avait pas d'argent pour se payer une auberge, surtout de cette importance. Elle ne possédait que ses beaux atours, dons du vicomte.

Un véritable lacis de ruelles s'offrait à elle. Elle entendit résonner un pas fugace sur les gros pavés et se tapit dans l'encoignure d'une porte cochère. Une ombre passa. Chaussé de sabots, un artisan rejoignait un atelier de sculpture, de maçonnerie ou de draperie. Pourtant, lorsque le silence retomba sur Senlis, elle regretta de ne pas avoir interpellé l'homme pour lui demander secours. Tout était si tranquille à nouveau. N'y avait-il donc âme qui vive derrière ces murailles ? Devant l'Hôtel-Dieu, elle n'hésita plus. Les sœurs grises de Saint-Vincent-de-Paul l'y accueillirent courtoisement. Elles soignaient les malades, Marie-Jeanne ne l'était pas. Elles lui offrirent un morceau de pain et lui indiquèrent le chemin du couvent de la Présentation, tandis qu'une volée de cloches de la cathédrale invitait à l'office.

Quelque part, un petit enfant cria. Un chien aboya. Les bruits de la vie commençaient peu à peu à emplir l'espace. Elle se sentit rassurée. Elle accéléra le pas et se cogna contre l'une des innombrables bornes placées le long des murs, qui servaient de marchepied aux cavaliers. Enfin, après avoir croisé la rue du Heaume, elle aperçut l'enseigne de l'Hostellerie de L'Ange, face à la rue des Cordeliers qu'elle devait emprunter pour rejoindre la rue de la Tournelle, où se trouvait le grand portail de la Présentation. Devant l'auberge, un carrosse de diligence attendait ses voyageurs.

Marie-Jeanne avait le genou écorché. Elle avait froid, très froid, mais elle ne pouvait plus s'arrêter en chemin. Le jour était levé. Elle craignait toujours les foudres de Ronchivol.

Les chevaux harnachés expédiaient une dernière botte de foin. Le cocher achevait son rôti en discutant de la froidure extérieure. L'hôtelier craignait pour le gibier, les arbres fruitiers et les semailles d'octobre.

— Nous avons essuyé une incroyable tempête de neige pour la Saint-Nicolas, annonça Renelde. Et nous sommes restées bloquées deux jours complets à Amiens. (Elle ajouta, avec un large sourire :) Enfin, tout ceci fait partie, je pense, des aléas des voyages !

L'hôtelier regardait la dame des Flandres avec des yeux éperdus d'admiration pour son courage et sa beauté. Le cocher appela la compagnie.

— En route, mesdames et messieurs, en route pour Paris !

La cour intérieure de l'Hostellerie de L'Ange fut soudain très animée. Le postillon qui dirigeait l'attelage vérifia les sangles. L'hôtelier l'aida à charger les petits bagages dans la caisse intérieure et les gros dans la corbeille, à l'arrière du véhicule. Marguerite apparut à la balustrade de bois de la galerie extérieure du second étage.

— Attendez-moi !

Elle retroussa ses jupes et descendit à vive allure l'escalier à vis de la tourelle d'angle, un énorme pot de confitures sèches * dans les bras, offert par la maîtresse des lieux.

— Vite, ma chérie, il est temps de partir, il y a de nouveaux risques de neige ! s'exclama Renelde.

Elles passèrent sous le porche, devant lequel la voiture

* Fruits confits.

les attendait. Le cocher aida les dames à monter sur le marchepied.

— Enveloppez-vous de ces couvertures, dit l'hôtelier, et il les salua avec respect.

Devant la riche façade de l'Hostellerie de l'Ange, assises bien au chaud, elles remarquèrent au loin, dans la rue des Cordeliers, une silhouette féminine encapuchonnée. Toutes deux s'en étonnèrent. Il était encore tôt. Et toutes deux pensèrent, en entendant le son de petits souliers qui résonnaient sur les pavés, que ce ne devait pas être une paysanne, mais plutôt quelque femme de mauvaise vie revenant d'une orgie ou d'une alcôve clandestine...

— Nos hôtes étaient charmants, dit Renelde, en souriant, leur auberge est agréable !

— Et sans punaises ! ajouta Marguerite.

Le fouet claqua. Le nez collé à la vitre, la jeune fille pensait à Adriaan. Elle avait fini par se confier à Renelde. Les longues heures passées ensemble ces jours derniers les avaient encore rapprochées. Elle lui avait parlé du miaulement, près de l'inconnu qui lui avait sauvé l'honneur et peut-être la vie.

— Voyons, ma chérie, il y en a des chats, sur la Terre ! Et comment Adriaan aurait-il fait pour nous rejoindre si vite ? Pourquoi se cacherait-il, d'ailleurs, s'il désire nous accompagner ?

— Petite mère, il serait dangereux pour lui de se montrer. Il est protestant. Tu as entendu, à Clermont, les problèmes qu'ils ont eus ? Leur temple a été abattu.

— Oui, pour avoir marié une fille catholique à un marchand réformé, répondit Renelde, avec une certaine intention. Ce serait effectivement de la folie pour lui de nous suivre. Ces temps-ci, les protestants font plutôt le voyage inverse.

Mais Renelde elle-même pensait aux murmures des curieux, à Lille : « Un diable boiteux... »

Elle chassa cette idée fantasque et se garda d'en parler

à sa fille. « Dans ce cas, je pourrais me dire aussi qu'il avait un chapeau semblable à celui de Grégoire... »

Les doutes continuaient de tarauder l'esprit de Marguerite. « Allons ! Je rêve ! Adriaan m'a oubliée à cette heure ! »

Elle leva les yeux. Sillonné de traces opalines, le ciel était aussi pâle que la couleur de son âme ce matin-là. La rue des Cordeliers était vide à nouveau, comme si la silhouette de femme entrevue n'avait été qu'un rêve.

# 22

— Que se passe-t-il ? cria Renelde, au cocher qui revenait de sa mission de reconnaissance.

Renelde et Marguerite n'en croyaient pas leurs yeux. Un nombre insensé de chaises à porteurs et de carrosses aux roues couleur vermillon, tirés par deux ou quatre chevaux, encombraient la rue Saint-Antoine. Dans l'impossibilité d'avancer, leur voiture était arrêtée devant un superbe hôtel particulier.

Les fenêtres étaient surmontées de frontons triangulaires. Des colonnes encadraient le portail. Ouvert, il laissait entrevoir une cour pavée magnifique.

Marguerite était stupéfaite par le va-et-vient des gens de maison, intriguée par le décor intérieur. Des sphinx encadraient un perron de quelques marches conduisant à une porte sculptée.

« Enfin Paris ! J'ai cru que l'on n'y arriverait jamais ! »

Elle se remémorait les retards accumulés par la tempête et par le mauvais état des routes. Dans sa tête défilaient les différentes étapes de leur trajet depuis Lille : quittant la cité flamande à la Saint-Eloi, elles découvraient d'abord Seclin, où de nombreux Lillois possédaient leur maison de campagne, dans une plaine parsemée de moulins à colza. Puis il y avait eu le pavage d'une chaussée qui les obligea à prendre un chemin de traverse en terre. Le roulage y fut difficile, les chevaux pataugèrent lamentablement dans la boue, un nouveau problème de roue les retint une nuit dans le hameau d'Epinay. Si bien que lorsqu'elles gagnèrent Arras, le coche d'Amiens était déjà parti. Renelde en profita pour s'enquérir immédiatement de Marie-Jeanne, auprès d'une surveillante de la Manufacture dentellière. Elle obtint confirmation des ouï-dire : Marie-Jeanne avait fréquenté l'établissement, mais elle s'en était allée depuis des mois, probablement à Paris. Marguerite n'aima ni l'atmosphère impersonnelle de l'endroit ni les manières sèches et la voix cassante de cette dame. Tendue, Renelde partageait l'opinion de Marguerite, mais elle ne fit aucun commentaire sur la sévérité ambiante. Grâce à Dieu, cette halte nécessaire fut ensuite plus agréable et instructive. Marguerite se rappela son premier vœu, prononcé devant la « Sainte Maure », cette espèce de neige descendue du Ciel par un ange dans la cathédrale, et puis le second vœu face à la « Sainte Chandelle », que la Sainte Vierge aurait apportée à Arras quatre cents ans auparavant, et qu'elle aurait déposée entre les mains d'un joueur de violon. Vœu pour qu'Adriaan ne se sente pas seul, vœu pour d'improbables retrouvailles.

— Cette chandelle ne diminue jamais, quoiqu'on l'allume plusieurs fois dans l'année, leur apprit-on.

Le charme d'Arras, l'étrange destin de Marie-Jeanne et les souhaits chers à son cœur prêtaient à une confidence dont Marguerite s'était abstenue jusqu'alors. Et c'est en se promenant à couvert sous les arcades de l'autre admirable place aux maisons identiques, ornées de sculptures de goût flamand — la place d'Armes — que Marguerite confessa à Renelde son impossible amour pour Adriaan le Hollandais.

D'Arras à Amiens, elles voyagèrent avec la malle-poste, pour plus de sécurité, car si l'on ne craignait plus la guerre, comme en Flandre, on croisait sans cesse des convois d'armée, des brigands ou des prône-misère, des mendiants. En Picardie, elles furent distraites par des cavaliers chevauchant près de leur voiture, des Allemands, des Lyonnais aussi. Ensemble, on évitait les détroussements. Marguerite était rassurée de cette protection inopinée, car la traversée des forêts de Senlis et de Chantilly l'effrayait un peu. La perspective de se trouver nez à nez avec un sanglier ne l'enchantait guère plus que celle des voleurs de grands chemins. Finalement, c'est un équipage composé de quinze personnes qui se sépara aux portes de Paris.

— Il est inutile d'essayer d'avancer, madame. Mais vous y êtes, dans le Marais.

« On est loin de la zone marécageuse imaginée par Marieke », pensa Marguerite, amusée.

— Quelle est cette église ? demanda Renelde, en considérant la haute façade opulente, à trois étages et aux portes de couleur pourpre, qui lui rappelait Saint-Charles-Borromée d'Anvers.

Une foule de gens de toute espèce, artisans, marchandes de fleurs, peuple en guenilles, fruitières ou poissardes, attendait, le visage tourné vers son incomparable portail.

— Saint-Louis-des-Grands-Jésuites, madame. Nous sommes le 10 décembre, et c'est l'oraison funèbre du prince de Condé, paraît-il. Le laquais que j'ai interrogé gardait les places de ses maîtres depuis la veille.

— Le Grand Condé ?

Renelde n'entendait parler que de ce personnage depuis le début de leur voyage ; d'abord par la malheureuse Marie Jolival, puis dans la vaste plaine de Lens, célèbre pour la bataille remportée par le Grand Condé sur les Espagnols ; enfin à Arras, où il avait assiégé la ville, cette fois avec les Espagnols. Difficile de s'y retrouver avec tous ces Grands du royaume de France !

— Non, madame, il s'agit du père du prince ! La famille de Condé est la protectrice de cette église, et le... valet, ajouta-t-il avec mépris, car ce dernier avait ri de son ignorance, ce petit valet m'a dit que les encombrements sont dus à un célèbre prédicateur, Bourdaloue, qui attire la foule.

Renelde et Marguerite eurent aussitôt la même intuition. Leurs regards se croisèrent. La chance était à leur côté. Elles arrivaient à Paris au moment précis où une manifestation d'importance faisait grand bruit dans le

Marais ! Louise et Marie-Jeanne se trouvaient peut-être dans l'église, au milieu des fidèles. Aussitôt, sans se consulter, elles descendirent de la voiture. Renelde demanda au cocher de patienter et de surveiller les bagages.

— Il ne faut surtout pas se perdre, ma chérie Ouvrons l'œil !

Au même instant, une volée de cloches annonça la fin de la cérémonie, qui durait depuis des heures. Postées de chaque côté du portail, mais à une distance respectable, des gardes les ayant fait reculer, elles assistèrent ainsi à la sortie de l'office. Elles n'étaient pas seules. Le peuple épiait les courtisans aux habits luxueux. Et tandis que défilaient sous leurs yeux ébahis un cortège de gentilshommes cravatés, perruqués, aux chapeaux garnis de plumes et une procession de dames de qualité, mouche au menton, portant manchons et jupes à traîne, sortant dans un bruissement de satin, soie et velours, les deux Flamandes essayaient d'apercevoir les silhouettes connues de deux autres Lilloises.

Surprise par la taille de la paroisse, Renelde commençait à déchanter. Si Marie-Jeanne n'était pas dans l'église, il s'avérerait peut-être très difficile de la retrouver. Et si elle l'était ? En six ans, l'enfant était devenue femme.

La reconnaîtrait-elle au milieu de ces perruques et de ces visages trop fardés ? Elle espérait bien ne passer que la saison froide à Paris, regagner la Flandre dès le printemps, et se repaître des yeux de Grégoire et des câlins de son petit Aurélien.

Marguerite n'avait jamais vu autant de beau monde en si peu de temps. Elle essayait de capter, au passage, des bribes de conversation. Les caquets allaient bon train parmi les laquais et servantes qui patientaient au-dehors. L'éloge funèbre avait été très long, très habile.

— Bourdaloue a eu des élans merveilleux ! s'exclamait-on, avec un certain accent précieux.

On y parlait du début de la cérémonie, troublé par un incident, les princes de sang ayant eu leurs fauteuils réservés, tandis que les évêques n'avaient récolté, eux, que des chaises. On commentait aussi l'effronterie du prédicateur. Il avait annoncé au Grand Condé son inévitable conversion, et rappelé la foi de son père. L'émotion qui se lisait sur le visage du prince n'était certes pas passée inaperçue ! Les ragots parisiens, les commentaires sur l'extravagance de personnages inconnus de Renelde et de Marguerite prenaient du temps et, sur le parvis, on s'éternisait. La sortie dura plus d'une heure. Marguerite commençait à s'impatienter, tandis que Renelde, moins jeune, ressentait davantage les fatigues du voyage. Le pain d'orge, surtout, lui pesait sur l'estomac depuis deux jours. Elle n'en dit mot à Marguerite, mais vraiment, la fille du brasseur lillois préférait cette céréale dans la bière !

— Laissez passer le prince Louis II de Bourbon, laissez passer !

Des hommes armés écartaient les curieux. Renelde recula et trébucha. Une main la retint, celle du Grand Condé.

— Attention, madame.

Son visage anguleux, aux pommettes saillantes, portait le nez long et busqué des Bourbons et des yeux démesurés.

— Il serait dommage d'abîmer de si beaux traits...

Renelde sourit, baissa les paupières, rouge de confusion, esquissa une révérence. Il lui lança un regard ardent, inclina la tête à son tour et se dirigea vers une chaise à porteurs. Elle regarda s'éloigner cet homme petit et maigre, d'une soixantaine d'années, qui semblait avoir des difficultés pour marcher.

« Mon Dieu ! Si Marie était là ! »

Lors d'une tournée à Dijon, le Grand Condé, gouverneur de la ville et amateur de théâtre, était intervenu en leur faveur. Ses comédiens attitrés voyaient d'un mauvais œil l'installation des « saltimbanques », sans protection de la noblesse. En dépit de leurs réticences, le prince les avait accueillis. Marie concevait le vif espoir d'être acceptée dans la troupe du Grand Condé, et de garder ainsi sa fille auprès d'elle, car ces comédiens-là passaient l'été à Dijon et se produisaient pendant l'automne et l'hiver à Paris, ainsi qu'au château de Chantilly.

Renelde croisa le regard fier, la mine réjouie, de Marguerite, postée de l'autre côté, qui avait assisté, ainsi que de nombreux badauds, à la rencontre « princière » de sa mère.

Il y eut encore des rumeurs dans l'assemblée lorsqu'une très élégante dame d'un âge certain, aux yeux bleu vif et aux joues rondes, sortit de l'église en compagnie d'une autre femme, beaucoup plus jeune mais de beauté plus hautaine. Elles étaient précédées par une domestique qui portait leurs missels.

— La marquise de Sévigné et la comtesse de Grignan... murmurait-on autour d'elles.

— Ma bonne, Bourdaloue passe tout ce que l'on a ouï ! déclarait la marquise à sa fille.

Elles conversaient tranquillement, sans se soucier des visages envieux ou admiratifs tournés vers elles. Elles s'éloignèrent à pied, vers leur hôtel de Carnavalet qui voisinait Saint-Louis.

Des cavaliers donnaient le signal du départ à leur escorte. Les brillantes livrées avaient quitté le parvis et les artisans regagné leur atelier. Seuls quelques mendiants s'attardaient, et le cocher de Renelde attendait, placide, de l'autre côté de la rue Saint-Antoine. Marguerite craignait les archers ou les mauvais garçons guettant les femmes seules dans une encoignure.

Elle rejoignit sa petite mère.

Il eût fallu un miracle pour retrouver Marie-Jeanne le premier jour, mais sans se l'avouer, toutes deux étaient extrêmement déçues.

— Nous partons ? demanda Marguerite.

— Nous ne sommes plus à une minute près, entrons un instant, suggéra Renelde.

A l'intérieur, des retardataires discutaient à voix basse, avec des jésuites en bonnet carré. Elles eurent le souffle coupé par la splendeur de la nef et des transepts. Pour la cérémonie, le chœur avait été voilé de noir. Une chapelle bordée de velours était chargée des armoiries des Condé. Les autels étaient inscrustés de marbre, de guirlandes sculptées et portaient des candélabres d'or et d'argent. Nichées, des statues représentaient les saints et les anges.

Sur les pierres blanches se détachait le marbre noir. De superbes toiles de maîtres étaient encadrées de bronze doré. Elles s'agenouillèrent pour prier, avant de quitter cette extraordinaire demeure du Seigneur, se promettant d'y revenir.

« Mon Dieu ! Faites que nous ramenions Marie-Jeanne ! »

Renelde eut soudain la sensation d'être observée. Elle leva les yeux et tourna d'instinct le visage vers la personne qui troublait sa prière. Près d'un confessionnal, la haute silhouette d'un jésuite se détachait dans le contre-jour d'un vitrail. Avant même qu'il ait eu le temps de s'avancer, elle sut qui était cet homme :

— Philippe ! Père Van Elst, se reprit-elle.

— Renelde Van Eyck, et...

Philippe se tourna vers la jeune compagne de Renelde, sans la reconnaître.

— La petite Margot ! dit Marguerite, avec l'air facétieux de son enfance.

— Seigneur !

Ils restèrent de longues secondes, immobiles, silencieux et stupéfaits.

— Vous étiez ici, pour écouter notre père Bourdaloue ?

— Nous venons d'arriver.

— Dommage. Il n'a pas son pareil pour l'éloquence et les conversions, pour rappeler au monde sa vanité et la miséricorde de Dieu.

A leur grand étonnement, ils se parlaient à voix basse, bien entendu, mais sans aucune gêne, avec une familiarité alerte et aisée et une complicité qu'ils n'avaient jamais eues à Lille ; avec une tendresse due sans doute au secret de l'amour qu'avait éprouvé Philippe Van Elst envers la jolie demoiselle Van Eyck, et que Renelde n'ignorait pas. Il se sentait délivré, serein, mais malgré tout, très heureux de la revoir. Elle aussi.

— Voici nos richesses : l'église, ses œuvres d'art, ses cérémonies. Elles sont offertes à Notre-Seigneur et aux chrétiens, qui ont ainsi la possibilité de s'emplir l'âme de ces beautés... Que faites-vous loin de la Flandre, mes chères amies ?

— Nous recherchons une de mes jeunes dentellières, dans le Marais ; vous nous aiderez, Philippe ?

— Avec joie. Vous allez me conter cela. Où logez-vous ?

— J'ai l'adresse de mon neveu, le fils aîné de Nicolas.

— Pierre Van Eyck, n'est-ce pas ? Rue du Roi-de-Sicile ?

— Oui.

— Inutile d'y aller, Renelde. Il n'y habite plus depuis des mois.

— Voilà pourquoi il ne répondait pas aux lettres de mon frère. Mon Dieu ! Mais alors... il doit ignorer la mort de sa mère !

# 23

Renelde et Marguerite abordèrent l'année 1684, place Royale, dans un superbe hôtel particulier, aux chambres lambrissées, aux plafonds peints par Charles Le Brun, à l'escalier dessiné par François Mansart. Logeant d'abord dans une auberge correcte, elles n'eurent pas plus tôt fait de rendre visite à Hortense de Fontenille que celle-ci les installa d'office chez elle, et les accueillit comme des amies, car elles étaient celles de sa chère disparue, Marie Jolival. Prévenue du décès de la tragédienne, Hortense avait préparé Marianne à ne plus revoir sa mère.

Un milieu affectueux entourait l'orpheline, et la petite aimait tendrement sa marraine qui le lui rendait bien. Auprès de la comtesse, Marianne recevait une bonne éducation et ne risquait aucune de ces agressions dont les gens du voyage, surtout ceux du spectacle, excommuniés, étaient les victimes. On les traitait parfois d'animaux farouches, d'infâmes incitateurs à la débauche, sur le sol de leur propre pays. La comtesse la considérait comme l'enfant qu'elle n'avait jamais eu. Veuve assez jeune, bien assez riche pour se suffire à elle-même, et n'étant pas portée outre mesure sur le mariage, elle avait résisté à toutes les pressions d'un entourage désireux de lui faire épouser l'un de ses prétendants.

— Feu mon mari me traitait de « mule indocile ». Il était excessivement jaloux et pudibond. Imagineriez-vous, ma chère, qu'il soit allé jusqu'à lacérer un merveilleux Rubens qu'il jugeait indécent ? Je crois bien avoir oublié jusqu'à son nom. J'ai vite repris le mien, et mes terres !

Renelde fut très émue lorsqu'elle vit arriver près d'elle une charmante enfant habillée d'une longue jupe et d'un corsage, avec une coiffe de même étoffe lui encadrant le front. Elle serrait dans une main le dernier présent de Marie : une bourse de dentelle fine, au ruban céladon, couleur de sa mère. Marianne la pressa aussitôt de lui raconter « maman »... Renelde lui parla longuement de Marie, de ses dernières paroles dirigées vers sa petite fille, et tout l'amour qu'elle emportait avec elle au Ciel ; cet amour qu'elle ne cesserait de lui témoigner de « là-haut »...

En l'écoutant s'exprimer avec tendresse, employer les mots apaisants et procurer de la fierté à l'enfant, Hortense ressentit de la gratitude et une très vive amitié pour la Flamande que lui avait envoyée Marie avant de mourir, ainsi que pour la jeune Marguerite, qui se conduisait déjà en grande sœur vis-à-vis de sa filleule. Dès ce moment, elle mit toute son énergie et sa volonté à les aider dans leur quête. Elle refusa l'argent de Renelde :

— Gardez-le pour le retour. Il file trop vite à Paris. Vous ne tiendriez pas quinze jours.

— J'ai mon carreau, du fil et...

— Allons, allons ! Vous m'offrirez une dentelle lorsque nous nous séparerons. Elle me sera précieuse.

Elle établit un plan d'attaque pour retrouver Marie-Jeanne. Il fallait commencer par les salons.

— C'est la saison mondaine, même si le Marais n'est plus vraiment ce qu'il était il y a encore dix ans. Il faudra questionner beaucoup, de façon à composer une véritable chaîne pour nos recherches. Nous en aurons vite fait le tour, car le Marais perd ses salons et sa verve frondeuse... Enfin... (Elle soupira.) Ensuite, si nous n'avons aucune nouvelle dans notre monde, nous visiterons les couvents et les hospices, tous les lieux où votre amie aurait pu se réfugier, et en dernier, s'il le faut, les abris de miséreux...

C'est ainsi qu'elles arpentèrent les rues du Marais, évitant de prendre un carrosse, quand cela était possible, afin d'avoir plus de chance de croiser la dentellière et d'interroger les petites gens du quartier, cette foule de porteurs d'eau et d'artisans en tablier de cuir, qui vaquaient tôt à leurs ouvrages. Par temps de pluie, elles marchaient sur le haut du pavé pour éviter d'être éclaboussées par les rouliers et les cavaliers. Mais elles rentraient invariablement crottées. Les rues étaient souvent trop étroites et encombrées. Il s'agissait d'être prudents et elles se faisaient accompagner de deux valets de pied, qui dégageaient le passage et écartaient les éventuels gredins. Amsterdam et Lille paraissaient très calmes à Renelde face à l'agitation des rues de Paris. Et encore ne parcouraient-elles que le Marais.

La comtesse s'amusait follement. Habituée à recevoir les denrées à domicile ou à circuler en voiture, elle avait presque oublié la faconde des marchandes d'oublies, de gâteaux, de fromages ou de colifichets.

— Les rues sont moins dangereuses dans notre paroisse, et l'on ne se bat plus en duel sur la place Royale ! dit Hortense, avec une nuance de regret dans la voix. Ah ! C'était une belle époque ! A présent, on construit à l'ouest du Louvre et dans le faubourg Saint-Germain. Nous passons de mode. Mais la vraie vie parisienne reste tout de même concentrée dans les salons de notre bon vieux quartier.

Pendant ce temps, Philippe essayait de retrouver Pierre Van Eyck, dont on n'avait aucune nouvelle. Avec ces énergies rassemblées, Renelde espérait bien être repartie pour Pâques, en compagnie de Marguerite et de Marie-Jeanne, et fêter l'événement en famille.

Dès ce début janvier, grâce à la comtesse de Fontenille, elles eurent leurs entrées dans les salons les plus prisés de cette merveilleuse place Royale qui ressemblait, selon les dires de Marguerite, à celle d'Arras, avec ses maisons identiques et ses arcades.

— La place de la Cajolerie ! leur apprit Hortense.

Ce champ clos aux formes harmonieuses rappelait à

Renelde, avec une pointe de mélancolie, les béguinages de Flandre et de Hollande.

— Oui, sans doute, dit la comtesse avec facétie. Mais la différence, c'est qu'ici, on ne se fait pas oublier. On s'y rencontre et on y brille !

De leurs balcons, elles pouvaient en effet assister à un véritable ballet de façonniers, de courtisanes ou d'envieux. Le matin, la place appartenait aux caquets des servantes et des boutiquiers du « promenoir » : libraires, plumassiers ou marchands de rubans et parfums. Après le dîner, les grandes dames accompagnées d'ingénues à peine sorties du couvent se rendaient visite ; le soir, « les fillettes » et les désœuvrés y cherchaient l'aventure.

Hortense de Fontenille avait une nature joviale et cultivait l'amitié avec application. Elle acceptait les hommages, mais elle savait éloigner les importuns et les pédants. Elle goûtait les charmes des conversations et se passionnait pour tous les courants littéraires. Elle louait la préciosité mais non le galimatias ou les euphémismes de langage. Elle ignorait royalement les médisances des bigotes et la langue venimeuse des commères, mais recueillait l'estime des prudes qui la jugeaient sage. Elle gardait auprès d'elle et de Marianne une gouvernante qui appartenait à la noblesse « de cloche », c'est-à-dire ruinée. Cette baronne, qu'elle avait sauvée de la misère, lui rendait mille petits services.

Hortense approchait de la cinquantaine, mais son long cou, ses yeux brillants et pleins d'esprit, une masse de cheveux châtains réunis en un chignon laissant quelques boucles sur les tempes, ses hautes pommettes saillantes lui conféraient une allure princière. Elle était habillée sans falbalas, avec une élégance à laquelle Renelde était sensible, mais elle adorait les bijoux et les chapeaux.

— Je suis comme les vieilles pierres, j'ai besoin d'ornement, si je ne veux pas ressembler à un débris. Mon chapelier vient de quitter la France, il était huguenot... C'est très contrariant.

La comtesse de Fontenille les fit passer pour des cousines de province. Il s'avérait inutile, voire gênant, qu'elles dévoilassent leurs origines roturières. Le berceau de sa famille se trouvait dans le Forez. Elle y avait ses terres.

— Dès les beaux jours, j'y emmènerai Marianne. Il fait bon vivre au bord du Sornin, près de Charlieu. L'endroit est paisible, loin de la vie tumultueuse et agitée des citadins, loin des vapeurs putrides de la ville en été. Le paysage est ravissant au sud de la Bourgogne. La vie maraîchine n'est plus aussi passionnante... Je vieillis, sans doute. Vous viendrez nous rendre visite, mesdames les grandes voyageuses !

— Vous abandonneriez votre splendide hôtel ?

— Oh ! Mais je suis comme la marquise * ! Je suis locataire en ces lieux, tous mes biens sont en terre. Je ne pourrais m'acheter un hôtel de cette importance. Je suis trop gourmande, voyez-vous !

Elle partit d'un grand éclat de rire devant la mine étonnée de Renelde, et ajouta :

— Marianne est mon héritière. Il est temps pour elle de faire connaissance avec ses biens, avant que je ne devienne moi-même un vieux bâtiment caduc. D'ailleurs, le Marais se vide. Marie vous aurait dit qu'Armande Béjart vit à Meudon, la Champsmeslé à Auteuil. Après avoir fui la campagne pour Paris, le monde s'y retire à nouveau. Même la Cour l'a choisie.

Elle leur prêta de superbes robes colorées, qui tranchaient avec leurs tenues sombres de voyage.

— Les salons, pourtant, me manqueront. Ce sont les seuls lieux où l'on ne doute ni de notre esprit ni de notre âme, à nous autres femmes !

Marguerite entrait pour la première fois dans le grand monde, après s'être assurée qu'elle n'avait aucun ourlet décousu, ni de vilains plis dans sa chevelure. Elle était ravie de connaître ces fameuses « chambres » où voisinaient le raffinement, le goût de la beauté et du « beau parler », car rien de ce qui se passait à Paris n'était ignoré dans les provinces. Les poètes y maniaient madrigaux et

* La marquise de Sévigné.

sonnets, maximes et épigrammes. Le son des violons, les innombrables chandeliers, les feux crépitant dans chaque pièce, les gigantesques lustres de cristal, le bruissement de la soie, les brocarts, les valets en habit de velours et ce babillage sans fin l'amusaient au plus haut point. Hortense avait prévenu Renelde :

— Marguerite est nubile, mais innocente et très jolie. Certes, les libertins sont moins audacieux depuis que notre roi, encouragé par « Sa Solidité » *, devient plus religieux. Mais soyez prudente avec elle. Regardez ces jeunes freluquets, ils passent leur temps à débiter leurs fleurettes dans les ruelles **. Il ne faudrait pas qu'elle se laissât éblouir et abuser par leur babil oiseux.

C'était compter sans la vivacité d'esprit et l'amour de Marguerite envers Adriaan, sans l'éducation reçue de Renelde, qui lui avait appris à ne pas se fier à l'apparence des gens pour juger de leur valeur. Elle repoussait en souriant les avances galantes et assidues de plusieurs éphèbes, qui la berçaient de stances amoureuses, espérant qu'elle se pâmerait à leurs envolées lyriques. Certains lui envoyèrent des vers enflammés. Cet hiver-là, le nombre de « Muguets *** » éconduits grossit singulièrement avec l'arrivée de la jeune Flamande.

Dans cet hôtel, pas un pouce qui ne fût sculpté, peint ou décoré de statues. Les pièces en enfilade, au joli parquet en marqueterie, offraient une ravissante perspective. C'est ainsi que du salon d'apparat, au somptueux décor dû à un sculpteur flamand, Renelde eut la surprise, non pas d'y rencontrer Louise ou Marie-Jeanne, mais d'apercevoir dans le salon de musique un visage osseux, au profil de rapace, qu'elle reconnut aussitôt. Bien qu'il ne quittât pratiquement plus Chantilly, le Grand Condé se déplaçait encore quelques rares fois chez ses amis parisiens, qu'il invitait ensuite dans son domaine. Visites d'adieu, car la goutte et ses autres problèmes de santé

* Sa Solidité : surnom donné à Madame de Maintenon par Louis XIV.

** Partie de la chambre à coucher où les personnes de haut rang recevaient.

*** Jouvenceaux fréquentant les salons.

devenaient de plus en plus pénibles. Assis confortablement dans un fauteuil, il discutait avec un autre gentilhomme de haute naissance. Hortense se divertissait en renseignant sa « cousine » sur les titres et qualités de chaque invité.

— Oh ! Mais je le connais, celui-là ! murmura malicieusement Renelde, l'air mystérieux, lorsque son amie lui eut montré le Grand Condé.

— Comment est-ce possible ?

Elle raconta l'épisode de leur brève rencontre, pour le plaisir d'Hortense.

— Vous ne connaissez tout de même pas son jeune voisin ?

— Non, tout de même pas !

— C'est un autre prince, un Montmorency.

Renelde resta silencieuse quelques instants.

— Pourrait-il être ce Montmorency, seigneur de Moerbeke, en Flandre ?

— Si ce n'est lui, c'est un cousin. Celui-ci est duc de Luxembourg. Quelle que soit leur branche, les Montmorency forment l'une des plus hautes familles du royaume. La mère du Grand Condé était d'ailleurs une Montmorency. Vous voyez, ils sont tous cousins.

Une idée germait dans la tête de Renelde ; si bien que lorsque Hortense ajouta, en plaisantant :

— Pourquoi ne pas aller le lui demander ? D'autant que leurs regards sont dirigés vers vous, ma chère Renelde. Le prince de Condé a l'air de se souvenir de votre entrevue...

Sans hésiter et faisant fi de la bienséance, Renelde s'avança vers eux, légère et sémillante. Hortense la regarda enfreindre les usages, en garda la bouche ouverte de stupéfaction et pensa :

« Elle ne manque pas d'audace, ma petite Flamande ! »

Un peu plus loin, à l'intérieur d'un hôtel de la rue des Tournelles, une voix s'était élevée, merveilleuse, dans le salon ovale aux murs lambrissés d'acajou et décorés de figures allégoriques.

Les invités quittèrent la demeure, rassasiés de plaisir et prêts à répandre le bruit que la marquise Manzenni, sœur de leur hôtesse, avait fait une trouvaille d'importance. Fatigué, le jeune chanteur demanda la permission de se retirer.

Installées sur de vastes fauteuils capitonnés de velours, face à la cheminée, l'humeur folâtre, les deux sœurs bavardaient. Habitant sous le même toit, quelques proches leur tenaient compagnie. Elles étaient excitées par l'enthousiasme général et spéculaient sur l'avenir du protégé de la marquise napolitaine.

— Nos invités étaient conquis, et Dieu sait, ma sœur, que les Français ne partagent pas l'engouement italien ; mais ton « incommodé » chante si « bellissimo » !

L'un des hommes était français.

— Il paraît qu'à Venise, à l'Opéra, vous crachez sur le petit peuple du parterre et qu'il en est content ?

— Oui, il ne réplique que par la vulgarité, lorsqu'il réplique !

Ils rirent.

— Vous savez, on peut être pieux dans la vie et insolent au spectacle, c'est tout le charme de l'Italie, cela ! A Paris, je ne comprends pas, vous allez au théâtre pour suivre la pièce ; il n'y a que vous d'ailleurs qui adoriez les récitatifs ! Nous, nous y allons pour nous visiter, de loge en loge et, pendant les ennuyeuses déclamations, nous mangeons, nous buvons, nous rions, nous soupons, nous badinons et repérons le prochain vainqueur de nos charmes ! Nous vivons !

— Quel pays extravagant que le vôtre ! En France, on est plutôt hostile au commerce des « chapons ».

— Là aussi, vous vous distinguez. Les Français sont vraiment des raisonneurs ! se moqua la marquise Manzenni.

— Cela n'empêche pas d'importer les castrats, et de les applaudir, une fois dans la place, renchérit sa sœur. Ils sont marchandise aussi précieuse que les stradivarius !

Ils ne virent point le jeune enfant se glisser derrière le paravent.

— Ils font la fine bouche, mais Louis XIV en personne

est subjugué. Il ne les chasse pas, et les a fondus dans la messe des chanteurs de la Chapelle royale. Il les tient en grande affection, dit-on, comme ce Bannieri, élevé à ses côtés, ou Atto Melani.

— Pourquoi le garder près de vous ?

— Pietrolino deviendra, je vous l'assure, un sopraniste de l'opéra, plus grand que la plus douée des prima donna ! D'ailleurs, Ferdinand de Médicis désire le rencontrer à Florence. Et puis... (Elle s'arrêta, prit une attitude de chatte paresseuse et sensuelle et ajouta : Puisque nous en sommes aux aveux... Il me fait défaillir, lorsque je l'entends.

— Il a un visage ravissant. Il ne manque pas de charme, sa beauté en est même troublante... S'il reste ainsi, d'ici peu, ton Pietrolino deviendra la coqueluche de toutes ces dames et tu feras des jalouses, ma sœur, parmi les Italiennes en tout cas !

— Justement... (Elle se tortilla et gloussa :) j'espère bien me le réserver.

Ils la regardèrent, dans l'attente de ses confidences, désireux de s'enliser dans un terrain licencieux, l'heure et les circonstances s'y prêtant volontiers.

— Quelle est la femme qui ne rêve point d'une vie amoureuse sans danger ? Il me donnera le plaisir du mariage, sans en courir les risques !

L'enfant écoutait, immobile, pâle, invisible.

— Et quand il sera vieux et adipeux ?

— Il ira à la campagne, à Montreuil, ils y sont tous !

Sa sœur l'interrompit, les yeux rétrécis de jalousie :

— Es-tu sûre qu'il accepte ton lit ?

— J'ai déjà préparé le terrain, et ma foi, Pietrolino ne comprend pas encore très bien ce qui lui arrive, mais il me laisse faire, mes caresses n'ont pas l'air de l'ennuyer. D'ici peu, j'aurai fait son éducation complète, et croyez-moi, il me sera alors pieds et poings liés.

— Mais tout de même, s'il refusait...

Excédée par l'allusion désobligeante de sa sœur, la marquise répondit sèchement :

— S'il me refuse, ma chère, il sera toujours temps de

le vendre... Je connais déjà un *Monsignore* qui en ferait bien son mignon !

Les mains de Pietrolino tremblaient, il sentait les larmes lui monter aux yeux, tandis qu'une colère commençait à se déchaîner en lui. Il avait envie de se jeter sur elle et de la rouer de coups, pour l'empêcher de continuer. Mais la conversation n'était pas achevée, les invités voulaient en savoir plus :

— Etes-vous certaine, ma chère, que ces façonnés puissent...

— Coucher ? Ah ! Soyons précis, puisque vous le désirez... (Elle sourit.) Ces *virtuoso* n'ont rien de commun avec les *eunuco* de harem... On lui a retranché les parties propres à la procréation, ce qui lui supprimera bientôt la mue et la vilaine descente de voix, mais non pas tous les organes extérieurs. Il lui reste le plus important, le plus fier, celui qui vous emporte au paradis !

— Ainsi, il sera un homme normal ? demanda sa sœur, en affichant un air de suprême dédain.

— Certes, il n'aura ni moustache ni barbe, mais au moins n'aurai-je pas la peau irritée par toutes ces pilosités excessives. Il lui en restera là, juste où il faut... N'est-ce pas l'idéal ?

Ils s'esclaffèrent.

— Mais comment font-ils pour cette opération ? questionna l'un des intimes avec une curiosité malsaine que la marquise, éméchée et perverse, se dépêcha de satisfaire.

— Le recruteur connaissait un barbier qui s'en est chargé.

Elle s'installa confortablement pour jouir de l'intérêt qu'elle provoquait par sa science, tandis que ses interlocuteurs l'écoutaient, avec des mimiques affectées :

— Il lui a fait absorber un breuvage, pour le calmer. Certains compressent les carotides, pour interrompre momentanément la circulation, mais lui n'aime pas, car il y a trop de décès par ce moyen. Il l'a plongé dans un bain d'eau glacée pour l'empêcher de trop saigner. Ensuite, il ne restait plus qu'à inciser l'aine ; à retirer les testicules et à couper le tout au couteau...

— Ah... !

La sœur de la marquise Manzenni porta le mouchoir à ses lèvres, faisant mine d'être malade.

— Et voilà, le tour est joué. C'est ainsi que l'on fabrique les anges, ce n'est pas plus difficile que cela... Et Pietro est devenu Pietrolino...

— L'enfant était consentant ?

— Pensez donc ! Son père lui a dit qu'il avait une hernie et qu'il fallait opérer d'urgence ! Après avoir pris mon argent, bien sûr ! ajouta-t-elle avec une grimace méprisante. Ces petites gens sont prêts à tout pour sortir de leur misérable condition.

Ils éclatèrent d'un rire bruyant, qui couvrit le cri d'horreur qui s'élevait...

Quand ils l'entendirent, Pietrolino était loin. Aveuglé par une atroce douleur, il s'était précipité au-dehors, nauséeux et chancelant, droit devant lui, loin de ces êtres répugnants. Et c'étaient maintenant les murs de la rue qui vacillaient sous les cris de détresse du jeune chanteur florentin.

Renelde, Marguerite et Hortense sortaient tranquillement du bel hôtel particulier. Il pleuvait sans trêve cette nuit-là, mais bien enveloppées de leur manteau à capuchon, elles n'avaient qu'à rejoindre leurs appartements, situés de l'autre côté de la place Royale. Un valet de pied de la comtesse de Fontenille les précédait, portant la lanterne.

Elles croisèrent quelques rares passants, qui se hâtaient sous une pluie impitoyable, un couple tendrement enlacé et deux femmes seules, au parfum sauvage, cachant les derniers flots de sensualité des libertines du Marais sous leurs masques ; ombres furtives que l'on aurait crues sorties d'un rêve, et que seuls leurs pas résonnant sur les pavés rendaient réelles. La première fois qu'elle avait vu les masques portés au-dehors — pratique encore fréquente —, Marguerite s'était exclamée :

— Mais c'est tous les jours Carnaval, à Paris !

Elle avait hâte de tout voir, assoiffée de vie, retrouvant son âme d'enfant des faubourgs de Lille.

Au croisement d'une des entrées de la place, Renelde se cogna violemment contre un jeune homme qui allait se réfugier sous une voûte. Il trébucha, s'étala de tout son long.

— Oh ! Pardonnez-moi ! s'écria Renelde.

Mais il ne se relevait pas. Les habits dégoulinants, sale, il sanglotait sauvagement, le visage contre le sol glacé et humide. Aidées par le laquais, elles le relevèrent avec inquiétude.

— C'est un enfant ! s'exclama Hortense.

Sans cape ni vêtement chaud, l'inconnu avait l'allure d'un éphèbe, mais le visage d'un garçonnet. Il haletait, respirait avec difficulté. Sa chevelure noire ruisselait. En dépit de ses lèvres bleuies par le froid, de ses yeux sombres remplis de larmes, injectés de sang, et de son teint livide, Renelde le reconnut.

Une beauté pareille ne se rencontrait que trop rarement. Ce visage, on ne l'oubliait pas...

— Pietrolino !... murmura Renelde, Pietrolino !

Le Ciel l'avait remis sur son chemin. Qu'il ait fugué ou non, elle ne se sentait pas le droit de l'abandonner dans cet état. Bien que Renelde ne lui en ait pas encore parlé, la comtesse comprit aussitôt.

— Emmenons-le chez moi.

Le jeune chanteur se laissa faire, grelottant, ne sachant plus où aller depuis deux heures qu'il déambulait dans la pluie et le désespoir. Il lui avait semblé reconnaître ce regard bienveillant penché sur lui. Où l'avait-il croisé ? Peu importait, il pouvait bien mourir...

Dans la cour, Hortense appela deux serviteurs qui s'empressèrent de les aider, car l'enfant s'était évanoui. Le rez-de-chaussée était essentiellement réservé aux différents services : cuisines, écurie, remise. Ils le montèrent dans une chambre dont le feu dans la cheminée était allumé en permanence, pour toute visite inopinée. C'était l'une des nombreuses qualités de la comtesse.

— Il faut le changer.

Une jeune servante apporta une chemise de nuit et s'apprêtait à s'en occuper, lorsque Renelde s'interposa.

— Non, mademoiselle, je reste près de lui.

Elle s'adressa à Hortense et à Marguerite :

— Allez toutes deux vous changer, vous êtes trempées jusqu'aux os.

Il semblait à Renelde qu'il était de son devoir de le soigner, mais elle n'aurait pu en donner la raison.

— Ma chérie, dit-elle à sa fille, tu en profiteras pour raconter à notre amie dans quelles circonstances nous avons vu et entendu ce jeune chanteur florentin.

— Nous vous attendons, Renelde, avec une bonne tisane !

Elles sortirent bras dessus, bras dessous.

A demi-inconscient, les paupières fermées, Pietrolino sentait sa colère et son désespoir ployer sous un tiède délire. Elle le regarda quelques instants.

« Mon Dieu ! Que lui est-il donc arrivé, à ce malheureux enfant ? »

Elle lui ôta sa chemise blanche. Avec la pluie pénétrante, elle lui collait à la peau. Elle lui frotta la poitrine avec une serviette chaude ; puis elle retira sa culotte afin de le sécher entièrement, avant de lui remettre du linge propre et sec et de le border dans le lit.

Une fois changée, tandis que Marguerite lui contait avec volubilité leur passage à Anvers, le facteur de clavecin et la voix incomparable du jeune chanteur florentin, Hortense crut entendre un son strident.

— Qu'avez-vous ? demanda Marguerite, devant son air singulier.

— Non, rien...

Mais Renelde ne revenait pas.

— Montons la tisane, suggéra la jeune fille.

— Non, allez vous coucher, Marguerite. Il est tard et nous avons un programme chargé en visites, demain. Je m'en occupe.

La jeune fille l'embrassa et se retira.

« Il se passe quelque chose d'étrange », se disait la comtesse de Fontenille, la main posée sur l'élégante rampe en fer forgé de l'escalier qui la séparait du second étage et de la chambre du petit prodige.

L'enfant reposait, à demi nu. Pétrifiée, les yeux agrandis par l'horreur et rivés sur le corps atrocement mutilé, Renelde s'était mise à trembler. Soudain, elle se redressa, se tourna vers Hortense, lui saisit le bras et lui cria, d'une voix étranglée :

— Pourquoi, Hortense ? Pourquoi ?

Sans argent, méprisé, acculé à la mendicité, Adriaan était venu chercher refuge au temple de Charenton.

Il avait failli se faire surprendre dans le Marais, par Marguerite et par Renelde. Il ne désirait ni se montrer ni les gêner. Lui, le protestant, le Hollandais, le boiteux, l'enfant méprisable, prisonnier de l'indicible...

Comment aurait-il expliqué cette conduite saugrenue qui l'avait mené d'Amsterdam à Paris, à leur suite ?

A Lille, il avait failli rebrousser chemin, se jugeant d'autant plus grotesque et sot que Renelde et Marguerite semblaient en bonnes mains, Gabriel Braems les ayant rejointes. Marguerite l'avait sans doute oublié. De toute façon, elle était si jeune, et lui si honteux de ce secret qui l'emprisonnait. Il ne lui avait pas été difficile de retrouver la mémoire, au-delà des fenêtres sans rideaux d'un certain quartier d'Amsterdam où l'intimité s'exhibait avec provocation, avec une violence dissimulée sous un masque affriolant. Ce qu'il y avait découvert était terrible, beaucoup plus qu'il ne l'avait appréhendé. Il ne l'avouerait jamais. Mais en même temps, un formidable instinct amoureux le poussait vers la jeune fille.

M. Braems n'avait pas sauvé Marguerite. Lui était intervenu. Il l'avait enlevée des mains répugnantes de l'ivrogne prêt à abuser de son innocence. C'était un signe du Ciel. A partir de cet instant, il n'avait cessé de les suivre, de les protéger. Aucune puissance, aucun souvenir douloureux et avilissant n'aurait pu le détourner de cette mission qu'il s'était assignée. Quand il avait senti le corps de Marguerite contre sa poitrine, son cœur avait débordé d'amour. Une sensation qu'il n'oublierait pas. Mais aujourd'hui, il était au bord de l'abîme.

A la fin du sermon, le pasteur Claude, qui était un homme de bien, s'entretint avec un étranger d'une trentaine d'années, un Hollandais vêtu d'étoffes soyeuses. Adriaan priait. Des larmes coulaient le long de ses joues. Il ne voyait pas que les regards de l'homme et du pasteur convergeaient vers lui, que le Hollandais l'observait, séduit par l'expression noble et naïve d'Adriaan, le mélange de timidité et d'exaltation qui se dégageait de son être...

# 24

Le Marais était en liesse. Une foule bigarrée et allègre se pressait aux abords de la porte Saint-Antoine pour voir les masques tressautant, descendus de la Courtille pour le carnaval.

Mais Renelde était révoltée. On osait créer des voix sublimes, célestes, en plongeant des innocents dans l'enfer, par le biais d'une mutilation épouvantable. Rien au monde pour elle, aucune prétendue « bonne cause » ne justifiait la souffrance. Il lui paraissait impensable qu'une région si raffinée — l'Italie, qu'elle admirait tant — puisse infliger cette humiliation à de jeunes enfants. Elle décida de s'en ouvrir à Philippe, qui était son directeur de conscience lorsqu'elle vivait à Lille. Hortense l'accompagna.

Lorsque le jésuite avoua que cette pratique provenait de la chapelle Sixtine, elle épancha sa colère sur son malheureux ami.

— L'Eglise condamne la castration mais fabrique des castrats !

— Disons qu'elle les accueille.

— Par charité ? demanda Renelde avec cynisme.

Décontenancé par ce ton peu affable, il déclara :

— Sa Sainteté Clément VIII autorisa la castration pour... la gloire de Dieu.

— Oh ! Philippe, ce n'est pas possible !

Un silence gêné s'ensuivit.

— En France, balbutia-t-il enfin, Lulli refuse ce... cette...

— ... barbarie, acheva Renelde, excédée. Et il a raison.

La comtesse l'apostropha à son tour :

— Tout de même, mon père, notre pape actuel, Innocent XI, encourage la venue des castrats dans ses Etats !

Les épaules recroquevillées, avec l'air contraint de celui qui recueille tous les péchés du monde, Philippe recevait à présent une attaque en règle. Il ne put émettre qu'un faible :

— Comment ?

— Voyons, mon père ! Il ne se contente pas de condamner les vêtements à la... française, il interdit aux femmes de monter sur scène, si bien qu'on lui amène tout naturellement de jeunes eunuques pour les remplacer.

Acculé à la honte, il répondit de façon cinglante, dans un souci de clore la discussion déconcertante :

— Sa Sainteté se réfère à la parole de Paul : « Comme dans toutes les Eglises des saints, que les femmes se taisent dans les assemblées, car il ne leur est pas permis de prendre la parole. »

— Dieu m'est témoin, ce n'est pas encore aujourd'hui qu'on m'empêchera de m'exprimer, mon père, et je vous salue bien. Venez-vous, Renelde ?

— A l'instant, Hortense, je vous suis.

Elle le fixa droit dans les yeux et murmura avec une douceur démentie par un regard désapprobateur :

— Philippe, mon ami, vous ne croyez pas à cela, j'en suis sûre.

Elle le laissa la mine déconfite et rejoignit la comtesse.

Les élégantes se fondaient dans la valetaille qui envahissait le Marais en ce jour de Carême-Prenant *. Les camelots s'égosillaient avec ostentation, au milieu d'un véritable déferlement humain. Il y avait autant d'embarras rue Saint-Antoine que lors de leur arrivée en

* Mardi-Gras.

décembre, mais Renelde ne s'en souciait guère. Elle s'entretenait avec Hortense de Pietrolino et de l'avenir de l'enfant.

Elles poursuivirent leur discussion, confortablement installées dans les fauteuils encadrant la grande cheminée, dans l'atmosphère chaleureuse d'une chambre aux rideaux de taffetas bleu pervenche. Le jeune garçon s'était muré une semaine entière dans une carapace de silence. Cependant, peu à peu, Renelde l'apprivoisait. Il n'acceptait la nourriture et les soins de personne d'autre, et ne parlait pas. Au bout de huit jours, enfin, il hurla, en français, avec un fort accent italien :

— Je tuerai mon père !

— Oh ! Pietrolino, je t'en prie, calme-toi.

Elle le prit dans ses bras. Il se débattit d'abord avec violence, puis brusquement il fondit en larmes et, comme un tout petit, il se laissa bercer par cette douce maman qui lui tombait du ciel. A partir de cet instant, il commença à se confier. Il s'exprimait en un mauvais français, mais se faisait comprendre.

— Comment se porte-t-il, ce matin ? s'enquit Renelde, auprès de sa fille qui avait tenu compagnie au jeune Florentin.

— Il parle de plus en plus. Mais il reste si triste... déplora Marguerite. Ce n'est pas juste, petite mère ! Cette « méthode » pour garder un don m'inspire de la répulsion !

La comtesse n'en ignorait rien. Elle avait eu l'occasion d'entendre un castré lors d'une réception chez Ninon de Lenclos *. La voix du chanteur lui avait paru étrangement belle.

— Sur la péninsule italienne, l'opération se pratique partout, mais chaque province accuse sa voisine. Ni Bologne ni Milan ou Florence ne s'en glorifient.

— Oh ! Je hais cette marquise ! s'exclama Marguerite. Elle est napolitaine, n'est-ce pas ? Chez elle, c'est pareil ?

— Pire. Le royaume de Naples tolère que tout paysan ayant au moins quatre fils en fasse castrer un, pour la

* Courtisane célèbre.

gloire de l'Eglise ! On promet au père un avenir brillant pour l'enfant, avec de bonnes et substantielles retombées pour la famille entière.

— C'est horrible.

— La misère est horrible, intervint Renelde. Mais ce qui est sans excuse est l'attitude de ces gens qui en profitent ; de cette femme qui abuse de l'innocence.

— Elle fait honte à notre classe, affirma Hortense.

— Elle fait honte aux humains, nobles ou roturiers, rectifia Marguerite, confuse de son audace. Excusez-moi, Hortense...

— Non, Marguerite, c'est moi qui vous demande pardon. Vous avez raison. Le plus humble peut être le plus grand. Le sang bleu peut être empoisonné, et la noblesse se loge dans le cœur. Vous me l'apprenez tous les jours.

— Vous nous manquerez, Hortense.

Un instant, elles échangèrent des regards pleins de tendresse.

— Que faire de ce pauvre enfant ? murmura Renelde.

— J'ai bien une idée, mais je viens sans doute de la compromettre en me fâchant avec votre ami jésuite.

La petite servante fit irruption dans le salon et annonça :

— Madame la comtesse, le père Van Elst souhaiterait être reçu...

Interdite, Hortense resta bouche bée. Renelde et Marguerite éclatèrent de rire.

Philippe n'avait pas tardé à les suivre. Il se confondit en excuses et réhabilita saint Paul en le citant :

— « Hommes, femmes, tous vous ne faites qu'un dans le Christ Jésus. »

Hortense exprima ses regrets pour le ton irrévérencieux qu'elle avait employé à son égard.

— Je suis venu afin d'aider votre jeune protégé.

— J'en étais sûre, mon père, s'exclama Hortense... La maîtrise et les chœurs de la Maison professe, n'est-ce pas ?

— Cela même, comtesse !

— Est-il possible d'être mises dans la confidence ? demanda Renelde, en lançant une œillade à Marguerite.

— Pardonnez-moi, dit Philippe en souriant : Je connais le nouveau maître de chapelle des Grands-Jésuites. Marc-Antoine Charpentier, c'est son nom, a été formé à l'école italienne de Rome. Il a lui-même une voix de haute-contre et se joint souvent aux musiciens. Il devrait accepter l'enfant dans les chœurs.

Renelde tourna un visage interrogateur vers son amie.

— Qu'en pensez-vous, Hortense ?

— Que du bien ! Je l'ai rencontré chez Mademoiselle de Guise. Il y compose pour ses musiciens. Le privilège exclusif de Lulli pour l'opéra a entravé sa carrière, mais il n'a pas son pareil pour la musique sacrée. Lulli ne veut pas entendre parler des castrats, tandis que Charpentier est ouvert à tous les styles. Ce qui ne signifie pas qu'il apprécie ce genre d'opération. Mais il aime les Italiens. Je l'ai entendu au Palais-Royal, avec Marie, lorsqu'il a remplacé Lulli auprès de Molière, pour *le Malade imaginaire*. Il continue de travailler aujourd'hui pour le Théâtre Français. Il a aussi écrit des motets pour les offices de Monseigneur *. Il aimera Pietrolino.

Renelde soupira.

— Souhaitons-le !

— Vous prendrez bien un chocolat en notre compagnie, mon père ?

— Non, merci.

— Que ce « non » comporte de regrets ! Ne refusez pas aujourd'hui ! C'est jour gras, et je croirai que vous êtes toujours fâché contre moi !

— Alors, j'accepte avec plaisir. Cette nouvelle boisson est un trop délicieux péché !

— Si j'organisais encore des bals chez moi, je vous aurais invité ce soir, mon père !

— Pourquoi avoir arrêté, Hortense ? demanda Marguerite, le cœur palpitant, à l'évocation des danses.

— Trop de masques y firent irruption et abusèrent de

* Louis de France, unique enfant issu du mariage de Louis XIV et de Marie-Thérèse.

mon hospitalité. On s'y est battu à l'épée. Les lendemains sont pénibles. Et puis, j'ai la garde de Marianne. Elle est trop jeune pour encourir le moindre risque. Mais nombre d'hôtels en organisent. Renelde, il ne faut rien négliger pour votre dentellière. Y emmenons-nous Marguerite, ce soir ?

— Pour une fois, allez-y toutes les deux. Ma fille saura reconnaître Louise ou Marie-Jeanne. Je reste avec Marianne et Pietro. Je n'ai pas l'habitude des soirées nocturnes ; et avec notre sortie, la nuit dernière, à la foire Saint-Germain, je vous avoue que je me sens rompue.

Philippe semblait surpris ; la comtesse le rassura :

— Nous étions en carrosse à la foire, mon père, pour rechercher Marie-Jeanne. Nous ne nous sommes mêlées ni aux loteries ni aux galants.

— C'était féerique ! s'exclama Marguerite, le visage radieux. Des milliers de chandelles illuminaient la rue de la Lingerie, celle de l'Orfèvrerie, et toutes les autres ! Le long des allées, des baladins jouaient de petits opéras comiques !

— Soyez prudentes, suggéra Philippe. Aujourd'hui, les miséreux sortent des taudis et des cours des miracles. Je ne voudrais pas perdre les amies que je viens de retrouver ! Mais à propos de spectacle, permettez-moi de me retirer, car le collège Louis-le-Grand en présente un. Je compte y glaner quelques renseignements concernant votre neveu, Renelde, et j'y rencontrerai certainement Marc-Antoine Charpentier. Il en a composé la musique.

C'est ainsi qu'ils réussirent à placer Pietrolino dans les chœurs de l'église Saint-Louis. Sous la protection des jésuites, il échappait aux poursuites éventuelles de la marquise Manzenni, qui ne pourrait le réclamer comme son bien.

Hortense lui offrit le linge. Renelde s'assura qu'il y recevait une bonne nourriture et une bonne éducation. Les élèves apprenaient le latin, la musique et la grammaire. Le travail était lourd, la discipline stricte, mais ils étaient traités avec bonté. Elle alla fréquemment l'entendre. Depuis matines jusqu'aux complies, les enfants participaient aux messes, vêpres, processions, Ténèbres, baptêmes ou mariages, quand il ne s'agissait pas du *Te Deum* ou d'une réception. Cette situation honorable constituait le salut de Pietrolino. Mais hormis de rares visites autorisées dans la chambre des Maîtres, Renelde n'avait plus de contact avec lui. Sa sensibilité laissait subodorer que la force de son amour aurait eu raison de la haine qu'il avait vouée à son père. Elle regrettait de n'avoir eu le temps de la lui ôter du cœur.

Pourtant, chacun des sourires de Renelde, aux offices, agissait comme une caresse et représentait pour l'enfant le meilleur remède contre la rancune. Le jeune Florentin, qui avait oublié Dieu, renaissait à la foi, grâce à l'affection de la belle Flamande.

Un matin de février, portées par les sonorités de l'orgue, les pensées de Renelde s'évadaient vers Aurélien et Grégoire. Ils lui manquaient. Elle recevait avec une incroyable régularité des nouvelles d'Anvers. Dorloté par Marieke et les cousines, le petit se portait à merveille. En revanche, un message était arrivé de Gabriel Braems, rentré en Hollande. On avait craint pour la vie de Grégoire, atteint subitement par un mauvais accès de fièvre et que l'on avait trouvé évanoui au bas de l'escalier de la librairie. Dieu l'avait épargné, et les Braems l'avaient emmené se reposer à la campagne. Il était guéri.

La dernière lettre de Grégoire taisait cet épisode douloureux. Sans doute ne désirait-il pas l'importuner dans ses recherches... Ses recherches ! Deux mois s'étaient écoulés depuis leur arrivée à Paris. Aucune nouvelle de la dentellière. Hortense affirmait qu'elles n'avaient pas encore épuisé toutes les ressources du Marais, aussi Renelde gardait-elle espoir.

Et puis, elle savourait ses deux premières victoires : Pietrolino dans les chœurs et la grâce de Grégoire. Elle avait foi en sa bonne étoile. Oui, elle retrouverait Marie-Jeanne ! Elle se sentait encore tout émue au souvenir du Grand Condé intercédant en sa faveur auprès du duc de

Montmorency. Il lui avait lancé son regard de braise et l'avait présentée comme l'une de ses chères amies. Elle n'avait eu besoin de s'abaisser à aucune compromission, mais elle désirait taire les compliments de ce haut personnage du royaume. Il n'y avait pas grand mal. Juste une petite coquetterie. Aussi avait-elle écrit à Tis'je, en le priant de garder secrète l'origine de la grâce de son mari. En ce jour, Grégoire devait avoir eu connaissance de la missive des Montmorency, envoyée à Moerbeke. Après sa récente maladie, Renelde craignait qu'il ne se mette aussitôt en route. Le froid était intense. A Lille — avait-elle appris par Chavatte, qui lui écrivait —, des femmes et des enfants étaient tombés dans la glace des canaux. Les troupes, elles, ravageaient la Flandre espagnole.

Gracieux dans son aube blanche, Pietrolino se leva de son banc et se dirigea vers l'estrade qui attendait les solistes. Il tenait un gros livre entre les mains. Les joues rosies par l'émotion, le visage séraphique éclairé par un rayon de soleil perçant au travers d'un vitrail, il commença à chanter.

Sa voix s'éleva, cristalline, de plus en plus sonore, emplissant les voûtes, couvrant plusieurs octaves. Elle surpassait en clarté celle des autres enfants de chœur, des dessus-mués, des hautes-contres, basses-contres et autres clercs. Il reprenait son souffle sans aucun effort. Il ferma les yeux, comme en extase. Lorsqu'il les ouvrit, le visage de Renelde ruisselait de larmes. C'est alors qu'une rumeur curieuse parcourut la longue nef. Elle se retourna.

Les fidèles pleuraient, reniflaient. Pietrolino s'arrêta de chanter, sur un signe du maestro.

— Qu'avez-vous, maître ?

— Un instant, petit, je pleure.

Un épais silence traversa l'assemblée.

Lorsque l'enfant reprit son chant, chacun réprima l'envie d'applaudir le prodige qui leur procurait une parcelle divine, avec sa voix de rossignol. La poitrine serrée,

Renelde songeait aux pinsons, dont on crève les yeux pour qu'ils chantent mieux.

Au-dehors, une silhouette s'était glissée près du portail. Adriaan n'osait entrer. Il écoutait, attentif, ému...

Les Braems jugeaient qu'il était folie de prendre la route par un temps pareil. Mais Grégoire avait objecté que mars pointait son nez, et qu'il ne laisserait pas un printemps s'écouler loin des siens. Il avait été assez fou pour douter de Renelde. Elle l'aimait suffisamment pour ne pas avoir craint leur séparation et elle lui avait donné, là, la preuve de sa confiance.

Une nouvelle avait tiré Grégoire de son abattement : le message tant attendu de Tis'je. Le brave colporteur ne l'avait pas oublié. Mieux ! Depuis quinze ans, sa ferme était confiée à la responsabilité et aux bons soins de Jehan Van Abeele, son vieil et fidèle ami. Sa grâce était arrivée de l'hôtel particulier des Montmorency, situé à Paris. Les Seigneurs de son village lui redonnaient l'honneur et les terres. Il ignorait comment ce miracle s'était produit, mais Tis'je s'était débrouillé d'une façon magistrale !

Grégoire était un bon cavalier. La fin de son bannissement semblait avoir fait pousser des ailes à son cheval. Il prenait enfin conscience à quel point sa Flandre lui manquait depuis son exil.

Dans le ciel, l'aquilon laissait place au zéphir, des canards et des oies sauvages remontaient vers le nord. Les labours de mars allaient commencer. Les clochettes de perce-neige tapissaient son chemin. « Dans ma campagne, songeait-il, c'est l'époque de la feuillaison du chèvrefeuille et de l'aubépine. Je serai à Moerbeke pour voir fleurir les narcisses, les anémones et les violettes ! »

Le cri d'un oiseau, l'odeur de la terre mouillée, le bruissement du vent, le chant d'une source, les nuages aux couleurs diaphanes éveillaient des souvenirs lointains qui surgissaient des ténèbres de l'oubli. Ses tendres années faites de travail agreste et de bouillie de lait battu pour principale nourriture brillaient dans ses yeux bleu pâle. Il reverdissait comme la nature.

En entrant dans le Brabant, il sentit une joie l'inonder. Il se rapprochait de son fils et de cette cité qui avait vu naître le premier journal au monde.

Dès son arrivée dans la ville d'Anvers, il s'arrêta à l'imprimerie Plantin-Moretus, à l'enseigne du Compas d'or, et pénétra dans la cour intérieure. Agrandie par les descendants de Christophe Plantin, elle suscita aussitôt son admiration. On lui fit visiter très courtoisement la salle des dessins et des manuscrits, la fonderie des caractères, l'imprimerie avec ses presses. A la lumière des petits carreaux sertis de plomb des fenêtres de leur chambre, les correcteurs s'affairaient. Dans la spacieuse bibliothèque, émerveillé comme un enfant, il découvrit la *Biblia Polyglotta* exécutée par Plantin, et la fameuse Bible de Gutenberg, qu'il avait achetée. Sur les murs, il admira d'innombrables portraits de famille, peints par Rubens, grand ami de Balthazar Moretus.

Grégoire demeura deux heures dans le bureau de l'actuel propriétaire des lieux. Il lui exposa son projet, longuement mûri durant ses mois de solitude. Quand il en sortit, Moretus lui tendit une main franche et cordiale, et lui offrit une collation, afin de sceller leur future collaboration.

Assis près du maître, Aurélien l'écoutait avec ferveur et suivait avec la plus grande attention le ballet de ses mains sur le clavecin. Au milieu de ces immenses boîtes magiques, l'enfant oubliait l'absence de sa mère.

Soudain, une ombre se faufila derrière eux. Maître Van De Wilde tourna légèrement le visage vers l'étranger qui lui fit un signe discret, tout en s'adressant à Aurélien, d'une voix chaude et sonore :

— Lequel de ces instruments me conseillerais-tu de choisir, mon garçon ?

— Oh ! Celui-ci, monsieur. Ce clavecin s'appelle « La

belle Flamande », répondit Aurélien, en se retournant vers le client, à cause de ma mère...

Ses joues devinrent cramoisies de joie. Il sauta dans les bras de Grégoire. Et tandis que ses petites mains lui tapotaient le visage, pour être bien sûr qu'il ne se trompait pas, l'enfant riait en criant :

— Papa, papa !

# 25

— Comprenez-vous, Renelde, pourquoi je désire quitter Paris avant d'être atteinte par les incommodités de l'âge ?

Hortense de Fontenille n'attendit pas la réponse. Elle poursuivit, en souriant :

— Afin de ne pas ressembler à ces caillettes * du Marais, aux reparties venimeuses. Pour un peu, ce genre de salon-ci me ferait approuver les paroles de certaines têtes bien-pensantes qui affirment que nos fibres du cerveau, à nous autres femmes, sont trop délicates pour que nous soyons fortes en jugement et aux choses de l'esprit !

Derrière elles se refermait le portail à ferrures et heurtoir de bronze de l'un des innombrables hôtels particuliers du Marais. En ce mois de mars 1684, que de chambres d'apparat aux boiseries sculptées avaient-elles visitées toutes deux, en quête de Marie-Jeanne ! Les premiers enthousiasmes s'étaient évanouis, et Marguerite ne courait plus les salons à leur suite. Depuis qu'on l'avait apostrophée ouvertement en se moquant du « pays de marchands et de kermesses » dont elle sortait, la jeune Flamande se plaisait mieux en la compagnie de Marianne et de la baronne, la gouvernante.

— Ces « perruqués » imbéciles et flagorneurs sentent le mauvais parfum, avait-elle confié à sa petite mère. Quant aux « poudrées » méprisantes et concupiscentes,

* Personne bavarde, qui parle à tort et à travers.

elles paradent et manient l'éventail comme un poignard. Elles sont sans intérêt. Agatha est plus instruite, et cependant moins pédante.

— Les Hollandaises me paraissent mieux protégées par les lois. Elles n'ont nul besoin de faux-fuyants, et peuvent se permettre d'être franches, en toute sécurité.

— Peut-être...

Mais le jugement de Marguerite était définitif, et Renelde, à cette l'heure, le partageait.

Pour cause d'austérité de Carême, les prudes ne recevaient guère. Seules les coquettes aux décolletés profonds et les commères à l'incorrigible caquet n'hésitaient pas à enfreindre les interdictions, s'en remettant à leur lointaine vieillesse pour se raccommoder avec l'Eglise et le Seigneur. Les discussions philosophiques avaient donc laissé la place au badinage, aux billets galants.

— Il ne doit pas être plaisant de se voir l'objet d'un de leurs fameux « portraits * » ! remarqua Renelde. Y avait-il une seule honnête femme dans cette assemblée-ci ?

— Les honnêtes femmes ne se font pas remarquer, répondit Hortense.

— Croyez-vous que Marie-Jeanne puisse s'y compromettre ?

— Je ne connais pas votre protégée, mais il nous faut tout envisager, et cette Louise qui l'a emmenée à Paris ne m'inspire aucune confiance.

Renelde émit un soupir. Elle n'osait s'avouer les effritements de sa belle assurance. La comtesse poursuivit :

— Aussi hasardeuses soient-elles, vos recherches, ma chère, me rendent un immense service. J'ai aimé cette ville plus que vous ne l'imaginez. Je m'y suis beaucoup amusée. Mais lorsque je partirai à la campagne, je ne regretterai rien. Je ne me sens à l'aise ni dans cette nouvelle bouffée de rigueur qui souffle depuis peu sur Versailles et se répand dans le Marais, ni dans ces salons où s'étourdissent les fausses Précieuses, ridiculisées par Molière. Les vraies, elles, quittent les ruelles pour les cou-

* Mode lancée par la Grande Mademoiselle, cousine du roi.

vents, ou disparaissent de ce bas monde et avec elles, leurs belles idées de justice entre nos deux sexes et de droit au savoir pour les femmes. Peut-être n'ont-elles pas fait assez d'enfants pour les leur transmettre ?

Renelde ébaucha un sourire à l'adresse d'Hortense. Grâce à sa nature généreuse, elle retrouvait une amitié semblable à celle qui l'avait liée à Marie Jolival, la tragédienne.

« La vraie liberté, affirmait Marie, se trouve davantage dans les salons, en dehors du milieu des courtisans, loin des flagorneurs et parmi ces femmes intelligentes affranchies des préjugés. Mais Dieu nous poursuit, et avec l'âge, les prudes gagnent du terrain. »

— Molière s'est opposé aux Précieuses, dit Renelde, et pourtant, Marie l'aimait...

— Il a critiqué leurs excès, les euphémismes de leur langage, la mode des portraits, des madrigaux, des énigmes... (Hortense eut un sourire délicieux et attendri.) S'il se gaussait de notre désir d'émancipation, c'est qu'il avait peur lui aussi de nous voir quitter le ménage pour l'instruction... Toutefois, la préciosité a joué un rôle contre la vulgarité, pour l'incomparable langue française, parlée dans toutes les cours d'Europe et chantée par les poètes. Quant à Molière, nous avons suivi, Marie et moi, ce grand homme, avec une centaine de personnes, de nuit, au cimetière des fous.

De santé robuste et de tempérament heureux, elle portait une fraîcheur que la Flamande admirait, dans l'ignorance de son propre éclat. Faisant fi de la mode, Hortense, comme Renelde, aimait les ablutions. Peut-être était-ce le secret de la jouvence qu'elles exhalaient sur leur sillage et qui faisait se retourner gentilshommes ou damoiseaux...

Elles avaient visité nombre de couvents, comme celui de la Visitation, fondé par la grand-mère de la marquise de Sévigné : sainte Jeanne de Chantal.

— La plus célèbre visitandine fut Mademoiselle de La Fayette, qui s'y enferma pour fuir les ardeurs de Louis XIII, lui confia Hortense à mi-voix, tandis qu'elles suivaient une religieuse dans les superbes jardins et le cloître. Renelde aimait l'entendre conter son quartier, l'histoire de ces femmes liées aux rois de France et qui hier encore lui étaient totalement inconnues.

Elles allèrent aux Hospitalières de la place Royale. Cette Charité Notre-Dame hébergeait des jeunes filles vertueuses, malades ou sans ressources, qui avaient droit, grâce à leur honnêteté, à un lit entier. Marie-Jeanne ne s'y trouvait point. Elles se dirigèrent ensuite vers les « Filles bleues » ; puis les « filles de Saint-Paul », spécialisées dans les travaux d'aiguille pour les orphelines ; le couvent de Sainte-Pélagie, qui recueillait les femmes débauchées ; les religieuses de Saint-Sauveur ; les Madelonnettes, qui rencontraient de graves problèmes avec leurs repenties ; les sœurs de Sainte-Marthe, qui portaient un voile noir sur le visage et offraient une réhabilitation à leurs pensionnaires venues parfois sous la contrainte. Marie-Jeanne restait introuvable.

Il y en avait d'autres encore : les Hospitalières Saint-Gervais, le couvent des Capucines, des Filles de la Croix. Il s'avéra inutile d'aller au couvent des Nouvelles Catholiques du faubourg Saint-Antoine : on y éduquait de jeunes protestantes enlevées à leurs familles.

Certaines communautés observaient la règle de la clôture. Elles imposaient le silence et de sévères pénitences, en un temps de Carême où l'on pratiquait partout — parfois avec des accommodements — l'abstinence et le jeûne, sans être enfermée dans un couvent. Il ne leur fut pas toujours aisé de pénétrer dans ces antres austères.

— Jadis, lui apprit Hortense, des femmes y tenaient salon. Leurs vertus étaient pour le moins singulières. Cela ne se rencontre plus guère. Nous sommes passées d'un extrême à l'autre. Un vent d'ascétisme s'y est engouffré.

En découvrant le château du Louvre, l'académie des Belles-Lettres, l'Observatoire, les fontaines — entre autres merveilles —, Renelde prenait conscience des embellissements souhaités par Colbert. Ce ministre aux manières glaciales, dont elle n'avait connu, en Flandre, que les rebutantes Manufactures, n'avait cessé jusqu'à sa récente mort de magnifier Paris. Il préférait sa cité à Versailles, trop onéreux à son goût.

— Paris est beau !

— Oui, Renelde, Paris est très beau. Mais demain, puisque Marie-Jeanne ne semble pas être enfermée dans un couvent, il nous faut en découvrir un autre aspect, et j'ai bien peur que vous ne changiez d'avis. Nous irons à l'Hôpital général, qui enferme les pauvres. C'est peu réjouissant. Puis à l'ancien village des salpêtriers. On y fabriquait la poudre pour l'Arsenal. Mais ce sont d'autres poudres, tout aussi maléfiques, dont on jugea les effets à l'Arsenal, devenu Chambre ardente pour les empoisonneuses. De nos jours, l'entrepôt ne fond plus que les statues pour Versailles. Et à la Salpêtrière affluent les mendiants dépenaillés, les estropiés à la figure patibulaire et les femmes débauchées. L'endroit est verdoyant, il n'a rien d'une crapaudière, les bâtiments sont immenses et très soignés, mais la misère y est perfide et oppressante.

— La Chambre ardente est close, n'est-ce pas ?

— Depuis 1682, oui. Le roi fut affolé par l'horreur des actes commis par son entourage. Il a tranché. Il ne voulait pas outrager son ancienne maîtresse, mère de ses enfants.

— La marquise de Montespan.

— Exactement. Vous commencez à vous y retrouver, ma chère !

— Et où loge la marquise, à présent ?

— Toujours à Versailles !

— Non !

— Si !

— Eh bien ! Et qu'advint-il des autres dames nobles qui défilèrent chez la Voisin ?

— Certaines se suicidèrent, d'autres furent exécutées, bannies, enfermées à Belle-Ile ou exilées dans un monastère.

— Il y en a eu tant que cela ?

— Une véritable épidémie ! C'est d'ailleurs de ce balcon-ci, en 1680, que je vis passer le tombereau qui menait la Voisin au bûcher, ajouta Hortense, devant un hôtel de la rue Saint-Antoine. Elle se démenait comme un serpent. On dut la lier avec des fils de fer... Par la porte

Saint-Antoine, Louis XIV fit son entrée avec la jeune infante Marie-Thérèse. Le spectacle était plus réjouissant.

— On ne le voit donc jamais, ce roi ? A peine croise-t-on ses courtisans dans les salons.

— Et encore ! remarqua Hortense, seulement les « galopins », qui doivent quitter le château à heure fixe et n'ont pas le loisir d'y dormir, comme les « logeants ». Ces derniers ne risquent pas de s'éloigner. Ils ont trop peur d'y perdre leur fragile place. Les plus belles fêtes du roi sont réservées à Versailles. Peu de divertissements sont offerts aux Parisiens. Beaucoup moins qu'en début du règne !

Des femmes de service, servantes en tous genres, lingères, marchands ambulants, pieuses personnes, leur missel sous le bras, gueux et religieux se frayaient un passage périlleux au milieu des cavaliers arrogants, des carrosses dorés, chaises à porteurs ou charrettes à bras.

— Je m'arrête à Saint-Louis, dit Renelde.

— Embrassez Pietrolino pour moi, je rentre à la maison. (Hortense ajouta, l'œil malicieux :) Mes chers « souffrants » ne me portent plus !

La messe était chantée. Du fond de l'église, Renelde sentit immédiatement un climat inhabituel.

« Pietrolino ! » C'était ça : elle n'entendait pas sa voix.

Elle se fraya un chemin vers le chœur. Son regard parcourut plusieurs fois le visage des chanteurs. Le jeune Florentin était absent. Malade peut-être ? Dans le dessein d'interroger le maître de musique, elle attendit avec impatience la fin de l'office. Elle n'eut pas à le faire.

L'air sombre, Philippe la rejoignit.

— Il a disparu, depuis trois jours !

— Mon Dieu ! Pourquoi ne m'avez-vous pas prévenue ?

— Nous espérions qu'il reviendrait.

— Que s'est-il passé ?

— Un incident pénible. J'y étais. Pietrolino est pubère.

Un son strident est sorti brutalement de sa gorge. Il s'est étranglé. Il a voulu continuer. Mais sa voix était criarde.

— Il a été renvoyé, n'est-ce pas ? (Le ton de Renelde était sévère, son teint d'une pâleur extrême.) Il a trébuché, on l'a jeté dehors !

— Ce n'est pas notre coutume. Mais il était impossible de le laisser continuer. Le maître l'a remis au fond des chœurs, en lui recommandant doucement de ne pas se faire remarquer. Par la suite, on l'aurait dirigé vers la pratique des instruments.

— Mais ce n'était peut-être qu'un incident. Sa voix...

— Son timbre, coupa Philippe, péremptoire, risque de s'enlaidir de plus en plus avec la mue.

— C'est possible ?

— Oui. De nombreux castrats ne conservent pas leur voix de cristal.

— Alors... Toute cette souffrance pour rien ! (Renelde était catastrophée.) Où est-il ? demanda-t-elle, tremblante.

— On l'ignore. Sa voix et sa beauté provoquaient l'hostilité et la jalousie des autres enfants. Il a suffi d'une étincelle pour qu'il soit rejeté. Ils n'attendaient que cela.

— Et la charité ? Où l'apprennent-ils ? Oh ! Pardon, Philippe, voilà que je vous rends encore responsable de l'attitude d'autrui.

Des larmes coulaient de ses yeux bleu perle. Il eut envie de la prendre par les épaules, de la serrer dans ses bras pour la consoler. Mais il était prêtre, et dans la maison de Dieu. Il lui prit la main.

— Je suis désolé, mon amie.

— Va-t-il revenir ?

— Espérons le miracle. Peut-être chez la comtesse de Fontenille...

— J'y vais de ce pas.

— Prévenez-moi s'il vous revient. Je vais prier pour lui.

Sur le chemin de retour, Renelde vivait un cauchemar. Une indicible frayeur lui assaillait l'esprit. Elle imaginait la détresse et l'accablement du malheureux enfant, découvrant l'inutilité de sa mutilation... Avec quelle rancœur et quel désespoir il avait dû se jeter dans la rue, exilé de son pays, sans secours, sans ami, prêt à tout !

« Mon Dieu, je vous en prie ! Faites qu'il n'arrive rien à Pietro ! »

Mais que pouvait-il lui arriver de pire à présent, sinon d'en finir avec lui-même ?

Le roulement incessant des tambours ébranlait la ville. Avec ses trois mille sept cents habitants, Haesebroek en Flandre était une cité importante. Une foule grouillante, drainée par les coches d'eau, débarquait de tous les villages aux alentours et en grossissait encore le nombre. Après les pantomimes de la veille, les étals de broderies, de dentelles, de petits paniers d'osier fabriqués pendant les longues soirées hivernales et exposés sur la grand-place, on accourait en masse pour recueillir les noix du lundi de demi-Carême.

Avec une première hirondelle aperçue dans le ciel flamand, et le coucou entendu dans la forêt de Nieppe, la joie de la renaissance éclatait et des diables farceurs affluaient de tous côtés. Bientôt, les fêtes champêtres reprendraient, avec leur assaut de sensualité enfouie jusqu'alors sous les rudesses de l'hiver. L'humeur générale était à la gaieté exubérante. Debout sur un tonneau de bière, le sonneur de cornemuse marquait la mesure de son pied. Les charlatans et les porte-balles, les mendiants — joueurs de rommelpot et de blaeseveer * — les bateleurs et les archers, les artisans, les paysannes à la gorge blanche et au tablier godronné, tous s'apprêtaient à dépenser, à boire, à taquiner.

Précédés de leur bannière, les trois confréries ** de saint Georges, de saint Sébastien et de sainte Barbe figu-

* Instruments de musique (rommelpot : famille des tambours à friction indirecte ; blaeseveer : arc solidaire d'une vessie de porc gonflée).

** Confréries des arbalétriers, archers et arquebusiers.

raient en tête du cortège. La société de Rhétorique de sainte Anne, les différentes corporations de brasseurs, charpentiers, tisserands ou cordonniers y tenaient leur rang. En robe de cérémonie, le « Magistrat » au complet, avec son bailli, ses six échevins, le receveur et le greffier, semblait très fier de la tenue et du bon ordre des finances de la ville.

Assis dans un carrosse, un bourgeois de la ville figurait avec une juste fierté le comte de Demy-Caresme, haut et puissant seigneur sorti des temps obscurs du Moyen Age. On offrait des oranges, des pommes de Chine * et des citrons aux notables et aux ecclésiastiques, qui ne boudaient pas la fête. Le fastueux char, du sommet duquel on lançait les noix au peuple, en était l'astre munificent.

François s'amusait à les rattraper, lorsqu'on lui frappa sur l'épaule. Il se retourna. Un étranger de haute stature se tenait près de sa mère. Sous le chapeau à large bord, deux yeux bleu pâle le toisaient avec bienveillance. L'homme lui tendit une noix et lui dit, d'une voix chaude :

— Tu es François...

Le jeune homme fronça d'abord les sourcils. Une rougeur subite envahit son visage et sa grande bouche se fendit d'un sourire :

— Oncle Corneille !

— Oui, neveu. Mais on me nomme Grégoire maintenant.

Ils tombèrent dans les bras l'un de l'autre.

— Tu m'as reconnu sans me connaître ?

François se tourna vers sa mère, aux joues dodues et à la mine réjouie.

— Vous avez tous deux le même regard clair.

— Voici mon fils Aurélien, et notre fidèle Marieke.

Grégoire dégagea avec douceur le petit Van Noort, qui cachait sa confusion derrière le dos de son père.

* Mandarines.

— Allons boire un potche de café ! proposa sa sœur, en le prenant fièrement par le bras.

— Arrosé de genièvre ! ajouta Grégoire, et, s'adressant à François : Ensuite, mon garçon, tu nous emmènes à Moerbeke, à la maison. Avec toi, j'aurai moins peur !

# 26

Renelde ouvrit la cassette de Meï. Elle y enferma la lettre de Grégoire arrivée le matin même et la reposa sur la table recouverte de damas assorti aux rideaux de sa chambre.

Son mari quittait Anvers, en compagnie d'Aurélien et de Marieke. Il lui donnait rendez-vous au village de Moerbeke. Il y attendrait, avec impatience, son retour en Flandre.

Pâques était passé. Dans huit jours, le bel hôtel particulier de la place Royale se viderait de ses habitants. Renelde et Marguerite repartaient vers le Nord, Hortense et Marianne vers le Forez et la vallée du Sornin.

— Si vous retournez chez les Réformés, lui avait assuré la comtesse, vous n'y serez point seule ! On affirme qu'Amsterdam s'est engagée à bâtir mille maisons pour les fugitifs ! Vous pourrez y consulter mon ancien médecin et rendre visite à mon chapelier. Ces deux huguenots-là me manquent.

Vêtue de satin jaune, Renelde pensa aux tulipes de Hollande, dont elle aimait parer sa demeure pour fêter l'arrivée du printemps. S'il y avait un spectacle dont elle se repaissait, c'était celui de ces fleurs délicates et enturbannées que sa mère affectionnait. La servante lui annonça la présence du père Philippe. Elle descendit l'accueillir.

— Je viens vous faire mes adieux, Renelde.

— Nous ne plions bagage que dans une semaine et

comptions bien, madame de Fontenille et moi-même, vous recevoir à souper ces jours prochains... Des nouvelles de Pietrolino ?

— Malheureusement, non. J'espérais que vous m'en donneriez avant mon voyage. Et de votre côté... Marie-Jeanne ?

— Aucune trace. Elle n'est peut-être plus à Paris. Mon mari et mon fils me réclament, je ne peux rester davantage. (Renelde soupira.) Mais de quel voyage me parlez-vous ?

— Je pars avant vous, mon amie, en mission.

— Loin, Philippe... ?

— Non. Vers l'Auvergne. J'y resterai quelques semaines. Les missionnaires du Vivarais et des Cévennes ont déjà converti dix mille hérétiques cet hiver. Notre révérend père de La Chaize est heureux de leur zèle et de l'union retrouvée des chrétiens. Nous espérons poursuivre leur œuvre avec autant de bonheur.

— Les protestants se rallient volontiers au catholicisme ?

— Nous agissons avec bienveillance et persuasion, afin que les récentes interdictions ne leur pèsent pas...

— Certains réformés évoquent la violence provoquée par des soldats. Le bruit se répand qu'ils fuient la France. Est-ce vrai ?

— Je me suis longuement entretenu avec notre révérend père de La Chaize à ce sujet. Il est opposé à toute cruauté et réclame sans cesse la douceur et la modération. L'envoi de soldats ne vient pas de sa propre initiative, mais de celle de Louvois, ministre du roi. Toutefois, il est persuadé que les conversions se font sans une goutte de sang. Il pense que nos volontés jointes portent leurs fruits. Je ne crois pas non plus que Louis XIV désire la violence. Notre roi est plus pieux qu'autrefois. Il n'oublie pas ses prières, il assiste quotidiennement à la messe. Cette année, on l'a vu laver les pieds des pauvres, au Jeudi saint, et il a réprimandé ceux de son entourage qui n'ont pas fait leurs Pâques. Même le Grand Condé a fait les siennes !

— Vos pas vous mèneront-ils ensuite vers la Flandre, Philippe ?

Il ne répondit pas. Il savait qu'il serait ému. Il n'avait pas prévu de l'être autant. Il éprouva brusquement de la difficulté à respirer. Renelde le ressentit. Les larmes lui vinrent aux yeux, tandis qu'elle ajoutait, la voix blanche :

— Nous ne nous reverrons plus, n'est-ce pas ?

— Non.

Le silence devint pesant. Il le rompit enfin :

— Le révérend père m'a parlé du Siam et des Indes orientales. Une masse de travail se profile à l'horizon pour notre Compagnie. J'espère qu'il m'y enverra en mission.

— C'est loin. C'est dangereux. N'est-ce pas assez de vos tribulations aux Amériques ?

— Le Siam fait preuve de tolérance envers les étrangers. Ce qui n'est le cas ni au Japon, ni en Cochinchine ou au Tonkin, où le monde nous est hostile. Il paraît qu'à Bangkok, la civilisation est des plus raffinées. Je ne crains rien là-bas. J'espère y contribuer à l'extension de la chrétienté.

Leurs adieux furent douloureux. Philippe était l'ami des vingt ans. En dépit des nombreuses années d'exil, il n'avait jamais oublié les yeux bleu perle qui le fixaient avec tendresse, et il savait bien qu'au dernier jour de sa vie, s'il y avait un visage humain qu'il emporterait avec lui, ce serait celui-là, auréolé de blondeur, celui de Renelde Van Eyck. Il la serra dans ses bras. Elle s'y abandonna sans honte. Il l'embrassa sur la joue, là où une larme coulait. Il effleura ses lèvres. Et il se sauva très vite, le regard embué, sans se retourner. Il avait mal, plus mal encore qu'au premier jour. Cependant, une mission l'attendait. Il n'y partait cette fois ni pour oublier ni pour se mortifier, mais pour transmettre sa foi.

Assise sur un banc de la place Royale, Renelde songeait à Marie-Jeanne, égarée quelque part sur la Terre, à Pietrolino, à Adriaan aussi, dont le souvenir ne s'était pas éclipsé du cœur de Marguerite.

« Marie-Jeanne, Pietro, Adriaan »... Blessés dans leur

corps, dans leur âme d'enfant, errant sans amis, enracinés nulle part et n'ayant pour tout bagage que leur prénom. Qu'était-il advenu de ces esseulés ?

Demain était le jour du grand départ. Pour la dernière fois, elle respirait l'air du quartier le plus célèbre de Paris. Il était question de poser une grille qui viendrait ceindre la pelouse. Seuls les habitants de la place Royale y rentreraient, grâce à leur clef. Encore une promenade de moins pour le peuple. Heureusement, d'autres jardins resteraient ouverts, comme celui du Palais-Royal ou des Tuileries.

Le séjour s'était avéré chargé en événements, découvertes, surprises. Elle repartait vers ses deux hommes. Son cœur se voulait gonflé d'allégresse, mais il était envahi par une vague de lassitude.

Elle regardait les déambulations de nobliaux enharnachés, avec un goût amer d'impuissance dans la gorge. Le monde folâtrait. Un léger vent frais bruissait dans les arbustes verdoyants, errait au-dessus de la pelouse centrale. Le ciel était bleu, les oiseaux s'égosillaient gaiement. Tout était coloré, heureux. Renelde était si triste, si découragée ! Solide et vulnérable, elle s'était toujours investie totalement, ayant peur chaque fois d'y perdre un peu de sa foi, de ses illusions ; trébuchant et se relevant plus forte. Pour la première fois de sa vie, il lui fallait abandonner. Le cœur meurtri, elle ressassait regrets et questions.

— Ai-je assez cherché ? Puis-je vraiment quitter Paris sans les avoir retrouvés ?

Ses regards effleuraient nonchalamment les promeneurs, en pensant à Marie Jeanne et à Pietrolino, peut-être à jamais perdus dans ce flot inouï de flâneurs.

Soudain, son cœur se mit à palpiter de façon précipitée. Une rougeur lui envahit les pommettes. Cette femme brune, au port de tête altier, ce corps longiligne et sec, qui marchait d'un pas martial et s'approchait d'elle... Louise !

Elle allait la reconnaître. Sans réfléchir, Renelde se

couvrit le visage de la main. Lorsqu'elle la retira, la femme avait quitté la place.

« Mon Dieu ! Pourquoi me suis-je cachée ? Où est-elle à présent ? »

Elle se leva précipitamment et se tourna de tous côtés. Elle l'aperçut, au loin, et décida de la suivre à son insu.

« Est-ce vraiment Louise ? Ne me suis-je pas trompée ? »

Elle la rattrapa, resta quelques pas en arrière, sans la quitter du regard. Elle ressentit aussitôt l'impression désagréable éprouvée dix ans auparavant, lorsqu'une jeune fille de dix-huit ans s'était présentée sèchement à elle, comme dentellière attachée à la Manufacture d'Arras. Oui. Cette attitude était bien la sienne : épaules rejetées en arrière, allure pétrie d'orgueil, petit pas rapide... L'âge semblait concorder aussi. La toilette était de couleur claire. La femme n'était pas en deuil, mais son visage était caché par un voile de dentelle noire, aussi ne distinguait-elle pas clairement ses traits.

« Encore l'une de ses coquetteries », pensa Renelde.

Elles quittèrent le Marais et parvinrent à proximité de l'Hôtel de Ville. Une incessante agitation animait le ventre de Paris. Les marchandises débarquées du fleuve étaient amenées à dos d'homme, par des portefaix aux vêtements couverts de boue séchée. Des porteurs d'eau couraient sur d'étroites planches, un seau dans chaque main, pour emplir les tonneaux installés sur leur charrette. Assez trouble par ailleurs, l'eau de la Seine était limpide aux ports au blé et au plâtre. Si l'on évitait les endroits où les rejets des teinturiers et des fripiers étaient importants, elle était meilleure que celle des puits, trop chargée en sels. Blanchisseuses et lavandières, paniers au bras, se dirigeaient vers les bateaux-lavoirs et faisaient résonner leurs sabots sur les pavés inégaux. Pour l'heure, aucune exécution n'avait lieu sur la place de Grève, mais une foule considérable s'y pressait journellement, dans l'attente de l'embauche, ou tout simplement pour se réjouir des distractions de plein air.

Renelde eut fort à faire pour ne point perdre Louise des yeux, car elle se faufilait adroitement entre les gens.

Elle paraissait vouloir brouiller les pistes. Se sentait-elle suivie ? Une seule fois, elle se retourna. Renelde n'eut que le temps de s'aplatir dans l'encoignure d'une porte et faillit recevoir des eaux usées lancées par une fenêtre, à l'étage.

Le visage voilé l'entraînait à présent vers les ruelles criardes entourant la halle au blé ; là où les garces attendent les hommes. Marie-Jeanne y serait-elle ?

Les hôtels particuliers s'étaient effacés pour laisser place aux façades de bois enduites de plâtre des demeures du commun. Les auvents rétrécissaient le passage. Devant les immondices de Paris, le fouillis de maisons enchevêtrées les unes aux autres, les vapeurs empoisonnées s'exhalant des ruisseaux, Renelde revoyait Amsterdam, balayée, récurée, lustrée.

Brusquement, Louise accéléra le pas et bifurqua sur sa gauche. Elles arrivèrent ainsi à hauteur du Pont-Neuf. Accoudés aux balcons en demi-lune, des passants désœuvrés admiraient la Seine et la pointe du Vert-Galant. De nouvelles constructions se dressaient sur l'autre rive. Grâce à l'obstination de Colbert et vingt ans de travaux, le collège des Quatre-Nations était enfin en cours d'achèvement. Sur un chemin élevé le long du pont, et que l'on nommait « trottoir », des badauds s'attardaient pour écouter bateleurs et charlatans, arracheurs de dents et montreurs d'animaux savants, sans la crainte d'être renversés par un carrosse. Plus loin, des galiotes * tirées par des chevaux emmenaient leurs clients vers les villages de Saint-Cloud, Meudon ou Passy.

Renelde éprouva la sensation d'être observée à son tour. Elle fit volte-face et crut apercevoir une longue silhouette se tassant sous un porche. Elle frissonna, reprit sa route, se retourna une seconde fois. La vision avait disparu.

« Allons bon, je rêve ! »

Elle n'y prêta plus attention.

Derrière elle, l'ombre la suivait. Fidèle et discrète, comme un ange gardien.

* Caboteurs (bateaux).

Le ciel avait subrepticement changé. Le soleil s'était égaré dans les nappes de brume. Les reflets mordorés des façades s'étaient évanouis dans l'eau noirâtre du fleuve. Le monde était gris, sombre, inhospitalier. Louise ne traversa point la rivière. Elle la longea, revenant sur ses pas. Pourquoi ce détour ?

Elles dépassèrent le pont au Change et ses maisons à arcades, sous lesquelles des boutiques attiraient la société élégante, avec leurs articles de luxe. La Seine avait disparu et ne s'offrait plus, en cette partie de la ville, qu'aux regards des riverains, des teinturiers et peaussiers, dont les ateliers se pressaient dans les soubassements de ces maisons. Sur leur gauche se dressait le Grand Châtelet, impressionnant sous le ciel ténébreux. La massivité de son aspect fit frémir Renelde. Les abords étaient sales. Des travaux, là aussi, étaient en cours. Derrière l'austérité des hauts murs se trouvaient les cachots insalubres et des salles d'audience vétustes. Hortense y avait acquitté les dettes de nourrice de quelques filles-mères prisonnières. Sans le secours des dames charitables, les malheureuses passaient le restant de leur vie dans la pénombre, allongées sur des paillasses pourries, grouillantes de vermine. Face à l'admiration de Renelde, la comtesse s'était exclamée :

— Il m'en reste bien assez ! J'aurai moins besoin d'argent dans ma campagne, et Marianne ne sera point tentée de jeter sa fortune par les fenêtres comme il est d'usage dans notre monde !

La pluie se mit à tomber, drue, impitoyable. Des silhouettes faméliques et cauchemardesques couraient le long des venelles. Les visages croisés s'abaissaient pour se protéger de la malignité de l'averse. Renelde s'était présentée avec la comtesse au bureau de placement des lingères du Châtelet, où Marie-Jeanne aurait pu se faire recruter. Elles avaient questionné le sergent chargé de la surveillance des cabanons dans lesquels de nombreuses filles de joie étaient entassées dans l'attente d'être exilées.

On les chargeait de force sur les bateaux pour les Amériques. Certaines se débattaient.

« Mon Dieu ! Et si Marie-Jeanne... »

Elle refréna l'envie de s'y attarder, car elle risquait de perdre Louise. Cette dernière obliqua sur sa droite, au pont Notre-Dame.

« Bien sûr ! Elle se dirige vers la cathédrale ! »

Celle-ci était le plus grand et le plus beau monument de Paris, avec ses deux tours identiques et ses trois portails sculptés de dentelle. Une sérénité sans égal y régnait. Elevée à la gloire de Dieu, Notre-Dame de Paris dépassait en magnificence tout ce qu'elle avait déjà admiré.

Mais Louise s'engouffra dans l'une des maisons bourgeoises du pont Notre-Dame, et Renelde la suivit. Laissant de côté le marbre et le bois sculpté aux senteurs de cire d'abeille, elle emprunta un couloir exigu au bout duquel un escalier tout en courbes menait aux combles. Au troisième et dernier étage, elle s'arrêta et posa la main sur la poignée d'une porte. Ruisselante de pluie, Renelde reprenait son souffle, lorsque le visage voilé se tourna vers le haut de l'escalier. Une voix sonore retentit, que Renelde reconnut aussitôt :

— Allons, madame Van Eyck, un dernier effort !

Confondue, le cœur battant, prête à l'affrontement, elle grimpa les trois marches qui la séparaient du palier. Louise, alors, souleva le voile qui obscurcissait ses traits. Une onde glacée parcourut le dos de Renelde. Elle se mordit les lèvres pour ne pas crier. Les yeux cernés de Louise étaient auréolés de rides précoces. Son teint était parsemé de taches rouges et de profondes marques crevassaient sa peau. Le souffle de la mort semblait avoir balayé son visage. Louise était vérolée !

— Je suis guérie, rassurez-vous, vous ne risquez rien. Allez ! Entrez donc !

— Vous saviez ?

— Que vous me suiviez ? Oui, ma chère.

Ce que Renelde découvrit dans le logis de Louise ressemblait à sa physionomie. Misérable, la mansarde était dans un état de délabrement insensé qui ne correspondait pas à ses manières raffinées de jadis, à Lille.

Les murs étaient fissurés. Brisée, la vitre de la lucarne était tant bien que mal obturée à l'aide d'un linge grossier. Renelde huma toutefois le lourd parfum capiteux de Louise, aux senteurs épicées plantes d'Orient, jasmin, patchouli, essence de bergamote.

Immobile et silencieuse, cette dernière se tenait derrière sa visiteuse, laquelle n'était pas revenue de sa surprise. Si Renelde avait croisé son regard en cet instant, elle y aurait décelé une lueur de malveillance. Elle lui fit face, enfin, gênée, envahie par un flot de pitié. Où était la dentellière d'antan, belle et doucereuse, amoureuse des eaux et des fleurs, des poudres et des mouches ? D'une voix acrimonieuse, Louise répondit à sa muette interrogation.

— Ces traces sont répugnantes, n'est-ce pas ? Elles ont enlevé ma beauté et brisé mes espoirs.

Elle fixait Renelde. Son regard se voulait affable, mais une haine inassouvie et implacable émanait de sa personne.

— J'exècre ce grenier, ce galetas. Il ressemble au taudis de ma mère. Je le fuis chaque matin et erre dans les ruelles bruyantes.

— Où est Marie-Jeanne ?

Louise ne répondit pas. Vipérine, elle prit un malin plaisir à faire durer le supplice de Renelde et jouit du spectacle de son ancienne maîtresse, quémandant son aide. Elle lui offrit à boire et se servit à son tour. Sa main tremblait en levant son verre. Elle le porta au bord de ses lèvres trop fardées. Avec amertume, elle sortit de son mutisme :

— J'ai voulu la gloire. Mais la réalité est tout autre à Paris. N'est pas Marion de Lorme ou Ninon de Lenclos qui veut ! Je ne jouais pas du luth. Personne ne s'est battu en duel pour mes beaux yeux. Mon alcôve ne fut fréquentée que par de piètres libertins sans esprit.

Puis, soudain, elle toisa la belle Flamande distinguée et intelligente et lui lança, la bouche fielleuse :

— Elle m'a pris mon amant ! Elle me le paiera ! Jean-

Etienne de Ronchivol ne voulait pas m'épouser. Il aurait mis « du fumier dans ses terres », comme on dit ici. Il m'a juste donné la vérole et m'a fichue dehors. Mais il ne l'épousera pas non plus ! J'espère qu'elle aussi sera laide. Laide et seule !

Elle arpentait le sol de sa mansarde, et le plancher craquait horriblement sous ses pas. Renelde réitéra sa demande :

— Où est Marie-Jeanne ?

Les yeux de Louise se rétrécirent et se mirent à jeter des flammes, comme s'il lui avait été possible de brûler Renelde, de l'anéantir par la seule force de son regard dément.

— J'attends qu'elle crève. Retournez d'où vous venez, dans le Marais. Allez rue du Parc-Royal ! Le heurtoir doré de la porte de l'hôtel a la forme d'un corps de femme. (Elle éclata d'un petit rire sauvage.) C'est le seul du genre dans cette rue. Votre comtesse doit connaître son emplacement.

Renelde était consternée.

— Comment ! Vous...

— Vous me cherchez depuis longtemps, Renelde ! Tout se sait à Paris. Allez ! Une surprise de taille vous y attend !

— Marie-Jeanne ?... Dites-moi, Louise !

— Suffit ! Je vous en ai assez dit !

Renelde se leva.

— Puis-je faire quelque chose pour vous ?

Le regard de Louise prit alors une expression hallucinée. Elle l'assaillit de toute l'aversion et de l'envie accumulées des années durant.

— Quelque chose pour moi ? Mais j'ai horreur de vous ! Horreur de votre honnêteté et votre mine modeste, de vos sourires miellés, de vos cheveux dorés, de vos yeux clairs...

Elle haletait, hystérique, ivre. Ses mains tremblaient. Des imprécations s'échappèrent de sa gorge.

— Je me vengerai, entendez-vous ! Je me vengerai, de vous, de Marie-Jeanne ! Vous le regretterez !

Vociférant, Louise saisit un vase sur la table et le brandit. Renelde crut un instant qu'il lui était destiné, mais elle le lança avec violence en direction du miroir suspendu dans la pièce. Il alla s'y abattre à grand fracas.

Renelde se sauva.

Au-dehors, elle courut longtemps.

La pluie avait cessé, mais un brouillard lui troublait le regard. Elle trébucha sur le pavé humide, tomba lourdement et se releva ausssitôt, confuse de se donner en spectacle. Aux derniers mots de Louise, un importun malaise s'était insinué sournoisement dans son être.

« Je me vengerai... Vous le regretterez... »

Elle se mit à pleurer de façon convulsive et incontrôlable, en dépit des passants, qui ressortaient après l'averse et la regardaient avec insistance. Elle pleurait Louise, dont le venin secrété par la jalousie avait fait plus de ravages que sa maladie. Louise, qui avait oublié son âme dans les affres de la souffrance. Louise l'infortunée, qui avait sombré en enfer.

Le jour déclinait lorsque Renelde revint chez la comtesse de Fontenille. Les vêtements trempés, maculée de boue par sa chute, elle souffrait d'une cheville. Elle se sentait meurtrie par les accusations et la déchéance de Louise. Mais un espoir était né. Marie-Jeanne n'était peut-être pas loin.

La cour de l'hôtel était agitée par le ballet habituel des serviteurs portant l'eau, le bois, soignant les chevaux, et par les fournisseurs qui entraient ou sortaient des cuisines. Renelde fut étonnée de ne pas y percevoir la préparation et l'excitation du départ prévu pour le lendemain. Hortense l'attendait sur le seuil. Elle était habillée très simplement, la jupe recouverte du tablier qu'elle revêtait pour ses visites aux malades dans les hôpitaux. Son visage s'éclaira à la vue de son amie.

— Nous reportons notre voyage.

Elle lui tendit un morceau de parchemin déchiré.

Renelde parcourut le message. Il était court. Elle le relut à voix haute :

— *Pietro — Hôtel-Dieu.*

— Il n'est pas signé.

— Et l'écriture est maladroite, ajouta Hortense.

Devant l'air hébété de Renelde qui n'en revenait pas de la soudaineté des événements, elle déclara avec autorité :

— Il faut y aller de ce pas. Sautons dans mon carrosse et prenez ce masque. Vous me raconterez en route ce qui vous est arrivé. Vous me semblez bouleversée !

## 27

— Nous ne pensions pas avoir l'occasion de vous remercier de vive voix pour votre libéralité si précieuse.

La mère prieure exprimait sa reconnaissance à la comtesse de Fontenille. Cent vingt religieuses de l'ordre des Augustines, vêtues de noir, assuraient le service de l'Hôtel-Dieu, avec l'aide d'une cinquantaine de novices.

— Vos dons nous permettront l'acquisition de nouveaux lits.

« Ce ne sera pas une vaine dépense », pensa Renelde.

En quête de Marie-Jeanne, elle avait visité, en mars, une partie de l'immense bâtiment, antre de la souffrance, situé en plein cœur de la Cité, à proximité de Notre-Dame de Paris. Le manque de place et l'arrivée constante de malades lui avaient mis l'âme en peine.

— Mais que fait donc le roi ? s'était-elle écriée.

— Il compte sur nous. La charité n'est pas son fort, avait répondu Hortense, une ride amère au coin des lèvres.

La religieuse poursuivait :

— La communauté entière vous témoigne sa gratitude, madame, pour toutes ces viandes si coûteuses que vous nous avez fait parvenir pendant le Carême. Nous avons réservé les volailles pour les plus affaiblis.

Devant l'air étonné de l'étrangère accompagnant la comtesse, la mère précisa :

— L'Hôtel-Dieu est dispensé de maigre. C'est un grand bienfait pour nos malades. Si vous voulez patienter un instant, j'appelle l'une de nos sœurs...

Demeurées seules dans le cabinet de la prieure, Hortense chuchota :

— Je préfère devancer les ordres royaux et leur envoyer de la nourriture, plutôt que de subir, comme maintes familles nobles ou bourgeoises, les perquisitions vexantes du temps de Carême.

Mais Renelde savait que le cœur d'Hortense n'avait nullement besoin de ces prétextes pour s'épancher avec générosité.

L'augustine revint, suivie par une très jeune novice vêtue de blanc, le visage rond et avenant.

— Voilà, mesdames. Je vous abandonne aux mains de sœur Blanche. J'espère que vous retrouverez l'enfant. Nous sommes tellement nombreux, je m'y perds moi-même avec ces nouvelles salles situées sur l'autre rive de la Seine.

— Ma mère, auriez-vous une idée de la personne qui nous a envoyé ce message ? demanda Renelde.

— Nullement, madame... Si ce n'est une âme bien intentionnée. Je me vois dans l'obligation de vous quitter à présent. Sœur Blanche vous guidera mieux que moi, n'est-ce pas, ma fille ?

— Je ferai mon possible, ma mère, répondit la petite novice.

Hortense et Renelde dissimulèrent leur visage sous des masques de velours. La noblesse en portait pour différentes raisons, honorables ou pernicieuses. Hortense les avait emmenés par sécurité, afin d'éviter l'afflux de mendiants et de miséreux aux portes de son hôtel.

— Pardonnez-moi ma franchise : votre parent n'est ni infirme ni vérolé, ni teigneux ni aveugle ?

— Non... Pourquoi, ma sœur ?

— Ah ! tant mieux ! Nous avons des chances qu'il soit ici... Les Incurables s'occupent des impotents, l'Hôpital général des aveugles, et Saint-Louis, au nord de la ville, recueille les affections de la peau et les pestiférés, mais Dieu soit loué, il n'y a pas eu d'épidémie ces temps-ci.

Chez nous, on soigne tous les autres, et aussi les fractures, les fistules, les becs-de-lièvre.

La novice parlait avec volubilité. Presque inconvenante, sa fraîcheur tranchait avec la misère ambiante.

— A six heures, ils ont mangé de la viande rôtie, comme tous les jeudis, mais ce soir, on leur a donné aussi des pommes cuites sucrées. Tant pis pour les envieux ! Les médecins veulent les mettre à la diète, nous, les sœurs, on leur prépare des petites douceurs à l'office. (Elle mit son index sur ses lèvres :) Chut ! Il ne faut pas nous trahir !

— Promis... Mais le moment de notre visite est sans doute mal choisi, émit craintivement Renelde.

— Pensez donc ! Ils ont fini de souper. C'est l'heure de la saignée. Mais ça va très vite, rassurez-vous.

Elle les promenait parmi des malades aux corps disgraciés, aux cheveux visqueux remplis de poux, et qui gémissaient. Pour certains, on avait interrompu les médecines, faute de guérison, et l'on s'en remettait à la volonté divine. Le teint blafard, les membres d'une froideur cadavérique, leur regard fixait le bord d'un lointain rivage, comme emportés déjà vers l'éternité. La juvénilité et l'ardeur de sœur Blanche ne semblaient nullement ébranlées. Prodigue en sourires, elle dispensait sans compter sa verve pétillante, distribuait à tous des paroles réconfortantes ou malicieuses, selon leur état.

— N'avez-vous point peur ? demanda Renelde.

Blanche inclina la tête sur son épaule droite et prit un air très sérieux pour lui répondre :

— Peur de quoi, de la mort ? Ici, tout le monde a peur. On ne peut se cacher la face. La peur accompagne la mort. Le Christ aussi a eu peur. Mais si je suis en bonne santé, moi, je sais que je peux leur apporter un peu de joie.

De haute naissance, elle avait renoncé avec courage aux avantages et bienfaits qui la comblaient. Cette très jeune religieuse n'avait pas fui la société par crainte de son agitation. Elle priait pour les souffrances du monde, certes, mais elle les partageait. Elle semblait avoir trouvé dans l'abnégation une sérénité incroyable. Elle servait

Dieu et les hommes avec le même détachement de sa propre misère. Renelde admirait son âme généreuse, sa compassion profonde. Aucune des épreuves traversées n'avait entamé son humeur affectueuse, qui s'élevait au milieu d'un enfer d'indifférence.

Blanche s'arrêta :

— Mon Dieu, que je suis sotte ! Je ne vous ai même pas demandé à quoi ressemble votre jeune malade. Je le connais peut-être !

— Il est florentin. Il a treize ans. Il est grand pour son âge, brun de cheveux et...

— Très beau ! N'est-ce pas ? coupa la novice, en rougissant. L'une de nos lavandières m'a parlé ce matin d'un garçon qui ressemble à ce portrait. Je cours la chercher !

— Nous vous suivons... proposa Hortense.

— Oh ! Non ! madame. Elle travaille dans la Seine. Il est inutile que vous vous mouilliez !

— Elle y est, à cette heure tardive ?

— Bien sûr ! Et souvent toute la nuit. (Elle ajouta, avec un petit air entendu :) Vous comprenez, ils sont nombreux à gâter leurs draps. Il faut laver sans cesse le linge souillé.

Elles attendirent à l'entrée de la salle Saint-Thomas. Elles assistèrent au dévouement d'une nuée de femmes habillées de noir pour les religieuses, de blanc pour les novices, mais toutes aussi disponibles, et malgré tout, bien insuffisantes pour le nombre incroyable de malheureux qui gisaient sur ces couches de fortune. L'air était chargé d'odeurs aigres, mêlant médecines, pourriture et chandelles de suif.

Un silence brutal, plus violent que les plaintes, les fit frémir. Les regards s'étaient figés vers un lit autour duquel s'affairaient un chirurgien et deux apprentis.

— Que se passe-t-il ? demanda Renelde, à une augustine qui passait près d'elles.

— On va l'amputer.

Tous attendaient le cri. Tous avaient peur, car l'agonie de l'un d'entre eux annonçait la leur. Et le hurlement survint, long, sauvage, insoutenable. Renelde et Hortense se rapprochèrent l'une de l'autre, impuissantes et horrifiées. Le malade avait dû s'évanouir, car il n'y eut plus de cri. Les autres reprirent vie et lamentations.

Enfin, sœur Blanche reparut avec la jeune lavandière. Les cheveux serrés dans un bonnet, bottée, trempée jusqu'à la taille, la fille esquissa une révérence envers les deux dames masquées.

— Quand on l'a repêché, il a crié des mots incompréhensibles. Là, on s'est aperçu qu'il n'était pas de chez nous. Il tremblait si fort qu'on a eu peur. On l'a emmené ici. Sœur Françoise s'en est occupée. Elle l'a placé, je crois, dans la salle Saint-Côme, sur le pont au Double. C'est peut-être celui que vous cherchez, peut-être pas, faut voir.

Sœur Blanche les guida vers les fameuses chambres superposées construites sur le pont. Renelde ne les avait pas visitées. Dans chacune d'entre elles s'alignaient quatre rangées de lits assez larges, contenant quatre, et parfois six malades, couchés tête-bêche. Sur le toit de certains lits, quatre autres encore reposaient.

— Ah ! voici sœur Françoise. Elle va vous amener à son chevet, dit la petite Blanche. Moi, je vous laisse, car je rentre en prières. Mes vœux ont lieu dans quelques jours...

— Vous êtes si jeune ! ne put s'empêcher de s'exclamer Renelde.

— Je vais les prononcer pour mes seize ans.

— Vous en êtes heureuse ?

— Oh ! Oui ! Notre Seigneur a exaucé mon désir ! Son service me comble. Les malades nous permettent de découvrir nos propres infirmités. Il faut beaucoup aimer Dieu, c'est ce à quoi je m'attache.

Son absence de répugnance aux basses besognes était exemplaire. Elle redonnait confiance et espoir à tous ces pauvres gens avec une simplicité désarmante. Renelde se sentait mesquine.

« C'est elle qui a raison », songeait-elle.

Les enfantillages et les facéties de sœur Blanche étaient leur survie. Les autres religieuses l'avaient compris.

Renelde remerciait Hortense de lui avoir fait porter un masque. Son expression désespérée aurait fait mourir sur le coup la moitié des malheureux couchés sur leur paillasse.

Elles le reconnurent enfin.

Recroquevillé sur lui-même, il ne disait rien. Elles se découvrirent.

Le visage de l'enfant s'éclaira.

— Pietrolino !

— Ah ! c'est son nom ? s'enquit la religieuse. C'est un drôle de nom, pour un beau garçon. Je lui ai donné de la « poudre des Jésuites » dans son vin, ce soir. Il va beaucoup mieux.

— La poudre des Jésuites ?

Sœur Françoise éclata de rire.

— Ne craignez rien ! Ce n'est pas une des mixtures de l'empoisonneuse !

— La Brinvilliers vérifiait l'effet de ses poisons sur des malades de l'Hôtel-Dieu, souffla Hortense à Renelde.

La sœur poursuivit :

— Ce remède-là, ce sont les jésuites, paraît-il, qui l'ont introduit chez nous. L'écorce de quinquina est indienne. Elle est incomparable. Elle a guéri les fièvres du Grand Condé, de M. Colbert — Dieu ait son âme. (Elle se signa.) De Monseigneur, aussi. Ce breuvage fortifie, il va le revigorer en un rien de temps. Vous pouvez le ramener chez vous. Il s'y portera comme un charme.

Pietrolino dévisageait Renelde avec étonnement, car il la sentait très émue. Le cœur de la Flamande était gonflé de tristesse devant ce petit visage innocent tendu vers elle. Il en émanait une expression de confiance, mêlée de peur, lorsqu'il lui murmura :

— Pourquoi êtes-vous venue, il ne fallait pas...

Renelde ne retint plus ses larmes. Arraché brutalement au Paradis des anges, ni homme ni enfant, humilié à l'idée de n'être nécessaire à personne, son enveloppe charnelle lui avait paru soudain trop lourde à porter.

— Je ne chanterai plus comme les oiseaux, ajouta-t-il. On m'avait dit que la voix est une faculté plus précieuse que la virilité, puisque c'est par elle et par le raisonnement que l'homme se distingue des animaux. Mais si je n'ai même plus la voix, que me reste-t-il ?

Et pourtant, ses yeux ourlés de cils épais et noirs la regardaient avec une indicible sensualité.

— L'amour, murmura Renelde. Tu auras notre amour, Pietro. Viens vivre avec nous. Je t'offre une famille. Viens, mon enfant.

Une bouffée de tendresse les envahit l'un et l'autre. Elle lui ouvrit grands les bras. Il s'y blottit.

Le heurtoir doré du portail représentait le corps dénudé d'une femme, offrant généreusement sa gorge aux regards des visiteurs.

— Attendez-moi, dit Renelde au cocher.

Hortense avait emmené Pietrolino place Royale. La journée s'était avérée épuisante, le ciel était noir comme l'encre, mais Renelde ne voulait en aucun cas remettre au lendemain la possibilité de rejoindre Marie-Jeanne. N'était-ce point pour cette raison qu'elle avait pris tant de risques ? Elle frappa. Un laquais vint ouvrir. Elle déclina son nom et demanda à s'entretenir avec le maître de la demeure.

Le serviteur lui fit signe de le suivre, et sans un mot l'introduisit dans une vaste chambre qui semblait être le salon d'apparat, ou du moins ce qu'il en restait, car on y ressentait un manque absolu d'entretien. Il y régnait un silence inhabituel pour les hôtels du quartier. Le laquais déposa son chandelier sur le manteau de la cheminée. Un feu se consumait dans l'âtre, mais la pièce était sombre, à présent que la nuit était tombée. Au moment où la porte se refermait derrière lui, elle le rappela :

— S'il vous plaît...

L'homme avait disparu. Elle attendit, s'accoutuma peu à peu à la semi-obscurité. Nerveuse, les yeux fixés sur les ferrures, elle se demandait la raison de tant de mystères. Qui allait-elle découvrir enfin ? Ce Ronchivol, source de tous les maux ? Ou Marie-Jeanne ? Et dans quel état ?

La porte ne s'ouvrait pas. Les minutes s'écoulaient de façon interminable. La fébrilité de Renelde augmentait. Elle se reprochait son manque de méfiance. Louise ne lui avait-elle pas tendu un piège ? Elle l'avait menacée.

Renelde saisit le chandelier et commença à inspecter les lieux. Elle se promit de quitter cet antre inhospitalier si personne n'apparaissait au moment où l'horloge indiquerait les neuf heures du soir. D'origine hollandaise, cette dernière ressemblait à la sienne, celle de la maison du canal de la Demi-Lune, à Amsterdam. Haute et harmonieuse, elle était posée contre un pan de mur, entre deux drapés de rideaux de taffetas qui encadraient les fenêtres donnant sur la rue.

Et brusquement, elle l'aperçut. Il était écroulé sous les rideaux, les jambes pendantes. Elle sursauta, poussa un léger cri, recula. Un grognement se fit entendre. L'homme était vivant.

Elle prit son courage à deux mains, souleva le voilage, afin d'en dégager la tête. Elle s'agenouilla près de l'inconnu et avança le chandelier pour distinguer ses traits. Il était jeune encore, mais corpulent, les cheveux en broussailles, la mine brouillée par le vin et les frasques. Il ouvrit la bouche, éructa. Une forte odeur d'alcool et de corps mal lavé lui parvint, elle retint un haut-le-cœur.

Les paupières flasques se soulevèrent.

Ce visage singulièrement bouffi, ce visage sur lequel se lisaient les traces de la déchéance, ne lui était pas inconnu, mais elle n'aurait su dire où elle l'avait déjà rencontré. Il releva le menton. C'est alors que les yeux la toisèrent. L'homme reprenait vie. Il lui sourit. Elle tressaillit.

— Je vous attendais, ma tante...

Renelde resta interdite. Une sueur froide se répandit sur son corps. Non ! Ce n'était pas possible. Cette loque humaine ne pouvait être... Et pourtant, ce regard, oui, c'était bien celui des Van Eyck.

— Pierre ? murmura-t-elle, l'air abasourdi.

Il hocha la tête. Il se dressa sur ses coudes et s'exprima avec lenteur, la bouche pâteuse :

— L'eau, sur la table...

Renelde réagit. Elle se précipita sur la cruche, lui en versa un grand verre, en imbiba son mouchoir, et tandis qu'il buvait goulûment, elle lui tapota le front.

Voilà donc la surprise que lui réservait Louise ! Quel lien existait-il entre eux ? Une nuée de questions affluait à son esprit tandis qu'elle essayait de faire recouvrer les sens à son misérable neveu. Il retrouva un peu de sa vigueur. Installé sur le fauteuil, face à Renelde, il s'expliqua. Avec amertume, avec cynisme :

— Oui, c'est moi, ma tante : Pierre Van Eyck, fils et petit-fils des brasseurs et notables lillois. C'est moi, Pierrot le dépravé, Pierrot l'incapable, renvoyé du plus éminent collège qui existât à Paris, Pierrot le lâche, qui n'a osé revenir chez lui, dans son pays de Flandre, de peur d'y croiser le regard ulcéré et honteux de son père et, surtout, celui malheureux de sa mère !

Il se tut quelques instants.

— Tu m'attendais, dis-tu ? lui demanda Renelde. As-tu des nouvelles de ma jeune dentellière, Marie-Jeanne ?

— Ronchivol était mon ami. Enfin, je l'ai cru. Mais lui et Louise se sont joués de moi, comme ils l'ont fait de Marie-Jeanne...

Renelde se souvint.

Le père Philippe lui avait révélé la piètre existence de Pierre, au milieu d'une bande de nobliaux débauchés, la bande de Ronchivol. Voilà pourquoi ce nom ne lui avait pas paru étranger lorsque Louise avait évoqué son amant. Mais depuis son arrivée à Paris, elle avait entendu nommer tant et tant de personnes qu'elle n'en avait fait de suite le rapprochement.

— Elle est vivante, dis-moi ?

— Oui....

— Explique-toi, Pierre, je t'en prie !

— Louise m'a entraîné dans la bande.

— Elle te connaissait ?

— Elle m'a recherché à Paris, et s'est présentée comme votre amie, ma tante. Qu'avais-je vu chez les jésuites ? Une vie laborieuse, réglée, austère. Grâce à son amitié et celle de Ronchivol, je m'offris de multiples jouissances. Grisé par leur vie facile, les fêtes, le tabac et la bonne nourriture, je voulais ressembler à Ronchivol et posséder Louise, moi aussi. Elle prit un malin plaisir à m'inciter aux pires sottises. Je pensais qu'en dépassant les excès de notre chef, j'obtiendrais l'admiration de sa belle. Elle en joua. Lorsqu'elle voyait son amant s'éloigner, elle se servait de moi, comme d'un pantin, pour attiser sa jalousie. Lorsqu'elle a compris qu'il ne lui reviendrait pas, elle m'a jeté comme un vulgaire jouet.

A présent qu'elle avait conscience de la jalousie maladive de Louise à son égard, Renelde imaginait sa délectation à débaucher un Van Eyck, à avilir sa famille.

— Où sont-ils, Ronchivol, Marie-Jeanne ?

— Lui est recherché pour vols, outrages et sacrilège dans les églises. Il s'est réfugié dans une gentilhommière de la forêt d'Halatte, près de Senlis. Là-bas, il espère la protection des princes de Condé. J'y fus convié avant l'hiver. Quand j'ai vu la façon dont il maltraitait Marie-Jeanne, j'ai accepté de vous remettre un message de sa part. Elle était votre apprentie, ma tante, et je l'avais croisée, enfant.

— C'était toi...

— Oui. Mais le courage m'a manqué. J'avais honte de remonter en Flandre dans cet état, de me présenter à mes parents sans l'habit *. Je revins à Paris, car je me croyais amoureux de Louise. Mais dans son visage vérolé, je découvris ma propre déchéance. Je fis transmettre le message de Marie-Jeanne. Je savais qu'un jour ou l'autre vous apparaîtriez. La constance a toujours été votre fort, mon père me le disait, enfant. Il vous admire tant. Puis j'appris par Louise que vous logiez ici, dans le Marais.

Ses paupières s'abaissèrent. La torpeur le gagnait. Il

* L'habit religieux des jésuites.

avait fait un effort immense en se confiant longuement. Mais les effets de l'alcool et de la fatigue accumulés par des nuits d'orgie ne s'étaient pas totalement dissipés. Il allait sombrer à nouveau... Il ne fallait pas, pas maintenant !

— Mon Dieu ! Pierre ! Secoue-toi, je t'en prie ! Réagis ! Tu dois me dire où habite Ronchivol !

Il ne répondit rien.

— Dis-moi... Il la maltraite, dis ? Comment va-t-elle ?

Il semblait à nouveau perdu.

— Je t'en prie, Pierre, donne-moi son adresse... Pierre... Tu ne peux rester dans cet état !

Elle le suppliait, le secouait. Alors, elle décida la violence. Il devait réagir.

— Pierre ! dit-elle d'une voix très forte, puissante.

Elle le saisit par les épaules et s'entendit prononcer ces mots effroyables :

— Nicolas t'attend. Il a besoin de toi. Ta mère, Ludivine... Elle est morte !

Il rouvrit les yeux, blêmit.

— Maman... balbutia t-il, hébété. Morte ? Oh ! Mon Dieu ! Maman... répétait-il, Maman...

Il pleura. Et Renelde songea que c'était bien.

## 28

Renelde considéra avec satisfaction la métamorphose de son neveu, tandis qu'il franchissait le seuil de la gentilhommière. La cravate de mousseline nouée au cou, le chapeau au bord relevé et aux plumes discrètes, ainsi que la perruque en crinière, accentuaient l'aspect grave de son visage. Quelques traces de ses débordements y subsistaient, mais dans ses yeux, la vie brillait à nouveau. En dépit d'un corps un peu gras, Pierre avait le maintien de son père et de son grand-père. Il portait une jaquette rouge munie de rubans à l'épaule droite et aux poignets, mais dans l'ensemble, son habit d'été revélait une retenue qui tranchait avec le débraillé dans lequel Renelde l'avait découvert. Il revint seul.

— Mon Dieu ! Elle n'y est pas ! soupira Renelde, extrêmement contrariée.

A mesure que Pierre approchait de leur voiture, elle distinguait son air embarrassé.

— La maison est inhabitée, cria-t-il. Attendez, ma tante, je fais le tour. Il y a des écuries à l'arrière...

Marguerite attendait avec Pietrolino près du portail d'entrée. Elle tenta de réconforter Renelde :

— Elle n'est pas loin, petite mère... J'en suis certaine.

— Moi aussi, ma chérie, c'est bien pour cela que je suis très impatiente ! lui répondit Renelde, d'un ton qui se voulait enjoué.

Son regard soucieux dévoilait son inquiétude.

— Il n'y a pas de chevaux. Mais j'ai déniché le vieux

jardinier, dissimulé derrière un buisson, dit Pierre en remontant dans la voiture. Mine de rien, celui-là est au courant de tout ! (Il sourit.) Ils ont suivi Ronchivol à Chantilly.

— Avec Marie-Jeanne ? s'enquit Renelde.

— Non. Il pense qu'elle s'est réfugiée dans un couvent de Senlis.

— En route, cocher !

A présent qu'ils étaient sur le chemin du retour, Renelde avait hâte de rejoindre au plus vite Grégoire et Aurélien. Hâte aussi d'arracher Marie-Jeanne des griffes de cet ignoble individu. Elle n'était pas encore retrouvée, mais elle s'était enfuie. Il ne pouvait plus la martyriser.

Le printemps s'était fait attendre. Il éclatait avec arrogance. Elle vit des paysans s'activer dans un champ. Le torse nu et fort de Grégoire se superposait à celui de ces hommes. Sa voix chaude, ses yeux bleu pâle, si pâles... Avec une prédominance de bois, de cours d'eau, le pays était beau, quoique très touché par une saison particulièrement meurtrière. Dès la sortie de Paris, ils étaient allés de surprise en surprise, humant avec joie les senteurs de la vraie campagne, mais découvrant avec une infinie tristesse le résultat des assauts d'un effroyable hiver. Les cadavres glacés dans les chemins n'étaient plus qu'un mauvais souvenir en ce joli mois de mai.

Il avait beaucoup neigé dans les campagnes. Le froid avait gelé les vignes, qui étaient en quantité dans la région. L'herbe avait poussé de façon disparate dans les prairies. Cette saison-là avait laissé des traces indélébiles dans la végétation. Seule la production jardinière demeurait importante et s'écoulait essentiellement vers Paris. Baignée par la Nonette et entourée par un épais feuillage verdoyant, la petite ville de Senlis était souriante. Elle avait perdu son aspect embaumé de décembre. Réveillée par le printemps, comme par un prince charmant, protégée des vents par les forêts dont on sentait les essences, « la Belle endormie » offrait aux regards ses murailles de pampres, de clématites et ses amoncellements de renoncules. Somptueuse, la flèche de la cathédrale se dressait fièrement au milieu des autres édifices religieux.

Après avoir surmonté ses faiblesses, sinon son chagrin, Pierre avait décidé de les accompagner et de les aider. Il les quitterait en Flandre, pour se diriger vers Lille. Décidé à reprendre sa vie en mains, il avait réagi comme Renelde l'espérait, avec l'opiniâtreté des Van Eyck. En attendant, il les guidait dans l'enchevêtrement des rues silencieuses qu'elles avaient déjà empruntées au début de l'hiver. Un tiers de la cité était occupé par des communautés religieuses, ce qui, en dehors des nombreuses volées de cloches, procurait à la cité un calme extraordinaire, surtout au sortir de Paris. La plupart des congrégations s'occupait du secours des pauvres et des malades. Cependant, les portes ne s'ouvraient pas toujours aisément, car des hordes de mendiants assiégeaient les monastères, réclamaient la soupe et le gîte, et en profitaient pour voler avec outrance.

— A la Charité, il y a tout juste quelques militaires vénériens et sept ou huit pensionnaires, essentiellement des ecclésiastiques, annonça Pierre, au poste d'éclaireur. Il nous reste le couvent de la Présentation.

Des chœurs de ferventes petites vierges au regard extasié montaient de la chapelle. On percevait les chants depuis le portail d'entrée. Renelde sentit le cœur de Pietrolino se serrer. Elle pria son neveu d'attendre dans la voiture, en compagnie du jeune chanteur, et pénétra avec Marguerite dans le parloir qui sentait la cire d'abeille.

Marie-Jeanne s'était réfugiée dans cette communauté. Après s'être assurées qu'elle n'était affectée d'aucune maladie transmissible, comme la teigne ou les écrouelles, les sœurs l'avaient acceptée. Mais elles ne l'avaient pas gardée.

— Pourquoi, révérende mère ?

— Madame, vous comprenez... (La religieuse était gênée. Elle parlait bas, par habitude.) Nous tenons une pension pour jeunes filles appartenant aux excellentes familles du Valois. Nous assurons également l'école pour toutes les natives de la ville. Nous leur apprenons à lire, à tapisser. Elles sont dressées au ménage et aux autres tâches convenant à leur sexe. Ceci, de façon gratuite, par pure charité.

Renelde pensa à ses propres années de couvent. Les Ursulines leur inculquaient de nombreux principes sur le monde, tout en leur apprenant à s'en méfier, et à craindre l'homme.

— Je vous en sais d'autant plus gré de l'avoir recueillie. Mais elle est dentellière, et adroite, elle possède son métier, elle aurait pu vous aider à instruire vos élèves et ne rien vous coûter...

— C'est ce qu'elle fit, madame, les premiers temps. Mais...

— Mais quoi, révérende mère ? Où est-elle ?

— Bien. Il semblerait donc que vous n'êtes point au courant. Votre protégée attendait un enfant.

Un silence pesant s'ensuivit.

— Pardonnez-moi, ma mère, vous ne voulez pas dire que vous l'avez congédiée dans son état, en plein hiver, sans une âme charitable à ses côtés ? Où est-elle à cette heure ?

Renelde s'était levée brutalement. La colère rougissait ses joues et enflammait ses prunelles.

— Rasseyez-vous, madame, suggéra la religieuse, d'un ton calme et doux. Vous allez la revoir.

Confuse, Renelde s'exécuta.

— Je ne peux croire que vous, vous ayez...

Marguerite lui prit la main.

— Et vous avez raison, madame, de ne pas y croire... reprit la révérende mère. Nous ne l'avons pas abandonnée. Si vous permettez que je m'explique...

— Excusez mon emportement...

Pour toute réponse, la religieuse lui sourit.

— Elle n'a pas osé nous l'avouer tout de suite. Lorsqu'il ne lui fut plus possible de le cacher, elle est venue se confier à moi. Bien que son exemple fût désastreux pour nos pensionnaires, je décidai de la garder. Mais il nous fallait être discrètes. Certaines familles auraient retiré un soutien dont nous avons le plus grand besoin. Marie-Jeanne a continué à nous aider, non dans l'apprentissage, mais à de plus bas ouvrages. J'aurais pu la diriger vers un couvent qui recueille les filles perdues, mais comment vous dire... Nous nous étions attachées l'une à l'autre. Votre Marie-Jeanne est si jeune encore d'esprit ; tous ses malheurs sont venus de sa grande innocence. Malgré son âge, c'est une enfant, plus qu'une femme. Une brave enfant. En dépit de son état, elle n'a jamais hésité à se lever aux aurores, ni rechigné à la besogne réclamée par notre « saint esclavage », comme nous appelons notre communauté. En mars, les dames dévotes qui se réunissent dans notre monastère eurent vent de notre secret. Elles ont refusé de la garder. Je n'ai pas réussi à les convaincre que Marie-Jeanne n'était pas une ribaude. Dès qu'elles ont su que l'enfant était du sieur Jean-Etienne de Ronchivol, cela n'a fait qu'aggraver son cas. Comment l'ont-elles appris ? Cela, je l'ignore. Les chuchotements de couloir se propagent et trahissent. Il a fallu m'en séparer. En réalité, nous l'avons cachée. Elle a eu son enfant début avril. Nous l'avons fait baptiser. Ensuite, c'est elle qui est partie. Elle n'a voulu demeurer ni une charge ni un danger. Grâce au Ciel, par l'intermédiaire d'une orpheline employée aux cuisines, je sais où elle est, et je lui assure sa nourriture quotidienne. J'avais à dessein de convaincre nos bienfaitrices de ses qualités, et de la réemployer. J'espérais un miracle. Il est venu, avec vous. Je vais chercher la cuisinière. Elle vous accompagnera.

— Nous sortons, révérende mère, pour rassurer nos compagnons de route. Nous l'attendrons dehors. Je vous suis infiniment reconnaissante de vous être occupée de Marie-Jeanne.

— Ne me remerciez pas. En parlant avec vous, je me suis rendu compte de mon attitude médiocre. J'aurais dû la garder. Le nombre de malheureuses sans doute, le manque de temps... Je vais faire pénitence et implorer le pardon de Notre Seigneur.

Elle sortit une médaille du tiroir d'un cabinet sculpté de scènes de la Bible, sur lequel reposait un immense crucifix blanc. Elle la tendit à Renelde.

— Vous la lui offrirez.

Elle n'ajouta rien. Renelde comprit que ce présent était

important dans le cœur de la religieuse ; que c'était sa manière à elle — pudique — de témoigner son affection à la dentellière.

— Pourquoi ne viendriez-vous pas avec nous ? demanda spontanément Marguerite. Elle serait touchée que vous la lui remettiez en mains propres.

— Non, ma fille. Votre amie a un nouveau chemin à parcourir. Mais elle restera toujours présente en mon cœur.

— Elle le saura, croyez-le bien, ma mère, dit Renelde, en prenant congé.

Le portail baroque de la rue de la Tournelle se referma sur les deux Flamandes. Peu après, une enfant chétive d'une dizaine d'années, au visage ingrat, sortit par une porte latérale et leur fit signe de la suivre.

— Laissez la voiture, recommanda-t-elle, avec un accent assez prononcé.

Elle parlait un patois mal articulé et rapide. Ils comprirent néanmoins qu'ils se dirigeaient vers un abri souterrain.

Ils pénétrèrent ainsi dans la cave d'une maison à deux corps de logis, avec cour et jardin, mais ayant une entrée directement sur la rue. Après un premier entresol, éclairé par des soupiraux, ils descendirent dans une seconde cave obscure, dont les voûtes reposaient sur des croisées d'ogive et des piliers aux chapiteaux sculptés. Suivait un corridor étroit dont les murs suintaient.

— Ces couloirs relient entre eux de nombreuses maisons de la ville.

La petite circulait dans ce labyrinthe avec une aisance extraordinaire.

— Ces caves servaient aux tisserands...

Devant l'étonnement de Pietrolino, Renelde sourit :

— L'humidité est indispensable à la solidité des fils.

La petite maigrelette la regarda, intriguée par son savoir. Et lorsque Marguerite eut entrepris de lui expliquer qu'elles étaient dentellières en Flandre, elle sauta de plaisir :

— Ça alors ! Vous êtes de la famille ! Jadis, des milliers de personnes étaient employées par les marchands drapiers, et de nombreux manouvriers, comme mon grand-père, tissaient dans les caves. Les manufactures de drap et de serge ont quasiment disparu. Ah ! Nous y voilà !

Marie-Jeanne reposait sur une couche de fortune.

A ses côtés, une chandelle donnait un peu de clarté. Ses traits étaient empreints d'une indicible tristesse. Dans son châle, on apercevait, tout contre son visage, celui d'un petit enfant d'un mois.

Adriaan attendait l'homme qui l'avait emmené jusqu'à Senlis. Ce Hollandais d'une trentaine d'années lui avait été présenté par le pasteur Claude, au temple de Charenton. Sans cet homme, il n'aurait peut-être pas survécu. Mais l'étranger s'ennuyait. Il était riche, il avait du cœur. Il l'avait hébergé à Paris et s'était beaucoup amusé à le guider dans ses pérégrinations insensées.

Adriaan priait. Il n'allait tout de même pas les perdre ici ! Depuis des mois, il s'était fait leur invisible gardien. A la porte de l'église, il avait écouté le bel enfant brun dont la voix s'envolait vers les cieux comme une nuée d'hirondelles. Il avait vu grandir encore un peu plus cet hiver sa Marguerite, sa jolie fleur, qui avait eu ses quinze ans à Paris. Ce jour-là, peut-être avait-elle entendu ses mots d'amour ? C'était comme s'il avait chanté par la voix de Pietrolino.

Un matin, il l'avait vu s'échapper et l'avait suivi. Tout s'était passé si vite ! Sauvé par les lavandières, emmené à l'intérieur de l'Hôtel-Dieu. Il avait alors porté le message chez la comtesse de Fontenille...

A présent, ils remontaient.

Adriaan devait au moins s'assurer que Marguerite rentrât saine et sauve de son long et périlleux voyage. Sa mission s'achèverait bientôt. Il ne serait plus d'aucune utilité, certes, mais il avait assez de souvenirs pour remplir la misérable vie qui lui restait à accomplir. Jamais, il ne l'oublierait...

« Pourvu que je ne les perde pas ici ! »

Soudain, le Hollandais réapparut.

— Les voilà. Cache-toi !

Adriaan se laissa glisser au fond de la banquette.

— Que font-ils ? chuchota-t-il.

— Ils sont à pied. Tiens... Ils s'arrêtent. Oh !

— Quoi ?

Adriaan s'affolait.

— Ils ont disparu dans un passage. Ah ! Je les aperçois...

— Ouf !

— Ils entrent dans un sous-sol.

Adriaan releva la tête.

— J'y vais !

— A mon avis, garçon, c'est inutile. Attends qu'ils en ressortent.

— Non.

— Qu'as-tu ? dit le Hollandais, en le voyant pâlir.

— Rien... Je ne sais pas. Je les suis.

— Je pense qu'il est inutile de te raisonner. Tu as la tête la plus dure que je connaisse. Mais ça me plaît. Je passe la Galère, la poste aux chevaux et ce soir, je suis à l'Hostellerie de l'Ange. Je repars à l'aube. Je ne t'attendrai pas !

Recherché pour avoir semé certains troubles, il ne pouvait s'attarder davantage en France sans encourir de gros risques. Il caressa la fourrure soyeuse du chat.

— On finirait par s'y habituer, à ces bêtes-là... murmura-t-il.

L'animal sauta sur l'épaule de son maître, et ils disparurent tous deux dans les profondeurs de la cité. Adriaan parcourut hâtivement les caves dénivelées, prenant soin de ne pas se faire repérer. A Paris, l'agitation était intense et permettait de se camoufler à tout moment. Mais dans les rues de Senlis, il avait laissé son ami les suivre. Son pas heurté résonnait trop sur le pavé.

Il découvrit tout un réseau de galeries souterraines et se serait perdu, s'il n'eut entendu des éclats de voix. Ils étaient là, près de lui, dans la cave arrière, juste en contrebas de celle où lui-même essayait de calmer les battements de son cœur agité par le souvenir du cachot des noyades et par celui d'une autre cave, celle de ses quatre ans.

Une jeune fille parlait. Sans doute Marie-Jeanne. Il comprenait assez bien le français depuis plus de six mois qu'il était dans le pays. Il entendit ensuite la voix de Marguerite ; son cœur vibra.

— C'est une fille. Comme elle est belle ! Comment se nomme-t-elle ?

— Marie, Ana, dit la voix inconnue.

— Ana la belle... Comme Ana...

— Pour Ana !

Adriaan ne vit pas la lueur étrange dans le regard de Marguerite. Marie-Jeanne ajouta :

— Toi aussi, quand tu seras mariée, tu auras de beaux enfants.

— Oh ! répondit-elle avec un soupir de dénégation.

— Je suis sûre, Marguerite, que tu as un amoureux !

— Celui que j'aime est loin, Marie-Jeanne.

La voix de madame Renelde, maintenant. Oui, c'était elle :

— Adriaan... N'est-ce pas, ma chérie ?

Alors il l'entendit prononcer ces mots :

— Oui. C'est Adriaan.

En cet instant précis, les yeux du jeune homme se remplirent de larmes. Il ne résista plus et pénétra dans la cave.

— Marguerite !

Elle portait le nourrisson de Marie-Jeanne. Elle se retourna et le vit. Son visage enfantin se couvrit de clarté. Radieuse, elle était prête à bondir dans ses bras, lorsque soudain, elle se raidit.

Une expression de terreur se peignit sur son visage. Illuminés de joie l'instant précédent, ses yeux s'agrandissaient et fixaient un point par-dessus l'épaule d'Adriaan.

— Non !

Il se retourna. Une silhouette encapuchonnée sortait de l'ombre. Menaçante, elle s'avançait vers la petite Ana, un couteau en main.

En un éclair, il se posta devant Marguerite et l'enfant. Le combat fut si fugace qu'aucun ne put s'interposer. Ils n'eurent que le temps de voir deux yeux exorbités et injectés de sang lever la lame. Elle s'abaissa sur Adriaan.

Il huma un parfum lourd et épicé, semblable à celui de sa mère, dans les profondeurs d'Amsterdam. Il chancela, puis essaya de se protéger et leva le bras pour saisir les cheveux de la démente dont le capuchon avait glissé des épaules. Livide de rage, Louise montrait à tous un masque vérolé, presque méconnaissable et que la haine avait rendu encore plus hideux.

Le couteau s'abaissa, à l'aveuglette.

Alors, on entendit un miaulement terrible fait de douleur et de hargne. Deux yeux phosphorescents la fixaient. Elle crut voir le Diable. Le poil hérissé, il la griffait au visage. Elle se sauva comme une folle. Le chat avait reçu la lame. Mais le cri rauque de Marguerite emplissait les voûtes.

Adriaan gisait sur le sol.

# 29

L'image de la violence avait terni la quiétude des Senlisiens. Ils étaient sortis par essaims de leurs maisons et suivaient l'étrange convoi en tête duquel un jeune homme était porté, la tête pendante, évanoui. En queue, une petite fille chétive serrait un chat ensanglanté dans ses bras. Le cortège envahit bientôt la cour de l'Hostellerie de l'Ange.

— C'est complet !... C'est complet !... répéta l'aubergiste décontenancé par la compagnie incongrue qui lui tombait dessus.

Il n'aimait pas ce genre d'envahissement : des voyageurs pâles et lugubres, un blessé... Toute cette agitation inhabituelle, fâcheuse pour sa réputation, était de mauvais augure. Il allait les renvoyer, lorsqu'il reconnut la belle Flamande du mois de décembre. Il crut à une hallucination.

— C'est vous... madame... heu... ?

— Van Noort. Oui, c'est moi !

— Il faut l'emmener à l'Hôtel-Dieu ou à...

— Je vous en prie ! supplia Renelde.

Le regard bleu levé vers lui implorait son aide. Incapable de résister à son charme, il se creusa la cervelle, car sept clients supplémentaires, dont un nourrisson et un blessé, c'était une charge. Ces gens-là ne voulaient pas de l'hôpital, soit. « Après tout, il doit bien y avoir une solution », se disait-il en se grattant le cuir chevelu. Son épouse le tira d'affaire. C'était une femme de tête. Elle parlementa avec des voisins, qui acceptèrent de les héberger pour une nuit ou deux, et elle proposa à Renelde sa propre chambre.

La plupart des pensionnaires de l'hostellerie les avaient rejoints, avides de sensations fortes, le cœur empreint de curiosité ou de compassion. Un homme de haute taille, à la figure large et barrée par une épaisse moustache blonde, intervint. C'était le Hollandais. Il s'adressa aussitôt à Adriaan qui venait de reprendre connaissance. Ils échangèrent quelques paroles. Renelde était stupéfaite, car l'homme s'exprimait sur un ton de cordialité sincère et semblait le connaître parfaitement.

Il se tourna vers elle :

— Je lui laisse ma chambre et dormirai à l'écurie.

— Mais, monsieur...

Renelde était dans l'embarras, quoiqu'il inspirât confiance.

— Acceptez, madame Van Noort. Je devais partir à l'aube, mais j'attendrai toutefois qu'il soit hors de danger.

— Vous savez mon nom ?

— Adriaan est mon ami. Je vous raconterai cela tantôt.

Puis, avec un empressement dépourvu d'intentions dissimulées, il ajouta :

— En attendant, si je puis vous être utile en quoi que ce soit, madame...

L'aubergiste écarquillait les yeux, sans comprendre.

« En flamand, maintenant. Ils s'expriment tous en flamand entre eux... »

Seul un jeune garçon brun, au regard étonnamment noir et angéliquement beau, parlait français, mais avec un fort accent italien.

Dans l'attente du médecin que Pierre était allé quérir avec un Senlisien, on étendit Adriaan dans la cuisine, près de l'âtre, une couverture sous la tête. Renelde s'opposa à ce que l'on envoyât des sergents à la poursuite de la forcenée.

— Laissons-la. Louise est une malheureuse dont la raison s'est égarée. Je suis sûre qu'elle ne cherchera plus à nous nuire.

— Puissiez-vous être dans le vrai, madame.

Le médecin vint le panser. La blessure n'avait lésé aucun organe.

— Vous voyez, dit-il, non mécontent d'étaler sa science devant des étrangers, le second coup eût été mortel, car il était dirigé vers le cœur. Heureusement, la lame s'est présentée de côté et n'a fait que l'effleurer. Grâce à Dieu !

— Grâce au chat !

Tous se retournèrent d'un seul mouvement vers la voix fluette qui venait de s'élever. La petite cuisinière au parler picard portait l'animal mort dans les bras. On les avait totalement oubliés, ces deux-là.

— Je vais l'enterrer, leur annonça-t-elle, gravement.

Elle sortit dans un silence respectueux, et tandis qu'elle passait sous le porche d'entrée, certains l'entendirent soliloquer, d'autres prétendirent qu'elle conversait avec un esprit invisible :

— Tu vois, j'avais raison. Ce n'est pas une bête du Diable. Le chat lui a sauvé la vie. Non, ce n'est pas le Diable...

— Il a besoin d'un vrai lit, ordonna le médecin.

On le transporta dans la chambre du Hollandais. Pendant la demi-heure qui suivit, il y eut un grand va-et-vient dans l'hostellerie. On s'affaira à changer des lits de place, à chercher de l'eau, du linge propre, des herbes médicinales.

Le crépuscule était tombé. Nuageux, le ciel hésitait entre une obscurité totale et la clarté d'une belle soirée printanière. Il hésitait entre douceur et ténèbres. Adriaan était calme. Il s'était assoupi après avoir souri à Marguerite.

— Mais cela ne durera pas, prédit le médecin qui prenait congé. La souffrance va le réveiller, la nuit sera agitée et fiévreuse. (Il leva un index menaçant :) Sa vie dépend des prochaines heures, car, malgré tout, il a perdu beaucoup de sang. Veillez-le sans relâche.

Terrassée par l'anxiété, Marguerite n'avait pas ouvert la bouche pendant la consultation. Elle attendait, dans l'incapacité de se mouvoir, de réfléchir.

— Je m'en charge, déclara-t-elle soudain, sur un ton qui n'admettait aucun refus.

— Je reste avec toi... émit Renelde.

— Il n'en est pas question, petite mère. Occupe-toi de Marie-Jeanne et du bébé. Ils en ont autant besoin.

Renelde s'effaça. C'était la place de sa fille.

— Bien. Mais dans ce cas, ma chérie, il te faut prendre des forces. Notre hôte nous a préparé un repas. J'attendrai ton retour dans la chambre.

— Non, intervint Pierre. Vous allez souper toutes les deux. Je le veillerai pendant ce temps.

Et il ajouta, en les poussant vers la sortie :

— J'ai des réserves, moi !

Elles soupèrent en compagnie de Pietrolino, de Marie-Jeanne et du Hollandais.

Lettré, l'homme parlait plusieurs langues. Il avait couru le monde, y avait perdu ses préjugés et ses chimères.

— Par quel miracle Adriaan est-il arrivé jusqu'à nous ? demanda Renelde, qui n'était pas encore revenue de sa surprise.

Très affable, il se fit un plaisir de leur conter leurs aventures. Il s'exprimait en français, de façon à être entendu par le jeune Florentin.

— Adriaan m'a prêté ses rêves. Il ne pensait qu'à vous aider, négligeant sa propre détresse. Quelle tête, celui-là ! Je lui dois de savoir que l'on peut être homme et délicat, doux et viril. Il rêve, mais il ne languit pas. C'est une leçon de courage, ce garçon-là !

— Vois-tu, petite mère, dit Marguerite, je sentais que cet inconnu, à Lille, c'était comme un message de lui. C'était mieux ! Le miaulement, je l'avais bien entendu. Le chat... Mon Dieu ! Comme il sera malheureux d'apprendre sa mort !

Marie-Jeanne allaitait la petite Ana.

— Il a sauvé mon enfant. Je lui en serai éternellement reconnaissante.

Rougissant de son audace, Pietrolino s'élançait à son tour dans la conversation :

— Moi aussi, je lui dois quelque chose : nos retrouvailles, madame Van Noort.

— Renelde, Pietro, appelle-moi Renelde.

Marguerite se leva. Elle avait mangé de façon frugale, l'estomac tenaillé par l'inquiétude. Elle embrassa le jeune Florentin sur la joue :

— Ou « petite mère », si tu préfères ! Bien. Permettez-moi de me retirer.

Elle prit la main du nourrisson.

— Comme nous allons t'aimer, Ana... Bonsoir, Ana-Belle.

— Je suis heureuse de t'avoir retrouvée, petite sœur.

— On ne se quitte plus, dis ?

Marie-Jeanne lança un regard furtif et interrogateur vers Renelde, qui la gratifia d'un radieux sourire :

— Non, on ne se quitte plus.

Le Hollandais, très en verve, échangea avec Renelde diverses impressions concernant Amsterdam. Il se proposa, une fois Adriaan hors de danger, de partir en éclaireur vers Moerbeke, d'être leur messager auprès de Grégoire, avant de regagner son pays.

— N'est-ce point dangereux pour vous ? demanda Renelde, après qu'il lui eut confié ses démêlés avec le pouvoir.

Il éclata de rire :

— Votre sollicitude à mon égard me flatte, mais je ne suis pas assez criminel pour avoir ameuté toute la garde royale ! Et puis, j'ai très envie de faire la connaissance d'un homme heureux : votre époux. Nous parlerons de livres et de vous.

Le visage de Renelde rosissait.

— Comment vous remercier, monsieur... Mon Dieu ! Je ne sais même pas votre nom !

— Souvenez-vous de moi comme du « Hollandais »...

Pour moi, vous représenterez toujours « la Flandre ». Une bien jolie Flandre.

La rue avait reprit son aspect tranquille. Cette nuit-là, l'Hostellerie de L'Ange abritait chérubins et séraphins. Elle portait bien son nom.

Marguerite marcha à pas feutrés pour rejoindre Adriaan. Le bois de la fenêtre grinçait. Elle l'entrouvrit. La terre, les fleurs exhalaient leurs parfums dans la fraîcheur du soir. Un rayon de lune transparaissait au travers d'un arbre, diffusant une étrange clarté sur la chambre. Elle referma la croisée afin de ne pas être distraite par les bruissements de feuilles. Elle s'installa auprès d'Adriaan, à l'affût du moindre de ses mouvements, et ne détourna plus une seule seconde ses regards de celui qu'elle avait quitté à Amsterdam et qui lui était revenu.

La vieille entaille dans la joue s'était atténuée. Il commença à se tourner, à se retourner, à gémir. Il leva les paupières. Ses yeux brillaient de fièvre. Des élancements lui vrillaient la tête. Elle essuya la sueur de son front, lui donna à boire. Il discerna la lueur vert pâle d'une robe, la blancheur d'une épaule sur laquelle s'éparpillait une chevelure dorée, presque rousse. Il retrouva sa mère, dans les mystères de la nuit. Il entendait une musique confuse et vertigineuse. Des pensées terribles surgissaient et traversaient son sommeil. Il se débattait contre des maléfices. Il laissait échapper des lambeaux de souvenirs encombrants, des bribes de secret, ensevelis au plus profond de sa conscience :

— Maman... Non !... Ma jambe... J'ai mal...

Marguerite entendit des éclats de voix tonitruantes. Deux voyageurs rentraient dans la pièce voisine, riant, éructant, indifférents au drame de cette chambre-ci.

Puis l'obscurité s'épaissit. Le silence se mit à régner. Une solitude pesante s'abattit sur les êtres. La nuit fut longue, plus longue que le jour. Recroquevillé sur lui-même, Adriaan se mit à trembler. Le visage assombri par l'inquiétude, Marguerite lui prit la main, qui était brûlante, dans l'espoir de calmer son âme agitée autant que son corps malade. La voix enrouée par l'émotion, elle lui parla doucement. Mais la fièvre augmenta, prête à le dévorer. Marguerite se sentit un moment submergée par une peur intense. Non ! Il n'allait pas la quitter maintenant ! Il devait vivre ! Un sentiment d'indignation, de répugnance même, lui souleva le cœur à la pensée de la rouerie de cette Louise qui s'était acharnée sur eux. Elle ne l'avait jamais aimée, mais pouvait-elle imaginer une âme à ce point dévorée de haine, envahie d'ombres, pareille à ce visage flétri qui portait les stigmates de la vérole ? Non. Elle n'en revenait pas de sa malignité. Elle avait lu le meurtre dans ses yeux.

— Je t'en supplie, Adriaan, vis !

Alors il quitta sa mère et survola les canaux d'Amsterdam. Avait-il des ailes ou des nageoires ? Peu importait. Il volait. Il n'avait plus besoin de cette jambe... Des oiseaux l'accompagnaient. Il entendait leur mélodie.

Une alouette chanta.

Avec les premières lueurs de l'aube, le matin se para de couleurs opalines. Il sentit de doux effleurements de main. Il se réveilla, et rencontra les yeux de sa Marguerite, rougis de larmes, légèrement creusés par la veille. Sa beauté s'épanouissait de jour en jour, sans perdre la fraîcheur et la grâce exquise de l'enfance. Un sourire vint illuminer leurs deux visages aussi pâles l'un que l'autre et raviva leurs regards bleutés. Adriaan en avait fini avec les errances. Un flot de vie circulait à nouveau dans ses veines gorgées de sang. Il était en nage, la couche trempée. Elle lui épongea le front.

— Je reviens de loin... murmura-t-il.

Elle brûlait de l'interroger sur ce secret qui le rongeait. Il devina. Il posa son doigt sur les lèvres semblables à deux pétales de rose :

— Chut !

Il lui caressa les cheveux, puis l'une de ses joues, toucha le bout de son nez constellé d'éphélides et lui fit un petit clin d'œil tendre et reconnaissant. Alors elle fut heureuse, et s'accorda la liberté de regarder autour d'elle.

Au-dehors, un écureuil roux sautait de branche en branche. Des papillons butinaient...

Sur le rebord de la fenêtre, un rouge-gorge donnait l'aubade.

Eperdue, Louise s'était élancée à l'aveuglette dans les souterrains opaques.

Elle avançait à tâtons, sans réfléchir, le cœur infesté de rage et de peur, à travers des niveaux variables, se cognant à des parois humides, trébuchant, revenant sur ses pas, cherchant une sortie à ce labyrinthe de pierres moites.

Les griffes du félin et ses puissantes canines avaient rouvert ses cicatrices. Elle n'imaginait que trop la monstruosité de son aspect et la noirceur de son âme. Un moment, elle se terra, prostrée. Une heure ou deux passèrent, jusqu'à ce qu'elle sentît à ses pieds le frôlement des rats. Alors elle se sauva à nouveau. Allait-elle disparaître, emmurée vivante dans ces oubliettes ? Avait-elle vu le Diable ? La douleur était lancinante.

Il faisait nuit lorsqu'elle sortit, débouchant à l'extérieur par une curieuse logette. Autour d'elle, une masse sombre de hauts murs : les remparts de Senlis. La cité lui tournait le dos. Un chemin s'offrit à elle. Elle s'imaginait être poursuivie par une foule en délire. Elle courut encore, puis ralentit son pas. Elle réalisa enfin qu'elle était seule, abandonnée à son lamentable sort, à son indignité, sa malfaisance. Trop avide, trop altière, elle avait manqué sa vie.

L'air était humide et redoublait les élancements de son visage. Le rayon de lune était trop faible pour la guider. A quoi eût-il servi ? Son esprit était égaré. Elle ignorait où elle se trouvait et ne savait où se diriger. Vers quoi ? Pouvait-elle se perdre dans cette campagne inconnue ? Elle était déjà perdue, pour elle, pour les autres.

Il lui sembla apercevoir la silhouette d'un moulin à eau, mais les ombres de la nuit ne cessaient de croître. L'environnement revêtait un côté hostile. Elle s'écorcha les mains dans les broussailles. L'air était empli de bourdonnements étranges. Elle entendit le chuintement de petites créatures fantomatiques qui glissaient le long de la muraille de pierre et profitaient de l'obscurité pour rôder et se nourrir. Elle entendit le clapotis de l'eau.

Oui, c'était bien ce bruit : celui d'un moulin dans lequel frémissait la Nonette. C'est ainsi que les gens de Senlis appelaient leur rivière. Un nuage passa devant le rayon de lune. Le moulin disparut. Elle se tourna, ne sachant plus où aller. Elle obliqua. Le sol devenait tendre. Elle fixait les ténèbres qui l'enveloppaient. Son pied buta sur une racine.

La Nonette !

Elle bascula dans l'eau trouble et glacée et s'y enfonça, incapable de nager. Elle combattit, mais elle était alourdie par ses vêtements empesés. Elle éleva ses mains dans l'espoir de s'agripper à une branche, cherchant désespérément un point d'appui. Et il y eut l'étouffement. Elle chercha l'air et suffoqua dans son corsage étroitement lacé. L'eau glauque pénétrait chacun de ses membres. Elle voulut crier, ouvrit la bouche et s'étrangla.

Elle leva un regard d'angoisse vers le ciel et discerna une étoile, puis une autre. Les nuages disparaissaient. La nuit serait belle. Alors, elle se trouva lasse de lutter. Elle esquissa un dernier geste, c'était le signe de croix. L'eau envahit ses narines. Elle se sentit comme en apesanteur.

En un instant resurgit de l'oubli un défilé d'images : la Chambre de dentelle de Renelde, les apprenties, des inconnues. Dans un bruissement de robes de soie, des femmes aux gorges ruisselantes de bijoux maniant leurs éventails. Elles lui font la révérence, mais sous leurs masques souriants, elle devine leurs hideuses grimaces. Le regard de Ronchivol. Ses mains sur son corps vérolé. C'est lui qui la noie, lui ou la maladie...

Puis des souvenirs plus lointains passèrent devant ses paupières gonflées d'eau : des garçons chahutant leur petite sœur. Une charrette. Elle l'emmène vers la Manufacture d'Arras. Le dos de sa mère, comme auréolé d'une lumière flamboyante. Sa mère... Elle ne se retourne pas vers elle... Elle, l'enfant perdue, la petite Lilloise de neuf ans, qu'on traîne de force...

Louise disparut, engloutie par une voûte noire qui venait de se refermer sur elle. Plus rien ne subsista à la surface. Et tandis que l'eau sablonneuse finissait de s'infiltrer dans son corps, une interrogation trotta encore dans sa tête : Avait-elle vu le Diable ? Après tout, cela n'importait plus. Non, rien n'importait plus que cette enfant qui criait : « Maman ! » Pas même l'eau qui l'emportait vers l'inconnu, vers l'enfer sans doute.

L'enfer, elle connaissait. Elle l'avait vu déjà, à neuf ans.

Une ultime fois, elle essaya de crier : « Maman ! » Mais elle était déjà morte.

# 30

— A-t-on jamais vu calice aussi colossal ?

Marie-Jeanne était frappée par la taille prodigieuse de l'objet sacré qui reposait dans la paroisse Saint-Rieul-de-Senlis.

— Un pied et demi de hauteur !

— C'est un présent du curé. Il est pour le moins singulier, commenta Renelde.

— Un phénomène ! renchérit la jeune femme. Je me demande quel en est l'usage ?

— L'admirer, tout simplement.

Marie-Jeanne arborait la médaille de la révérende mère, qu'elles étaient allées saluer au couvent de la Présentation, avant leur départ pour les Flandres. Pendant cette dernière promenade, elle s'était totalement confiée à Renelde.

— Si je lui résistais, il menaçait de me faire enfermer chez les fous.

— Ici, à Senlis ?

— Oui. L'hôpital de la Charité a ouvert une maison payante pour les malades de cette espèce. Des familles isolent certains de leurs membres dont l'esprit s'est égaré.

De retour vers l'auberge, elles décidèrent de s'arrêter à la cathédrale, afin d'y remercier la Vierge de ses bienfaits. Renelde portait la petite Ana dans les bras.

— Ton Ronchivol m'a tout l'air d'être atteint du mal de saint Acaire *, ma pauvre chérie.

— Je prierai pour lui.

Elles croisèrent une confrérie en uniformes d'apparat et arcs en bois d'if. Ils défilaient avec la statue de saint Sébastien. Suivaient les besaciers de Senlis **, en habit écarlate et plumet au chapeau.

— Les archers du Valois se préparent pour le « bouquet », une fête pendant laquelle aura lieu un concours entre les « Chevaliers », comme ils les appellent. Je le sais, car l'un des compagnons du vicomte en faisait partie avant d'en être exclu. Je crois que les archers se doivent d'être courtois, de châtier leur langage et de vivre dans l'honneur... Ce qui n'était pas exactement le cas dans la bande de Ronchivol !

Un attroupement s'était formé près du parvis.

— Pour la fête, sans doute.

— Allons-y, petite mère.

Elles eurent peine à se frayer un chemin au milieu des badauds qui affluaient en grand nombre vers la place.

— Que se passe-t-il ? demandèrent-elles à une femme du pays.

— Un endurci qui se repent. Il ne s'est pas présenté au confessionnal depuis cinq ans, ni à la Table sainte... Pas même pour ses Pâques, vous vous rendez compte !

L'homme était prosterné devant le portail de la cathédrale. A ses vêtements, Renelde devina une personne de qualité. Il demandait pardon à Dieu et à toute l'assemblée du mauvais exemple qu'il avait donné. Il jurait solennellement de ne plus manquer à son devoir.

Marie-Jeanne reconnut immédiatement la voix de Ronchivol. Le désœuvré en mal de turpitudes regrettait ses incitations à la débauche, ses propos antireligieux, ses provocations, ses débordements. On l'obligea à quitter son manteau et à s'étendre sur le sol. A voix haute, il

* Humeur acariâtre.
** Surnom des arquebusiers.

prononça des prières de pénitence. Le curé flagella le dos de celui qui la veille encore cravachait ses chevaux et ses femmes.

Livide, mais déterminée, Marie-Jeanne se faufila entre les curieux. Renelde la suivit, d'abord surprise. A l'expression de la jeune femme, elle comprit.

Dès que Renelde l'approcha, il lui inspira une forte aversion, quoique ses traits fussent réguliers et ses yeux ardents. Sa bouche était indéniablement cruelle. Sa moustache devait encore porter l'odeur de ses jouissances. Tout son être respirait le vice.

Pour l'heure, des sueurs froides lui mouillaient les cheveux. Il n'avait plus rien du superbe amant qui avait charmé Marie-Jeanne. La jeune femme ne voyait plus que sa dureté, ses lèvres grimaçantes, son regard maléfique. Elle savait à présent que ce qu'elle avait perçu d'amoureux dans ses yeux n'était que concupiscence, perversité et dérèglement de l'esprit.

— Je le croyais récalcitrant, mais il a peur, petite mère ! Il a peur d'être damné !

Marie-Jeanne ne put réprimer un fou rire, qui se propagea de façon contagieuse dans la foule des spectateurs.

— Oh ! mon Dieu ! Qu'est-ce qui m'arrive ! Regarde-le, petite mère ! Il s'humilie par crainte des foudres du Ciel. Les princes de Condé ne l'ont pas soutenu... Le chasseur est aux abois !

Elle pensa qu'il l'avait conquise en lui parlant de ses exploits de chasse, en lui narrant ses longues heures à cheval sans débrider, cherchant à débusquer les chevreuils ou les daims ; en lui contant les piqueurs montés en livrée ; et le cerf épuisé, pressé par les chiens, amené jusqu'aux étangs. L'hallali. Le tableau de chasse et les festins. Il se réjouissait à l'avance du jour de la Saint-Hubert, où l'on dépeçait le cerf en présence du prince de Condé... Non, ce ne pouvait être cela qui l'avait abusée. C'était plutôt son impétuosité, son air de provocation insolente, sa force, le fait qu'il était le chef de la bande, et son sourire... Un coin de ses lèvres infléchi en une expression moqueuse et conquérante. Et puis il y avait l'ivresse de cette soirée d'août dans les jardins de Chantilly, les gondoles et les barques qui glissaient sur le Grand Canal au son des violons, les feux d'artifices, le vin de Gascogne.

Il leva les yeux, promena son regard froid sur les témoins de sa déchéance et découvrit la jeune dentellière. Son rictus ironique se forma au bord de ses lèvres.

Mais son ancienne victime ne bougeait pas. Elle ne tombait pas à genoux pour implorer ses caresses. Ses yeux étaient secs. La perfide le traitait par le mépris. Pire : elle osait rire de son infortune !

Son charme n'agissait plus. Tout en prononçant des paroles chrétiennes et repentantes, il la fixa d'une manière méchante et passa la langue sur ses lèvres, avec obscénité.

Furieuse, elle ferma le poing. Ses ongles s'enfoncèrent dans la chair. Elle sentit des picotements dans la poitrine et un goût amer de dégoût lui monter à la gorge. Au rire étaient mêlées les larmes. Alors elle arracha brutalement le bébé des bras de Renelde.

— Non ! souffla cette dernière.

— Il le faut ! Il faut qu'il sache, répliqua Marie-Jeanne.

Elle souleva la petite fille et la présenta à son amant.

Ronchivol leva les yeux vers l'enfant, eut un air dédaigneux et tourna la tête de l'autre côté.

— On part, petite mère !

Les chevaux mordillaient vigoureusement leurs bridons, tandis que les voyageurs se glissaient dans un premier coche aux itinéraires fixes, qui les emmenait jusqu'en Artois.

— Attention aux mouches et aux voleurs de grands chemins !

— Soyez prudents !

— Attention aux miséreux qui traînent le long des routes !

L'hiver meurtrier avait fait périr des récoltes, les

paysans avaient mangé leurs réserves. La famine guettait ses proies.

L'intérieur du véhicule contenait jusqu'à huit passagers. A l'arrière, la corbeille était chargée de bagages. Les portes en bois n'avaient pas de vitre. Si le temps s'y prêtait, on pouvait faire glisser un panneau, afin d'admirer le paysage. S'y engouffrèrent Marie-Jeanne, Ana et Marguerite qui soutenait Adriaan. Le jeune Hollandais était faible, mais le médecin confiant. Il leur avait suggéré de ne pas retarder davantage leur retour.

Marguerite avait retrouvé son entrain, son humeur facétieuse et exubérante. Renelde se souvint avec émotion de la tristesse entrée dans le cœur de sa petite Margot ces derniers mois. Grâce à Dieu, toute trace de cette morosité s'était envolée.

La jeune fille donna à Adriaan une des images pieuses offertes par Marieke, lors de leur départ d'Anvers.

— Mais, Marguerite... émit-il avec douceur et embarras.

— Elle te protégera.

— Je...

— Je sais. Tu n'y crois pas. Mais regarde, elle est jolie comme un tableau. Et puis, il nous faut être prudents... J'en ai le sentiment, c'est tout.

Vêtue d'un costume masculin, Renelde les rejoignit sous des huées admiratives. Elle avait offert sa tenue de voyage à Marie-Jeanne, dont les vêtements étaient usagés. Et puis d'autres voyageurs risquaient de se joindre à eux, et les habits de femme prenaient énormément de place. De plus, après Arras, elle prendrait le relais de Pierre, à cheval, près de la voiture. Enfin, revanche sur les interdictions de son enfance, la mascarade l'amusait.

Cela ne lui déplaisait pas non plus de revenir à Grégoire en cette tenue. Peu de bagages. Le restant de sa bourse enfoui au plus profond de ses chausses. Presque nue... Sauf des enfants : ses enfants. Sauf des livres. Et pas n'importe lesquels : elle était assise sur les œuvres de Molière, glissées sous la banquette de cuir. C'était le cadeau, exceptionnel, de son amie, la comtesse de Fontenille. Le fidèle homme de troupe, La Grange, venait de faire paraître la première édition complète des pièces de Jean-Baptiste Poquelin, dit Molière.

Les bottes du cocher résonnèrent. Son fouet claqua. La voiture s'ébranla sur le pavé. Pietrolino et Pierre les accompagnaient à cheval. Ils évitèrent la forêt de Chantilly, pourtant magnifique en cette fin mai, car le ruissellement de la pluie nocturne avait crevassé le sol. Les limons sableux fatiguaient les voitures et convenaient mieux aux chasseurs et aux cavaliers ; aux brigands aussi peut-être, attirés, en cette saison, par la fréquentation des nobles circulant entre leurs différentes terres. Il y eut cependant de belles futaies à traverser, celles d'Halatte, et Pietrolino fut enchanté d'apercevoir des familles de cerfs et de biches. A trois lieues de Senlis, aux approches du village de Sainte-Maxence, situé au pied d'une colline, sur la rivière de l'Oize, Renelde proposa un rafraîchissement.

Plus tard dans la journée, peu avant Roye, ils s'arrêtèrent dans une auberge de campagne. Le cocher ne voulait pas tuer ses chevaux, et ces haltes leur convenaient, car il ne fallait présumer des forces ni d'Ana, si petite, ni d'Adriaan, si faible encore. La maison leur déplut, mais ils n'avaient pas le choix. Ce genre d'établissement était malheureusement habituel. Un air enfumé y régnait. Des émanations de vin et de sueur emplissaient l'atmosphère.

La chaumière grouillait de clients débraillés, de poules et de canards. Dans un coin, assis par terre, plusieurs gamins à la trogne écarlate observaient le monde. La face chiffonnée par les excès, la tête échauffée, des hommes chancelaient sur leurs jambes avinées. A l'insanité de leurs propos, aux jurons prononcés, Renelde et les siens comprirent vite qu'ils étaient dans un de ces lieux mal fréquentés qu'ils essayaient vainement d'éviter. Mais le cocher s'était installé, et l'on avait besoin de lui pour le voyage.

La cabaretière se démenait afin de retarder ses clients, de leur faire ingurgiter un grand nombre de pots de vin, et si possible, de délester les plus crédules d'une partie de leurs économies.

Dans un coin sombre, des sergents guettaient les moindres mouvements des nouveaux arrivés. Ils avaient repéré le jeune et beau Florentin. Marie-Jeanne allaitait son enfant. Pierre était en grande discussion avec le cocher. Renelde et Marguerite changeaient le pansement d'Adriaan. Pietrolino était seul. C'était le moment.

Ils l'agrippèrent, l'emmenèrent à leur table et lui payèrent à boire. C'étaient des sergents recruteurs, à la solde de l'armée de Louis XIV. Le plumet à l'oreille, ils parcouraient les foires, les auberges, trinquaient à la santé du roi et tentaient ainsi de gagner des recrues, surprises par l'ivresse.

Ils tenaient en main un engagement.

— Allez, signe !... là !

Interdit, Pietro se leva. Ils le forcèrent à se rasseoir, le maintinrent par les épaules et lui firent avaler une rasade de vin.

— Allez, signe ou mets une croix. Tu ne le regretteras pas !

A la table voisine, un curé avait tout entendu. Il intervint :

— Allons, messieurs, je souhaiterais récupérer mon enfant de chœur. Je vous en prie ! En dehors de la messe, cette boisson lui est interdite.

L'un des recruteurs leva ses paupières lourdes d'alcool vers le prêtre et lui souffla l'odeur empestée de sa mauvaise dentition en plein visage.

— Mon père, on croyait que...

— Eh bien, vous vous êtes trompés, messieurs. C'est mon aide. Il m'est précieux et circule dans le pays en ma compagnie.

Une lueur narquoise illumina le regard des recruteurs.

— Il ne s'ennuie pas, le curé ! commenta l'un des deux, l'œil goguenard, en voyant s'éloigner le beau et frêle garçon en compagnie du vieil homme en noir.

— Ventrebleu ! jura l'autre. A t'écouter, il nous arriverait des histoires !

— Comment vous remercier, mon père ? demanda Renelde.

— J'allais à Roye, mais une roue de ma charrette s'est cassée. Il a plu à Dieu de me placer aux côtés de ce jeune homme. Rendons-lui grâce.

— Vous êtes le bienvenu, mon père, dans notre humble carrosse.

Lorsqu'ils reprirent la route, en sa compagnie, il leur conseilla la prudence :

— Méfiez-vous. La frontière est loin. On n'entend pas la guerre ici, mais les armées de passage font plus de méfaits que les pauvres gens.

Marguerite était outrée.

— Comment le roi tolère-t-il cela ?

— Ma fille, lui répondit le prêtre, les troupes ont les nerfs à vif.

— Et puis le sang enivre, murmura Renelde.

— Si le roi payait suffisamment ses troupes, il ne leur serait peut-être pas nécessaire de marauder, ajouta Pierre.

A une lieue de Roye, ils furent d'ailleurs arrêtés par des soldats armés, à cheval, qui recherchaient des fuyards, des huguenots. Une odeur de chèvrefeuille leur monta aux narines lorsqu'ils ouvrirent la portière. Les cavaliers apostrophèrent Adriaan et le questionnèrent sur son identité

— Toi, tu es étranger !

— Non, il est français, intervint Renelde. Mais nous sommes de la Flandre.

— Vous, vous n'avez pas le même accent.

— Je fus élevée en parlant le français, pas notre jeune cousin.

— Qu'est-ce qui nous dit qu'il est catholique ? L'obstiné que nous recherchons est blessé, lui aussi.

Marguerite lança une œillade à Adriaan, qui saisit le message. Il sortit aussitôt de sa poche l'image pieuse qu'elle lui avait offerte.

— Elle ne me quitte jamais, prétendit-il, avec un large sourire innocent.

Convaincus, ils s'éloignèrent dans un nuage de poussière.

Le curé manifesta un brin d'admiration qui ne laissait planer aucun doute quant aux croyances d'Adriaan en matière de religion :

— Bien joué, mon garçon.

Confondu, le jeune Hollandais lui demanda :

— Vous aviez deviné ?

— Oui. Mais rassurez-vous. Je ne leur dis jamais rien. C'est au roi qu'il appartient de persécuter les protestants, si cela lui chante. J'ai des réformés dans ma paroisse. Ce n'est pas à moi de les inquiéter.

— Vous avez du courage. Merci, monsieur ! dit Adriaan.

A Roye, le curé leur offrit l'hospitalité pour la nuit.

Au petit matin, ils quittèrent ce brave homme avec le cœur empli de gratitude, et ils ne rencontrèrent aucun encombre le jour suivant. A Péronne, appelée « la pucelle », car elle n'avait jamais été prise par les Espagnols, ils trouvèrent un bon gîte.

Le lendemain, deux bourgeois montèrent auprès d'eux dans le coche.

Ils se rendaient à Bapaume, en direction d'Arras. Au dehors s'offrait un charmant paysage de vastes étendues marécageuses, voisinant des étangs, nombreux en cette région. Les deux voyageurs étaient cousins et bavards. Deux rustres aux manières grossières.

— Je viens d'acheter une terre en Poitou, dit le plus lourdaud, d'un âge avancé. Je compte m'y retirer dès que j'aurai réglé quelques affaires ici. Je vous conseille d'en faire autant. Je l'ai eue pour une bouchée de pain, grâce à la fuite des huguenots.

— Les missionnaires bottés s'en donnent à cœur joie, renchérit l'autre.

— Pardon, mais je ne comprends pas, émit Renelde.

— Les dragons, aux bonnets à longues flammes, souligna-t-il.

— Les dragons ? demanda Marguerite, intriguée.

— Vous n'avez donc pas entendu parler des dragonnades ?

— Non...

— Ils s'occupent de la conversion des obstinés, à leur manière !

Les deux hommes éclatèrent d'un rire vulgaire. Devant la mine effarée de leurs compagnons de route, ils prirent un malin plaisir à les renseigner.

— Les dragons ont quartier libre dans ces campagnes. Leur mission est de harceler. Ils sont rapides, violents...

— Comme les dragons de l'Antiquité, précisa le plus jeune.

— On rassemble des familles de notables huguenots. Bien entendu, ils protestent.

L'homme toisa Renelde avec une pointe d'insolence, savourant à l'avance la suite de son récit :

— Alors on fait venir les dragons, qui s'installent chez eux. Munis de leur arquebuse et de leur épée, ils logent en grand nombre chez les plus riches. Les obstinés sont livrés aux soldats, qui ont toute licence, excepté celle de tuer.

— C'est impossible ! s'écria Renelde.

Les propos rassurants de Philippe lui trottaient dans la tête.

« Les conversions se font dans la douceur. »

— Voyons, madame ! (Sa voix était complaisante.) En octobre dernier, un vieux pasteur a été roué vif dans le Languedoc. Vous savez comment sont les soldats. Ah ! Ils sont mal disciplinés, n'est-ce pas ? Ils assomment à coups de bâton, pillent les bourgeois et les laboureurs, brutalisent leurs femmes, les traînent par les cheveux et en jouissent. Ils infligent la torture à d'autres. Quand les obstinés sont amadoués, ils les amènent dans l'église et les aspergent d'eau bénite.

— Mais c'est odieux ! s'exclama Marguerite, horrifiée.

Elle tremblait qu'Adriaan ne se trahisse, tant sa main était rigide dans la sienne. Mais il se taisait.

Renelde imaginait la troupe qui envahissait inopinément la place du village et renversait enfants, animaux et étals sur son passage. Une soldatesque brutale et cruelle déferlant sur les provinces protestantes.

Le coche roula sur de grosses pierres, les cahots interrompirent sa pénible rêverie.

— Mais s'ils inspirent la terreur, fit-elle doucement, ils ne feront qu'augmenter l'opiniâtreté de ces gens.

— Vous les soutenez ? proféra le plus jeune, soupçonneux.

La société de ces frustes était pénible, mais ils avaient payé leur trajet, et il n'y avait aucune raison de leur refuser la voiture. Renelde avait hâte d'arriver à Bapaume et de les voir disparaître.

— J'ai peine à croire ce que vous m'annoncez. Je viens de la Cour, dit-elle, avec habileté. Il y règne une douceur, une grâce qui ne présagent en rien ces sauvageries. On n'y entend aucune de ces clameurs dont vous nous parlez.

Les deux hommes échangèrent un regard embarrassé.

— Ah !... Vous étiez à la Cour...

L'aîné regrettait visiblement ses bavardages maladroits.

— Pardonnez notre franchise, madame, mais cela est vrai. Versailles n'est pas exposé à ce genre de vexations, et c'est tant mieux pour la Cour.

— Le roi lui-même méconnaît parfois les méthodes de l'inflexible Louvois, ajouta l'autre.

— Vous voudriez dire que le roi ignore les « dragonnades » ?

— Non, bien sûr. Mais ses excès... peut-être.

— Louis XIV ne fut-il pas initié tout jeune à la conduite de la guerre par Turenne ? remarqua Renelde, qui n'avait pas oublié les leçons d'Hortense.

— Vous êtes bien renseignée, madame. Oui, c'est vrai.

— Et n'a-t-il pas comme marin l'illustre Du Quesne, calviniste lui aussi ?

— On ne vous apprend rien.

— La Cour, monsieur... La Cour n'est pas si ignorante que cela...

Décidément, cette Flamande travestie était agaçante. Elle ne leur laissait pas le dernier mot.

— Il faut bien faire disparaître ce nid d'hérétiques. Après tout, ce n'est qu'un juste retour des choses. N'oublions pas qu'il y a à peine un siècle, en Hollande, les catholiques, pourtant beaucoup plus nombreux, furent interdits de culte, de baptême.

— Sous peine d'amendes, oui, mais non de tortures, réfuta-t-elle.

Le ton montait.

— C'est la faute à ces gueux. Ils ont déchiré l'édit de Nantes en appuyant Condé — le père, précisa-t-il — dans sa révolte contre la reine Marie de Médicis.

— C'est de l'histoire ancienne. Qu'est-ce qui motive le roi, aujourd'hui ?

— Vous devriez le savoir... à la Cour, se moqua le jeune.

— Il range ses affaires et se met en règle avec Dieu en faisant l'union, prétendit le vieux, irrité par les objections de Renelde.

— A quel prix !

— Oh ! Parce qu'il appuie les prédications des missionnaires par quelques promenades de troupes ? Il faut bien détourner les sujets de leur erreur.

— Vous appelez cela des promenades !

— Calme-toi, petite mère, susurra Marguerite à l'oreille de Renelde, craignant la discussion qui s'envenimait à leur insu.

Heureusement, on arrivait en vue des fortifications de Bapaume, et les deux hommes disparurent à jamais de leur vie, à leur grand soulagement.

Et vint la halte importante d'Arras, et la bonne auberge au bord de la Scarpe qui les avait accueillis à l'aller. La cité était égayée par son joyeux carillon. Il égrenait à chaque heure de jolies mélodies sur les deux places, aux arcades et au mélange harmonieux de brique et de pierre.

Une averse les surprit, tandis que Pierre leur faisait ses adieux et s'éloignait vers Lille. Leur chemin se séparait, mais ils se quittaient avec la certitude de se revoir, un jour, tous en famille. La pluie tombait avec vigueur et masquait l'émotion de Pierre. Elle continua avec acharnement jusqu'à leur départ.

A cheval aux côtés du nouveau coche, Renelde se sentait de plus en plus excitée à la pensée de revoir son petit Aurélien après ces mois périlleux ! Son imagination vagabondait vers le pays de Grégoire et de Tis'je, qu'elle allait enfin connaître. Son père y était enterré.

La savoureuse crème de Moerbeke, le ciel mélancolique, les enclos de houblon, les pignons dentelés, tout se mêlait...

Craignant d'être surpris par la nuit dans la forêt, aux abords de Moerbeke, ils dormirent à Béthune. Ils arrivèrent à proximité de cette cité à la fermeture des portes, mais le capitaine accepta, avec bienveillance, de les laisser entrer et des gardes les escortèrent même vers une auberge réputée sur la grand-place. Etonnés de cette tardive escorte, les habitants paraissaient aux fenêtres. Certains s'inclinaient chapeau bas, avec le respect dû aux gens d'importance, ce qui les amusa beaucoup. Un palefrenier conduisit les chevaux à l'écurie pour les nourrir. La salle sentait bon le lard et la fricassée. Des broches tournaient, de larges cruches de vin et des pots de bière les conviaient au festin. On leur servit un copieux rôti, au vin et au sucre. Marie-Jeanne sentait le sang affluer et son visage devenir écarlate avec la bonne bière. Marguerite, elle, buvait peu, craignant d'être incommodée et de voir sa raison s'écarter de la tête.

Le lendemain matin, la pluie avait cessé. Le soleil brillait mais le sol restait détrempé et boueux.

« La clyte, pensa Renelde, la clyte... »

Ils longèrent des marais. Des rivières musardaient à leurs côtés. De solides et arrogants clochers dominaient le paysage et une multitude de chapelles fleuries étaient érigées au coin des routes. Ils franchirent la Lys, traversèrent la forêt de Nieppe pendant une demi-lieue.

Et tandis que sous ses yeux ravis la campagne

attrayante s'étalait avec ses corolles bleues de fleurs de lin, elle découvrait le havre de paix tant évoqué par Tis'je durant son enfance. Elle reconnut sans les avoir jamais vus les manoirs de brique rose, les fermes bien entretenues, les becques, ces ruisseaux délimitant les champs et les pâturages. Des moulins aux bras levés vers les cieux ponctuaient leur chemin. Et soudain, au loin, parut une hallekerke flamande...

— Moerbeke ! s'exclama-t-elle, les larmes aux yeux, se fiant à son instinct.

— Moerbeke, enfin...

Eugène, la grosse cloche de l'église Saint-Firmin, se mit à sonner très fort. Le guetteur avait aperçu une voiture qui semblait bien être la bonne.

Les habitants de Moerbeke montaient leur tour de garde en haut du clocher pour l'arrivée de Renelde, et ce, depuis le passage du Hollandais, qui les avait avertis de son arrivée imminente.

Tis'je tambourina à toutes les portes.

— Les voilà !... Les voilà !

Le bruit des métiers * s'arrêta comme par enchantement. Il y eut un silence intense et mystérieux avant que les oiseaux, surpris, ne reprennent leurs vocalises. Instant béni, pendant lequel chaque Flamand se sentit en communion avec les siens.

Puis ils laissèrent manches de pelle, bobines et autres outils pour s'élancer au-dehors. Un attroupement se forma sur la place. Les villageois sortirent du Coq de paille et autres estaminets, le teint rougi par la bière. Le fils de Jehan Van Abeele, forgeron-barbier comme son père et son grand-père, revêtu du même tablier de cuir, le visage aussi buriné, posa son marteau et s'échappa de la forge.

Le sabotier quitta sa hache à bûcher. Aujourd'hui, il ne fabriquerait pas sa dizaine de paires. Il se rattraperait demain. En équilibre sur un poteau monté sur la maison

* Métiers à tisser.

de torchis qu'il réparait, le chaumier abandonna son ouvrage, tandis que son jeune garçon s'amusait à glisser le long de la toiture, sur la paille.

Descendu de la ferme de l'Orme, avec Aurélien, Marieke, ses sœurs et ses neveux, Grégoire ne tenait pas en place. Il ne pouvait plus attendre, pour savoir, pour être sûr que le guetteur ne s'était pas trompé. Il prit Aurélien sur les épaules, Marieke par la main. Les villageois les suivirent, Tis'je en tête.

— Attendez-moi ! cria le violoneux, désireux d'être de la fête ; et tous s'égrenèrent sur le chemin qui sortait du village.

Au loin, la voiture avançait avec difficulté. Elle s'arrêta.

— J'ai des problèmes avec la boue. Nous n'irons pas plus loin, tant que je n'aurai pas dégagé les roues des ornières, dit le cocher.

— Je pars en éclaireur, proposa Renelde, attendez-moi ici.

— Non, décida Marguerite. Nous venons tous avec toi, à pied.

Renelde descendit de sa monture.

— Allons-y, les enfants.

— Regardez !... On dirait un cortège... à notre rencontre...

— Et vous entendez ?

— Le chant d'un violon... dit Pietrolino.

Postés à la sortie du village, les Flamands aperçurent un curieux équipage : un jeune homme de haute taille, très blond, soutenu par une jeune fille et par un autre grand garçon, très brun : Adriaan le Hollandais, Pietrolino le Florentin et Marguerite la Lilloise.

Derrière eux venait une autre femme avec un nourrisson dans les bras. Un élégant cavalier descendit lestement de sa monture. Des mèches blondes s'échappèrent de son feutre aux plumes couleur de feu.

— Maman ! s'écria Aurélien.

Ils marchèrent prestement, à la rencontre les uns des autres. Leurs pas s'allongèrent. Une larme s'écoula des joues de Tis'je. Un rêve de jadis qui voyait le jour, en ce joli mois de juin 1684 : Renelde parmi les siens, son moulin, son canal. Il était si ému, lui aussi, qu'il en embrassa Marieke, rouge comme l'une des jolies pivoines de son jardin.

Ils coururent d'un même élan. Les battements du cœur s'accéléraient. Les poitrines palpitaient. Et tandis qu'ils s'étreignaient, bouleversés, ils se mirent à rire et à pleurer... tout à la fois.

# 31

## Au crépuscule de l'an 1685...

— L'hérésie est anéantie ! criait-on à tout venant.

— Quelle année !

En cette fin octobre 1685, dans sa bonne ville de Lille, Pierre-Ignace Chavatte était heureux.

« Que de péripéties à consigner dans mon journal ! Les années se suivent et ne se ressemblent guère. »

Il songeait aux dégradations de salaires, aux hausses de prix de l'an 84, alors qu'en cette fin 85, le prix du blé à Lille commençait à baisser.

— L'an 86 verra le retour des vaches grasses, moi, je vous le dis ! Ce sera l'année des merveilles ! La foudre, quand elle est tombée sur l'église Saint-Etienne, on a tous cru que c'était la fin du monde, mais Dieu ne l'a pas voulu ! proclama-t-il en riant. Il y a juste un an, le roi a signé la trêve de Rastibonne avec ses voisins, et il ne l'a pas encore violée ! Le Seigneur nous l'a transformé !

— Crois-tu, Pierre-Ignace, qu'il va la maintenir, cette trêve ? lui demanda la cousine de Marieke. Crois-tu que nous soyons enfin en paix ?

— Louis XIV reprendra les hostilités quand il le voudra, ma bonne Albertine. Quoi qu'il en soit, ne t'alarme pas. Aujourd'hui, les catholiques peuvent se réjouir. On a racheté des esclaves aux Turcs, et on les a exhibés en ville. Lille a rarement vu autant de processions... Celle des jésuites, pour rétablir les sept voyages de la Vierge sur terre...

— C'est vrai ! Comme c'était beau, tous ces hymnes aux stations !

— Et la procession des Quatre Serments * à la Saint-Jean-Baptiste, ça, c'est une sacrée victoire des Flamands ! C'était la première fois qu'ils défilaient sous Louis XIV ! Ah ! quelle année ! A présent, l'édit de Fontainebleau qui révoque l'édit de Nantes. Et tout ça, parce qu'il n'a plus de raison d'être !

— Tu crois vraiment qu'il n'y a plus d'obstinés ?

— Ecoute, Albertine. Entre nous, on sait bien qu'il y en a encore. Mais puisque les temples seront abattus et que leurs pasteurs vont partir, je ne vois pas comment ils ne vont pas finir par entrer dans nos églises ! Les enfants, en tout cas, seront catholiques. Il paraît qu'à la Cour, on s'en félicite. Et on dit que le roi n'a jamais rien fait de plus mémorable. Il était temps ! Quel prodige ! Tu te rends compte ? Tous unis !

Chavatte n'était pas le seul à applaudir l'exploit de Louis XIV. Profondément persuadé que le salut de l'homme était dans le catholicisme romain, il félicitait le pouvoir d'avoir ramené au bercail les brebis égarées et d'avoir sauvé ses frères des flammes de l'enfer. Sincère et brave, il était loin de s'imaginer que le Roi-Soleil venait de ternir son rayonnement en dressant l'autel de la peur et de la honte.

En ce début de novembre 1685, à Moerbeke, une atmosphère pesante et insolite régnait dans la ferme de l'Orme. Le visage grave, chacun se préparait dans le silence à un événement redouté : chacun attendait dans la tristesse le départ d'Adriaan.

Grégoire était revenu de Hollande. Il y avait fait un voyage rapide après la moisson, pour régler des affaires et ramener des meubles. Il s'était arrêté à l'imprimerie d'Anvers, et achevait la mise au point d'un guide de voya-

* Quatre confréries bourgeoises ayant un statut privilégié.

ges, comportant de nombreux renseignements sur les horaires des foires et des marchés ; sur les auberges, églises, monnaies et coches.

Il était aussi en liaison avec le couvent des Augustins d'Haesebroek, doté d'une superbe bibliothèque, et comptait bien établir dans cette ville voisine une librairie d'importance, sorte de relais entre Amsterdam et Paris. Certes, la récente révocation de l'édit de Nantes allait rendre les relations entre Hollandais et Français plus difficiles, voire dangereuses. Mais les ouvrages prohibés n'avaient cessé de se répandre et il lui plaisait de poursuivre ses entreprises « hérétiques », pieds-de-nez au pouvoir.

Il ne redoutait pas les turbulences et s'amusait à créer un « réseau de liberté », comme il l'appelait. Il calmait les inquiétudes de Renelde en lui affirmant qu'avec ses recherches pour son guide, il connaissait tous les endroits frontaliers à éviter, que les fameux livres étaient acheminés par coche, mais ajoutés à des pièces de porcelaine ou de tissu. Les sergents n'y voyaient que du feu ! De toute façon, la plupart, illettrés, ne sauraient en déchiffrer le contenu...

Les gens de Moerbeke ne craignaient plus Grégoire Van Noort. S'il aimait les livres, c'est qu'il était savant, et il n'en négligeait pas les champs pour autant. Au contraire ! Il abattait un travail phénoménal, alternait celui de la terre et de l'écrit, et alliait enfin ses deux passions : la nature et les livres. Et cela, il le devait à une femme : la sienne, Renelde Van Eyck.

La situation était difficile en Flandre : la récente disette de 1681, les réquisitions constantes en hommes, chevaux, charrois et fourrages avaient augmenté la misère, et si l'on était davantage confiant en ville, en cette fin 85, on restait méfiant dans les campagnes.

Renelde était subjuguée par la capacité de travail de son Grégoire. Elle l'avait connu renfermé. Ici, sa force semblait décuplée. Il avait rajeuni.

— Viens !

Dès son retour de Hollande, en ce début novembre, il la saisit par la taille, de ses bras musclés, lui fit passer la trappe qui menait au grenier de la hofstède. Il inclina le buste vers le visage ceint de pénombre de sa femme, et lui déposa un baiser sur les lèvres. Il lui sourit. Une large fossette se creusa. Renelde pensa qu'il était charpenté comme les éléments de la campagne. Sa place était là. Il faisait corps avec son pays. Il s'appuya sur le rebord de la fenêtre et entoura l'épaule de sa femme de son bras gauche.

— Je suis heureux quand j'y monte avec toi.

— Quel merveilleux poste d'observation ! fit Renelde.

— Te souviens-tu de la première fois ?

— L'an passé, en juin... Tu m'as emmenée ici, dès notre arrivée, et fougueux comme un preux chevalier, tu m'as montré ton pays, la forêt, le domaine des Montmorency, le canal, la *Turris splendida* d'Haesebroek...

— Tu n'as pas oublié.

— Je n'avais jamais vu une flèche aussi majestueuse, blanche et ajourée comme la dentelle et qui s'élevait, si haute, dans le ciel de Flandre...

Il la regarda, heureux. Son visage rayonnait aux propos de Renelde. Dans les yeux bleu perle de sa belle passait l'amour de son pays. Leurs regards plongeaient dans les sublimes jardins du château. Ils apercevaient les tours carrées, les tourelles pointues, l'étang aux cygnes, la brasserie.

— Après chaque absence, je dois m'assurer que tout est à la même place, avoua-t-il, amusé.

— Tu as donc peur que ce paysage disparaisse ?

— C'est ici, de cette fenêtre, face aux allées du marquis de Moerbeke, prince de Montmorency, que j'ai juré enfant d'être un jour riche et respecté. Tu vois, il a fallu que je revienne !

— L'appel de la clyte ! dit-elle en riant.

L'orme à l'écorce rugueuse, dont les racines renforçaient la berge d'une becque *, avait encore grandi. Des senteurs de sous-bois émanaient de la forêt de Nieppe, aux tons mordorés. Des camaïeux de bruns profonds, d'ocre pâle, de carmin s'offraient à leurs yeux.

— Toutes les feuilles ne sont pas encore tombées.

— Des effluves âcres s'exhalent de ce côté, d'où proviennent-ils ?

— Ah ! la fille de la ville ! plaisanta-t-il en l'embrassant sur le front. Les émanations de terre remuée, d'humus et de feuilles pourrissantes piquent un peu à la gorge, mais, par là, tu sens l'odeur forte de la peau que l'on tanne, des cuirs qui sèchent.

— Une musique nous parvient, tu entends ?

— C'est celle du moulin.

— Il domine la plaine, comme ta hofstède.

— Sais-tu, ma Renelde, qu'il a fallu plus de quarante arbres pour le bâtir ?

— Ses ailes battent l'air et semblent frôler le ciel.

— Tiens, le pivot a changé d'orientation. Le vent s'est levé. Tant mieux pour le meunier, il n'aura pas à travailler cette nuit. Les moulins nous fournissent une multitude de renseignements concernant le temps. Ce sont eux qui m'ont donné envie de pénétrer les mystères du cosmos et le savoir de Galilée. Tout compte fait, c'est peut-être à cause de ce géant de bois que je suis devenu un hérétique. D'ailleurs, après avoir créé tant de suspicion, je me demande encore comment les gens de Moerbeke ont osé me réclamer auprès d'eux ! (Il soupira.) Ah ! cela fait du bien de revoir tout ça. Mais toi, ma Renelde, ne regrettes-tu pas la ville ?

— Laquelle ? Lille, Paris, Amsterdam ? Lille n'est pas loin, nous y sommes allés cet été, et ma famille viendra nous rendre visite au printemps. Non, je suis ici chez moi. J'aime vivre à la campagne. L'immensité des champs et des forêts m'apaise. Il en est ainsi avec la mer.

— Je t'y emmènerai aux beaux jours.

— Avec joie, Grégoire ! Ici, nos voix, nos regards portent loin. Ils ne sont pas arrêtés par les murs et les rugis-

* Ruisseau.

sements de la ville. L'air transporte la lumière, le silence. C'est bon. Ce n'est peut-être pas le hasard si mon père a fini son existence sur tes terres, Grégoire... Dieu ! Qu'est-ce que ces convois, là-bas ? Ils sont nombreux !

— Des protestants. Ils fuient. Sur la route d'Anvers, au retour, j'ai croisé des centaines de réfugiés. Depuis quelques jours, on note de gigantesques mouvements vers les frontières.

— En dépit des interdictions ?

— Oui. C'est bien mal connaître les hommes que de penser que lorsque les pasteurs s'en vont, les brebis ne suivent pas. C'est en vain que l'on remplira les prisons et les galères. Ils se découvriront encore plus huguenots qu'avant s'ils souffrent le martyre.

— Est-il nécessaire qu'Adriaan parte, lui aussi ? Sa blessure guérie, il a travaillé sans relâche à tes côtés, aux écritures et à la terre.

— Il m'aide sans compter, c'est vrai.

— Il a si peur d'être une charge !

— Je me suis attaché à ce grand enfant dégingandé et sensible. Mais nos gens se réjouissent de la révocation. Il n'aura aucun lieu de culte.

— Oui. Le curé en a parlé à la Toussaint et des avis ont été placardés, en français, un peu partout.

— Il serait inquiété.

— C'est-à-dire ?

— Il serait obligé d'aller à la messe, de communier, et si par malheur il rejetait l'hostie...

— Oui ?... murmura-t-elle, avec appréhension.

Elle s'attendait à la réponse de Grégoire.

— Il risquerait d'être envoyé aux galères, embarqué pour l'Amérique ou condamné à être brûlé vif.

— Mon Dieu, Grégoire, nous n'en finirons donc jamais avec ces bûchers ?

— J'ai connu ces temps d'infortune où nos âmes étaient plus noires que les malheureux calcinés par le feu. Si nos corps s'étaient accordés à nos sentiments, nous n'aurions été que des monstres, des êtres difformes. J'espère que l'on ne remettra pas dans la tête de nos braves paysans des idées de délation, de hors-la-loi à mater.

— Tu te méfies ?

Il opina de la tête. Ils restèrent un instant silencieux et graves, l'un contre l'autre.

— As-tu reçu des nouvelles de ton ami, le père Van Elst ?

— Pas depuis son départ avec l'ambassade, au printemps, mais le Siam est loin. Philippe doit être à peine arrivé. Je me demande s'il est heureux, là-bas ?

— C'était son désir profond, m'as-tu dit...

Elle soupira.

— Bien, je crois qu'il me faut réunir les provisions pour Adriaan. A quelle heure doit-il rejoindre ces gens ?

— Eh bien, c'est le moment de se préparer, tu as raison.

— Sont-ils de confiance ?

— Ce sont d'habiles ouvriers calvinistes qui vont enrichir l'étranger de leur expérience, dit-il d'un ton persifleur qui masquait une certaine amertume.

Marguerite et Adriaan erraient depuis des heures sur les terres de Grégoire Van Noort. Ils marchaient, silencieux, se tenant par la main. Des nuages opalins glissaient comme des feux follets. Brutalement, le ciel se zébra de milliers d'oiseaux de toutes les couleurs.

— Regarde, s'exclama Marguerite. C'est féerique, comme en Hollande !... Je reconnais les tourterelles et les palombes... Pourvu que ces oiseaux échappent aux chasseurs !

— Oui. Rien ne vaut la beauté de ce cortège de plumes. Ils émigrent. (Il murmura :) Il est temps pour moi de partir.

Un souffle chaud caressa les cheveux de la jeune Lilloise.

— Attends !

Elevée par Renelde, elle n'était pas effarouchée par l'ampleur de ses sentiments. Elle avait seize ans, et n'avait rien perdu de sa spontanéité. Elle lui prit le visage entre les mains et l'attira à elle.

Ses lèvres charnues s'avancèrent, et elle lui donna un long baiser ardent. Il y avait tant de charme, de grâce dans les gestes de la jeune fille qu'Adriaan sentait un désir exacerbé monter dans son corps. Il lui susurra des mots doux et passionnés. Elle frémissait, prête à connaître la jouissance totale de l'amour. Les effluves entêtants qui se dégageaient du sol n'étaient rien en comparaison de l'étrange parfum de volupté qui émanait de leur enlacement. Les effleurements de leurs mains devenaient désir.

Sous une souche humide sortit une salamandre tachetée. Marguerite sursauta, et Adriaan se ressaisit. Des sentiments divers passaient dans ses prunelles, en regardant le corps leste et jeune qui mendiait l'amour.

— Il ne faut pas, Marguerite. Je pars...

— Oh ! Je t'en prie !

Il regarda la salamandre.

— Elle va bientôt hiberner. (Il releva les yeux vers Marguerite.) Ecoute-moi. Ecoute bien ce que j'ai à te dire. Après, je partirai, et tu m'oublieras. (Il hésita, sa mémoire recélait des souvenirs périlleux à avouer.) Je ne suis pas digne de ton amour, Marguerite. Lorsque tu sauras d'où je viens, tu auras moins de regrets. Les images de mon passé me sont revenues, tu sais...

— Je m'en doutais, Adriaan.

— Pourquoi ne m'en as-tu pas parlé ?

— J'attendais.

— Asseyons-nous sur le banc.

Il y eut encore un bref et poignant silence, puis il se décida.

— Je t'ai dépeint le « cachot des noyades ». Ce que je ne t'ai pas conté, c'est qu'en sentant les flots monter, j'ai revu, avec une netteté incroyable, la mort de ma mère, noyée sous mes yeux, lorsque j'avais quatre ans. Je ne pouvais rien faire.

« Après ton départ, je pressentais ce que j'allais découvrir en m'enfonçant dans les bas quartiers d'Amsterdam.

Je reconnus très vite la maison de mon enfance et j'en appris davantage sur ma mère par l'une de ses anciennes compagnes. Ma mère avait quitté son village d'Edam pour être employée en ville comme servante. Je suis le fruit d'une infidélité du maître d'une respectable famille bourgeoise. Tombée en disgrâce, accusée d'avoir séduit son employeur, elle fut chassée, privée de certificats, et pour nous faire vivre, elle finit par se livrer à la prostitution. Je fus élevé entre pensionnaires et entremetteuse dans un de ces « musicos » d'Amsterdam, lieu de beuverie et de jeux.

— Les régents acceptent les « musicos » ?

— Ces établissements sont gérés par les sergents de ville eux-mêmes, Marguerite, dit-il, amer. Tu vois d'où je viens. Mais ce n'est pas tout : un jour, ma mère fut grosse à nouveau, et elle fut condamnée pour infanticide. Elle n'avait pas voulu d'autre enfant que moi. Peut-être suis-je un enfant de l'amour, et non le fruit d'un viol ? Je ne le saurai jamais. (Ses lèvres tremblèrent.) Elle fut exécutée par ordalie *.

— Par l'eau ?

— Oui. Le jour de mes quatre ans.

Il sentit une furtive pression de la main de Marguerite dans la sienne.

— Tu veux t'arrêter ? lui demanda-t-elle, en le voyant respirer avec difficulté.

— Non.

Adriaan avait provoqué l'aveu, afin qu'elle se détachât de lui et ne souffrît pas de son départ. Il l'aimait trop pour la savoir malheureuse. En dépit de cette volonté, les yeux du jeune Hollandais trahissaient une vive inquiétude. Avec une incommensurable douceur, la main dans la sienne et le visage proche du sien, elle l'encouragea à poursuivre.

— C'était dans une cave.

— Comme à Senlis ?

— Oui. L'atmosphère était humide, malsaine. On

* Jugement de Dieu par l'eau ou le feu.

plaça ma mère devant moi dans une barrique, que l'on remplit d'eau.

Sa voix s'altéra, tandis que le voile se levait sur son enfance brisée.

— On lui enfonça la tête qui dépassait et on ferma... avec des clous. J'ai essayé de défaire le couvercle. Mes doigts grattaient le bois. Je l'entendais se débattre. On me tapait sur les doigts, mais je restais là. Alors on a frappé sur ma jambe avec le marteau. Mais je continuais... Je hurlais « maman », je ne sentais rien. J'étais agrippé au tonneau, et ma jambe pendait... Comme dans la chasse au chat dans les tavernes, les gourdins lancés sur le tonneau, les gourdins pleuvant sur le chat, jusqu'à ce qu'il crève... On me traîna de force vers l'hospice. Et j'oubliai tout. Tout. Pour survivre sans doute.

Renelde et Grégoire troublèrent un muet enlacement. En proie à des sentiments mêlés d'effroi et d'impuissance, accrochée à son amour et le visage baigné de larmes, Marguerite était pâle et silencieuse.

Adriaan s'arracha des bras de la jeune fille et se leva :

— Je pars. (Il soupira profondément et refoula son émotion.) Il le faut, Marguerite. Merci. Merci à vous tous, pour tout. Je ne vous oublierai jamais. Non, jamais.

Autour de lui, les gorges se nouèrent. Le départ qu'ils avaient craint était arrivé. Il prit son baluchon et le posa dans le chariot qui allait l'emmener jusqu'à Haesebroek, point de rencontre avec la famille de huguenots.

Grégoire monta à l'avant et tint son cheval en bride. Il avait interdit à Marguerite de l'accompagner. La séparation n'en aurait été que plus douloureuse.

Adriaan grimpa à l'arrière du véhicule et, tandis qu'il s'ébranlait, il la regarda, elle, sa Marguerite, de ce regard profond et insatiable qui dénote un éternel amour.

— Non ! Arrêtez !

Marguerite courait derrière eux.

— Sors de là ! Je t'aime !

Le chariot avait passé le porche et commençait à descendre le chemin du Prince.

— Je suis boiteux. Je suis le Diable !

— Je suis rousse, j'ai les taches de Satan !

— Oublie-moi ! s'écria-t-il, avec humeur.

Le visage juvénile de Marguerite était farouche.

— Non !

— Je ne peux rester... mon passé !

— Tu me l'as fait partager... Je t'aime !

Elle haletait.

— Arrête-toi, Marguerite, suppliait-il, malheureux.

— Jamais !

Elle s'époumonait.

— Crois-tu que je t'en aime moins ? Le plus beau rêve n'est rien à côté de notre amour. Je t'aime, tu m'entends ? (Et soudain furieuse, elle hurla :) Descends ! C'est un ordre !

Alors il sauta hors du chariot, et Grégoire tira violemment sur les rênes. Adriaan se retrouva dans les bras de Marguerite.

— Tu es une sacrée Flamande, toi, on ne peut te résister !

— Je sais de qui je tiens : de Renelde.

— Mais tu aimes un infirme...

Elle le regarda, très étonnée, car elle avait totalement oublié qu'il boitait. Il y avait en lui tant de liberté, de vie, que cela se répercutait jusque dans sa démarche.

— Non, Adriaan. Les infirmes sont les êtres qui ne tentent rien, qui n'osent rien. Les trop prudents. Pas ceux qui prennent des risques, comme toi. Je suis fière, tu sais, si fière de toi !

Il l'enlaça avec fougue.

Elle sentit ses brûlants baisers couler dans ses veines.

— Je t'aime, Marguerite.

— Je t'aime, Adriaan.

Lorsqu'il relâcha son étreinte, ils furent surpris de découvrir autour d'eux, unis dans un silence respectueux, tous ceux de la ferme de l'Orme.

Confuse de s'être ainsi dévoilée, le visage incarnat, Marguerite hésita un instant. La jubilation l'emporta sur le courroux. Adriaan se tourna vers l'assemblée et proposa, timide :

— Si vous voulez bien de moi, je reste.

Les traits de chacun se détendirent, les yeux s'illuminèrent, les lèvres s'entrouvrirent en de chaleureux sourires.

— Pour ce qui est du travail... commença-t-il, à l'attention de Grégoire.

— Tu es le bienvenu, mon garçon ! Je désespérais de perdre une aide aussi précieuse que la tienne. Ma librairie d'Haesebroek t'ouvre les bras !

— Et nous aussi, Adriaan, ajouta Renelde, avec tendresse.

— Mais pour la messe ? demanda la petite voix d'Aurélien, perdu au milieu de ces embrassades.

— Ce que je crois est dans mon cœur, répondit Adriaan. (Il le prit sur les épaules.) Peu importe, vois-tu, si mon Eglise n'est pas visible. Elle naît et vit quand il y a foi. Elle est en moi. Marguerite m'a appris que nous pouvions être très proches les uns des autres, et vous, monsieur Grégoire, ne m'avez-vous pas dit un jour que le mot « catholique » signifie « universel » ? Nous sommes des branches d'une même famille, Aurélien.

— On est cousins, alors, proclama l'enfant, satisfait.

— Adriaan... Grégoire est catholique, mais il se pose autant de questions que toi, déclara Renelde. Il a toujours bousculé les doctrines trop établies. Et ce n'est pas fini, je crois.

— C'est vrai, avoua Grégoire, je suis un hérétique, comme toi. (Il partit d'un grand rire sonore.) Ne sommes-nous pas tous un peu hérétiques ?

Alors, la voix d'Adriaan s'éleva, vibrante, joyeuse :

— Et puis... Marguerite vaut bien une conversion !

On œuvrait avec ardeur dans la ferme de l'Orme, qui étincelait de lumière et de propreté, grâce aux bons soins de Marieke et de Renelde. La cuisine sentait la soupe à la bière et le lapin aux choux. Les chaudrons, les pintes en cuivre reluisaient, le feu crépitait dans l'âtre.

Assise près de la cheminée, Marie-Jeanne était penchée sur son carreau. Plus d'une aune de dentelle s'en échappait.

— Que prépares-tu ? lui demanda Marguerite, intriguée.

— La Noël, ma chérie, et tes fiançailles !

Les joues parsemées d'éphélides de Marguerite s'empourprèrent de plaisir. Le bonheur irradiait son visage. Elle tenait contre son cœur une cassette aux couleurs vives, la cassette de Meï. Renelde venait de la lui confier en murmurant : « Elle te revient, ma chérie. De là-haut, Meï, ma tendre marraine, te regarde. Elle est heureuse, aux côtés de son Hollandais, et je suis sûre qu'ils vous bénissent tous deux, Adriaan et toi. »

— Oh ! Que tu es gentille, Marie-Jeanne !

— Doucement ! Tu vas la réveiller.

— Ana-Belle dort si bien, murmura Marguerite, en souriant au joli poupon au teint de rose. Ce serait dommage. Je me sauve, Adriaan m'attend. Dis-moi, qu'est-ce qu'on fait, quand on a l'impression qu'on pourrait être protestante et catholique, à la fois ?

— Chut ! On se tait surtout et on prie ! répondit la dentellière, en maniant le fuseau.

— Bon. Sais-tu où est Marieke ?

— Tu le demandes ? dit Marie-Jeanne, l'œil facétieux.

— A la Kruisabeele ! firent-elles, en chœur.

— Avec Tis'je ! ajoutèrent les deux « sœurs », en éclatant de rire.

Ils ne se quittaient plus, ces deux-là. Tis'je fondait d'admiration devant l'énergie de Marieke la gaillarde.

Avancée en âge, Marieke rougissait comme une enfant depuis que Tis'je l'avait emmenée par la main, pour la montrer à son pays, aux gens de son village, et qu'il leur avait présenté... la plus aventureuse de toutes les Flamandes.

— Pensez donc ! Elle a bravé vents, marées, broussailles et même la guerre ! Ça, c'est une sacrée bonne femme !

Tis'je le généreux était l'ami de tous. Il connaissait tout. Il était savant, comme Chavatte, comme son maître, monsieur Grégoire. Différemment, bien sûr, mais c'était quelqu'un, c'était presque son homme, maintenant.

— De l'Amstel à la Kruisabeele, déclarait-il encore, le chemin de Marieke fut parsemé d'embûches, mais elle m'a enfin trouvé !

Et devant ses vieux camarades, il était plus fier que le pape et le roi réunis. Non. Ces deux-là ne se quitteraient plus.

Grégoire avait remercié Tis'je devant témoins de lui avoir permis de regagner ses terres. Emu, l'ancien colporteur avait protesté. Il avait même ouvert la bouche pour lui avouer que la grâce avait été obtenue par l'unique intervention de Renelde, à Paris, mais celle-ci avait alors mis le doigt sur ses lèvres. Il partageait à présent ce secret avec la belle Flamande.

Grégoire et Renelde revenaient d'une courte promenade. L'air était vif. Les feuilles tombées. Les nuages dans le ciel étaient d'une blancheur diaphane et laissaient présumer une neige imminente. Le village allait s'endormir pour l'hiver. Ils entendirent le rire cristallin de Marguerite dans le corps de ferme.

— Elle va réaliser le rêve de Meï, ma marraine : épouser son Hollandais, celui qu'elle aime. Mon Dieu ! Comme j'en suis heureuse ! Et notre petit garçon qui devient un si bon musicien ! Pietrolino m'a dit qu'il avait des dons précoces pour la composition. Sais-tu qu'il jouera sa première œuvre pour Noël ? Il n'a pas huit ans. Pietro lui apprend le solfège, la technique, et tous les jours, Aurélien suit ce travail avec acharnement, sans faiblir.

— Tu es fière de notre fils, n'est-ce pas ?

— Je suis fière de nos enfants. Le curé a proposé à Pietro de s'occuper des chœurs de Moerbeke, pour les fêtes. Il sera leur maître à chanter. Il est fou de joie.

— Il semble heureux parmi nous.

— Personne ne l'inquiète ici. Et nous l'aimons.

— Il n'aura pas d'enfants, déplora Grégoire.

— Non, bien sûr... Mais il désire consacrer sa vie au salut des âmes. Il avait la voix d'un ange, il n'avait pas l'amour. Aujourd'hui, sa voix est peut-être moins irréelle, mais il peut quand même chanter et il joue admirablement de plusieurs instruments de musique.

— J'ai enfin obtenu son entrée aux Augustins.

— Quand ? demanda Renelde.

— Dès janvier. Après le collège, il aura la possibilité d'entrer dans une cure flamande, ou de poursuivre la théologie à Ypres ou à Douai.

— Je crains que notre petit Florentin ne se sente à nouveau seul, aux Augustins.

— Il n'y sera pas pensionnaire. Adriaan le reprendra le soir, après la fermeture de la librairie.

— Tu es merveilleux, Grégoire. Tu me rassures, car ici, il est entouré d'une vraie famille. Etrange, certes, mais une famille.

— Comme Ana-Belle.

Depuis que Marguerite avait donné ce surnom à la fille de Marie-Jeanne, le village entier l'appelait ainsi.

— Peut-être qu'après les ombres de cette fin de siècle, Ana-Belle verra naître les lumières d'une époque nouvelle ?

— Comme tu es grave, mon Grégoire !

— J'ai le cœur ulcéré pour tous ceux qui fuient le royaume, c'est vrai. Louis XIV aura tout écrasé sur son passage. Même les plus redoutables seigneurs sont devenus des esclaves dont l'unique ambition est d'avoir l'honneur de vider sa chaise percée. Mais ce « Soleil » s'éteindra un jour sans qu'on le pleure. Oui, puissent nos enfants voir se lever d'autres astres. Tu vois, d'un côté, il y a des fêtes à Versailles et au « Trianon de Porcelaine * », et de l'autre, le désespoir et le déferlement d'une partie du peuple vers l'étranger.

* Premier Trianon élevé pour le roi et Madame de Montespan. Détruit en 1686, pour faire place au Trianon de Marbre, ou Grand Trianon.

Renelde regarda cet homme, cet étrange monsieur Grégoire à la force démesurée, aux yeux si pâles, qui un jour, à Lille, avaient croisé les siens. Jamais elle ne l'avait regretté. Rien n'avait pu ôter de son cœur cette tendresse et cet inébranlable amour qui narguaient les ans. « Grégoire, je t'aime », pensa-t-elle, tandis que leurs lèvres se joignaient.

Près d'eux, le domaine de l'Orme se préparait joyeusement pour Noël. Il resplendissait comme jadis, avec toutefois une légère différence : tandis qu'au loin naissaient Scarlatti, Bach et Haendel, qui porteraient haut l'art du clavecin, ici, dans ce petit coin de Flandre, dans la transparence de l'air hivernal parcouru par une légère brise, s'élevaient des harmonies mystérieuses...

Un concert résonnait étrangement dans la campagne éclairée par les petites lueurs des chandelles. Anges musiciens, porteurs de lumière et de quiétude, messagers d'amour et de tolérance. Musique venue de l'âme, transportée par une myriade de muses aux aimables caresses. Effleurements fugitifs de notes cristallines, sur un joli clavecin venu tout droit d'Amsterdam, nommé « La belle Flamande ».

*Cet ouvrage a été composé*
*par l'**Imprimerie Bussière***
*et imprimé sur presse Cameron*
*dans les ateliers de*
***Bussière Camedan Imprimeries***
*à Saint-Amand-Montrond (Cher)*
*en janvier 1999*

N° d'édition : 6412. N° d'impression : 990096/1.
Dépôt légal : janvier 1996.

*Imprimé en France*